幕后玩家

于雷◎著

Insider & Outsider

北京联合出版公司
Beijing United Publishing Co.,Ltd.

图书在版编目（CIP）数据

幕后玩家 / 于雷著 . -- 北京 : 北京联合出版公司，

2025. 3. -- ISBN 978-7-5596-8259-8

Ⅰ . I247.5

中国国家版本馆 CIP 数据核字第 2025RE 2927 号

幕后玩家

作　　者：于　雷
出 品 人：赵红仕
选题策划：雁北堂（北京）文化传媒有限公司
责任编辑：徐　鹏
特约策划：王　瑞
特约编辑：李　萌
封面设计：济南新艺书文化
版式设计：冉冉工作室

北京联合出版公司出版
（北京市西城区德外大街 83 号楼 9 层　100088）
小森印刷（天津）有限公司印刷　新华书店经销
字数 294 千字　880 毫米 × 1230 毫米　1/32　10.25 印张
2025 年 3 月第 1 版　2025 年 3 月第 1 次印刷
ISBN 978-7-5596-8259-8
定价：49.80 元

目录

CONTENTS

210 cm

200 cm

190 cm

180 cm

170 cm

160 cm

150 cm

140 cm

130 cm

120 cm

110 cm

100
cm

90
cm

80
cm

70
cm

60
cm

50
cm

40
cm

30
cm

20
cm

10
cm

0
cm

静止的背影

闪烁的屏幕

滑动着的鼠标

一抹

诡异的笑

…………

引子

空旷潮湿的房间里，水珠"滴滴答答"从房顶不时落下，就像是春天的小雨，稀稀拉拉，却又连绵不绝。

女孩躺在房间的角落里，穿着一套蓝白相间的运动服，虽然不断有水滴落在她的身上，可她却仿佛浑然不觉。

直到房间里发出"咚咚"的切肉声，那是锋利的砍刀和坚硬的肉骨头碰撞在一起后发出的声音，震得地面都在颤抖。

女孩的身体抽搐了一下，仿佛从噩梦中惊醒。她的脑袋里仿佛有无数响铃在"嗡嗡"作响，思绪乱作一团。不过当她睁开眼的一瞬间，脑子里的"铃声"便戛然而止，此时的她已经完全被恐惧填满。

昏黄的灯光下，一个打着赤膊、一身横肉的男人正背对着她。那人手里举着一把黝黑的剁肉刀，刀身上滚落着一滴滴红色的血。

女孩拼命用手捂住自己的嘴巴，生怕发出任何声响惊动了赤膊男。

好在赤膊男并没有发现身后的女孩已经醒来，他专注于剁肉，沉醉在刀骨相击的快感中，每一次手起刀落，便有血水四溅而起。

女孩大气也不敢出，她狠狠掐了一下自己的大腿，疼痛能让她镇静下来。

环顾四周，这里看起来像是一个地下室，没有窗户，只有一扇铁门敞开着，不过门外漆黑一片，不知通向何处。女孩感觉有些绝望，她微微侧身，回头看了一眼赤膊男，那人似乎在剁一块硬骨头，刀被举得更高，身体的起伏更大，每一刀都剁在骨头的同一位置。

"咚……咚……咚……"

女孩听着剁骨的声音，感觉赤膊男的每一刀都是剁在自己心上，让她肝胆俱裂。

此时不跑，更待何时？女孩生出了求生的意志，勇气大增，她轻手轻脚地蹲起身子，慢慢绕过赤膊男的身后，爬到铁门旁边。

女孩再次探头去看门后，可依旧看不清任何东西。迟疑片刻，她深吸一口气，两脚用力一蹬，"砰"一声，就像猫一样钻进了铁门后的黑暗之中。

与此同时，赤膊男手中的剁肉刀停在了半空，背后的声音引起了他的注意，他缓缓转过身。

赤膊男面具的眼洞露出一双充满血丝的眼睛，他的目光投向女孩先前躺着的地方，然后又迅速扫到铁门。

铁门此时"砰"的一声被女孩锁上。

赤膊男提起刀，慢慢走到铁门前，两只猩红的眼睛盯着褐色的铁门，发出沉重的呼吸。

女孩关上门后，伸手不见五指，此刻的她宛如一个盲人，只能伸出手在黑暗中摸索向前，却不敢停下脚步。

"小宝贝，我们的游戏开始了。"赤膊男说着开始用刀疯狂地劈砍铁门，嘴里发出"嚯嚯"的声音，宛如恶魔的咆哮。

第一章

船坞沉尸

马尚出生于 1985 年 8 月的最后一天，据他妈妈说那是一个炎热的下午，她在没有空调的员工宿舍里吃西瓜，然后肚子就痛了起来。他爸那时候在工厂上班，来不及回家，一位工友用自行车把他妈妈送进了医院。

马尚并没有马上从妈妈肚子里出来，而是一直折腾到晚上，等到他爸到了医院，他才瓜熟蒂落，发出"哇"的一声。他从记事起，就听妈妈抱怨当年生他的时候有多辛苦，大热的天，长了一身痱子。

"你晚一个月出生，老娘就舒服多了。"

"这事是我能决定的吗？"

他当时是这么反驳的，老母亲倒也无话可说。

马尚跟大部分人一样，读书、工作、结婚、生子，一晃就已经快四十了，他本以为人生能看得到终点，但显然命运没有打算让他平静安稳地度过一生。

中国人有句俗话叫作"福无双至，祸不单行"。经济不景气，他被工厂辞退，终日无所事事，于是拿了家里的积蓄去投资号称高回报率的网上理财，想着一本万利，结果碰上金融诈骗，不但血本无归，还欠下一屁股债。老婆知道后和他大吵一架，带着孩子回娘家，可偏巧他们坐的出租车被大货车撞了，母子俩没一个活下来。

所有人都劝他，这是意外，但他觉得是他的责任，是他害死了老婆儿子。

马尚料理完老婆孩子的后事，决定在 9 月 15 日这天离开人世。来的时候他做不了主，这次走，他打算自己做一回主。但他忘了 9 月 15 日是他和老婆的结婚纪念日，许多年后，他回想起来的时候，觉得这是他老婆在冥冥之中救了他一命。

　　今年的 9 月 15 日非常凉爽，秋风乍起，马尚选了一套他最喜欢的衣服，穿了一双新鞋子，去了河边。

　　关于怎么死这个问题，他其实想了很久，最终还是觉得回归大自然，把自己喂鱼是最好的方式。至于地点，他也费了不少心思去选，最后定在了"渡仙桥"。那里远离市区，人烟稀少，不会有人多管闲事。

　　夜里 10 点，马尚坐着出租车来到渡仙桥附近，看着出租车离开后，他才转身上桥。

　　马尚借着夜色走到桥中间，青龙河上有几点星光，远处传来船的鸣笛声，悠扬浑厚。他是在河边长大的孩子，却不会游泳，实在是一件说出来挺丢人的事情。不过这也不能怪他，许多年前，他爸一个工友的孩子在河边游泳时溺水了，那时候虽然他妈妈还没怀上他，但已决定未来不让孩子学游泳了。

　　嗯，不会游泳，这也是他选择跳河的原因，就算他害怕了，也无能为力，只能任由自己慢慢沉入河底。

　　马尚爬上栏杆坐好，低下头，看了看脚下。黑夜里河水看不分明，只能听到"哗哗"的水流声。

　　人们常说人死前会回想过往，但是马尚那一刻脑子里却是一片空白，他没有太多的犹豫与恐惧，只是两眼一闭，身体前倾。

　　短暂的坠落感过后，冰冷的河水向他裹挟而来，人的求生本能被瞬间激活，他四肢乱蹬，想把头浮出水面。对于一个不会游泳的人，这种挣扎是徒劳的，无法持续的。不一会儿，水再次没过头顶，一个劲地往他的鼻子、嘴巴、耳朵里钻。

　　马尚吸不到气，又浮不上水面，只有两只手还在扒拉，也算他命不该绝，偌大的河面偏偏有一块烂木头从天而降，来到他的头顶。他一只手抓到了木头，立刻借力浮起，在一阵剧烈的呕吐和咳嗽后，终于喘上了气。

他浑身湿透，面色苍白，不知道为什么，眼泪"哗"一下流淌而出，哭了起来。

木头带着他继续在河面飘荡，他早已远离渡仙桥，不知到了哪里，远处能看到星星点点的微弱灯光，还有朦胧的河滩、蜿蜒的公路……

马尚没有喊"救命"，他为自己没死成而感到羞耻。他想放开烂木头，可回忆起刚才在水下的痛苦，又瞬间失去勇气。

一个人倘若还能感受到自己肉体上的痛苦，便不会再自寻短见。

正当马尚胡思乱想的时候，突然听到岸边公路上传来一声女人的尖叫。他循声望去，公路边停靠着一辆车，一个穿着裙子的女人正往河边跑，看起来有些惊慌失措。岸边有个船坞，船坞边有一盏昏黄的路灯亮着，宛如夜空中的一颗星。

女人或许以为亮着灯的位置有人，所以她慌忙跳上船坞，拼命敲打铁门，但船坞里静悄悄的，没有人回应她。

马尚漂流的位置离船坞约莫有十来米，并不算远。

女人举目四望，一眼看到了水里的马尚。她绕过船坞前门，扶着边缘的栏杆，来到靠着河水的一边。

"救命！"女人伸出手，跳起来，往马尚的方向大声喊道。

女人站的位置背光，马尚看不清女人的面容，只能隐约看到她的身形，她穿着裙子，梳着马尾辫。只听声音，女人应该挺年轻，而且好像受到了惊吓。

马尚不明所以，但他还是奋力蹬腿，想要游到船坞。可河水的流速远远超过他游动的速度，无论他怎么努力，都无法靠近船坞。

正在他着急的时候，一个黑影突然出现在女人背后。

"住手！"马尚有种不祥的预感，大喊了一声。

刀光一闪，女人喉咙处被割了一刀，血水喷出来，洒在河面。

马尚瞪大了眼睛，不敢相信自己所看到的，黑影始终在女人背后，他看不清对方究竟是什么人。

"救命啊，杀人了，杀人了！"马尚拼命喊叫，但是他的声音和他的人都随着奔腾的河水而去，越来越远。

马尚心急如焚，一边在水中奋力挣扎，一边焦急地向四周扫视，期盼能遇见愿意伸出援手的人。可夜已深了，路上早就没有了行人，一股无能为力的挫败感让马尚几乎陷入绝望……

恐怖之所以被人叫"恐怖"，除了他打架厉害，最重要的是他有股子凡事都要往前冲的牛劲，有时甚至是不顾后果。老板喜欢让他帮忙做事，但也怕他惹麻烦。

他是个大光头，横眉俊目，一身肌肉，走起路来虎虎生风。总而言之，他就是那种走在街上，人们避之唯恐不及的对象。不过据他的老朋友们说，如果留着头发，他也算是个帅哥。

今天是 9 月 15 日，恐怖喊了朋友们一起喝酒，中途却接到老板电话，安排他出去收债。对于这种日常业务，他也没什么好抱怨的。

恐怖看了看老板发过来的资料，欠债人叫马尚，37 岁，网贷借了公司十万，分二十四期还款，可现在已经拖了两个月没还钱，公司打电话催收他又不接，这活儿就到恐怖头上了。

"兄弟们，你们等我半小时，我办点事就回来。"

"一起去吧。"

"不用不用，你们喝，小 case，我马上回来。"

恐怖骑着一辆电动车来到马尚家楼下，还没停稳车，就看到马尚出门上了一辆出租车，他立刻掉转车头，跟了上去。

出租车开到渡仙桥，马尚下车走到桥上。

恐怖匆忙赶来，停好车，正准备上桥去找马尚交流"感情"，可还差七八米的距离，他就看见马尚跳了河。

"我去，十万块，你至于吗！"恐怖一边骂，一边冲到桥上，探头去找马尚，虽然光线不好，但也能隐约看到那人在河里扑腾，看样子他不会游泳，恐怕坚持不了多久。

恐怖环顾四周，看到桥边有块烂木头，他顺手抱起来，往马尚落水的方位丢了下去。

他看到马尚抱住了木头，啐了口痰下去，骂道："今天老子算是积德，一会儿逮住你，怎么也要多讹个七八千块钱出来。"

"老子今天好事做到底。"见马尚在水中漂了许久，恐怖摸了摸自己的光头，回身骑上电动车，顺着河边的公路朝马尚追过去。

晚上光线不好，恐怖一边骑车，一边张望。他本以为马尚会叫"救命"之类的，但这人竟然没发出半点声音。就算是白天也不容易看清水里的人，更何况是夜里。恐怖一路下来骑了十几分钟也没看到人，原本打算放弃，可刚掉头就听到了河对面传来叫声。起先是一个女人喊"救命"，再后来就是男人持续不断地喊"救命啊，杀人了"。

"我去，在对面！"恐怖拿出手机，看了看导航地图，前面不远处就是"赵家桥"，他可以过桥拦截马尚。

"我来了！"恐怖大喊一声，然后把电门扭到底，电动车立刻蹿出去，在路上飞驰起来。他过桥后，来到河对面的岸边。这里水面收窄，想要救人容易许多。

他本想找一条绳索或者什么别的工具来救人，可情急之下，根本找不到可以用的东西。一咬牙，他脱了外套和鞋子，自己跳下水。

马尚看到有人朝他游来，急忙喊了声："我在这里！"

恐怖早就看到了他，上来拉住烂木头的另一端，拖着马尚往岸边游去。当他们来到能站住脚的地方，马尚立刻放开了木头，拼命蹚水往岸上跑。

"你跑什么啊？"恐怖没想到马尚会逃跑，这一晚的折腾，令他已经没了力气追赶，只能先喘口气。

马尚也不回话，上岸后便往上游的方向跑，那劲头和在水里判若两人。

恐怖看着马尚的背影，又摸了摸光头，他还没见过这么不懂礼貌的人，对救命恩人就算不跪下来磕头，起码也要说声"谢谢"吧。

"站住！"恐怖又大喊一声，提了口气，也跑上岸，穿上鞋，然后抓起地上的外套，追了上去。

马尚根本不理会身后的恐怖，他脑子里只想着去救刚才那个女人。

一口气跑了十几分钟，马尚终于来到船坞。

恐怖在后面追得上气不接下气，嘴里不停地骂骂咧咧，他的一只鞋前端都跑得开了胶。他脱下鞋子，恼火地扔出去。鞋子从窗户飞进船坞，发出"哐当"一声。

"有人吗？"马尚头也没回，丝毫没有理会恐怖的意思，他围着船坞转了一圈，没看到女人，也没看到凶手。

恐怖这时候光着一只脚追了上来，一把抓住马尚的衣领："你个混蛋，要死把钱还了再死！"

马尚这时候才想起眼前救自己的人，愣了一下，才问道："你是谁？"

"记住了，老子就是人见人怕的恐怖！"恐怖此刻火冒三丈，举起拳头想要打人，不过他还没动手，马尚就抱住了他的铁拳。

"恐怖？"

"对，恐怖的恐，恐怖的怖，恐怖！"

"恐怖大哥，有电话吗？我要报警！"

"拿警察吓唬我，欠债还钱，天经地义……"

"我刚才看到有人在这儿杀了个女人！"

恐怖闻言一惊，松开了马尚："什么意思？"

"一会儿再说，先让我报警。"马尚急道。

恐怖想起刚才自己也听到了女人的尖叫，他从外套口袋里摸出手机，递给马尚。

马尚拨通了110，向警察讲述了刚才的所见所闻。

恐怖在旁边听得一愣一愣的，这才明白马尚为什么急着跑过来，心里的火气不由得消了一半。

马尚打完报警电话，整个人顿时像泄了气的皮球，一屁股坐在地上，大口喘气。

天空突然落下雨点，一时间电闪雷鸣，小雨点变成大水珠，滚滚落下。

巡警用了大概十分钟就来到了现场，他们搜查了整个船坞外围，却没有发现任何人影。

在这样的瓢泼大雨中，就算凶手有线索留下，也大概率会被冲刷得一干二净。

马尚和恐怖两个人都被带回了派出所，民警分别为他们录了口供。

"你可以走了，我们如果有需要会再联系你。"负责给马尚录口供的民警说道。

"就这样？可那个女人还没找到呢！"马尚瞪大了眼睛，看着民警。

民警苦笑着摇摇头，反问道："你连女人的样子都没看到，怎么找？"

马尚无言以对，当时天太黑，他距离女人有点远，只是见到一个轮廓和听到她的声音，根本看不清她的样子。

"你没有看到她的样子，也不知道她的名字，巡警在现场也没有任何发现，目前我们能做的事情很有限。"民警见马尚不吭声，继续说道。

马尚沮丧地离开了派出所，他确实没法埋怨警察，今晚的事情实在太过离奇。

这时候恐怖也从派出所里出来了，看见马尚在外面，立刻冲上去揪住了他的衣服。

"你这鸟人，真晦气，害老子还进了回局子，赶快把钱还了！"

"我现在没钱，但我就算死，也会先把这笔钱还上。"马尚推开恐怖，他已经知道恐怖是催债公司派来的。

"你可别想忽悠老子，不然……"恐怖举起拳头，本想威胁马尚，但想起他连死都不怕，还真不知道该如何恐吓对方。

马尚摆脱恐怖后，回到家里，换了身衣服，然后倒在床上。可他辗转难眠，脑海里一直盘旋着那个女人的尖叫和求救声，还有那个杀人的黑影。他慢慢让自己冷静下来，努力回想所看到的一切，希望能从中找出蛛丝马迹。

突然间，他浑身一激灵，想起女人出现的地方曾经停着一辆车，可当自己回到那里的时候，并没有看到那辆车。那辆车会不会是凶手的？又或者女人是坐那辆车来到船坞附近？如果找到那辆车不就有线索了吗？

马尚从床上坐了起来，自言自语道："那辆车的样子……那是辆什么车？"

他隐约记得车的轮廓，应该是一辆小轿车，颜色可能是银色，也可能是灰色，离得太远，他又只是匆匆一瞥。

那条路来往的车辆不多，如果是警察去调查，应该会找到线索吧？可自己说不出有关车的具体信息，警察会信吗？

思来想去，马尚还是觉得这点线索不值得报告给警察，他叹口气，今晚自己死没死成，还目击了一起疑似谋杀的事件，为此折腾一夜，实在是离谱。

马尚拿起床头的相框，看着笑盈盈的妻子，问道："老婆，你还在生我的气，不想我来陪你们吗？"

恐怖没有去朋友那里继续喝酒，他打了好几个喷嚏，感觉自己身上一会儿发冷一会儿发热。这一夜折腾，他不但没拿回钱，还惹了一身"骚"。

他回到家里找出感冒药，胡乱吃了几颗，倒头就睡。可是发烧头痛，加上鼻涕咳嗽，他根本睡不着，在床上翻来覆去。

半夜里，大门处突然传来"咔咔"的声音，好像有人在开门。

恐怖一惊，他独自一人租住的公寓，这个时间点房东也不可能过来。

"谁在外面？"恐怖吼了一声，他顺手抄起床头的哑铃。

门外的异响戛然而止。

恐怖冲到门口，透过猫眼往外看，没看到人。他推开门，探出头左右张望，走廊里空空荡荡。他又打开门厅处的灯，蹲下身子，查看门锁，也没看到有什么异常。

恐怖反锁好房门，回到床上。

"邪门！"恐怖深吸一口气，盯着门口又看了一会儿，但是外面似乎再没有任何动静，困意渐渐袭来，他终于睡了过去。

也许是药物作用，他这一觉睡得香甜，直到被老板的电话吵醒。

"恐怖，钱要到没有？"老板劈头盖脸第一句话就问道。

"这个……"恐怖本想说说昨晚的经历，可老板估计不会信，而且事情也太曲折了，于是对老板还是长话短说，"他答应过几天就给。"

"那就好，盯紧一点，这人老婆孩子都挂了，要是跑了也不好找。"老板叮嘱道。

"老婆孩子挂了？"恐怖收到的资料里倒是没有提到这件事，他想起昨晚马尚跳桥的一幕，明白了对方自杀的原因。

"嗯，这笔业务你搞定了给你十五个点的提成。"

恐怖应了几声后挂了电话，他明白这个钱可不好赚，像马尚这样的人已经没有什么软肋了，靠威胁恐吓是行不通的。

他换了身衣服，又吃了一些药，打算出门吃个早饭。虽然睡了个好觉，但是鼻涕和喷嚏还是时不时来一下，令他烦躁。

街头人来人往，摩肩接踵。恐怖抓了抓头，不愿意走人多的路，一头钻进巷子里。巷子狭窄，刚好够一人通行。

恐怖轻车熟路，只要穿过巷子就到包子铺，那里的豆浆和小笼包是他的最爱。他想，感冒时喝一碗热豆浆实在是一件舒畅的事情。

正当他走到巷子中间的时候，口袋里的手机突然响起来，他停下脚步接听电话。几乎在他停下的一瞬间，一个硕大的花盆从天而降，砸在他的面前。如果不是这个电话让他停下脚步，他就被这花盆砸中脑袋了。

恐怖倒吸一口凉气，抬头往上看，可除了耀眼的阳光和暗灰色的墙砖，什么也没看到，也不知道这个花盆是怎么掉下来的。

"泽泽……泽泽……听得到吗？"手机里传来一个女人的喊声，恐怖的本名叫孔泽，泽泽是他的小名。

"听到了，老妈，你这个电话可是救我一命。"恐怖一边说，一边加快脚步离开巷子。

"胡言乱语，我煨了汤，晚上来我这里吃饭。"

"吃饭可以，你可别再给我安排相亲了。"恐怖摸了摸光头。

"少废话，记得早点过来，戴上帽子，5点前啊！"母亲"明火执仗"地说道。

恐怖天不怕地不怕，就怕他这个老娘，心里虽然不愿意，但是也不敢不答应。他这时候已经走出巷子，忍不住回头去看，那个碎裂的花盆还趴在地上，里面的泥土和植物散落一地。

马尚一早就去了房产中介公司，把自己那套房子挂了出去，如果能顺利卖出去，把欠债还清是没有问题的。他从中介公司回来，一眼就看到了恐怖坐在单元楼下的电动车上。

"恐怖大哥，你放心，我今天把房子挂出去了，只要一卖，立马还钱，连本带利，一分都不会少。"马尚小跑上前，开门见山地说道。

恐怖却对马尚还钱的事情并不上心，他看了眼马尚，然后从电动车上下来。

"你昨晚回来后，有没有遇见什么奇怪的事？"恐怖犹豫了一会儿，还是开口问道。

马尚闻言一愣，他没明白恐怖什么意思，摇摇头，反问道："什么奇怪的事？"

恐怖摸摸光头，也不知道从何说起，他也不确定自己遇见的事和昨晚是否有关，毕竟他这份差事平常也没少得罪人。

"没事就好，我就随口一问，你抓紧时间卖房，钱没还清前，我每天都会来看看你。"恐怖拍了拍马尚的肩膀，转身离开。

"等一下……"马尚喊住恐怖，上前几步，诚恳地说道，"谢谢你昨晚救了我。"

"谢个屁，是你自己想活下来。"恐怖摇着头说道。

马尚无言以对，一时愣住了。

恐怖没再理会发愣的马尚，骑上电动车，绝尘而去。

青龙河沿着天安市的边缘流淌，宛如一条护城河。河水蜿蜒，河面宽的地方有数十米，窄的地方只有七八米。河道里除了渔船，还有小型运输船和挖沙船，白天看起来是一片繁忙的景象。

老张看天气好，河面风平浪静，把挖沙船开到了河中间，抛下船锚，挖沙机马力全开，河沙源源不断顺着传输带落入船舱。

老张脸上露出笑容，从舱里摸出一袋花生，坐到船头，监督着船工们干活。正当他兴致高昂，哼着小曲低头剥花生的时候，突然几个船工惊叫了起来。

"有人……有人在上面！"一个船工喊着，跑到开关处，关掉了挖沙机，传输带停了下来。

老张站起来，手搭在额头，眯着眼，逆光看过去，眼前的一幕吓得他手里的花生落了地。

一具被水泡得发白的尸体躺在传输带上，尸身大部分都被挖沙机打烂，全身上下几乎没有一块完整的地方，尤其是那个只剩下一半还挂在脖子上的头，令人反胃至极。

老张浑身发抖，慌忙找出手机，拨打了报警电话。

王浩读大学那会可是校队长跑冠军，虽然现在已经年过四十，但他一直坚持锻炼，如今只是抓一个毛贼，他可不愿意掉链子。

这伙盗贼正是近期在天安市内频繁入户盗窃的犯罪团伙，他们计划周详，分工明确，行动迅速，已经作案十几起，造成了极大的社会不良影响。

王浩带着刑侦大队侦查了一个星期才找到他们的踪迹，并且在他们要盗窃的目标住宅附近埋伏，准备一网打尽。

抓捕计划进行顺利，只是其中一个犯罪嫌疑人身手过人，直接跳窗翻上楼顶，钻出了警方的包围圈。

王浩二话不说，也爬出窗户，上了楼顶。

一个警察，一个贼，在楼顶上演酷跑。

这是一个楼房连成片的小区，楼栋密集，楼与楼之间间隔约莫有三米，成年人只要纵身一跃就能从一栋楼跳到另一栋楼。

王浩在连续跳跃几次后，一时大意，再次跃起的时候，一脚踩空，整个人往下坠。好在他反应够快，一只手抓住了墙沿。但因为他这么一耽误，等到再次爬上屋顶的时候，毛贼已经失去了踪影。他气得直跺脚，一拳砸在身边的水箱上。

就在这时候，王浩口袋里的手机响了起来，他拿出手机一看，是在局里值班的小杨打过来的。他深吸一口气，接通了电话。

"王队，桥头派出所打电话过来，说有民众报警在青龙河发现一具女尸，怀疑是谋杀案，请我们过去看一下。"

"谋杀……"王浩愣了一下，天安市是个县级城市，常住人口大约一百万，民风淳朴，他在这里当了三年刑侦大队队长，经手的能够称得上恶性的案件少之又少，"你让他们保护好现场，另外通知法医也过去，我这边大概一个小时后到。"

王浩留下大部分同事处理盗贼团伙的案子，自己带了两个同事，开车赶往青龙河。

王浩带走的这两个同事一男一女，男的叫刘毅，本地人，在刑侦大队工作五年，比王浩在这里的时间还长，身体素质过硬，聪明机灵，处事灵活。女的叫张安琪，虽然刚来了队里一年，但她是队里学历最高的人，做事冷静，心思缜密，又精通计算机网络，平日帮王浩处理了不少工作难题。

两个人跟着王浩出发，但都不明白队长为什么急匆匆离开，盗贼团伙逃了一个人，后续还有不少工作需要跟进。

"王队，我们这是去抓人吗？"刘毅一边开车一边猜测王浩是带他们去抓捕盗贼团伙的逃犯。

王浩双手抱在胸前，坐在副驾驶，摇了摇头，说道："青龙河那边有一起谋杀案，我们过去看看。"

"谋杀案？"刘毅和张安琪异口同声，他们显然也和王浩一样吃惊。

挖沙船此时已经停靠在码头，周围拉起了警戒带，有几辆警车停在旁边，派出所民警值守，不让闲杂人员靠近。

王浩带着刘毅、张安琪上了挖沙船，他们一眼就看到传输带上的尸体。刘毅顿时脸色惨白，胃里一阵翻腾。好在张安琪动作快，递给他一个塑料袋，不然他就吐船上了。

"刘哥，没事吧？"张安琪关心地问道。

"没事……"刘毅说不出话来，一阵呕吐。

这时，最先到达现场的民警曹飞看到王浩他们过来，立刻上前向王浩介绍情况。

"王队，我们是在今天上午10点03分接到110平台的出警指示，我和所里一位同事在10点10分抵达现场。根据挖沙船老板的描述，他们是在9点50分左右从河底挖出尸体，因为挖沙机的缘故，尸体被破坏严重。我们推测死者应该不是普通溺水，所以立刻上报，麻烦你们过来看看。"

王浩点点头，没再问什么，他戴好手套、脚套，爬上传输带，走到尸体旁边。

张安琪也跟了上去。

刘毅扶着栏杆，把刚吐完的袋子丢进垃圾桶，犹豫了片刻，还是没上船，转身去找曹飞进一步询问案情。

法医莫旭东正在检查尸体，听见有人过来，抬头看了一眼。

"王队，你过来了。"莫旭东年近50岁，头发白了一半，他和王浩是老熟人，也是技术处法医科的负责人，经验丰富，只要是死了人的案子，都免不了让他跑一趟。

"你有什么看法？"王浩蹲下来，看着尸体问道。

"死者为女性，大约25岁，初步判断死亡时间是在昨晚，麻烦的是尸体被挖沙机破坏严重，要回验尸房才能对伤口一一进行甄别，不过还是有一些线索。"莫旭东指着尸体腰部，"腰部一圈有绳子的勒痕，尸体极有可能是被沉河的。"

"嗯，不然也不会被挖沙机吸上来。"王浩说着伸出手，摸了摸尸体上那半个头。

尸体头部被挖沙机上的齿轮打烂，碎裂的部分被流水冲走，宛如摔裂开的半个西瓜。

王浩的手顺着头往下摸索，来到颈部，这里外层的皮肉也被机器打烂。他把两根手指伸进肉里，翻开来，然后横向在颈部轻轻滑动。

张安琪在一旁拍照，记录尸体的状况，虽然她是女孩子，但看到这样的尸体，脸上完全没有恐惧。

"老莫，你看看这里。"王浩把颈部表面的烂肉撑开，里面露出一段平滑整齐的切口，正好是在喉管上。

"这是刀伤！"莫旭东还没有检查到这个伤口，虽然他后续在解剖室也肯定能发现，但王浩竟然只凭借外观查验就找到这里，实在是眼光毒辣，他由衷说道，"王队不愧是省城下来的，有一套。"

王浩听到这句话却叹了口气，他原本是省城刑侦支队的副队长，可大城市位置少，人又多，他只能"曲线救国"，来到天安市顶上一个刑侦大队队长的职务。

王浩站起来，脱下手套，有感而发地说道："天安市很久没发生如此恶劣的凶杀案了。"

刘毅此时走过来，他尽量不去看传输带上的尸体，侧身站到王浩身边。

"王……王队，我跟曹飞聊了一下，他说派出所昨晚接到过一个报警电话，有两个男人说看到一个女人被杀，但他们的说辞十分模糊，派出所做了记录，没有立案。"

"你让派出所把笔录传过来，另外跟派出所民警一起去把昨天报案的人带回局里，我要亲自问话。"

"好，我这就去。"刘毅快速离开了现场。

马尚没想到警察会这么快又找他去问话，而且这次不是去派出所，而是去公安局刑侦大队。警察给他倒了一杯热茶，让他稍等片刻。

过了大概十来分钟，一个身材魁梧、穿着便装的男人走了进来，在他身后还跟着两个穿制服的警察。

"我是刑侦大队队长王浩，请你过来是想了解一下昨晚的事情。"王浩已经看过马尚的资料。

"抓到凶手了吗？"马尚以为警方已经找到了人，所以急忙问道。

王浩没有回答马尚的问题，他目前还不确定挖沙船上的尸体和马尚看到的女孩是否是同一人。

"我看了昨晚你在派出所所做的笔录，你确定没有看到那个女孩的样子吗？"

"没有，当时我在水里，她在岸上，光线太差，我看不清她的脸。"

"那你有没有看到女孩的什么特征呢？比如她穿什么样的衣服和鞋子，戴了什么首饰之类的，具有明显辨识力的东西？"

"我只看到她穿着应该是黑色的长裙，扎着马尾辫，其他就没有了……"马尚昨晚回到家后无数次回想自己看到的画面，此时说得很肯定。

王浩听他这么说，等于没有受害者任何的外貌特征，摇摇头，只能转而问道："你听到女人喊救命？"

"对，她还跳了起来，向我挥手，我当时在水里，试着想游到船坞，可做不到。"马尚叹口气。

"关于凶手呢，你有看到什么吗？"王浩继续有耐心地问道，虽然笔录上有一些记载，但他还是想亲自确认细节。

"我只看到一个黑影从后面抱住了女孩，跟着刀光一闪，女孩好像被割了脖子，血喷到河上……"马尚说到这里忍不住打了个哆嗦。

"你看见是什么样的凶器了吗？"王浩追问细节。

"刀，像是匕首那种，还有反光，闪了一下。"马尚肯定地点头。

"从你获救后，到再次回到船坞，这中间大概隔了多长时间？"

马尚抓抓头，当时他没戴手表，所以根本不知道时间，只能摇摇头后说道："不知道，不过救我的恐怖可能知道。"

"恐怖？你是说孔泽吧？"

"原来他的真名叫孔泽。"马尚这才知道恐怖的真名。

"孔泽和你是什么关系？"

"我借了他们公司的钱，违约了两个多月，他是来找我收债的。不过我已经在卖房了，很快就能还钱……"

"你回到船坞，有没有在那里看到什么值得注意的人，或者东西？"

"没有……"马尚突然想起那辆车，"对了，有辆车，我看到那个女孩的时候，岸边路上停着一辆小轿车，但是我回到船坞的时候就没看到那辆车了，你们说会不会是凶手的车？"

"昨晚的笔录里，你好像没提到这件事。"王浩翻看了一下笔录，"车的品牌、颜色或者特征什么，有看到吗？"

"我回到家才想起这件事，车身颜色可能是银色，又或者是灰色，其他就看不太清了，我当时也是瞟到一眼，没太注意。"马尚补充道。

王浩用笔把马尚刚才说的话记录下来，然后拿了一张自己的名片递给马尚，名片上有自己的警号、单位和联系方式。

"马尚，你这边要是再想起什么，可以随时联系我。"

"好的，王队长。"马尚看了眼名片，然后收进口袋里。

"小刘，你送马尚出去吧。"

马尚出去后，一旁的张安琪忍不住说道："王队，马尚的老婆孩子刚过世，而且从孔泽昨晚的笔录来看，他不是意外落水，而是去自杀的。你说他会不会再去干傻事？"

"不会的，毕竟他抱住了木头。"王浩很自信地说道。

王浩和张安琪又来到隔壁房间，恐怖不耐烦地坐在里面，杯子里的茶水已经见底。

"你们怎么才来，昨晚我不是都说清楚了吗！我这儿还有事呢。"恐怖看到王浩他们，忍不住抱怨道。

"人命关天，还是要请你配合一下我们的工作。"王浩脸上微微一笑，安抚道。

"真有人被杀了？"恐怖一脸惊愕，好奇地问道。

"我是刑侦大队队长王浩，这是我的同事张安琪，关于昨晚的事情，我们需要再亲自问你一次。"王浩没有回答恐怖的问题，先介绍了自己的身份。

"有什么就问吧，赶紧的。"恐怖也知趣地没再追问。

"昨晚的笔录我们看过了，不过还想问问你，从你在船坞附近发现马尚，到你们再次回到船坞，这个过程大概用了多少时间？"王浩之所以在意这个问题，是想了解凶手有多少时间处理尸体。

恐怖想了想，拿出自己的手机给王浩看，然后说道："马尚当时离河对岸更近，我要从下游的赵家桥到对岸后才能过去救他，当时我用手机导航了一下，所以有时间记录，是10点21分，马尚到船坞后报了警，你们应该有他的报警时间。"

王浩没想到这个孔泽还挺聪明，马尚报警的时间是10点55分，也就是说凶手大概有半个小时的时间处理尸体。他看过地图，船坞距离发现尸体的水域直线距离有差不多一公里，如果凶手是在船坞沉尸，水流能够把尸体和重物带到一公里外的水域吗？如果不是原地沉尸，凶手又是通过什么方式把尸体沉入河中？当然，前提是马尚看到的女孩和挖沙船上发现的受害者为同一个人。

"笔录上你说曾经听到女孩和马尚的喊叫声，能具体描述一下他们喊的是什么吗？"

"马尚喊的是'救命啊，杀人啊'什么的，女孩的声音听不太清，好像是喊'救命'。"恐怖回忆道。

"你看到那个女孩的样貌没有？"

"没看到，隔得太远了。"

"你救了马尚以后，马尚做了些什么？"

"他像个疯子，出了水就往船坞的方向跑，我就在后面追他。"

"船坞那里你有看到什么吗？"

"那里什么也没有啊，马尚就像个无头苍蝇似的乱转，然后他就报警了，没多久你们的人就来了，我们一起去派出所做笔录。"

王浩用笔敲了敲笔记本，没有再问话，停顿片刻后，说道："谢谢你的配合，你可以走了。"

说完，王浩安排了一个警察送恐怖出去。

恐怖在心里骂了句脏话，就跟着警察出了公安局。他看了看手表，离母亲规定的5点还有不到半个小时，如果自己不去恐怕会被老妈"追杀"，怎么也要应付一下。好在母亲家离公安局不远，步行十几分钟就能到。

恐怖走了大约七八分钟，路过一个僻静无人的十字街口，人行道此时刚好是绿灯，他小跑着过马路。

正在这时，一辆无牌的银色轿车突然从拐角冲出来，径直朝着恐怖撞去。

恐怖虽惊但不乱，避开绝无可能，他索性往前一扑，整个身体跃起，重重撞到车前盖上，然后随着惯性翻滚了一圈，从车的侧面跌落在地。

轿车不但没有减速，反而加速驶离现场。

恐怖咬牙从地上爬起来，想去追，刚一抬脚，一股钻心的痛传来。他只能骂骂咧咧，一瘸一拐地挪到路边坐下来。

"干，藏头露尾，暗箭伤人，有种就出来跟爷爷单挑，什么玩意儿！"恐怖咬牙切齿地大骂，可四周连个过路的人和车都没有，不过现在他对于有人想杀他这件事已经确信无疑。

第二章

失踪的女高中生

马尚回到家里，感觉松了一口气，警方主动来找他，说明昨晚的事情已经得到证实。他心里还有许多疑问，但警方在破案前不会告诉他究竟发生了什么。想到这里，他不免有些失落，事发后他的脑子里全是受害女孩的事情，让他转移了注意力。如今闲下来，悲伤和内疚又像潮水一样涌来，让他近乎窒息。

空荡荡的家，周围熟悉的一切，都变成一把把刺刀，往他的心里扎。

马尚坐立不安，站起来，打算出去透口气，可这时候突然响起敲门声。他抬头看了看墙上的挂钟，下午5点11分，这个时候有谁会来他这里呢？

敲门声停了片刻，又响起来，"咚咚咚"三下，比刚才的声音大了一些。

"来了。"马尚走过去，打开门。

门外站着一个女人，穿着职业套装，戴着眼镜，眼神犀利，看起来十分干练。

"您好，我是康健保险公司的调查员吴蔚然。"吴蔚然露出职业微笑，然后递上自己的名片。

马尚接过名片，眼神里有些疑惑，自然而然地问道："有什么事吗？"

"马先生，对于您妻子和孩子的遭遇，我深表遗憾，也请您节哀。"吴蔚然象征性地说完标准的慰问词后，才把话题一转，"您妻子郭洁的父母曾在我们公司为你们一家三口购买了一份康全险，出事后二老向我们公司提出了申请，我受保险公司的委托，需要对您妻子和儿子的车祸做一个调查……您别误会，这是保险公司的理赔程序。"

"什么时候买的保险？"马尚努力回忆这件事。

"三年前购买的，我带来了保单，您可以看看。"吴蔚然把一份保单递给马尚，然后继续说道，"您看我们方便进去聊吗？"

马尚看了眼保单，上面确实有家人的亲笔签名，也有保险公司的公章，他这才想起老婆曾经告诉过他这件事，只是他早就忘了。

"请进。"

吴蔚然跟着马尚来到客厅入座，她环顾了一下房间，然后再次把目光投向马尚。

马尚对保单没有太大的兴趣，只是看了一眼就放在桌子上。

"康全险是一份保全家的险种，详细条款我就不说了，简而言之，如果最后保险公司确认郭洁女士和小朋友是意外身故，将赔偿保险金共计四百二十万给您和郭洁的父母。"

马尚也是一惊，这确实是一笔巨款，不过他没有半点兴致，如今再多的钱也换不回他的老婆孩子。

吴蔚然没想到马尚听到这个数字后，还是一副无话可说的表情。

"马先生，虽然目前警方定性这起事件是意外事故，但我们在初步调查中还是发现了一些疑点，所以想来找您沟通一下。"

"疑点？什么疑点？"马尚瞪大了眼睛，看着吴蔚然。

"我们找到了出租车司机，根据他所说，出事前郭洁接到一个电话，然后就告诉他改变路线，绕去了建政路，跟着就在那里发生了车祸……"

"我没明白你的意思？想说我们骗保吗？"马尚的怒火被点燃，高声打断了吴蔚然的话。

"您别激动，我绝对没有这个意思，我相信没有父母会拿孩子的性命来骗保。"吴蔚然说得真诚。

马尚这才深吸一口气，压住火，不过脸色还是铁青。

吴蔚然继续说道："我同样也相信这个世界没有绝对的巧合！坦率地讲，我虽然代表保险公司的利益，但追寻的仍旧是事情的真相，即使您对赔偿金没有兴趣，但对事故的真相总有兴趣吧？"

这句话着实打动了马尚，恐怕全世界没有人比他更在乎这件事的真相了，但一时间要他接受妻儿的死可能不是意外，也并不容易。

"如果真有疑点，警察难道不调查吗？"马尚反问道。

"警察做事要讲证据，但我的职责是要排除所有疑点。"吴蔚然解释道。

马尚态度缓和下来，问道："你想让我怎么配合？"

"我们去了通信公司，调查了您妻子的通话记录，但在那段时间没有电话打进或者打出，所以出租车司机所说的那个令你妻子改变了路线的电话极有可能是通过某个社交软件拨打的网络电话，调查这个超出了我的能力范围。这次来，我就是想请您帮忙找出究竟是谁在那个时候给您的妻子郭洁打了电话，而她又为什么会突然让司机更改路线。"吴蔚然说出了自己此行的目的。

马尚愣了一会儿，不过他已经明白了吴蔚然的意思，她并不是怀疑自己骗保，甚至她还确定了自己对赔偿金并无兴趣，所以她才会提出这样过分的要求。因为一旦证实自己的老婆孩子不是因为意外身故，那么保险公司就能免于赔偿。保险金和真相怎么选？对于其他人或许会犹豫，但对于马尚而言从始至终只有一个选择——真相。

"好，我试试。"马尚点点头，应承下来。

恐怖去了医院，检查后发现好在没伤到骨头，简单上药包扎后，他就一瘸一拐回了家。相亲自然是没法去了，他也不愿意告诉老妈自己受了伤，只能是硬着头皮说有事去不了。他在电话里被老妈狂骂了15分钟后，用态度诚恳的道歉和油嘴滑舌的哄骗，终于让老母亲的怒火渐渐消散。

他挂了电话后，躺在沙发上长舒一口气，开始寻思究竟是什么人要杀他。他自己的工作确实会得罪人，但他最多也就吓唬吓唬对方，更多的时候是软磨硬泡，目的是督促客户还钱。被他催债的人想打他一顿是有可能，但是要报复杀人就未免太夸张了。正因为如此，恐怖左思右想还是排除了工作上的原因。

私人恩怨呢？恐怖也往这方面想过，可他这人虽然看起来凶恶，但是并不是胡搅蛮缠的人，所以也没有所谓的仇家。至于感情纠葛就更不可能了，自从和前任女友分手后，他已经两年没有恋爱了。

思前想后，只有一个可能，那就是跟昨晚的事情有关系。但他不过一时恻隐之心，救了马尚而已，他一没有看到凶手，二没有看到受害人，甚至如果不是马尚告诉他，他都不知道发生了命案。凶手就算是要杀人灭口，也找错人了吧！

恐怖越想越窝火，他也不是吃素的，能在这行混饭吃，自然有自己的人脉和手段。他一贯的作风就是"没事不惹事，来事不怕事"。凶手既然杀上门来，躲是没用的，不把这个混蛋抓出来，誓不罢休。

"海龟，是我，恐怖，帮我找辆车。"恐怖找朋友海龟帮忙，有些借贷人还不起钱就躲起来，所以找人算是他们工作的一部分，也就有自己相应的门道。

"老规矩，先付百分之三十。"海龟说道。

"不是公司的单子，我今天下午被一辆车撞了，我要把这个王八蛋找出来。"

"这……那你怎么也先给个百分之十吧？"海龟试探着问道。

"私人恩怨你也收我钱，上次你被女朋友戴绿帽子，要不是我……"

"打住，得了，哥，你说车牌。"海龟打断了恐怖的话。

"没有车牌，但我记得是一辆第六代的银色捷达，车龄最少有十年了，司机样子没看到，下午4点37分在北环路西的交叉路口撞了我，然后往环河路方向跑了。我怀疑凶手是用的报废车，要往这个方向去查。"

"兄弟，这个活难度很大啊……要不你报警？"

"放屁，报警也是我把他暴揍一顿后再说，要不然我就不叫恐怖！别叽叽歪歪了，改天请你桑拿。"

"好吧，我尽力，有消息通知你。"海龟叹口气，挂了电话，对他而言，这无疑是个亏本的买卖。

恐怖找了人帮忙，但是他觉得自己也不能守株待兔，要主动出击，起码查清楚凶手为什么要弄死自己。他回想了昨晚的状况，实在是毫无头绪，正所谓解铃还须系铃人，这件事说到底还是马尚引起的，自己必须再去找他聊聊。

恐怖也顾不得脚上有伤，他抓起拐杖，又摸出一把水果刀塞进口袋，出了门。

王浩带着刘毅、张安琪去了一趟船坞，昨晚下了一场大雨，几乎不可能再留下任何犯罪痕迹。但王浩依旧觉得有必要来这里实地调查，如果马尚说的事情是真的，那么这里极有可能就是凶案的第一现场。

船坞早已荒废，附近渺无人烟，更没有安装摄像头，关于那辆神秘的银色小轿车警方暂时还没有线索。

王浩找人去查看了昨晚沿河公路的监控，同样一无所获。这也很正常，长达五六公里的路上，就在两头的路口各有一个摄像头，但是一路上至少有七八条岔道都可以拐出沿河公路，附近又都是荒山野地，没有人烟，想找其他目击者也很困难。

"王队，这附近都没有住户，最近的村子距这里也有三四公里，凶手和受害者为什么会在这里出现？"张安琪提出自己的疑问，也是提出一个可以侦查的方向。

"这个问题你可难倒我了。"王浩确实回答不上来，目前为止这个案子只有一个目击者马尚，而他还看得不清不楚。马尚是否真的目睹了一场凶杀，如果是真的，船坞的死者又是否和青龙河里捞上的尸体是同一个人，这一切都还有待查证。

"依我看，我们还是先找出青龙河里尸体的身份。"刘毅说道。

王浩点点头，对于刘毅的话表示认可，随即说道："我已经通知各辖区派出所，特别留意最近有没有人上报女性失踪的案件，另外法医那边 DNA 对比结果也快出来了，相信我们很快就能确定死者的身份。"

王浩他们在船坞做完调查后，就回到局里，却发现市局门口聚集着一堆人，吵吵嚷嚷，几名警察和保安正在试图驱散人群，维持秩序。

王浩他们走近一看，人群正中有一个神情憔悴的中年妇女，举着横幅，上面有几个血红的大字：我的女儿在哪儿？

中年妇女声泪俱下，无论保安和警察怎么劝说，就是跪在地上不肯起来，四周也全是看热闹的群众。

"小张，这是怎么回事？"王浩拍了拍正在劝说妇女的警察。

小张一回头，看到是王浩，立刻敬了个礼，说道："王队，好像是这大姐女儿走丢了，找不到人，在这儿闹呢。我劝她去附近派出所报警，可她就是不走！"

"没事，让我来处理。"王浩主动走上前，在妇女面前蹲下来。

中年妇女看到来了一个领导模样的人，抹了抹眼泪，急忙说道："领导，我女儿已经失踪一个多月了，没人管没人问，您可要帮帮我啊！"

"我是公安局刑侦大队队长王浩，大姐，您放心，我一定帮忙。但是您在这儿拉横幅可不合适，也不是解决问题的办法，您这样，跟我回局里，我亲自接待您，您看行不行？"王浩语气温和地说道。

"我也是实在被逼得没办法了……队长，你可要给我做主啊！"中年妇女一把抱住王浩的腿，又哭了起来。

"安琪，你来扶一下大姐，我们去里面说。"王浩一边吩咐张安琪扶起中年妇女，一边让四周看热闹的群众散开。

中年妇女被带到刑侦大队的会客室，张安琪给她泡了杯热茶，她也确实口渴，不过也就喝了一口水，就急不可耐地开始讲述自己的事情。

中年妇女叫高树梅，来自农村，她和丈夫郑宝庆在南方城市打工，女儿郑雨鑫是天安市文心高级中学高三年级的学生，今年18岁。郑雨鑫从小就是留守儿童，一直跟着爷爷奶奶生活，但她却十分争气，学习成绩一直名列前茅，中考以优秀的成绩考取了天安市文心高级中学。可是一个多月前，高树梅夫妇突然就联系不上女儿，打电话到学校，班主任告知他们，郑雨鑫有厌学倾向，已经好几天没来上学了。

高树梅夫妇听到这个消息，焦急万分，问遍了亲戚、朋友和孩子的同学，都没有女儿的消息，他们立刻请假赶到天安市寻找女儿。

文心高级中学是一所私立寄宿高中，郑雨鑫吃住都在学校，虽然年龄上已经成年，但这么一个大活人不见了，学校却把责任推得一干二净。高树梅夫妇自然不干，他们当即就报了警，民警走访了学校，可也毫无线索。郑宝庆找不到女儿，急火攻心，一冲动，拿着一把菜刀冲进学校，威胁校长。结果可想而知，郑宝庆被学校保安制伏，现在还在医院躺着，而且出院后要被追究刑事责任，毕竟持刀冲进校园可不是小事。

高树梅不但没找到女儿，老公还进了医院，叫天天不应，叫地地不灵，这才想到来公安局大门口喊冤，想要求个公道。

"王队长，我女儿绝不可能厌学，更不可能一声不吭就走了，求求你了，救救我女儿……"高树梅又要下跪。

王浩连忙一把扶住她，出言宽慰道："高大姐，您放心，我们一定会把这件事调查清楚，您要相信我们，给我们一些时间，一旦有任何消息，我一定第一时间联系您。"

说着，王浩又拿出自己的名片，递给高树梅，然后继续说道："您有什么需要，也可以随时联系我，这上面有我的电话。"

王浩让刘毅带高树梅去物证鉴定处的 DNA 检验室，留下高树梅的 DNA 信息，以便于日后做 DNA 对比。

"王队，你要高树梅的 DNA，是怀疑她失踪的女儿和青龙河的受害人有关系吗？"张安琪好奇地问道。

"那倒不是，青龙河那死者的年纪在 25 岁左右，郑雨鑫才 18 岁，不是同一个人，留个 DNA 一是有备无患，二是安抚高大姐。"王浩以前在省城的时候，遇见过一些类似的事情，所以有一套成熟的处理方法。

"那就好，郑雨鑫那么年轻，真不希望她有什么意外。"

"现在的孩子叛逆得很，逃学还真不是稀奇事，不过这件事我既然应承下来，总要给高树梅一个交代，你明天和刘毅两个人辛苦一下，去学校走一趟。"

"王队，文心高级中学可不是一般的学校，要不要向局长汇报一下？"张安琪善意地提醒道。

王浩双手抱胸，他也知道张安琪说的不无道理，那里虽然是私立民办学校，但是因为升学率在全国名列前茅，每年都能吸引全国各地的应届生和复读生来求学，带动了地方的经济发展，也是市里的一张重要名片。

"你们先去，如果有什么不寻常的发现再说吧。"王浩还是觉得没必要小题大做。

马尚拿出老婆的遗物之一，一部碎裂成两半的手机，不过好在 SIM 卡还在里面，并没有损坏。手机尚且如此模样，就更别提人了。

车祸发生的时候，马尚不在场，他也是听交警和幸存司机的转述，才知道车祸是怎么发生的。

出租车正常通过建政路的一个路口，突然一辆大货车从侧面冲过来，撞到出租车后半截。出租车被撞翻，郭洁和儿子当场死亡。货车司机未系安全带，被撞击的惯性甩出驾驶室，后脑落地，送医后重伤未治。事故中的四个人只有出租车司机侥幸生还。交警调查后发现，事故原因是大货车的刹车失灵，而且在对货车司机的尸检中发现他血液中的酒精含量超标，属于酒驾，认定这是一起大货车司机全责的意外事故。

想到这些事，马尚心里又是一阵绞痛，他深吸一口气，尽可能让自己的情绪平复下来，然后小心翼翼从破碎的手机里取出 SIM 卡，装进了自己的手机里。

马尚知道郭洁常用的密码，一一登录她的微信、QQ 等有可能进行语音通话的社交 App，寻找事故当天是谁给她打过语音电话。可他试了一下，就发现这条路完全走不通。就说郭洁常用的微信，用新手机登录进去，没有她原来那部手机的资料，聊天记录一片空白，几百个联系人，根本无从下手。如今看来，他还是要想办法找到技术维修人员，恢复郭洁手机上的数据。

正在这时，门外突然响起了敲门声。

"哪位？"马尚喊了一声，可门外的人没有回应他，只是继续敲门。他收好手机，起身来到门口，透过猫眼，才发现来人竟然是恐怖。

恐怖看起来状态不是太好，鼻青脸肿，脚上包着纱布，一只手还挂着拐杖。

马尚打开门，脱口问道："你这是怎么了？"

"被车撞了，先不说这个，我找你有事。"恐怖大大咧咧走进马尚的屋子，然后放下拐杖，一屁股坐到沙发上，仿佛回到自己家一样。

马尚对于恐怖心存感激，毕竟是他救了自己，而且这人虽然看起来粗鲁，但本质上并非地痞无赖，实属性情中人。

"我帮你倒杯水。"马尚家里除了水，也没其他东西可以喝了。

"有人要杀我。"恐怖说道。

"什么？"马尚没听明白，端着温水走过来。

"昨晚有人摸到我家里，想开我的房门，今天早上我被花盆砸，下午又被汽车撞。"恐怖说话的语气里还带着怒火。

马尚闻言一惊，这事听起来绝非巧合，难道是昨晚的凶手想要灭口？可为什么没来找自己，反而去找恐怖？

"你是不是看到什么了？"马尚想了一会儿，问道。

"我看到个毛啊！那个凶手没来找你麻烦？"

"没有。"马尚摇摇头。

"这还有王法吗？要灭口也是找你啊，找我干什么？以为我好欺负？我跟你讲，这次他惹上我，算他倒霉！你看我怎么弄死他！"恐怖越说越激动，忘记自己脚受了伤直接站起来，瞬间疼得他一哆嗦。

"别激动，你真没看到什么吗？我不觉凶手会没有任何理由地对你下手，他要杀你，一定是有必须杀你的原因。"马尚冷静地分析道。

恐怖用手抓了抓自己的光头，他不是没想过这一点，可丝毫没有头绪。

"我就是想弄清楚这件事，所以才来找你。"

"要不我们找王队长说说你这事？"马尚提议道。

"说个屁，让人笑话。"恐怖一口回绝。

马尚想想也对，就算告诉警察，恐怖没任何证据，连人影都没看到一个，意义不大。

"昨晚如果是凶手去你家，那是不是说明他一直没走远，在后面跟着我们。"马尚沉默片刻后，猜测道。

恐怖身上的汗毛都竖起来了，确实有可能，否则凶手怎么可能找到自己家里来。要不是自己昨晚因为不舒服，没睡着，那么很可能已经被谋害了。

"有些事我想找你帮忙。"恐怖沉吟片刻后说道。

"你尽管开口。"马尚没想过推脱，只是不知道自己能做些什么帮恐怖。

"凶手知道我家在哪儿，我肯定不能回去住了，住酒店一天要两百，所以……"

"好，酒店的费用我出。"

"爽快！还有就是我想试试把凶手引出来，这事需要你搭把手。"恐怖淡定地说道。

马尚大吃一惊，本想劝说，因为这事万一弄巧成拙，可是要出人命的。

恐怖让他闭嘴，把他摁到椅子上，详细说出了自己的计划。

夜凉如水，马尚听完恐怖的话，额头全是汗珠。

王浩安排完所有工作后，回到宿舍里已经是晚上10点多了，他的老婆孩子都在省城，这两年多一家人聚少离多。

不过只要有空闲的时间，他都会打个视频电话给她们，今晚也不例外。

妻子胡舒曼正在辅导女儿王智欣写作业，看到王浩的来电，女儿立刻开心地接通了电话。

"爸爸，怎么才给我们打电话？"女儿撒娇道。

"知道想爸爸，还算你有点良心，爸爸给你寄去的新电脑收到没有？"

"你又乱花钱，旧的又不是不能用。"妻子笑着埋怨道。

"新电脑可真好。"女儿笑得合不拢嘴。

"少看网剧啊，学习上要抓紧，初二了，关键的一年。"王浩叮嘱女儿。

"知道了……"一谈学习，女儿就没兴致了。

"好了好了，你赶紧写作业，我跟你爸爸聊聊。"妻子拿着手机，走到卧室，关上房门。

"你这是要说亲热话，还躲着女儿？"王浩开玩笑道。

"没皮没脸，我问你，你找领导没有？什么时候能调回来？"胡舒曼板着脸问道。

"我当然找过了，领导让我安心工作，做出点成绩来，他才好开口……"

"放屁！你在这里破了多少大案要案，还不是被调走了，你就是死脑筋，让你给领导送点礼，你还假清高！"

"这……你不是让我知法犯法吗，我心里有数，领导答应我在这边借调三年，时间差不多了，等我办完手头的大案，也好向领导开口。"王浩其实心里没底，但只能这样安慰妻子。

"这叫人情世故，我再给你半年时间，你要是不行，我就找你们领导去！"

"我的姑奶奶，你可别闹了。"王浩知道自己的妻子是个敢想敢做的人，她要真疯起来，可没人拦得住。

王浩又哄着老婆说了一些贴心话，缓和了气氛后，才依依不舍挂了电话。他倒在床上再不想动，这一天可真是忙晕了，早上抓贼，中午验尸，下午顺手接了个失踪案还去了船坞一趟，简直没有任何喘息的机会。

"很久没有这么充实了……哎哟哟……"王浩扭动了一下腰，一股岁月不饶人的思绪爬上了心头。

当年他为了升职来到天安市，领导确实曾经答应他，等适当的机会再调他回去。可他自己也清楚，这事说不准，夫妻长期两地分居也不是个事，他不得不揣摩着如何向领导开口才好。

就在他盘算的时候，手机突然响了起来，他拿起手机看了一眼，是队里小黄打过来的。

"小黄，怎么样？"

"王队，南京西路的长虹小区发生了一起命案。"小黄语气急促地说道。

"长虹小区？那里不是在拆迁吗，都没人住了，怎么会发生命案的？"王浩一下子从床上弹起来，他没想到又发生一起命案，今天简直是撞了邪。

"具体情况我也不太清楚，但是听那边派出所的人说受害者是个女人，而且也是被割喉……"

"好，我马上过去，另外你通知搜证组的人和法医到场。"

"他们已经先行出发了，现在应该到场了。"

王浩放下手机，眉头紧锁，虽然还没有任何证据，但他本能地感觉两起案件或许有关联。

"连环谋杀案吗？"王浩深吸了一口气。

长虹小区是一片老住宅区，因为房屋老化，设施陈旧，有了很大的安全隐患，所以市政府下决心对这里进行拆迁，准备进行商业开发。

搬迁工作已经基本完成，这里已经没有住户，但商业开发却进展缓慢，所以大片未拆除的房屋荒废，成了流浪汉、流浪猫和流浪狗的临时居所。

最先发现受害者的人正是一位住在这里的流浪汉，他在各个房屋中搜寻可以卖钱或者能用的废弃物，无意间发现了受害者。

流浪汉是在两栋房屋之间的走道上看到受害者的，那时候受害者还在挣扎，血不断地从喉管涌出来。他立刻就拨打了110和120，甚至一度试图为受害者止血。

救护车和警车几乎同一时间到达，但这时受害者已经没有了生命体征。

警方很快就查到了受害者的身份，吴蔚然，女，28岁，未婚，保险公司调查员，她的证件、钱包和手机都在衣服里，身上除了喉管的切口，暂时没有发现其他伤痕。

王浩来到现场了解情况后，第一个判断就是凶手是情急之下杀人，没有事先做好计划，以致流浪汉突然出现，让他来不及处理尸体就逃走了。

因为事发时是夜晚，小区里早已断电，没有灯光，流浪汉只拿着一个手电筒，他并没有看到凶手和案发时的情况。不过即使如此，王浩还是把流浪汉带回了局里，详细询问，争取不遗漏任何细节。

流浪汉叫陈挺，大风县人，41岁，在天安市以打临工、捡废品为生，因为收入低，不愿意租房住，所以就在这个待拆迁没人住的长虹小区里找了间还算凑合的房子暂住。大概晚上8点多，陈挺在屋子里煮了面，吃完后就出来遛弯。拆迁户遗弃了不少破旧的物品，有些还能用，也能卖些小钱。他前几天就捡了台旧洗衣机，卖了五十块钱，发了笔小财。

陈挺吹灭了屋里的蜡烛，然后打着手电筒，拖着小推车出了门。虽然捡废品白天视会更好，但是白天有施工队的人四处巡查，为了施工安全，会驱赶他们这样"借宿"的人，所以只能晚上摸黑"作业"。

　　陈挺来到一栋楼房前，把小推车靠墙放好，正打算上楼去，突然听到一声女人的惊叫。

　　在寂静的废弃小区里，叫声显得尤其刺耳。

　　陈挺本能地喊了一声："有人吗？"他侧耳倾听，可没有回应。不过片刻后，巷子深处传来"哐当"一声，好像有什么东西被推倒。

　　陈挺一时好奇，寻着声音的来处，走进狭窄的巷道。偏巧这时手电筒熄了，吓他一跳，他急忙摇了摇手里的手电筒，橘黄的光终于再次亮起，但光线变得更加微弱。他举着手电筒，目光盯着前方，继续往前走，没走几步，脚下突然被什么东西绊了一下，险些摔倒。他放低手电筒往下照，一个女人倒在地上，她的喉管里不断冒出血，一双眼睛盯着陈挺，上下嘴唇微微开合，想说些什么，可吐出来的只有血。

　　陈挺惊恐之下，连退三步。他迟疑了一会儿，想起要救人，立刻上前用手捂住女人的脖子，希望这样能帮她止血。可这丝毫没有作用，血还是继续往外流，女人的身体也开始抽动，脸色愈发苍白。

　　陈挺不得不松开手，颤颤巍巍地从口袋里掏出手机，拨打了急救和报警电话。他等待急救车的时候，在电话里按照急救人员的指导再次试图为女人止血，但为时已晚。

　　王浩听完陈挺的讲述，又问了一些问题，但陈挺都答不上来，看来想要从他这里找到有用的线索是没指望了。另一方面，警方现场勘查、证据收集和尸检等工作都需要时间，王浩知道破案是急不来的，眼下只能耐心等待同事们的汇报，他才能再做判断。

　　王浩从询问室里出来，一看手表，已经是凌晨3点。他回到自己的办公室，又反复翻看案件卷宗，想寻找案件之间的联系，但终究线索太少，没有进展。没过多久一阵困意袭来，他在办公室里的沙发上躺下，沉沉睡去。

第三章

骨钉

初秋的阳光带着三分暖意，透过半黄的树叶，洒在清冷的街道上。

马尚靠在一棵树下，手里拿着包子和豆浆，一边吃喝，一边注视着对面的快捷酒店。恐怖就住在酒店里面，早上 8 点 10 分他会从里面出来，然后步行 150 米到 608 路公交车站，三站路后在"百芳园"站下车，他从那里沿着百芳路步行 5 分钟左右到达公司。

10 点 20 分，恐怖会从公司出来，步行 15 分钟去一家店铺催收债款，然后再到附近的"坤记海鲜粥"吃午饭。他吃完饭后再从中山路步行 10 分钟到"富桥养生馆"按摩……总而言之，恐怖将自己一天的行程提前安排好，而马尚的任务就是隐藏在暗处，找出跟踪恐怖的人。

凶手如果想要杀恐怖，很可能会跟踪他以便寻找下手的机会。螳螂捕蝉黄雀在后，马尚就是那只黄雀。

恐怖从酒店大门走出来。他的脚看起来已经好了一些，虽然还拄着拐杖，但走路的速度明显快了许多。

马尚看了看手机，时间正好，他早已知道恐怖的行动路线，因此并没有急着跟上去，而是仔细观察起四周的情况，寻找可疑的人。他这辈子没干过"特工"的工作，虽然现在戴着帽子和口罩，但心里还是七上八下。凶手会认出自己吗？他知道恐怖要引他出来吗？万一他真杀出来了，恐怖有危险怎么办……各种问题像一群苍蝇在马尚脑海里盘旋，让他无法集中精神。

这时候几只鸽子扇动翅膀，发出"咕咕"的声音，飞落在马尚面前的草地上。他看了眼在埋头吃食的鸽子，叹口气，不再多想，压低了帽檐，按照既定的路线跟了上去。

恐怖已经来到小店催款，他并没有太认真，只是软磨了一会儿，希望店主能尽快还款。店主欠钱理亏，主动偿还了部分利息。他一看时间也差不多了，从小店出来，去"坤记海鲜粥"要了份招牌海鲜粥，早餐和中餐算是一起解决了。

马尚在餐厅外面，这一路他并没有发现什么形迹可疑的人，凶手会不会已经放弃谋杀恐怖呢？毕竟凶手已经失败了三次，也会害怕自己被抓到吧。

他跟了恐怖一上午，也有些饿了，从包里掏出面包和水，简单吃了几口。正在这个时候，有一辆警车开过来，停在路边。警车里下来两个男人，打头的那人他认识，正是刑侦大队的队长王浩。

马尚吓了一跳，差点被嘴里的面包噎住。

"王……王队……"马尚一边打招呼，一边喝水，把面包吞下去。

"别急，慢点吃，别噎着。"王浩看着马尚，露出笑容，"你在这儿忙什么呢？"

马尚这时已经缓过气来，他不知道该不该跟警察说恐怖的事情，但想起恐怖曾经交代他不要去报警，所以只能是胡说道："没忙什么，瞎转悠……王队找我有事吗？"

"你认识康健保险的吴蔚然吗？"王浩盯着马尚问道。

马尚本以为王浩是为河边的案子而来，却没想到他说出了吴蔚然的名字，愣了一下说道："认识，她昨天来找过我。"

"她找你做什么？"王浩继续问道。

"我老婆的父母曾在保险公司给我们全家买了保险，她怀疑我老婆的死并非出于意外，所以来找我问话。"马尚如实地把昨天两人见面的事情说了出来。

王浩听完后有些吃惊，吴蔚然的工作当然是维护保险公司的利益，但是马尚对巨额保险金无动于衷，还配合调查就有些令人难以置信了。在他原本的设想中，吴蔚然或许掌握了马尚骗保的证据，他为了保险金杀人灭口，至于马尚的自杀，谁知道是不是为了掩人耳目。但马尚如今的行为却和自己的设想大相径庭。

"你需要跟我们去局里一趟。"王浩决定先把人带回去，马尚身上的疑点实在太多，这些事发生在一起未免过于巧合。

"回去？改天行不行？我今天还有点事……"

"吴蔚然昨晚被害，我们现在是正式传唤你协助调查。"王浩打断了马尚的话，直截了当地说道。

"被害……"马尚手里的水瓶落在地上，溅了一地的水，愣了片刻后，才问道，"你们这是怀疑我吗？"

"与被害者有不寻常关系的人，都是我们的怀疑对象。"王浩说的是官话，但也清晰地告诉了马尚，他至少是犯罪嫌疑人之一。

恐怖吃粥的样子就像是吃人，他心里又一次问候了凶手的十八代祖宗。店里刚进来的人看到他那样子，都纷纷避而远之，生怕惹祸上身。

恐怖三下五除二就喝完海鲜粥，拿起桌面上的牙签一边剔牙，一边喊老板过来买单，结完账准备起身走人，他收到马尚发来的短信。

"我有事要去公安局，你自己小心。"

恐怖往外打量，果然不见了马尚的身影。马尚这个时候去公安局，或许是河边的案子有了什么新进展。自己这引蛇出洞的计划看来是没法继续下去了，而且凶手会再次出手吗？他自己也没把握。如今没有人策应，自己又伤了脚，真遇上什么事情恐怕讨不到好。

这么一想，他也不冲动了，现在最好的办法是躲起来避风头，没必要抻长了脖子让人来砍，正所谓"识时务者为俊杰"。

恐怖走出粥店，招手拦下一辆出租车，打算回酒店睡觉。酒店大堂有保安，走廊里也有摄像头，再加上人来人往，凶手胆子再大，也会有所顾忌。虽然这么想，但他坐在车上还是心烦意乱，总觉得有什么事情不对劲。他回想自己经历过的房门被撬，走巷子被花盆砸，路口被车撞，这三件事看起来简单，但真要做到并不简单。凶手仅仅是靠跟踪自己吗？别的不说，就说那辆车突然冲出来撞自己，凶手一定是预判了他要经过的路口，做好了准备。

"这里有监控，老板，我们只能去前面立交桥掉头了。"出租车在这里直接掉头最省事，但是路口有摄像头，中间是实线，司机不得不多开一段路，到立交桥下面再掉头。

恐怖探头看了眼路边的监控摄像头，突然打了个哆嗦，心里有了一个大胆的猜想。如果凶手是通过路上的摄像头监控自己，那么他就有足够的时间预判，并在路上伏击自己。

谁能有这么大的能耐呢？光是这个问题，就让恐怖觉得浑身发毛，自己似乎无意中被卷进了一个大麻烦里，更可怕的是他根本不知道自己到底惹到了什么。

马尚在公安局刑侦大队做了一份正式笔录，包括他和吴蔚然详细的谈话内容，以及他们见面后自己去了哪里，做过些什么，还有见过哪些人。得知吴蔚然被杀，马尚想了想，跟自己有关的人接连出事，事情远比他想象的更复杂，恐怖遇袭的事情也不能隐瞒了，这根本不是他们自己能把控的，于是如实交代。

事关重大，王浩立刻派人去核实，一番调查下来，证实马尚并没有撒谎，他昨晚从8点30分到半夜11点都和孔泽在一起，没有作案的时间。当晚马尚还送孔泽去了酒店，并支付了七天的房费，所以酒店前台的员工也都对马尚有印象。

王浩虽然没找到马尚杀害吴蔚然的证据，但还是打算先把人留在局里二十四小时再释放。他并不是存心要找马尚的麻烦，只是以目前的线索来说，马尚具备杀害吴蔚然的动机，他又牵涉到河边的案子。这些事如果全部以巧合来解释，未免有些牵强。无论马尚是不是凶手，他都和案件有着密切的联系，所以王浩想从他这里找到案件的突破口。

王浩回到办公室，找来马尚妻儿交通事故的案卷翻查，这类案子他曾经有过接触，骗保的人一般是被逼到绝路，又或者是贪财忘义，谋杀配偶亲属或者自残的都有，并不稀奇。他参与刑侦工作多年，最大的感触就是人性之善或许有上限，但是人性之恶是没有下限的。有些凶徒为了钱财，杀妻卖儿也不是不可能。他绝不会因为马尚主动在船坞报警协助警方调查，就降低对马尚杀人骗保的怀疑。

"王队。"刘毅和张安琪两个人敲门进来。

王浩放下手里的案卷，说道："中学情况如何？"

刘毅和张安琪脸上都面露难色。

"学校方面怕担责任，不太愿意配合警方调查，一直在打官腔。我们查看了学校的监控记录，但感觉意义不大，校园内许多摄像头都是坏的，覆盖率也不够，盲区太多。郑雨鑫在监控里最后出现的地点是宿舍楼，时间是 8 月 13 号下午 5 点 46 分。"

"现在学校 8 月就开学了吗？"王浩不解地问道。

"那里情况特殊。"刘毅解释道。

"明白了……"王浩不免有些唏嘘，"你继续说。"

"我们也找了郑雨鑫的班主任和同班同学问话，其中包括她的同桌还有舍友们，可他们对郑雨鑫的事情漠不关心！"刘毅说到这里有些生气。

"你们办案不要带有情绪，这会影响判断。"王浩批评道。

刘毅和张安琪没说话，他们显然是已经在学校受了一肚子气。

办公室里陷入短暂的沉默，王浩思虑了片刻，然后敲了敲桌子，说道："这样吧，先把郑雨鑫的照片和资料下发到各个派出所和巡警那边，让他们帮忙留意这个孩子。另外，让网监的同事帮忙查一下郑雨鑫的社交媒体账号，看看有没有线索。"

目前，关于郑雨鑫的失踪事件没有证据表明有犯罪事实，所以也没办法刑事立案，只能是调动警力资源找人。

王浩安排好郑雨鑫的事情后，就去找莫旭东要青龙河女尸的尸检报告，如今首先要确认其身份信息。

一般情况下，法医出报告后会主动提交给刑侦大队，但这中间会有一些规定流程，往往会发生拖延。天安市两天时间里连续发生了两起割喉凶杀案，让王浩没法坐在办公室里等，他必须尽快查明真相，否则很难说凶手会不会再次作案。

莫旭东和助手正在解剖室里对吴蔚然的尸体进行细致的检验工作，看到王浩过来，他放下了手里的解剖刀。

"王队，你可真着急。"

"不着急不行啊。"王浩看了眼躺在解剖台上的吴蔚然，"青龙河捞出的那具尸体的报告应该出来了吧？"

"还没复核，不过你急着要，可以先拿去参考。"莫旭东脱下手套，洗了手，从旁边的文件柜里拿出一份报告递给王浩。

王浩接过报告先扫了一眼，然后说道："报告我回去慢慢研究，老莫你先给我说说重点。"

"受害者面部被挖沙机损毁严重，我们已经提取了受害者的DNA，但是没有比对参照，你想确认死者的身份，难度很大。"莫旭东明白王浩现在着急确认死者的身份，不解决这个问题，案子很难展开。

"这些我也想到了，你这边还能提供一些其他线索吗？"王浩直接问道。

莫旭东来到冷冻柜，拉出青龙河受害者的遗体，指着左小腿说道："尸检过程中我们在死者左小腿腓骨处发现了一枚骨钉，经检验确定，死者在死前一年半至两年左小腿腓骨骨折，并于手术中植入了骨钉。"

"这可是重要线索，谢了，老莫！"王浩眼睛一亮，兴奋地拍了拍莫旭东的肩膀。

"王队，轻点，我这把老骨头可不禁拍。"

"等破了案，请你吃饭。"

王浩拿着报告迫不及待地赶回办公室，找来人手，全面清查天安市各大医院近一年半至两年这段时间中，做过腓骨骨钉植入手术的患者身份。如果天安市范围的清查无法找到死者，他再上报省城。

马尚被放出来的时候已经是第二天傍晚，他在拘留室里想了很久，警方怀疑他是犯罪嫌疑人，是因为吴蔚然正在调查他老婆孩子的交通事故。换言之，吴蔚然极有可能是发现了车祸的疑点，才被凶手杀人灭口。如果老婆孩子是被人谋杀，那自己无论如何都要找出凶手，以慰他们在天之灵。

另一方面，他竟然会因跳河而目睹到一起谋杀案，跟着第二天来找他的保险调查员也被杀害，这种身边接连发生凶杀的概率恐怕比中彩票头奖都低，难怪警方要怀疑他。但是这些事之间又有什么联系呢？吴蔚然究竟是怎么死的？袭击恐怖的人又是谁？这一连串的问题，他一个也答不上来，自己仿佛陷入了一片大雾之中，完全看不到前方的路在哪里。

想到这里，他叹口气，拿出手机，拨通了恐怖的电话。

"恐怖，我被警察……"

"不用解释，我知道了，昨天有两个警察来酒店问了我两个小时的话，你可真是十足的扫把星，什么坏事都和你扯上关系了！"恐怖说的是真心话，没有调侃的意思。

"那个袭击你的人有再出现吗？"

"没有……我在酒店一直没出门。"恐怖说着咳嗽了两声，"我可不是害怕，只是关于袭击我的人，我有了新想法，你出来了正好，来酒店，我们商量商量。"

马尚来到酒店，发现恐怖手里拿着一个游泳圈，正在大堂等着他。他还来不及打招呼，恐怖已经一瘸一拐迎上来。

恐怖走路虽然还有些不利索，但是已经没有再用拐杖，看起来他的伤恢复得还算不错。

"走，我们去青龙河。"恐怖拉住马尚的手往酒店外走。

"去那里干什么？"马尚不解地问道。

"'案件重组'你懂吗？我跟你讲，我这两天可没白过，凡是有点名气的侦探电影我都看了，这破案的第一步，就是案件重组……"恐怖一边说，一边走到了自己的电动车旁边。

"你拿着游泳圈，该不会是想让我再跳一次河吧？"马尚恍然大悟。

"这还用说吗，我们把当晚的情形再演一次，说不定能找出凶手要杀我的原因。"恐怖说着坐上了电动车，回头催促马尚，"快上车，放心，替换的干净衣服我也帮你准备好了。"

"不好吧，我看我们还是继续'引蛇出洞'比较稳妥。"马尚可不想再跳一次河。

"那个行不通，我想过，凶手不可能是用跟踪这么原始的办法，他是用'天眼'！"恐怖指了指不远处的道路监控摄像头。

"天眼？不可能吧，那得有多大的本事……"马尚对恐怖的猜测表示怀疑。

"谁知道呢，不过我有办法，这些摄像头有盲区，不是什么地方都看得到，我尽量绕过去。"恐怖说着启动了电动车。

马尚无可奈何地坐上去，除了对恐怖有道义上的责任，他也想弄清楚事情的真相。

两个人绕了点路，多花了一些时间，再次来到渡仙桥，如果不看日期，今天的夜晚与那晚似乎别无二致。

恐怖把游泳圈塞到马尚手里，说道："放心兄弟，我一定把你拉上来。"

"可是你的脚……"

"我带了绳索。"恐怖从包里拿出一捆绳索，一头还系着扣具，少说也有十米长。

马尚再找不到拒绝的理由，把游泳圈套上，走到桥中间。

"兄弟，大胆跳，记得跟那晚一样，该叫的时候就开始叫。"

马尚闻言哭笑不得，一咬牙，再次跳下了桥。

这一次，他没有沉入水底，但河水依旧冰冷刺骨，仿佛一瞬间又回到了那个他求死的夜晚。他打了个哆嗦，抛开脑海中那些消极的想法，他要振作精神查清事故的真相。

河水推着马尚顺流而下，没有了那晚的慌乱不堪，他能更好地打量青龙河两岸。

渡仙桥所在的位置已经出了市区，河两岸几乎没有什么住户，马尚的眼前只有山丘、树林、公路、河滩……看不见人，也看不见车，恐怕越往下游越是人迹罕至。

过了一会儿，马尚注意到岸边出现了一辆电动车，虽然看不清骑车的人，但想来是恐怖骑着车重新走了一次那晚的路。

恐怖完全看不见水里的马尚，可根据上次的经验，至少还有十来分钟才能到船坞的位置。这一次他特别留意周边的环境，但道路一边是河，一边是树林，除了他自己车灯能照到的地方，其他地方黑黢黢一片，看不出个所以然。

马尚随波逐流地在河中漂荡，十来分钟后，他再次看到了船坞，那地方依旧亮着一盏昏黄的灯，在夜里尤其醒目。

呼救的女孩仿佛还在看着他，祈求他的帮助。

马尚在水里划动双臂，蹬腿，奋力游向船坞，戴着游泳圈远比抱着木头方便，但毫无章法的乱动依旧无济于事。

"马尚，在吗？"恐怖此时也看到了船坞，他大声在河对岸喊道。

"我在……"马尚回过神来，停止了毫无意义的挣扎。

"我去下游截住你！"恐怖一扭电门，小电动车全速冲了出去。

恐怖驶过赵家桥，把绳索抛给马尚，虽然失误了一两次，但总算是把对方拉上了岸。

马尚浑身湿透，搓手跺脚，想要换上干衣服。

"别啊，还没完呢，接下来往船坞跑。"恐怖取下马尚身上的游泳圈，催促道。

"你还没重组完呢？"马尚瞪大眼睛。

"还差一点点。"恐怖尴尬地摸摸光头，然后伸出手比画道。

马尚想着河都跳了，也不差这最后一步了，他转身就往船坞的方向跑。恐怖为了尽可能还原当时的情况，并没有立刻追上去，估摸着到了差不多的距离，才迈开腿跑。

两个人一前一后，重新来到船坞附近，这里依旧静悄悄的，周围空空荡荡。但现在这里也与以前有些不一样，四周有警方的警戒线，船坞还贴着封条。

"重组了吗？"马尚回过头，一边大口喘气一边看着身后的恐怖。

恐怖有些发愣，他看看脚上的鞋子，又看看船坞，突然把鞋脱下来，用力砸向船坞，鞋子碰到船坞的铁皮，"哐当"一声落在地上。他走上前，没有去捡地上的鞋子，而是盯着船坞看，仿佛像是看到世界第八大奇迹。

"没事吧你？"马尚看到表情怪异的恐怖，忍不住跑过去问道。

"这里不对劲！"恐怖指着船坞上面的铁窗。

"怎么不对劲？"

"那天晚上窗户是开着的，我不小心还把鞋子扔进去了。"恐怖此时终于想起这件事。

"开着的？"马尚浑身不由得一抖，"你可想清楚了，我记得警察当时来的时候，没见有窗户开着啊！"

"我自己的鞋子，我能不确定吗！"恐怖两眼一翻，走近船坞，"而且你看，这窗户从外面根本打不开。狗日的，我可知道凶手为什么要杀我了，这船坞里绝对有问题！"

"难道凶手当时就在船坞？他根本没离开！"马尚身上的汗毛都竖起来了，"你……你当时怎么不说这件事？"

"我当时东南西北都搞不清，哪里会想到这种事，也没人问啊！"恐怖摸着光头说道。

马尚一愣，想起当时恐怖一头雾水，光脚站在旁边淋雨的样子，这事确实怨不得他。

"不过或许是后来警察来这里关掉了窗户……"马尚看着四周的警戒带。

"也有这个可能……我们进船坞里面看看，说不定有什么线索。"恐怖把鞋子穿上，他也不敢完全肯定自己的猜测，总之先想办法进船坞再说。

"我们还是报警吧？"马尚有点犹豫。

恐怖瞥了他一眼，说道："你刚从公安局出来，又去？要去你去，我先查个清楚再说。"

马尚一想也是，现在去能说什么呢，自己还是另一起案件的犯罪嫌疑人，先把事情查清楚再报警也不迟。

船坞大门被焊死，窗户又被反锁，想进去并不容易。

马尚围着船坞转了一圈，他发现想要进去只能是水路，因为进船的闸口只封了水面上的，水下并没有完全封闭。不过他不识水性，无法潜水，只能是恐怖进去。

"你腿能行吗？"马尚有些担忧。

"潜水问题不大，你帮我拿好包。"恐怖把包递给马尚，然后脱了衣裤，他把手机拿在手里，一会儿潜水进去，可以当手电筒照亮。

"那好，你小心一点，我在窗户下面等你。"马尚拍拍恐怖的肩膀。

恐怖双手撑着船坞边缘，慢慢滑进水里，然后深吸一口气，潜了下去。他没有装备，水下看不见，只能靠手摸。好在船坞结构简单，内外不过相隔两三米的距离，恐怖没费太大功夫就进入了船坞内部。

船坞里面一片漆黑，空气中弥漫着汽油的味道，就跟汽车修理厂没什么区别。

恐怖从水里出来，把手机甩了甩，然后打开手电筒，他看到身边有栏杆，便爬了上去。

船坞内部看起来比外面要大许多，分成水上和水下两部分。水上有许多废弃的机械工具、加工台、损毁的桌椅等物件，无一例外都遍布蛛网，看起来杂乱不堪。水下就像是停靠船只的小码头，有一道闸门把船坞和外面的河隔离开来。

他喘了口气，找到窗户的位置。他爬到一个木箱上，站在上面可以轻松摸到铁窗的锁扣。

马尚看到窗户被打开，立刻沿着船坞外的水管攀爬而入，他第一次这样闯进别人的地方，实在跟做贼没什么差别，心里多少有些忐忑不安。

"我们当时来的时候，凶手可能就在船坞里面。"马尚回头看了一眼铁窗。

"别猜了，进来就是找线索的，我们搜搜看！"恐怖拿过背包，从里面取出手电筒。

"你这准备可真齐全。"马尚佩服恐怖的细心，绳索、手电筒、衣服一应俱全。

"那还用说，防身的刀具我都带了。"恐怖咧嘴一笑，夸张地说道。

两个人在船坞转了一圈，船坞里遍布灰尘，空气混浊，看起来不像是有人待过的地方。他们唯一的发现是闸门可以通过绞盘手动开关，所以这里并非想象中的被完全封闭，如果有一艘小船，就可以从闸门进出船坞。

"这都好几天了，有什么估计也被清理干净了。"马尚有些泄气地说道。

"那可不一定，如果这么好处理，凶手何必杀我，肯定有什么东西是凶手一时间处理不了，又怕被人发现的。"恐怖反驳道。

马尚点点头，觉得恐怖言之有理，提议道："那我们分头再仔细找找。"

两人各自负责一边，开始仔细搜索，不放过船坞内每一个角落的物件。

马尚发现一个铁架下面有一张油毛毡，油毛毡很干净，看起来是刚刚铺上不久。这里这么多铁架，只有这个下面铺了油毛毡，十分怪异。马尚先是将铁架搬开，然后用力扯开油毛毡，下面露出一个类似井盖的铁盘，铁盘上面有锁扣。他伸出手用力拍打铁盘，发出"咚咚"的空鼓声，证明下面并非实心。

"恐怖，这里有问题。"马尚说道。

恐怖闻声急忙小跑过来，问道："什么情况？"

"这下面可能有东西，我们想办法把锁扣弄开！"马尚指着铁盘说道。

恐怖立刻去寻找可以用的工具，他在地上发现一根生锈的铁棍，捡了起来。他回到铁盘的位置，然后抡起铁棍，猛力敲打铁盘上的锁扣处，费了好大的力气，才把锁扣敲掉。

马尚用力一拉，铁盘被拖出来，露出一个圆形通道，下面有一个扶梯。

"果然有问题！"恐怖摸了一把额头的汗水，骂了起来。

"我们下去看看！"马尚用手电筒往通道里照去，发现内里深不见底。

两个人一前一后抓住扶梯慢慢向下攀爬，通道里面弥漫着一股说不上来的腥味，令人作呕。

过了大概五六分钟，他们终于下到底部，虽然视线不佳，但能感觉空间开阔了不少。

马尚在墙上找到一个开关，轻轻往下一按，昏暗中亮起橘黄色的灯光，让他们能勉强看清四周的环境。这里环境潮湿，墙壁和地面都是水渍，扶梯下来是一条走廊，走廊两边是数个以铁门封闭的房间，看起来像是旅馆，或者说像是监狱里的牢房。

他们两个人面面相觑，都没有想到船坞能通到这么一个地方。

恐怖胆子大，轻咳两声，然后喊道："有人吗？"

他的声音在地下回荡，但没有任何人回应，留给他们的只有死一般的沉寂。

"这地方可真瘆人。"恐怖吐了口痰在地上。

马尚心里也是七上八下，他壮着胆子往前走了几步，来到离他最近的铁门。铁门封得严严实实，看了半天，只有靠近地面的位置有那么一丝缝隙。他整个人趴在地上，举起手电筒，脸贴着铁门，眼珠子往里瞅。他有限的视线里空空荡荡，没看到人，地上有一些干草、黑色的铁链和一个肮脏的木桶。

"有没有人？"马尚又喊了一声，用手拍拍铁门，门里依旧没有人回应。

恐怖去看对面的房间，他也有样学样，趴在地上透过门缝往里看，里面同样空无一人。

走廊两侧一共六个房间，每个房间的铁门都上了锁，没有专业工具，他们根本不可能打开门。

"这些屋子看起来就像是牢房，一个船坞下面搞这些东西干什么？绝对没有好事！"恐怖更加确定船坞是个"挂羊头卖狗肉"的地方。

走道尽头还有一扇门，这扇门与其他铁门不同，看起来精致许多，材质是铝合金的。

恐怖上前扭动门把手，门"嘎吱"一声开了，缝隙里透出明亮的光。

"马尚，这边……"恐怖招呼道。

马尚走过来，两个人对视一眼，恐怖举起手里的铁棍，然后深吸一口气，完全推开了门。

一个宽大明亮的空间出现在他们面前，同样是空无一人。这里约有一百多平方米，高四米左右，顶上还装着三盏白炽灯。

房间中间有一张大小好似单人床的石台，地上散落着各种被剪断的线缆、碎掉的石块和玻璃碎片，一片狼藉。

他们走到房间里面，又留意到墙壁上还残留着一些膨胀钉，说明这里以前应该摆放过许多设备，不知道是什么原因，现在已经被全部清空。

房间里除了刚才他们进来的门，再没有其他出口，看起来整个地下空间也就到此为止了。

"我想我能把事情理顺了。"恐怖坐到石台上，喘了口气，"你看到的那个女人肯定是从船坞窗户那里翻窗逃出去的，然后凶手发现，追出去杀了她。凶手处理完尸体，回到船坞，却忘了关闭窗户，我算是倒霉，误打误撞把鞋扔进船坞。凶手怕暴露船坞的内情，于是就要杀人灭口。"

"你的推理合情合理，可是当时我看到外面还有一辆车，如果凶手当时还在船坞，车是谁开走的呢？"马尚心中有疑问。

"这有什么奇怪呢，能在船坞下面搞这些玩意儿，凶手肯定不是一个人，多半还有同党。而且就因为这辆车，我们都认为凶手开车跑了，所以没人认真查一查这个船坞。"恐怖一边说，一边用手拍打屁股下的石台。

"不管怎么说，我们总算发现了线索，这里究竟是干什么的，让警察来调查就好了。"马尚觉得这地方让人不寒而栗，事情怕是远比自己想象中还复杂危险。

"我可不想跟警察打交道，手机在包里，你报警吧。"恐怖嘴上硬，其实心里也在打鼓，不再反对报警。

马尚从包里拿出自己的手机，却发现这里没有信号。

"我们出去吧。"

马尚和恐怖都不愿意继续留在这里，混浊的空气和压抑的氛围，让他们备感不适。

两个人往回走，刚爬上梯子却发现从上而下不断滴落黏糊糊的液体。

恐怖一摸头，用鼻子闻了闻，脸色骤变，大叫一声："汽油！快跑！"

两个人立刻慌忙后退，几乎就在同一时间，只见头顶火花一闪，一条火龙从天而降，扑向马尚和恐怖。

马尚和恐怖身上已经沾了油，哪怕遇上半点火星，后果也不堪设想。他们跑回最里面的大房间，关上门。

"这就是杀人灭口！"恐怖脱下衣服，把头上的油擦干。

马尚此时一眼就看到房间顶部有通风口，如此深的地下要想不被闷死，自然少不了通风装置。

通风口距离地面有将近四米的距离，值得庆幸的是通风口在石台正上方。但即使如此，一个人站上石台还是无法触碰到，而房间内再没有任何可以踮脚的东西。

马尚跳上石台，拍拍自己的肩膀对恐怖说道："你上来，我们想办法打开通风口。"

生死之间，分秒必争！恐怖二话不说，踩着马尚的肩膀快速抓住了通风口的网罩。

通风口上有铁网，网后还有一个排气扇，恐怖用随身带的小刀撬开铁网，可是排气扇有螺丝固定，异常坚固。除此之外，他们发现通风口是垂直设计，根本不可能徒手爬进去。

此时火苗已经来到门外，最可怕的是伴随而来的还有烟雾，那烟雾无孔不入，慢慢开始在房间内弥漫。

"通风口不行！"恐怖跳下来，放弃了从通风口逃生的想法。

两个人都一屁股坐在石台上，看着不断渗入的油、火和烟雾，仿佛死神的镰刀正向他们袭来。

"妈的，不能死得这么窝囊！"恐怖咬牙站起来，脸憋得通红，希望能找到另外的办法逃生。

马尚这时注意到在自己右侧的墙壁下方，有一个突出的水泥块，他跑过去用手搓了搓水泥。他以前在工厂是技术工，对建筑、水电、瓦工都十分熟悉，当下就判定这些水泥糊上去不超过两天。他把恐怖的铁棍拿过来，三下五除二清除了水泥，露出一个水管阀门。

"有救了。"一旁的恐怖看到水阀，眼睛一亮。

两个人立刻合力撬动水阀，"扑"一声，水开始源源不断从阀门口喷涌而出。

第四章

黑吃黑

警方寻找的目标十分明确，那就是年龄在 25 岁左右，一年半前做过左小腿骨折手术，还未进行骨钉拆除的女性患者。

前方很快就传来消息，找到了一个与目标完全符合的女性，最重要的是这个人失踪的时间和受害者遇害时间吻合。

女人名叫朱珊，26 岁，一年半前因为骑车摔跤，左小腿骨折，随后在华祥医院进行了骨科手术，植入骨钉。本来按照医嘱，她应该每隔三个月来医院检查，可事关骨钉拆除手术的最后一次检查她却没来。

警方查到朱珊独自一人住在城区的景天公寓，是丽都足疗店的技师。公司经理说，她已经有一周没有来上班了。他们这一行人员流动大，所以朱珊的消失并没有引起经理的特别关注，同事也都以为她回老家了。

技侦人员去到朱珊所住的公寓以及她工作的单位，在两个地点分别提取到了她的 DNA，只要比对成功，那么就能确定青龙河的死者就是朱珊。

案件调查有了突破，王浩总算能喘口气，他明白对于破案而言这只是刚刚开始，但迈出第一步至关重要。就在他一边等待 DNA 结果，一边继续收集整理朱珊的信息时，局长邓岚突然让他去一趟局长办公室。

邓岚是科班出身，十年前还在大学的刑事侦查专业当过老师，如今任天安市公安局的局长，分管刑侦工作。王浩刚参加工作的时候去学校进修，邓岚正是他的任课老师，他们之间有师生之谊。

王浩也早想着去找邓岚汇报工作，琢磨着是不是顺便向他提一提自己想要调回省城的事情。

"邓局。"王浩轻轻敲了敲邓岚办公室开着的门。

邓岚坐在办公桌后面，抬头看到王浩，表情严肃地说道："进来，把门带上。"

王浩看邓岚脸色不好，也不知道是出了什么事情，关上门，走到跟前，说道："邓局，青龙河发现的尸体已经基本确认了身份，吴蔚然的案子也在跟进，相信很快会有线索……"

邓岚摆摆手，打断了王浩的话，说道："我看到你们提交的报告了，已经大致了解了情况，我让你来是想问，你安排人去文心高级中学了？"

王浩这才知道邓岚找自己来的原因，原来是为郑雨鑫失踪一案。

"是有这个情况，前两天有个失踪学生的母亲来反映情况，我刚好遇到，就让人去学生就读的学校了解一下。"王浩尽可能解释道。

"你当这么多年警察了，还需要我跟你讲工作程序吗？失踪案让家属去派出所报案，要走程序，这件事立案了吗？你刑侦大队是吃饱了没事干吗？"邓岚这几句话一点没给王浩面子，他确实对这件事十分恼怒。

"邓局批评得对，责任在我，我应该提前向您汇报。"王浩当然知道自己的做法不符合程序，但也绝不至于让邓岚发这么大火。

"他们去查到什么了吗？"

王浩摇头道："没有线索，我让派出所和巡警那边帮忙留意这个孩子了。"

邓岚皱了皱眉头，用手摸摸下巴，思索了片刻后，才说道："涉及学校的事情要特别谨慎，稍不留神就容易闹大，你应该能明白我的意思。"

"明白，邓局放心，我会谨慎处理。"

"那就好，去忙你的吧。"

王浩知道现在不是提调动的时候，赶紧溜出了办公室，他刚出门就接到了马尚打来的电话。

"王队吗？"

"是我，有事吗？"

"有人要杀我们，麻烦你们尽快派人来船坞这边！"马尚语调急促。

"什么？你和谁在一起？"王浩问道，马尚那边信号不好，声音听起来很嘈杂。

"我和恐怖……孔泽在一起，有人要杀我们……我们在船坞！"马尚摇晃着手机，大声喊道。

王浩带着刘毅、张安琪赶到青龙河旁边的船坞，眼前的景象不由得让他们大吃一惊，船坞不断向外冒着黑烟，缝隙处还不断有水流出来。马尚和孔泽两个人就像是从泥沼里爬出来一样，坐在不远处的堤坝上，浑身上下污浊不堪。

马尚和恐怖看到王浩他们，立刻爬起来，快步迎上来。

"这是怎么了？"王浩看着马尚他们两个人问道。

马尚在等警察来的时候，就在脑子里理清了思绪，组织好了语言，想好了如何讲述这件颇为离奇的事情。即使如此，他讲述完事情的经过后，还是看到王浩三人脸上露出怀疑的神情。

王浩沉默片刻，才说道："你们需不需要去医院？"

"我们没事，这船坞是谁的？你把船坞老板抓起来，这事就清楚了！"恐怖看着王浩慢条斯理的样子，着急地说道。

"你们说的都是猜测，也没证据，不过请放心，我们一定会调查核实。"王浩倒不是推托，马尚他们说的事情太过离奇，而且没有任何证据支撑，无法轻易取信，"你们先回去休息一下，晚点我们会联系你们来局里做笔录。"

马尚和恐怖都有些失望，警方的反应显然和他们想象中不同，不过折腾了一夜，他们又饿又冷，确实需要回去休息。

王浩让人送走马尚和孔泽后，围着船坞转了一圈，忍不住皱起眉头，就算马尚他们的推断全部成立，被火烧水淹之后，这里也很难留下什么有用的证据。他随后请来消防局的朋友，帮忙抽出积水，并鉴定起火原因。

消防车不用一会儿就抽干了船坞里的水，王浩他们走进船坞，来到马尚所说的地下室，亲眼看到这样的地方后也不禁有些吃惊。一个船坞地下有这样布局的密室确实不简单，而且还盗接了公共水电，实在是可疑。

王浩他们撬开地下室的一扇铁门，房间里什么也没留下，不过地上还有两条湿漉漉的铁链。

"这玩意是用来锁人的。"刘毅戴上手套，拿起地上的铁链。

铁链一头固定在墙壁上，另一头有锁扣，明显是用来束缚人手脚的。

王浩点点头，说道："让局里来人，把这些东西拿回去化验，就算提取不到有效的DNA，也查查这些铁链的来历。"

他们之后又去查看了其他房间，都与第一间房大同小异，简而言之，六个小房间看起来就是囚室。只有最后那个大房间，布局大相径庭，水电齐备，也不知道以前是用来做什么的。

这地方疑点重重，王浩他们凭借现有线索无法推断出这里究竟是用来做什么，即使如此，也令他们心悸不已。

王浩从船坞出来，换了口气，里面的空气实在太混浊。

刘毅回头看看船坞，说道："王队，马尚他们的推断看来也有几分道理，凶手是真的想灭口。"

"我们要不要安排人先把马尚他们保护起来？"张安琪问道。

王浩没说话，他调查现场后，知道马尚和恐怖既没说谎话，也没夸大事实，最让他忧心的事情是凶手看起来不像是单纯的个人行为，更像是有组织的犯罪，如此一来，案子就远比想象中更加棘手。

"这一点倒不用担心，地下室已经毁了，凶手应该没有再杀他们的理由，除非……"王浩没往下说。

"除非什么？"张安琪好奇地追问道。

"除非他们咽不下这口气。"王浩想起马尚和孔泽刚才的神情，知道他们恐怕不会善罢甘休，"马尚明显是想追查妻儿的事故真相，而孔泽是不怕惹事、更不怕事大的人。"

"王队，这么说吴蔚然的死真和马尚妻儿的交通事故有关吗？"

"不排除这个可能性。"王浩抓抓头发，这一系列的案子究竟有没有关联，他如今也没有头绪。

刘毅和张安琪以前没遇到过这么复杂的案子，一时也都陷入沉思，希望能理清线头，找出调查方向。

"你们打起精神来，我们这次碰上大案了。"王浩语重心长地说道。

马尚回到家里，并没有休息，只是匆匆洗澡换衣，吃了点东西，然后就拿着郭洁坏掉的手机出了门。他经历这几天的事情后，对妻儿的死因产生了怀疑，如果不解开心结，活着不能安心，死了不能瞑目。

马尚来到天安市的数码一条街，这里沿街商户大多是以卖手机为主，也有不少维修电子产品的店家。他以前来修过手机，认识一位手艺不错的老师傅。

老师傅叫陈广德，他的店铺不大，两个人同时走进去都显得拥挤。

马尚走进店里，门口铃声响了一下，陈广德正埋头在工作台上修理手机，抬头看了一眼，放下了手里的活。

"陈师傅。"马尚打招呼。

"马总，好久不见，有手机要修吗？"陈广德站起来，客气地问道。

"陈师傅，你看看这还能修好吗？"马尚从包里掏出一个袋子，然后把破碎的手机慢慢取出来，放在柜台上。

陈广德拿起来看了看，摇摇头，说道："主板都断了，修比买新的还贵，我看你还是买台新的吧。"

"这手机里有很重要的资料，陈师傅，帮我想想办法，能把资料恢复就行，钱不是问题。"马尚恳求道。

陈广德的表情有点为难，不过还是用放大镜仔细检查了一遍手机，然后说道："存储芯片的外观看起来还是好的，但是里面有没有问题就不好说了，需要拆下来检测。"

"好，你帮我测测，麻烦了。"

"检测费 150，如果能修，再给你报维修费。"陈师傅先把费用说清楚。

"没问题。"马尚当即支付了检测费。

陈广德拿着损坏的手机来到工作台处坐下来，操作了半天，才开口道："你运气不错，这储存芯片还是好的，不过要把数据导出来需要买一块原机同型号的主板和配件，连维修费一起要两千三，差不多是一部新手机的价格了。"

"太好了，那你赶紧帮我弄。"马尚闻言喜出望外。

"别心急，这主板也没现成的，最快也要明天了，弄好了我通知你。"陈广德一边说，一边找人送手机主板过来。

马尚知道自己急也没用，于是给陈广德留了电话，离开了修理店。他一出门，没走多远，就又遇见了事儿。

一个他完全不认识的女孩，从身后撞了他一下。

马尚一夜未睡，脚步虚浮，差点摔倒，他刚想责问两句，女孩却像一阵风，消失在街头。他怀疑自己是不是遇上贼了，立刻伸手去口袋摸手机，幸好手机还在，不过却发现口袋里多了一张纸条。

纸上写着：马哥，我是郭姐的朋友，有事相告，下午 3 点兴业路漫心咖啡馆详谈，盼来。

马尚读完纸条，大吃一惊，那女孩真是郭洁的朋友吗？对方为何搞得如此神秘，既然能找到自己，想必一定有自己的联系方式，通过电话或者网络都可以和自己沟通，以这样的方式，未免有些多此一举。虽然他疑虑重重，但也别无选择，要想弄清楚究竟怎么一回事，只能前去赴约。不过他没有丝毫的恐惧，无论即将面对的是什么。

恐怖没有去酒店，回了自己家。他觉得凶手没有理由再找自己麻烦，不过这并不意味着自己不会去找凶手的麻烦。他吃饱喝足，躺在床上，摸着光头，开始寻思怎么把凶手找出来。他这次虽然差点被烧死，但总算弄明白了凶手要杀自己的原因。

凶手如此看重船坞，显然是怕暴露里面的地下室，他和马尚冒着生命危险找到这个地方，也不知道警方有没有发现什么重要线索？他想起王浩慢条斯理的样子，严重怀疑警方的工作效率，感觉这事还得自己来。

正在恐怖胡思乱想的时候，海龟打来了电话。

"恐怖，你说的话还算数吗？"

"你个小王八羔子，是不是查到什么了？"恐怖精神一振，从床上坐了起来。

"全套桑拿，你可给我安排上！"海龟在电话那头笑道。

"什么时候少过你的，快说，到底查到什么？"恐怖催促道。

海龟轻咳了两声，说道："兄弟，你猜得不错，我去找了汽车报废厂的朋友，就在前几天，有人从他们那里弄走一辆银色捷达。这人不用偷抢来的车，而是找报废车，可以说是聪明过了头，碰上老子算他倒霉！买家资料我都查到了，发到了你的邮箱，你看完记得赶紧删了……"

"嗯嗯，你先别吹牛皮，我看看是不是那辆车。"恐怖挂了电话，打开电脑，果然收到了海龟发来的邮件。

恐怖看到屏幕上的汽车图片，一眼就确认是那辆撞他的车。

"让我抓到你，你就死定了！"他兴奋得一拳砸在桌子上，激动之情溢于言表，片刻后才深吸一口气，平复了一下情绪，继续查看买车人的资料。

买车人叫梁彪，32岁，九年前因为抢劫入狱，两年前出狱，如今在魔笛酒吧当保安。

"贼眉鼠眼，一看就不是好人。"恐怖看着梁彪的照片，忍不住骂道。他虽然急着想找梁彪算账，但也知道自己脚上伤还没好，走路都不利索，必须计划周全，找几个帮手才行。

王浩回到局里立刻组织了案情分析会，在会议室大黑板上，人物关系图、照片、线索等都标示得一清二楚。王浩听取了各个部门的调查进展，他只记录，没发言。直到所有人都说完，他拿起笔，用力在黑板的空白处写了两个字：割喉。

队员们知道两起案件的受害者都是被割喉，同一作案手法是巧合还是另有原因呢？

"法医莫老师的报告大家都看到了，两位受害者的血管和气管都是同时被割开，凶手一刀致命，割喉的手法熟练精准，不是普通人可以做到的。"

"会是医生吗？"张安琪脱口而出。

"有这个可能性，但也不排除受过专业训练的人。"王浩并不赞同轻易对凶手的职业进行推测，虽然有可能缩小排查范围，但也有更大可能漏掉重要线索。

"王队，受害者都是女性，但都没有遭到侵犯，目前也能确认吴蔚然的随身财物没有损失，我们是否可以推断案件为仇杀？把调查重点放在受害者的人际关系上。"刑侦大队的小吴提议道。

"我同意你的看法，三组的同事负责从这个方向出发，尽可能覆盖受害者身边的同事、朋友和亲人，相关笔录和报告，每天上午8点向我提交一次。"王浩安排道。

"王队，两个受害者都与马尚有关联，我们虽然没找到他涉案的证据，但是说不定凶手跟他有关系。"刘毅指着黑板上马尚的照片说道。

"你和张安琪一会儿跑趟交警大队，先将他妻子郭洁的交通事故进行复查。"王浩接下来又安排了各组负责的调查方向，虽然事情千头万绪，但也分轻重缓急。刑侦大队队内分成了五个工作组，他们对这两起谋杀案并案处理，展开了全面调查。

马尚调好了闹钟，他提前15分钟就到了漫心咖啡馆。

咖啡馆的风格很简约，地方不算大，也没什么人，他找了一个安静靠窗的位置坐下来，等待那个神秘女孩的出现。

这一等就是两个多小时，直到下午5点多了，女孩也没出现。

马尚拿出纸条看了好几遍，反复确认自己没有来错地点，咖啡馆的服务生告诉他漫心咖啡馆别无分店，只此一家。

自己被放鸽子倒是没什么，但他担心那女孩会出现意外。在这之前，他从没见过那女孩，也不知道郭洁有这么一个朋友。今天不过匆匆一瞥，他想要主动把人找出来根本不可能，只能等她自己再次出现。

马尚本想再多等一会儿，却在这时接到了恐怖的电话。

"老马，撞我的人找到了，你要不要跟我一起去抓人？"经过昨晚的大火逃生后，原本被恐怖直呼其名的马尚，如今已经变成了亲切的"老马"。

"你在哪儿？我马上过来！"马尚觉得撞恐怖的人应该就是船坞案凶手，甚至说不定也是杀吴蔚然的凶手。

"我在魔笛酒吧对面的大楼里。"恐怖早就来到魔笛酒吧附近观察环境，他要摸清四周的道路，做到知己知彼。

马尚二话不说，火速赶到大楼与恐怖会合。

恐怖看到马尚过来，把他拉上一辆面包车。车里除了恐怖，还有三个大汉，他们就是恐怖请来的帮手。

"我知道你也想弄清楚是怎么一回事，所以特地叫你过来。"恐怖告诉了马尚自己查到的事情。

马尚确实急于知道真相，他透过车窗户，向外打量魔笛酒吧。此时天色已暗，霓虹闪烁，酒吧门口聚集着不少帅哥靓女，空气中似乎都弥漫着酒精的味道。

"这里人这么多，不好动手吧？"马尚担心地问道。

恐怖笑起来，他本来还以为马尚又会劝他报警。

"你怎么不劝我报警了？"

"没用的废话，我就不说了。"马尚看了看身旁的几个大汉。

"你放心，我没那么傻。"恐怖把手搭在马尚的肩膀上，"我兄弟现在在酒吧里面玩，他们已经确认梁彪就在里面，等着吧，很快就让这王八蛋知道爷爷的手段。"

马尚没有质疑，他看恐怖这样子，确实可以说准备充分，经验老到了。

恐怖他们五个人在车里等消息，几个人也没事做，便闲聊起来。聊了一会儿，马尚才知道这三个大汉和恐怖并不是工作伙伴关系，他们都是恐怖的朋友。一个叫"肥肠"，一个叫"猴子"，还有一个叫"左手"，几个人说话百无禁忌，交情甚好。

"恐怖，你能不能把头发养回来？"肥肠说笑着摸了摸恐怖的光头。

恐怖推开肥肠的手，反过来抓住对方的头发，笑道："没有头发就没有弱点！"

"肥肠，你不知道吗？恐怖说了，不追回孙婧涵，坚决不留头发。"左手在一旁说出了恐怖光头的真正原因。

"真是痴情啊……"猴子在一旁起哄。

"你们这些家伙别啰唆，让你们来帮我抓人……快问问阿明在里面怎么样了？"一向大大咧咧的恐怖脸上也有了几分羞涩，为了掩饰，他立刻岔开话题。

马尚安静地坐在一旁，他其实挺羡慕恐怖有这样的好兄弟。他虽然跟恐怖认识的时间不长，但他知道对方是个热心肠、讲义气的江湖人，不然也不会跳下河救自己。他本想安安静静带着愧疚离开这个世界，但没想到会惹出这许多事来。

这算是天意弄人吗？

马尚突然想起自己当年追求郭洁的事情，他们的相识说起来颇有戏剧性。

那是好多年前的一个夏夜，马尚在工厂干了一天活，晚上9点多才下班，他又累又饿，坐在街边的大排档吃东西。

这时候一个穿着时尚的漂亮女孩，挽着挎包从他面前走过，他被女孩吸引，忍不住看直了眼睛。可就在他发愣的时候，一个戴着口罩和帽子的匪徒冲过来，一把抢下女孩的包，快速逃跑。

"啊！"女孩尖叫一声，跟着喊道，"有人抢包！"

马尚想也没想，放下筷子就追了上去。他与劫匪在街道上追逐，就像是好莱坞电影里那样，撞到人、撞倒桌子椅子、跨过障碍物……劫匪终于被他逼到一个死胡同里。

劫匪抹了把汗，瞪着马尚，然后掏出刀来。

"你再追上来，我弄死你！"劫匪握着刀，往前比画着。

"把包放下！"马尚没有退缩。

劫匪目露凶光，握着刀上前向马尚捅去。马尚闪过去，抓住对方的手腕，两个人扭打在一起。

劫匪力气远比马尚大，一手掐住他的脖子，一手拿刀往马尚腹部捅，眼看就要得手。一块红色的砖头从天而降，砸在劫匪的头上。

劫匪倒在一旁，马尚看见了那个被抢包的女孩。她就是郭洁，她的手里握着一块砖头，砖头上都是血。

"阿明来消息了！"恐怖拍了拍马尚，"老马，你跟肥肠在车上就行了。"

马尚回过神来，点点头，叮嘱道："你们小心一点。"

恐怖带着两个兄弟下了车，越过街道，直奔魔笛酒吧的后巷。肥肠发动了汽车，去街道另一边接应。

恐怖他们来到后巷，却没看到梁彪，按照计划，阿明应该已经把他骗到后巷了。

"阿明！"恐怖压住音量喊了一声，可黑暗中并没有回应。

猴子去扭了扭酒吧的后门把手，门是反锁的，也就是说还没有人从里面出来。

"不可能吧，阿明说他出来了啊……"左手也去拉门，可还没碰到门把手，小巷子中突然从前后涌出十几个拿着棍棒的"社会人"，把他们三人团团围住。

恐怖暗叫一声不好，但为时已晚，他们中了埋伏。

阿明被人打得鼻青脸肿，两个黑衣人此时正一左一右架着他。

"阿明，你没事吧？"恐怖冲上去想要救人，可被人用棍棒拦下。

一个穿着黑色西装的人从后面走出来，正是梁彪。他伸出手，抓住阿明的头发，却不说话，只是看着恐怖冷笑。

恐怖见敌众我寡，想要蒙混过关，于是脸色骤变，点头哈腰地说道："各位大哥，是不是有什么误会，我这兄弟喝多酒就容易乱来，我替他向你们赔礼道歉。"

"恐怖……"梁彪说着松开抓住阿明头发的手，"孔泽，我倒是小瞧你了，天堂有路你不走，地狱无门你闯进来，今天就叫你见识见识什么是真正的恐怖！"

恐怖知道自己此时装傻充愣是没用了，三人拼命想要冲出去找援兵，可两边人数相差太多，棍棒拳脚就像雨点一样落下，他们毫无还手之力，瞬间就被干趴在地。

肥肠和马尚在车上等候，多时不见恐怖他们出来，感觉到事情有些不对劲。肥肠正准备打电话联络恐怖，却听到巷子里面传来恐怖的喊声。

"出事了！"肥肠急忙跳下车，马尚也跟了上去。两个人跑进后巷里，看到一群拿着棍棒的人把恐怖他们拖进魔笛酒吧的后门。

肥肠立刻捡起地上的砖头，想要去帮忙，可马尚一把拉住他。

"放开我！"肥肠急得眼睛都红了。

"这么去救不了人。"马尚虽然不知道发生了什么，但看得出恐怖抓人的计划没有成功，反而被人设计了。

"那我叫人来。"肥肠拿出电话想要找更多人来帮忙。

"行不通，要把人救出来只能报警！"马尚当机立断，打电话给王浩。

王浩此时刚刚收到 DNA 比对结果，证实青龙河里的受害者正是朱珊，这与他们的推断一致，总算没有白忙一场。

他正准备着手安排人去进一步收集朱珊的资料，突然手机响起来，竟然是马尚打来的电话。

"马尚……"

"王队，我们在魔笛酒吧，孔泽被人抓了，你能派人过来吗？"

"酒吧？惹事了？你当我这儿是'托儿所'吗……"

"不是……我们找到开车撞孔泽的人了，怀疑对方和船坞谋杀案有关，我们就想过来问一下，没想到出了事。"马尚避重就轻地说道。

"胡闹，有线索要立刻通知我们，怎么能自己胡来……"王浩生气地质问，不过现在再说这些也于事无补，"你把详细情况说一下。"

马尚说出事情经过，但他对于恐怖如何确认梁彪就是撞他的人并不知情。

即使如此，王浩了解情况后，也不由得皱起眉头："你找个安全的地方等着，我们马上过来。"

王浩把还在局里加班的队员集合起来，一共十几个人，驱车直奔魔笛酒吧。

刘毅是本地人，对于魔笛酒吧的情况有些了解，他心思缜密，私下提醒王浩："王队，我们要不要先知会治安大队的侯队？"

王浩是老江湖，心里比谁都明白刘毅说这话是好意提醒，但他有他的顾虑。如果他们提前通报治安大队，或许能轻松把恐怖捞出来，但是那个梁彪能不能抓住就不好说了。

"这次行动要求保密，不允许通知任何人，给我把魔笛酒吧围起来，没我的命令，里面一个人都不许放走！"王浩下了死命令。

魔笛酒吧是天安市首屈一指的娱乐场所，酒吧装潢高档，服务水准和消费水平甚至不亚于一线城市，来这里玩的人不乏一些社会名流和富商。

王浩带队来到魔笛酒吧外面，先和马尚见面，再次确认孔泽他们的情况。

"王队，恐怖他们四个人被拖进了酒吧里面，现在都还没出来。"马尚和肥肠一直守在外面，他们担心恐怖的安危，却也不敢贸然行事。

王浩点点头，却没有安抚他们紧张的情绪，他对马尚和孔泽数次私自行动非常恼火。马尚虽然说得好听，但王浩心里清楚他们几个来酒吧是想抓人，用私刑报复。如今偷鸡不成蚀把米，出了事情，才想到找他来灭火。

"这里的事情不用你们管了，先回局里等着！"王浩命令手下带马尚和肥肠回局里，他打算处理完这边的事情后，再跟他们算总账。

刑侦大队队员们训练有素，很快就封锁了魔笛酒吧所有的出入口，王浩带队冲进了酒吧。

"公安临检，所有人不要动，把证件拿出来！"酒吧内的射灯和音乐被警员迅速关闭，王浩一众人等，穿着警服站在场地中央，气势逼人。

正玩得起劲的客人们有些骂出了声，不过大多数人都老老实实拿出证件，等待警方的检查。

王浩并不在意这些事情，他并不是真的来这里临检。

这时候一个穿着蓝色西装、戴着眼镜、满脸堆笑的中年男人走过来，他的身后跟着五六个保安。

"王队，您好，有什么需要我们配合的，您尽管说。"中年男人递上一张名片，"我是这里的经理，盛光琦。"

王浩接过名片，看了一眼，他确认自己以前从没见过盛光琦，可对方一个照面就知道自己的身份。他担心孔泽他们出事，所以没有寒暄，而是直截了当地说道："我们接到线报，一个叫孔泽的犯罪嫌疑人和他的同伙在你们这里，我是来抓人的。"

盛光琦扶了扶眼镜，笑着说道："王队，你们来办案，只要符合程序，我们绝对配合。"

王浩冷哼一声，丢掉手里的名片，一挥手，说道："立即行动！"

队员们立刻默契分工，开始在酒吧内搜查。刘毅带着两个人往楼梯方向走，打算上楼搜查，可几个黑衣保安却挡住了他们的去路。

"让开！"刘毅大声对保安呵斥道。

保安们站在楼梯前，一动不动，对刘毅的话置若罔闻。

"再不让开，就以妨碍公务的名义逮捕你们！"

保安们还是不动，就像钉子钉在地上。

"邪了！"刘毅拿出手铐，想要铐人，旁边的保安却上前起哄，干扰警方的行动。

王浩一看这状况，对方人多，自己人少，而且他也不想呼叫增援把事情搞大，如今只有镇住管事的经理才行。他上前几步，与盛光琦几乎面对面，目光好似利刃，一字一句地说道："抓不到人，我是不会走的，你可要考虑清楚后果！"

盛光琦眼角抽动了两下，退后一步，低头哈腰地说道："王队，您看，这些员工平日没培训好，我的错，王队想搜哪里都行。"

"你们干什么呢，都退到一边，靠墙站着，不要妨碍警察执法！"盛光琦转身大声呵斥保安，脸上瞬间没了笑容，面带杀气。

保安们闻言立刻退后，让出路来。

王浩看到这些保安令行禁止的动作，不由得一惊。

刘毅带着人去楼上搜查，王浩此时口袋里的手机响起来，他摸出来一看，是局长邓岚的电话，不过他并没有接电话，而是直接把手机塞回了口袋。自己前脚刚进魔笛酒吧，邓局的电话就追过来了，要说是巧合绝不可能。刑侦大队来酒吧临检，虽然打着追捕犯罪嫌疑人的名义，但确实不符合流程，他既没有向上级请示，又没有搜查证，可如今救人要紧，只能等事情完了，再向邓局检讨。

"另外，你们这里有个保安叫梁彪，他涉及一宗刑事伤人案，我们也要带他回去调查。"王浩看着盛光琦说道。

"有这事？"盛光琦又推推眼镜，露出一副难以置信的表情，然后问旁边的保安，"梁彪在吗？喊他出来。"

"盛经理，梁彪下班了。"一旁的保安大声回道，更像是讲给王浩听的话。

"王队，我如果见到他，一定劝他去公安局自首。"盛光琦一脸诚恳地说道。

王浩知道盛光琦在胡说八道，除非梁彪真已经离开，否则就算把这里翻个底朝天，他也要把人找出来。

警员们开始在酒吧里全面搜查，王浩站在一旁耐心等待。大约十分钟后，他终于看到警员带着孔泽和他的朋友们从一楼的厨房里走出来。

孔泽他们几个人全都鼻青脸肿，面部还残留着血迹，衣服被拉扯烂，每个人的身体都在哆嗦，不停地搓手跺脚，仿佛从冰天雪地里来。

警员在厨房的冷库里发现了孔泽他们，如果没有及时把他们找出来，他们恐怕会被冻死在里面。

"孔泽，谁把你们关进冷库的？"王浩听完警员的汇报后，问道。

恐怖看到大厅里聚集着这么多警察，猜到是肥肠和马尚报了警，他想不明白自己的计划怎么暴露的，本想抓梁彪，却险些把自己和兄弟们的性命丢在这里。

"梁彪……"恐怖深吸一口气，不再逞强，一边说，一边环顾大厅，却没看到梁彪的身影，甚至刚才那些打他们的人也都没见到一个。

"你看看，这里有没有打你们的人？"王浩想着至少以斗殴的名义抓几个人回去讯问，可是没想到孔泽却摇了摇头。

"没想到梁彪这么大胆，我见到他一定报警！"盛光琦故作气愤地说道，随后便笑眯眯地看着王浩。

王浩虽然憋了一肚子气，但他知道今天是抓不到梁彪了，但想着对方跑得了和尚，跑不了庙，早晚抓住他。

如今孔泽几人已经找到，此行目的算是完成一半。

"收队！"王浩不去看盛光琦，咬牙下令道。

"王队，梁彪极可能是凶手，不能让他跑了……"恐怖一听警察要走，急眼道。

"你给我闭嘴！"王浩不等孔泽把话说完，就呵斥道。如果孔泽他们今晚向警方提供线索，而不是私自行动，那么梁彪说不定早就被抓住了。

王浩带着人撤出魔笛酒吧，他让手下把孔泽他们送去医院，并进行看管，等到确认他们身体没有问题后再带回局里问话。

第五章

合作

晚上没什么客人来，陈广德比往常早一些关了门。他简单吃了一些东西，就开始维修马尚送来的那部手机。

把存储芯片移植到新的同款主板上，这对焊接的手艺要求不低，但对于陈广德来说算不上大问题，主要就是细心，避免在维修过程中损坏芯片。

花了一些时间，陈广德终于完成了"移植手术"，他跟着给手机换上新的屏幕、电池和外壳，然后按下了开机键。

"嘀"的一声，屏幕亮了起来，顺利进入开机界面，手机看起来是完美修复了。

陈广德伸了个懒腰，长舒了一口气，放下手机，准备离开店铺回家。可就在他收拾东西的时候，那部刚修好的手机居然响了起来。

陈广德一开始没去理会，但手机铃声响个不停，他犹豫了一会儿，还是拿起电话看了看，不是语音拨号，而是手机里社交 App 的语音通话请求。手机里没有 SIM 卡，他刚才为了检查手机是否正常，所以连接了店铺里的 Wi-Fi，没想到却来了电话。

他见对方不停地呼叫，以为有什么急事，就顺手接通了电话，想要解释一下。

"不好意思，机主不在，我这里是修手机的。"陈广德一接通电话就自报家门。

电话那头只有"吱吱"的杂音，却没人说话。

"喂……喂……"陈广德又说了两句，但是对方依旧没有回应。

"难道听筒有问题？"陈广德自言自语说了一句，挂断了电话。他想着试试手机，可接电话虽然不需要密码，但打电话却需要密码进入界面，只能作罢，等机主明天自己来试吧。他也懒得再理会，把手机关机后塞进了抽屉。

马尚知道恐怖他们被救出来后，心里一块大石头总算落地，不过他随后就被王浩一阵狂风暴雨式的训斥，顺便又在公安局的拘留室过了一夜。

马尚从公安局出来后直接去了医院，他想看望一下恐怖，可警方告知他恐怖正接受调查，暂时不允许会见。不得已，他只能离开医院，路上想起修手机的事情，于是打电话给修理师傅陈广德，询问手机是否修好了。陈广德在电话里给予了肯定的答复，让他随时过来取。

马尚大喜，郭洁的手机修好了，也就意味着他能查到车祸那天是谁给她打的电话，让她改变了行车路线。想到这里，他不再耽搁，立刻叫了一辆出租车，直奔陈广德那里。

陈广德在店铺里坐着刷视频，一大早也没什么业务，他看到马尚进来，立刻从抽屉里拿出手机。

"马总，你试试。"陈广德把手机放在柜台上。

"好，太谢谢了。"马尚拿起手机，手微微颤抖，迫不及待按下电源，只听"嘀"一声，开机画面出现在眼前。他输入老婆的手机密码，顺利进入界面，所有原来的 App、照片、视频都在。他看到郭洁为他和儿子拍的合照，一时间眼睛有点湿润，生怕自己会失态，急忙放下手机。

"试试打电话，看看听筒和话筒正常吗？"陈广德提醒道。

"不用了，资料在就行了，陈师傅，多少钱？我转给你。"马尚迅速付了款，离开了店铺，他急着找个安静的地方，希望能在手机里找到有用的线索。

马尚来到附近一家咖啡馆，在一个没人的角落里坐下来，拿出手机，装上原本的 SIM 卡，然后点开郭洁常用的社交软件。他屏住呼吸，用手机验证码登录了 App，当看到所有的聊天记录都被保留了下来的时候，才缓过一口气来。

郭洁的朋友并不算多，大部分聊天记录都是工作相关的，她是泰豪酒店的营销部职员，接触的客户可谓是五花八门。

马尚把重点放在 8 月 13 日的记录上，郭洁就是在那天出的车祸。可他看了好几遍，那天并没有人用这个社交软件给郭洁打过电话。

"难道被删了？"马尚抓了抓自己的头发，他怕自己有所遗落，于是决定把所有聊天记录都过一遍。

他一条条翻看着聊天记录，里面不乏有些自己和老婆的对话，看着令人泪目。

老婆：你儿子又在学校闯祸了，老师让家长去，你去啊！

老公：老婆，我在"老程记"排上号了，你接了儿子赶快过来，今晚请你们吃酥香鸡。

老婆：你赶快把朋友圈里的合影给我删了，不 P 图就发出去，你想死啊！

老公：儿子数学考了满分，我答应周末带他去动物园，这周末你别加班了，调休一下，一起去……

马尚感觉自己眼眶有些湿润，他深吸了一口气，让自己的情绪平静下来。

他继续往下翻其他聊天记录，突然有条信息跳进他的视线，这是一个 ID 叫"洛洛"的人，发来信息的时间是 8 月 12 日，也就是郭洁出事前一天。

洛洛：郭姐，那件事你真的想好了吗？

郭洁：想好了，你不用管了。

记录里只有这两句话，除此之外，就在昨晚，这个洛洛还语音联络了郭洁。语音通话记录显示通话时间有 11 秒，接电话的人当然不可能是郭洁，只能是修手机的陈师傅。

马尚打电话给陈广德，证实昨晚确实有人通过这款 App 的语音通话功能给郭洁打电话，不过他接通后，对方并没有说任何话就挂断了。

马尚看着"洛洛"的头像，感觉自己在哪里见过这个女孩。他点开洛洛的个人资料，发现她的朋友圈已经屏蔽了郭洁，但还是可以看到她的账号名称是一个手机号码。他又把洛洛的头像点开，这是一张侧脸照，女孩眉清目秀，看起来有些柔弱。

马尚盯着头像看了一会儿，突然想起昨天在街上撞到他，并塞给他一张纸条的女孩。本来他们要在漫心咖啡馆见面，可女孩却没有出现，那女孩样子和洛洛有七八分相像，难道她就是洛洛吗？

他拿出自己的手机，把洛洛的电话号码输了进去，然后拨通了电话。

不过洛洛并没有接电话，马尚不死心，又打了一次，这一次终于有人接电话了。

"哪位？"电话那边是一个娇柔的声音。

"我是马尚，昨天你找过我的。"马尚试探着说道。

电话那边沉默了，不过对方并没有挂断。

过了好一会儿，对方叹了口气。

马尚这个时候终于确定自己没有找错人，对方就是洛洛，急切地问道："你说有关于我老婆的事情告诉我，可昨天为什么没来？"

"你现在在哪里？我过来找你吧，见面再说。"洛洛回避了马尚的问题。

"我在南京路的名都咖啡。"

"那你等我一下。"

马尚不确定这个洛洛是否真的会来，但他现在也只能等着，好在过了半个小时，一个戴着帽子和口罩的女孩出现在咖啡馆里。

女孩进来后，一眼就看到角落里的马尚，径直走过去，坐到他对面，然后摘下帽子和口罩。

马尚一眼就认出女孩是洛洛。

洛洛个子不高，身材瘦弱，一头短发，脸上那双明亮的大眼睛令人印象深刻。

"感谢你能过来，你和我老婆是好朋友吗？究竟有什么事不能直接说呢？"马尚看到洛洛的时候连忙起身，等到洛洛坐下后，才跟着坐下来。

"马哥，你先别急，我既然来了，自然会把事情说清楚。"洛洛此时的语气已经没有了刚才在电话里的犹豫。

马尚点点头，看着洛洛，等着她继续往下说。

"我怀疑有人监听、跟踪你，所以昨天才想以那样的方式约你见面。"

"监听、跟踪我？"马尚睁大了眼睛。

"我知道你可能不相信，甚至很多细节我也不敢肯定，这事说起来有些离奇，我想我还是从头说起。"洛洛感觉自己说得有些乱，停了停，整理了一下思绪，才继续说道："我叫童希洛，是郭姐的同事，不过我们不在同一个部门，她是营销部的，我是市场部的。"

"原来你们是同事。"马尚这才知道女孩的真实身份。

"我已经辞职了……说起来，这事情发生在半年前，3月19号，公司在酒店里举办客户答谢酒会……"洛洛脸上闪过一丝不安，仿佛那些回忆是野兽，能瞬间把她拖入一场噩梦。

这场答谢酒会在泰豪酒店内部的娱乐会所进行，受邀参加的客人中除了在酒店年消费金额达五十万的客户，还有不少富商名流。可以说天安市有头有脸的人，那晚几乎都在这里了。

华丽的演出、琳琅满目的美食、饮不尽的美酒……酒会上觥筹交错，气氛热烈，空气中弥漫着奢靡的气息。

童希洛作为市场部的职员，参与了酒会的筹备和招待工作，当晚一直在忙前忙后，就怕出差错。

好在宾客们都玩得很开心，酒会渐入佳境。

大概到了晚上10点多，酒会的常规活动已经临近结束，以她的职级也没有资格去应酬这些大客户。可就在这时她却被礼宾部的汪经理拉住了。

"小童，帮我送两瓶拉菲到8号包厢，这帮人也不知道都跑哪儿去了……"汪经理话还没说完，就被一旁的一个客户拉住喝酒。

童希洛心里是不愿意干这种活儿的，毕竟这不是她的工作范畴，不过看着正应付客户的经理，她也不好意思推托，甚至都没有说话的机会。她只能无奈地去餐饮部签领了两瓶拉菲，然后小心翼翼推着餐车前往8号包厢。

一瓶拉菲酒店里卖十二万，还要再加百分之十的服务费，这两瓶酒几乎是童希洛两年的工资。她觉得自己推着的仿佛不是两瓶酒，而是一箱钞票，此刻的她走起路无比小心，毕竟要是有个闪失，她可赔不起。

童希洛不知道8号包厢里的人究竟是谁，不过能喝得起这种酒的人身份肯定不一般，想到这里，她倒是有些紧张了。

原本5分钟的路，她走了10分钟才到。

8号包厢是酒店里最大的包厢，也是最奢华的一间，里面所有的家具、设备、电器等等都是进口的国际一线品牌，就连装修也是请的国际知名室内设计师。不过童希洛从来没进去过，她也只是在同事们闲聊时听到过这些。

包厢门口站着两个穿黑色西装的男人，他们并不是酒店内的服务人员，估计是客人带来的保镖。

果然，童希洛走到门口，就被两个黑衣男人拦住。

"您好，我是来送酒的。"

"放在这儿，我们拿进去就行了。"

"好的，麻烦您在这儿签个字。"童希洛拿出酒单和笔，递给其中一个黑衣男人。

可偏巧这个时候，笔写不出来，童希洛不得不拿过笔，甩了两下，耽误了一些时间。与此同时，另一个黑衣男人拿起酒，打开门，走进了包房。

童希洛看到黑衣男人在酒单上签了字，一颗悬着的心终于落了地，这两瓶酒可再不关她的事了。就在她准备离开的时候，听到了包厢里传出来的声音。

"不行，真的不行，求求你让我出去……"

"你越反抗，我就越兴奋……"

"不要，不要，放手啊……啊……"

童希洛没听清是怎么一回事，她顺着门缝往里看去，可只看到玄关，根本看不到包厢里的情况。这时门"砰"的一声被关上，去送酒的黑衣男人从里面出来，瞪了她一眼。

童希洛有些心慌，她感觉包厢里面发生了一些不好的事情，可她不敢得罪大客户，迟疑片刻，只能推车离开。她上了电梯，下了楼，一楼的大厅里灯光闪烁，歌手正唱着情歌，一切看起来似乎有些不真实，因为此时她的脑海里全是刚才包厢里女孩呼救的声音。

正在她发愣的时候，郭洁拍了拍她，问道："小童，你去给8号包厢送酒了？"

童希洛回过神来，点了点头。

"见到黄喆喻了吗？她去那里送礼品，怎么这么久还没出来……"

"黄喆喻……"童希洛浑身一抖，她一直觉得包厢里女孩的声音很熟悉，听到郭洁这么一提，她才想起那声音不就是黄喆喻吗，"郭姐，黄喆喻可能出事了。"

"出事？你什么意思？"

"刚才我在那个包厢门口听见一些声音，好像……好像是黄喆喻在呼救……"

郭洁见童希洛说得不清不楚，又担心黄喆喻的安危，只得急忙上了电梯，直奔8号包厢。

童希洛站在原地，不知道自己该不该跟着去，她担心惹上麻烦，今晚能在8号包厢里的客人非富即贵，绝不是自己一个小职员能惹得起的人物。迟疑一会儿后，她脑海里浮现出黄喆喻的惨叫声，终于还是转身按下了电梯按钮。

童希洛重新来到二楼，看到郭洁正和包厢门口的两个黑衣男人争执，她忙上前，想要帮手。

两个黑衣男人态度嚣张，神情凶狠，把郭洁和童希洛拦在外面。

"让开，再拦着我，我就报警了！"郭洁已经好话说尽，她给黄喆喻打电话一直无人接听，实在忍无可忍，只能拿报警来威胁。

两个黑衣男人闻言，似乎有所顾忌，互望了一眼，其中一个男人便走到一边打了个电话。

过一会儿，包厢门开了，三个年轻人从里面走出来，脸上满是鄙夷的神情，用挑衅的眼神看着郭洁和童希洛。

童希洛面对这些眼神，有种莫名的恐惧，急忙低下头，不敢去看他们。

郭洁用力推开这三人，冲进包厢里，看到黄喆喻衣衫不整地坐在沙发上，表情呆滞。

"小喻，你没事吧？"郭洁抱住黄喆喻。

黄喆喻一动不动，仿佛失了魂。

"你们对她做了什么？"郭洁严声质问还站在门口的三个年轻人。

"大姐，我们能做什么啊，这位姐姐喝醉了，我们照顾了她好久。"其中一个穿着皮夹克的年轻人，一边说，一边露出猥琐的笑容。

"你们这帮小王八蛋，一个都别走，我要报警……"郭洁拿出手机想要打110，可黄喆喻却抓住了她的手。

"郭姐，我喝多了……是我喝多了……没事。"黄喆喻的声音很小，细不可闻，但字字清晰。

"小喻，你……"郭洁没想到黄喆喻会这么说，虽然她知道事情并非如此，但一时间也无可奈何。

"你们这是什么狗屁酒店，什么服务，知道我们是谁吗……"穿皮衣的年轻人还想说什么，可被另外一个年轻人阻止了。

"扫兴。"一个穿着黑色套头衫的年轻人冷冷地说了两个字，然后摇晃着身体往外走，其他人都不再说话，跟在他后面，一起离开了包厢。

"他们就这么走了？"马尚没想到一场答谢酒会里竟然发生了如此骇人听闻的事情，他光是听复述，已经忍不住怒火中烧。

童希洛点点头，说道："不管黄喆喻出于什么原因，但是她本人不愿追究，我们也无可奈何。最后的结果反而是我和郭洁被公司处分。"

马尚想起半年前郭洁确实跟他抱怨过一些工作上的事情，也想找他倾诉，可他那时候陷入投资骗局，可谓焦头烂额，根本没有心思去关心妻子的事情。

"以郭洁的性格，她怕不会就这么知难而退。"马尚叹口气，他了解妻子是什么样的人，从他第一天认识她，看到她把砖头拍在劫匪的头上时就知道了。

"是的，郭姐知道要想弄清楚那晚包厢内究竟发生了什么事，必须要让黄喆喻说实话，所以她一边调查那几个小年轻的背景，一边做黄喆喻的思想工作。"童希洛说到这里，眼神中满是对郭洁的敬佩。

"包厢里那几个究竟是什么人？"马尚关心地问道。

童希洛咬了咬嘴唇，天气虽然不算冷，但她还是裹了裹身上的外套。

"我只知道其中一个人，是安远集团董事长杜建国的儿子，叫杜冠亭，他们公司是我们酒店的大客户，我之前见过杜冠亭，所以认识他。"童希洛说到这里停顿了一下，"我想郭姐后来应该已经全部查清楚了，只是她没有对我说。"

马尚皱皱眉头，即使童希洛不说，他也知道这几个年轻人肯定有背景，不然怎么可能在泰豪酒店如此嚣张跋扈。

"那你说我的手机会被监听又是怎么一回事呢？"

"我只是怀疑有这个可能……而且也怀疑郭姐的死并不是意外……"童希洛终于说出了埋藏在心底的话。

马尚浑身一震，这已经是他第二次听到类似的说法，就在几天前，保险公司的调查员吴蔚然对他说过几乎同样的话。他深吸一口气，控制住自己的情绪，看着童希洛的眼睛问道："你有什么证据？"

"郭姐出事那天的早些时候，跟我说黄喆喻已经对她说出了真相，而且她已经有了证据，她打算第二天就和黄喆喻去省城举报。你说，哪有这么巧的事情，当天她就出了车祸！"童希洛的情绪变得有些激动。

"我在哪里能找到黄喆喻？"

"她失踪了，我找不到她，也不敢再继续找她。"童希洛低着头，脸上交织着愧疚和恐惧。

马尚沉默了，他此时还不能肯定童希洛所说的话是真是假，毕竟这只是她单方面的说辞，妻子的死会和半年前的那件事有关系吗？无论如何，他都需要先去证实童希洛所说的话是否属实，当然，如果他能找到黄喆喻就更好了。

"这些人无所不用其极，如果你真要追查，自己小心点。"童希洛说着就站起来，戴好帽子和口罩，匆匆离开了咖啡馆。

恐怖的脚本就受了伤，如今更是鼻青脸肿，衣服遮住的地方还裹着纱布或是涂着药膏，整个人就像是即将被拆散的木偶。

他想着自己至少应该在医院的病床上躺一周，谁知道刚躺了一晚就被带到了刑侦大队。

恐怖除了没透露消息来源，其他事情倒也没有隐瞒，一五一十地告诉了王浩。

"你是怎么查到那辆车的？"王浩经验丰富，恐怖想要隐瞒的重要信息他自然不会轻易放过。

"蛇有蛇路，鼠有鼠道，来源我不能透露，但开车撞我的人肯定是梁彪，不然我去找他对质，他也不会把我打成这样。"恐怖说到这里就来气，话题一转，反客为主地质问道，"你们为什么不去抓梁彪，我可是受害者，那个王八蛋铁定就是杀人凶手……"

"孔泽，嘴巴给我放干净点，这里是公安局，不是你家！"一旁的张安琪呵斥道。

恐怖翻了翻白眼，却也没再继续往下骂。

"总而言之，抓到梁彪就破案了，这么简单的事情要是你们做不到，我来做。这小子早晚得落我手……哎哟……"恐怖一激动，拍了拍胸脯，牵扯到了伤口，痛得他叫了一声。

"你还敢逞强？这次如果不是马尚及时报警，你现在已经躺在殡仪馆了！"王浩不客气地说道。

恐怖无法反驳，他一直想不明白，自己这么完美的计划，怎么会被梁彪识破，看起来对方早就在等自己送上门。

"我朋友他们怎么样？"恐怖关心地问道，他们被警方解救出来后就被分开治疗、问话。

"他们比你好得多。"王浩查过他们的信息，这些人都有正当职业，没有案底，纯粹出于兄弟情谊帮助孔泽，"你要是真关心这些朋友，就不应该做这么危险的事情，我再次告诫你，有任何线索必须第一时间通知警方。"

"好的，那我可以走了吗？"恐怖被轮番盘问了三四个小时，坐久了浑身都疼，他现在只想找个床躺下来。

"可以走了。"王浩倒也没再为难他，虽然恐怖行为过激，但他在这件事上确实是一个受害者。

"我那些朋友还好吗？"恐怖离开前，还不忘追问一句。

"他们早就回家了。"王浩合上笔记本。

张安琪不解地问道："王队，就这么放他走了？万一梁彪要杀人灭口怎么办？"

"事情闹到这个地步，就算梁彪真是凶手，也不会再找孔泽的麻烦了。"王浩并不担心这件事，"对了，找到梁彪的下落没有？"

"刚才小赵传来消息，梁彪家里没找到人，而且梁彪的手机已经关机了，他请示是不是找局长签发一张通缉令？"

"可以，就以梁彪涉嫌故意伤害罪找局长申请通缉令。"

"那我去了。"张安琪说完就去办公室准备相关的文书。

王浩在局里的自助贩卖机里买了一罐咖啡，自己一个人走到院子里的僻静角落透口气。

"马尚、孔泽、朱珊、吴蔚然、郭洁、梁彪……"王浩一边喝咖啡，一边嘴里反复念叨着这些名字。过了好一会儿，他才把喝完的咖啡罐扔进垃圾桶，然后拿出手机，打了个电话给刘毅。

"小刘，你跟我去一趟泰豪酒店。"

恐怖一瘸一拐从公安局里走出来，心中忍不住感叹自己六天里进了三次局子，比过去三十年的总和还多。

他来到路边，扶着墙等出租车，可没过一会儿，却看到一个熟悉的身影向他走来。

"菁菁！"来人竟然是孙婧涵，恐怖看到后连忙小跑着迎上去，过程中甚至还差点摔了一跤。

菁菁是孙婧涵的小名，他们上次见面的时候，恐怖还没有剃光头。

孙婧涵看着恐怖现在的样子也是愣了一下，两人大半年没见，没想到他竟然剃了一个光头。

"你头发呢？"

"天气热，这样凉快。"恐怖随口胡诌道，他摸了摸光头，跟着就岔开话题问道，"你怎么在这儿？"

"早上我给你打了电话，是一位民警接的，说你在这里协助调查案件，所以我就过来找你了。"孙婧涵犹豫了片刻，还是开口说道。

"那你找我是……"恐怖看着孙婧涵，眼神里满是期待。

"你别误会，想都不要想！"孙婧涵脸上微微一红，"我是有事请你帮忙。"

"什么事，尽管说！"恐怖爽快回道。

"我们社区里有位大姐，她的女儿不见了，挺可怜的，你能不能帮帮她？"孙婧涵是街道网格员，工作中会接触到一些弱势群体，她在力所能及的范围内常会设法援助。这一点恐怖自然是知道，所以对于孙婧涵的话并不吃惊。

"菁菁，不是我想推托，我找的都是欠债不还的人，人的失踪原因各不相同，这事还是找警察靠谱。"恐怖说着回头指了指身后的公安局。

"大妈报过警了，可是一直没消息。我想着你在这方面有些人脉，以为你能帮上忙……算了，是我想多了。"孙婧涵故作失望，转身就走。

恐怖一把拉住她，急忙解释道："我又没说不帮忙。"

"你自愿的，我可没逼你。"

"我最爱助人为乐，你跟我说说具体的情况。"

孙婧涵看着恐怖脸上的伤，关心地说道："你这伤是怎么弄的？要不你还是先休息几天……"

"有你这句关心我就好了，没事，都是皮外伤。"恐怖脸上露出笑容。

"那行，我先带你去见见大姐。"孙婧涵提起那位大姐的时候，眼神中充满同情，忍不住又叹了口气。

孙婧涵所说的大姐住在福新村里，她花了一百三十块钱在村里租了一间杂物房当作栖身之地。这间杂物房是木板搭建的，面积约莫十平方米，勉强可以塞进一张单人床和一张小桌子。房子虽小，但可以遮风挡雨，大姐也没有太大的奢求了。

　　恐怖在路上已经通过孙婧涵得知了大概情况，大姐名叫高树梅，原本和丈夫郑宝庆在南方城市打工，他们唯一的女儿郑雨鑫从小就是一名留守儿童，中考考上了文心高级中学。前不久，高树梅夫妇突然联系不上郑雨鑫，学校也不知道她的下落，他们只能来天安市找女儿。郑宝庆因为一时冲动到学校闹事，如今被刑事拘留。高树梅为了女儿四处奔波，这两天也病了。

　　孙婧涵的工作内容就是为福新村里的居民提供服务，她了解到高树梅的情况后，非常想要帮助对方，可社区的能力有限，只能在生活上帮扶一下，找人属实是无能为力。于是她想起孔泽的工作，他找人确实有些门道，只要你欠了钱，除非死了，不然就算大海捞针，也给你把人捞出来。

　　恐怖当然知道自己并没有孙婧涵想的那么厉害，那些都是"江湖传说"，目的是吓唬欠债的人不要玩"人间蒸发"的把戏。

　　两个人走在泥泞不堪的小路上，在一片低矮平房里穿行。如果不是孙婧涵带路，恐怖自己拿着门牌号也很难找到地方。

　　恐怖虽然已经对整件事有所了解，但亲眼看到高树梅所住的居所，还是忍不住心生怜悯，这里实在不像是人住的地方。

　　高树梅躺在一张木板床上，连日来的奔波和打击，让她高血压发作，引起中风，好在发现及时，如今只是半条腿抬不起来。医生让她住院，可她哪里敢住，坚持回到出租房里。孙婧涵帮她拿了药，每天过来看她一两次，病情总算在慢慢好转。

　　高树梅看到孙婧涵到来，想要坐起来，孙婧涵连忙上去扶住她。

　　"高大姐，您躺好，别起来了。"

　　"小孙，幸亏有你，不然大姐早死在这儿了。"高树梅抓住孙婧涵的手。

　　"大姐别客气，今天我带来了一个朋友，他是专门负责找人的，或许能帮到你。"

高树梅看了一眼恐怖，又看看孙婧涵，眼睛一红，泪水"唰"一下就流了出来。

"大姐我真不知道该怎么报答你们……"

"别说这些了，找人要紧。"孙婧涵把目光转向恐怖。

恐怖连忙点头，跟着又轻咳了两声。其实他们找人的方法和警方本质上是一样的，只是警方同一时间会面临无数案子，很难集中所有力量去办同一件事。他们恰恰相反，大多数情况下，他们在同一个时间点集中所有资源只为寻找一个人。

恐怖先找高树梅要了一张郑雨鑫的照片，照片里的女孩一头短发，瓜子脸，大眼睛，笑容甜美。虽然穿着简朴，但看起来仍然很漂亮。他跟着又询问了有关郑雨鑫的兴趣、爱好、亲朋好友的联系方式等等信息。

"大姐，你知道郑雨鑫的社交账号吗？"恐怖一边整理资料，一边做记录，突然想起这件要紧的事情，现在的学生主要使用网络交流。

"社交账号？"高树梅一愣，有些不明白。

"就是微信、微博账号之类的，她有没有和你们提过？"恐怖解释道。

"微信，我们和她经常用微信聊天。"高树梅不明白社交账号是什么意思，但她知道微信。

"你有她微信账号吗？"

"这里，我手机里有。"高树梅拿起床头的手机，递给恐怖。

恐怖打开微信，看到了高树梅和郑雨鑫的聊天记录，他把这些记录全部选中，并转发给了自己的账号。

"大姐，你知不知道郑雨鑫登录微信的密码？"

"不知道。"高树梅摇了摇头。

这也算是恐怖预料之中的答案，看来没有捷径，只能再想办法了。

"领导，你真的能找到我女儿吗？"高树梅以为恐怖是哪位大人物，所以称其为领导。

"叫我小孔就行了，大姐您放心，为了孙婧涵，我也一定竭尽所能，帮你找到女儿！"恐怖的话掷地有声，主要是为了把这话说给一旁的孙婧涵听。

高树梅难得露出一个笑容，她这时也明白了恐怖和孙婧涵的关系，握着两人的手，说道："你们都是好孩子。"

孙婧涵踢了恐怖一脚，但没挣脱高树梅的手，安慰道："大姐，您先休息，不用太担心，雨鑫吉人自有天相，一旦有线索了我们会通知您，您在家一定记得吃药啊。"

恐怖和孙婧涵离开了福新村，他们一路上并没有说话。恐怖知道孙婧涵乐于助人，心地善良，所以做这些吃力不讨好的事情倒也不奇怪。只是她能来找自己，是已经原谅自己了吗？还是仅仅只是工作上的需要？他不知道该如何开口，生怕自己一句话没说对，孙婧涵又离他而去。

两个人仿佛心有灵犀，都保持了沉默。

"我还要回单位一趟，你坐车先走吧。"孙婧涵伸手为恐怖拦下一辆出租车。

"我尽快查，一有消息立刻通知你。"恐怖上了车，打开车窗，看着孙婧涵，依依不舍地说道。

"嗯。"孙婧涵点点头，脸上依旧是冷漠的神情。

司机一脚油门，出租车汇入车流，不多时，恐怖就看不到孙婧涵的身影了。

恐怖回到家里，一屁股坐到沙发上，深吸了一口气，想起孙婧涵，他整个人就像是打了鸡血。他恨不得马上找到郑雨鑫，至于其他事情此刻已经不重要了。孙婧涵虽然说了一堆找他帮忙的理由，可他觉得这都是借口，她是在给他机会，只是不好意思直接开口，或许他们真有复合的可能。

他想着好事正入迷，突然一阵风刮过来，让他忍不住冷得一哆嗦。

"走的时候，我明明关窗了啊……"恐怖自言自语站起来，起身去关窗，就在这时他敏锐地感觉到背后有人，但还没等他做出什么反应，脖颈处就在下一瞬沾染上一丝凉意，一把刀抵住了他的咽喉。

"别乱动，刀可不长眼睛。"

"梁彪！"恐怖看不到背后的人，但这声音他可记得，正是开车撞他梁彪。

"有点意思。"梁彪冷笑，"别害怕，我是来找你合作的。"

"合作？我可从来没被人用刀架在脖子上谈过合作。"

"这也是不得已，避免一些无谓的打斗。"梁彪说着竟然收起了刀，往后退了几步。

恐怖慢慢转过身来，看到梁彪，大吃一惊，他竟然伤得比自己还重。

梁彪就像是刚从少林寺的十八铜人阵里出来一样，除了鼻青脸肿之外，额头上还渗着血，上衣已经被撕烂，手臂上可以看到大面积的剐蹭伤，牛仔裤上也有血迹，看来腿也伤得不轻。

恐怖顺手抄起身旁的空啤酒瓶，与梁彪对峙。

"你还真敢来我这里，我现在就弄死你！"

"你先听我说完，再动手不迟。"梁彪把手里的刀扔在地上，表明自己并无恶意。

恐怖看了看地上的刀，那刀上带着血，或许是梁彪的血，也有可能是其他人的血。

"你到底在玩什么花样？"恐怖没有放下手里的啤酒瓶，他一边提防着梁彪，一边仔细看了看屋里，确认只有梁彪一个人闯了进来。

"我承认那天是我开车撞的你，但是想杀你的人不是我。"梁彪言简意赅。

"老子凭什么信你的鬼话？"

"如果我是要你命的人，刚才要杀你易如反掌，何必现在跟你废话。"

恐怖闻言没法反驳，只怪刚才自己想着孙婧涵，根本没注意到家里溜进来一个人，如果梁彪要杀自己，刚才确实没有半点难度。

梁彪见恐怖不说话，继续解释道："如今那人要杀我灭口，好在我命大，不然……"

说到这里，梁彪抹了抹额头的血，扶着一旁的椅子坐了下来。

"既然如此，那你就去公安局自首，跑我这里来干什么？"恐怖放下了手里的啤酒瓶，但还是和梁彪保持距离，以免对方突然发难。

"自首？我就算死了，也不会再回那种地方！"梁彪并非说笑，他在监狱里已经受够了，绝不愿意再回去。

"那你凭什么觉得我不会报警？"恐怖从口袋里掏出手机。

"要报警，昨晚你就不会主动找上我。"梁彪一点都不慌，他来之前就权衡过利弊，如今能够帮他的只有恐怖，"你至少听听我的想法，再决定要不要合作。"

恐怖保持了沉默，算是默认了梁彪的话，他确实十分好奇梁彪身上究竟发生了什么事。

梁彪喘了口气，说道："让我去撞你的人是魔笛酒吧的经理盛光琦，当天早上，他给我一个信封，里面有你的照片和一个取车的地址。"

"盛光琦？"恐怖想起昨晚他听见的王浩和酒吧大堂经理的对话，莫非是那个人？

"你说的那个经理是不是昨晚穿蓝色西装，戴着眼镜，看起来像是'汉奸'的那个人？"

"就是他。"梁彪点点头。

"昨晚之前，我根本没见过他，他为什么让你来撞我？"恐怖质疑道。

"你不知道？"梁彪一愣，他原以为恐怖和盛光琦之间有什么深仇大恨，"那也无所谓，我们合作把盛光琦抓了，自然就能问个清楚明白，还有你不是想报仇吗，冤有头债有主！"

恐怖如今心里大概知道是怎么一回事了，梁彪现在是警方通缉的犯罪嫌疑人，盛光琦怕对方拖累自己，于是要杀梁彪灭口。如今梁彪逃脱了，自然想要反将一军。

"我大可以自己去找盛光琦算账，为什么要和你合作？"恐怖无法信任梁彪。

"不是我嘲笑你，就你那帮呆头呆脑的朋友，连我都抓不住，更不可能对付得了盛光琦，就算你去报警，也没有任何证据。"

"就算是这样，我还是不明白你为什么找上我？"

梁彪心中一沉，脸上尽显落寞的神情，望着窗外，慢慢说道："盛光琦是我们的敌人，而且……我找不到可以信任的人了。"

第六章

五根断指

马尚找到和郭洁比较要好的几个同事，向他们打听了一下，他们虽然不愿意多谈，但还是证实了那天晚上确实发生了"争执"，而且公司领导曾经私下告诉员工不要讨论这件事。换而言之，童希洛并没有编故事。

那么事件中的受害人黄喆喻去了哪里呢？郭洁的那些同事竟然没有一个人知道，他们只知道事情发生后不久，黄喆喻就辞职了，没有人知道她去了哪里。

马尚问到了黄喆喻以前的手机号码和租住的地址，可电话号码已经注销，原来的公寓也已经有别人在住了。

马尚"黑白"两道都不沾边，他能用的手段有限，只能用笨办法——多跑腿。他找到黄喆喻之前的房东，向她打听对方的情况。

房东是个 50 岁左右的大妈，就住在那间出租的公寓的隔壁，人挺随和，又健谈，说起黄喆喻来可谓是赞不绝口。

"这孩子不仅长得水灵，还讲卫生，每次去收租，屋子里都干干净净，哪里像现在……"房东大妈言语中颇多惋惜，"可惜就是退租了，我还怕她经济上有困难，可她走得坚决，估计是去大城市发展了吧。"

"大姐，我们家里人好久联系不上她了，您这儿有她的联系方式吗？"马尚谎称自己是黄喆喻的表哥。

房东大妈找出一个电话号码，可马尚一看，和自己从郭洁同事那里拿到的号码一模一样。

"这个号码打不通了。"马尚难掩失望的神情。

"不好意思,帮不上忙。"

马尚谢了几句,就准备回去另想办法,走出去没几步,房东大妈又叫住了他。

"你等等!"

"大姐?"

"我想起个事,小喻有件快递寄这儿来了,我也联系不上她,你要是找到她,就带过去吧。"

"好的,谢谢大姐了。"马尚毫不犹豫地答应了。

不多一会儿,房东大妈从家里拿出来一个袋子,袋子里放着一个包装完整的快递盒。盒子不大也不重,一只手就能托住,上面写着收件人名字和手机号码,正是黄喆喻的,可是却没有寄件人信息。

"我本来以为她会回来拿,可一直不见人,也不知道怎么退,只能麻烦你了。"

马尚接过袋子,不敢多做停留,生怕房东大妈多问几句,自己就要露馅。他急忙告辞,然后匆匆来到附近一家饮品店,点了一杯果汁,找了个无人角落坐下,拿出袋子里的快递盒,放到桌子上。

马尚仔细看了一会儿快递盒,很快就发现了问题。这盒子不像是经过正规的快递公司运送的,上面不仅没有贴快递单,而且收件人信息是用马克笔手写上去的,难怪房东大妈没办法退运。他猜测这个盒子应该是原本就认识黄喆喻的人留下的,恐怕这人以为黄喆喻还住在公寓里。

马尚小心翼翼地打开快递盒,盒子里面有一个绿色的密封盒。他松开盒盖上的卡扣,盖子缓缓弹开。

密封盒里放着五根断指,大拇指、食指、中指、无名指、小指,它们看上去像是来自同一只手。这五根断指被凝固的蜡油牢牢粘在盒底,整齐地排成一排,指头上的肉已经有些腐烂流水,露出部分白色的骨头,并散发着阵阵恶臭。

马尚被吓得面色苍白,冷汗直流,他迅速把密封盒盖上,生怕旁边有人会看到。此时他的脑子里一片空白,恨不得丢下快递盒,撒腿逃走。可他整个人仿佛被禁锢一般，钉在椅子上一动不能动。

此时饮品店里没有其他客人，老板也在收银台后面专注地追着偶像剧，没有人注意到一身冷汗的马尚。

过了好一会儿，马尚才回过神来，他抬手用衣袖擦了擦脸上的汗，把桌子上的果汁一口气喝完，冰凉的果汁从食道流淌进胃里，才让他稍稍冷静一些。

如果是五天前，他会抱着快递盒直奔公安局，但是现在的他却有些犹豫了。他莫名其妙地搅和进这些案子里，几天里进出公安局好几趟了。这次再拿着几根断指去，就算自己是清白的，警察恐怕也要把他关几天查个底翻天。

"不行，我得自己把事情弄清楚再去公安局。"马尚自言自语地说道。他把目光重新投向密封盒，这里面装的究竟是谁的手指？又是谁把断指寄给黄喆喻？此举的目的是什么？难道是想要威胁她吗？

原本他对于有人谋害郭洁的事还存有几分疑虑，但如今看到这五根断指，已经深信妻儿的死另有隐情。想到这里，他不由自主地握紧拳头。

"郭洁、小宝，我一定要给你们报仇！"马尚心中的悲愤和怒火让他顿时振作起来，一时间仿佛有了无穷的力量，下定了复仇的决心。

马尚再没有半点犹豫，把密封盒重新装进快递盒里，匆匆回到家，把那装着五根断指的"快递"放进了冰箱。

王浩以前没进过泰豪酒店，都是在外面看看。不过他也知道哪怕只是在里面简单吃顿饭，也要自己半个月的工资。

他和刘毅很快就在酒店里见到了营销部的经理陈昊明，也就是郭洁以前的上司，向他了解郭洁此前在公司里的情况。

陈昊明对郭洁的意外深感惋惜，并对她之前的工作能力给出了高度评价，说她工作认真负责，深受领导和同事们的信任。

王浩这么远来一趟并不是想听陈昊明说这些场面话的，不过他还是耐心地让对方自由发挥，把话说完。

"据我们了解，郭洁在出事前被停职了，是什么原因呢？"王浩冷不丁地问道，他在来之前已经做过一些调查，了解到郭洁在出事前被停职的事情。

陈昊明没想到王浩会问这个问题，一时语塞，吞吞吐吐地说道："这个……这个郭洁她确实在工作上出了一些差错，不过不是大问题……"

"具体是什么问题？"王浩追问。

陈昊明尴尬地笑着，没有立刻回答，似乎有所顾虑。

"陈经理。"王浩拍了拍陈昊明的肩膀，"希望你能配合警方的工作。"

陈昊明点点头，解释道："对于郭洁被停职的事情，我也只是执行上面领导的指示，根据我了解的情况是有客户投诉她，所以公司对她采取了暂时停职的处罚措施，并进行调查。但是很不幸，调查结果还没出来，她就发生了意外。"

"投诉她的客户是谁呢？"

"对不起，王警官，客户并非向我投诉，而是向公司高层，而且我们酒店要求必须对客户信息进行保密，还请您谅解。"

"那么你所说的高层具体是指哪一位？"

"是人事部门通知我的，我也只是按照规定办理，其他事情我并不知情，还请王警官理解。"

王浩明白陈昊明的意思，因为能让人事部门下通知，自然是更高层的领导才有这个权利，他一个部门经理确实没有这么大的权限。

"理解理解，麻烦陈经理把今年从你们部门离职的员工名单给我一份，包括被开除或者自己辞职的，信息能详细一点最好。"王浩提出了一个要求。

"这个没问题。"陈昊明很快就给他们拿来了一份名单。

王浩二人又找了几个郭洁的同事询问，但他们也都是对郭洁的为人处世大加赞扬，对于她为何被停职却都说并不知情。

王浩和刘毅从酒店出来，两个人都没有问到有价值的线索。

"王队，我感觉这些人有所隐瞒，他们似乎不愿意过多谈论有关郭洁的事情。"

刘毅在跟这些人谈话的过程中，一提到郭洁被停职的事情，话还没说完，他们就急匆匆说"不知道""不清楚"，显然部门内部在这件事上统一了口径。

"郭洁被停职背后怕是有文章，但此事并不难查，只是问这些在职员工，他们有所顾忌罢了。"王浩回头看了眼宏伟的酒店大楼，夕阳的余晖宛如红色的海，把大楼淹没其中。

"王队，我有点不明白……"刘毅欲言又止，抓了抓头发。

"有什么就说，扭扭捏捏的。"

"两起命案我们还没摸到门路，为什么现在来查郭洁的旧案，难道它们之间有关联吗？"

"你不是先前觉得两起案件都跟马尚有关系吗？"王浩微微一笑，反问道。

"那是因为太巧合，两名受害者都与马尚有过交集，所以我才怀疑他和案件有牵连，但是……"刘毅说到这里，似乎明白了王浩的意思，"王队，你是怀疑马尚是因为妻子的缘故才会牵扯进这两起案子里。这么说的话，吴蔚然倒是还有可能，她经手了郭洁的保险，但是朱珊呢？朱珊和郭洁、吴蔚然，她们之间完全找不到联系啊。"

"我们把朱珊和吴蔚然的案件并案处理是因为凶手杀人的方式，但是两起凶案是不是同一个凶手还不好说，这几起案件中的疑点太多，我们需要逐一理清，急不来。"王浩从警这么多年，也是第一次碰到这样离奇的案子。

"那我们现在是不是要去找离职的员工？"

"不错。"王浩说着把口袋里的名单拿了出来，上面就两个人，资料还算详细，姓名、住址和手机号码都有，不难找到人。

恐怖开着车，看着坐在副驾上的梁彪，刹那间他有一种自己疯了的错觉。昨晚他还打算向梁彪复仇，今晚却又和梁彪一起去绑架别人。这种剧情反转，实在是让他自己都觉得魔幻。

恐怖知道自己这么做实在是有够疯狂，梁彪可不是善男信女，他抓到盛光琦后，搞不好会白刀子进、红刀子出，到时候自己可就成了帮凶。可自己没有梁彪帮忙，又很难接近盛光琦。他一边开车，一边盘算着怎么才能一箭双雕，既能弄清楚事情真相，又不让梁彪乱来。

"你除了开车撞我，是不是还夜里来过我家门口，以及一大早用花盆砸我？"恐怖想起另外两件事，于是问道。

"没做过。"梁彪一口否认。

恐怖有些意外，但他不觉得梁彪说了假话，撞人都认了，没必要否认其他事情。

"那就是说盛光琦还找过其他人？"

"一会儿你直接问他。"梁彪说得干脆。

"昨晚你怎么知道我会去魔笛酒吧找你？"这是恐怖一直想问的问题，也亏他一直忍到现在才问出口。

"这还用问吗，我一个打工的，还能有谁通知我。"梁彪侧过头，看着恐怖，有些好奇地反问道，"你到底做了什么，让盛光琦千方百计要你的命？"

"你做什么了吗，他还不是要你的命？"

梁彪无言以对，他对公司忠心耿耿，上次坐牢也是为公司上面的人背了黑锅，这次就因为警察要抓自己，盛光琦竟然要杀自己灭口。他想到这里，就忍不住一拳砸在副驾驶的手套箱上。

"这可是你车啊……"恐怖瞟了一眼，副驾驶的手套箱竟然被梁彪一拳打脱落了，由此可见，梁彪是真的气疯了。

梁彪深吸一口气，狠狠地说道："江湖恩怨江湖了，今晚我就去要个说法。"

恐怖没出声，梁彪的愤怒不像是装出来的，一会儿要是自己控制不住他，还真有点麻烦。他担心万一梁彪惹事后跑了，自己就成背锅的人。所以他趁梁彪不注意的时候，在对方的背包里丢了一个跟踪器。这玩意是他们公司专门定位借债人的工具，现在用在梁彪身上，再合适不过。

两个人驱车来到一栋高档公寓楼门口，根据梁彪所说，盛光琦怕老婆，但他却偷偷养了一个情妇，为了避人耳目，在高档公寓租了一套房，金屋藏娇，几乎每晚都会来鬼混。

恐怖看到公寓门口有保安，路上有监控摄像头，不时还有行人来来往往，这里别说行凶，就算是打架，恐怕5分钟不到，就会有警察过来。

"你不是打算在这里硬来吧？"恐怖停好车，熄了火，透过车窗往外打量。

"我们去公寓里面。"梁彪从车后座处拿过一个包，里面有两套制服，"我去把公寓的网线给剪了。"

恐怖这才知道梁彪是有备而来，他想伪装成网络维修人员，混进公寓。虽然这种方法十分老套，但放在当下的确是个不错的主意。

保安正连着Wi-Fi刷视频，突然断网了，正着急，一看两个网络维修员来了，立刻放行，他们轻轻松松就进了公寓楼。

梁彪和恐怖上了电梯，直奔十七楼，这里正是盛光琦情妇所住的楼层。

梁彪从电梯厢内出来后，左顾右盼，确认走廊上没人，才走到1703号房门口。恐怖不慌不忙跟在后面，他是见过世面的人，收债的时候也常常需要耍些手段，对梁彪这些动作可谓见怪不怪。

梁彪伸手敲了敲门，不一会儿，里面果然传来一个女孩的声音。

"谁啊？"

"线路维修的，大楼的网络断了，我们需要检修一下，麻烦了。"梁彪提高了一点音量。

房间里传来女孩的脚步声，梁彪和恐怖甚至能感觉到女孩此时正通过门上的猫眼在观察。

女孩似乎犹豫了一会儿，不过还是打开了门。

"难怪网络连不上……"

女孩话还没说完，梁彪就以迅雷不及掩耳之势冲了上去，一只手捂住女孩的嘴，另一只手抓住她的头发，把她推进房间。

恐怖没想到梁彪这么蛮横，只好也跟着进去，然后迅速关上门。

梁彪把胶布贴在女孩的嘴上，然后拿绳子把她的手绑了起来，动作一气呵成，看起来以前没少干这种事情。

"你别乱动，我们是来找盛光琦的，你老实点，我们就不会伤害你！"梁彪把女孩扔到一边，然后迅速检查屋子里各个房间，没有看到其他人。

恐怖刚才在门口没看清女孩的样子，如今他看着躺在地上眼神惊恐的女孩，突然一下子就愣住了。

"你发什么愣，我们准备一下，盛光琦应该就快来了。"梁彪拍了拍恐怖的肩膀。

"她真是盛光琦的情妇？我怎么看着有些眼熟……"恐怖有些不确定，他拿出手机，翻看照片。

"应该就是她吧，怎么，你认识她？"梁彪指着地上的女孩问道。

恐怖走上前，蹲下来，撕开女孩嘴上的胶布，盯着她看了一会儿，一样的短发、瓜子脸、大眼睛。虽然她头发染了颜色，耳朵上有耳环，穿着轻佻，妆容妖艳，但这女孩跟照片里的郑雨鑫长得一模一样。

"你是郑雨鑫？"恐怖举起手机给女孩看，上面是一张郑雨鑫的照片。照片里的郑雨鑫穿着校服，没有化妆也没有戴耳环，整个人气质清新素雅，朝气蓬勃。

女孩原本惊恐的表情变得有些慌张，别过脸，小声说道："我不是……你认错人了……"

郑雨鑫这话，恐怖一年里没听过上百次也听了有几十次了，一眼就看出女孩在撒谎。

"你爸妈因为你都快急死了，高大姐现在病倒在床上，你爸进了拘留所……"

女孩闻言再也装不下去，眼眶湿润，但却依旧不发一言，没有承认自己是郑雨鑫。

恐怖此时却可以肯定眼前的女孩就是郑雨鑫，他没想到要找的人竟然会在这里，如果不是和梁彪一起来找盛光琦算账，要找到她还真不容易。

"你告诉我，是不是盛光琦威胁你，不用怕，我们来就是为了收拾这个贱人！"恐怖看出郑雨鑫有些害怕，于是给她壮胆道。

"你……你们是什么人？"郑雨鑫没有回答恐怖的问题，反问道。

"我是高大姐的朋友，你可以叫我恐怖哥。"恐怖故意不介绍梁彪。

梁彪在一旁也没介意，他只是想不到恐怖竟然和盛光琦的情妇认识，不过这跟他没关系，他要找的人是盛光琦。

"恐怖哥？"郑雨鑫从没听说母亲有这么一个朋友。

"对，恐怖的恐，恐怖的怖，恐怖。"恐怖特别喜欢给别人介绍自己的外号。

这时候一直在窗口观察的梁彪发现公寓门口停下来一辆车，正是盛光琦的车。

"盛光琦来了。"

"小鑫，一会儿你配合一下，我逮住盛光琦后就带你去见高大姐！"恐怖拍拍郑雨鑫的肩膀。

郑雨鑫有些慌张地点了点头。

恐怖解开她的绳子，然后他和梁彪一左一右躲在门两侧，只等盛光琦进来，就把他制伏。

过了一会儿，果然响起了敲门声，跟着就听到盛光琦在门外说道："小宝贝，开门，我来了。"

恐怖给郑雨鑫使了个眼色。郑雨鑫理了理头发，上前打开了门。

盛光琦看到郑雨鑫，一副色急攻心的样子，抱住她就是一阵强吻。恐怖看着就恶心，一手关门，一手抓住了盛光琦的头发。郑雨鑫趁机推开盛光琦，退到墙边。

盛光琦没想到房里会有其他人，突遇变故之下，还想反抗，可还来不及转身，梁彪就上前给了他一记老拳。

这一拳梁彪蓄势已久，力道十足，只打得盛光琦脸上开花，头晕目眩。不等他回过神来，恐怖和梁彪就一起扑上去，三下五除二绑住了他的手脚，封了他的嘴。

盛光琦这时已经看清打他的人是谁，他瞪大了眼睛，发出愤怒的喘息。

梁彪一手抓住盛光琦的头发，另一只手抬手就是一巴掌，怒道："盛光琦，老子给你卖命二十年，你竟然找人杀我！"

盛光琦拼命摇头，嘴里支支吾吾，极力否认梁彪的指控。

恐怖从厨房里拿来一把刀，像刮猪毛一样在盛光琦的脖子上来回拉扯，恐吓道："一会儿我给你把胶布撕开，你要是敢乱喊乱叫，我立马宰了你，明白吗？明白就给我点头，不明白我就割你两刀！"

盛光琦闻言，那头点得就像小鸡啄米。

恐怖撕开胶布，刀依旧架在盛光琦脖子上，以防他不规矩。

"梁彪，你发什么疯？"盛光琦不敢太大声，但眼睛里充满怒火，开口第一句就是质问梁彪。

"发疯？老子还没开始疯呢！"梁彪踢了盛光琦一脚。

这一脚正中盛光琦的小腹，痛得他冷汗直冒，气势立刻又减了七分，嘴里连忙解释道："我真没找人杀你……"

"我藏身的位置只有你知道，我也听到杀手说是你派他们来的，还能冤枉你？有胆子做，没胆子认！"梁彪又是一巴掌，盛光琦嘴角立刻溢出血来。

"什么杀手？我跟他们对质！"盛光琦依旧不承认，"多大点屁事，我犯得着找人来灭口吗，你冷静点，别听外人挑拨。"

盛光琦说着去看恐怖，他以为是恐怖挑唆梁彪。

"你认不认都没关系，我给你卖命这么多年，一百万，咱们从此两清。"梁彪早有计划，并非单单来寻仇。

恐怖一听梁彪要钱，那事情就好办了，如果梁彪是来要命的，那他肯定要千方百计阻止。

"没问题，我给钱，你放了我。"盛光琦爽快答应。

"你们的事情解决了，到我了。"恐怖蹲下来，用刀拍拍盛光琦的脑袋，"我的事呢，怎么说？"

"什么……什么你的事，我不认识你……"盛光琦话还没说完，又挨了一巴掌，这次打他的是恐怖。

"我把你手脚剁了，你也一样给梁彪钱，所以愿意给钱不等于没事。"恐怖必须把梁彪先稳住，万一梁彪拿了钱反水，他一个人还真不好办。

梁彪倒也还算讲义气，恐怖来帮他，这个时候他自然需要站出来说句话，于是说道："是你让我开车去撞他的，你们之间有什么恩怨就当面说清楚吧。"

盛光琦心里恨不能把梁彪扒皮拆骨，但他现在受制于人，知道自己如果不妥当应对，到头来受苦的还是自己。

"我也是受人之托。"盛光琦咬咬牙，额头冒汗。

"你还是中间商啊，说吧，受谁的托？"恐怖嘲讽道。

盛光琦心里盘算着到底该不该说、怎么说，恐怖和梁彪两个人出现得太过突然，他完全没有准备。不过恐怖根本没打算给盛光琦现编故事的时间，拉出他一只手，压在地上，然后举刀就剁下去。

郑雨鑫吓得捂住了眼睛，就连梁彪也一惊，想不到恐怖如此狠辣。

众人只听"砰"一声，刀重重砍在木地板上，跟着就是盛光琦的一声惨叫。

这一刀落在盛光琦手上食指和中指之间，并没有见血。

"眼花了，再来一次。"恐怖拔出刀，又要再砍一次。

"杜冠亭，是杜冠亭让我找人弄你的！"盛光琦的声音里带着哭腔，一股骚味从他裤裆里传来，地板上顿时湿漉漉一片。

"杜冠亭？他是谁？"恐怖一边问，一边往后嫌弃地仰起头。

"他是安远集团董事长的儿子。"梁彪脱口而出，他知道这位公子哥是魔笛酒吧真正的大老板。

"我都不认识他，也从来没见过他，他为什么要杀我？"

"这个我真的不知道，我发誓！"盛光琦看着恐怖手里的刀，声音颤抖。

恐怖没继续逼问，以他往日的经验，这种高强度的恐吓，没有人敢对他说假话。他虽然在问盛光琦原因，但其实心里已经有了猜测，要杀他只有一个原因，就是青龙河边的那间船坞里发生的事情。难道船坞的主人是杜冠亭？

"杜冠亭哪天找你说这事的？"恐怖沉默片刻，才又问道。

"9月16号。"盛光琦想了一会儿回道。

"16号早上有人用花盆砸我，是不是你安排的人？"

"没有，我只安排了梁彪用车撞你。"盛光琦的额头还在冒汗，生怕自己一句话说不对，那把刀会再次落下。

"昨晚你又怎么提前知道我要去找梁彪的？"

"也是杜冠亭告诉我的，他说你昨天晚上会来魔笛找麻烦，让我顺便……顺便解决你。"

"你倒是推得一干二净……"

"真的啊，恐怖哥，我一个小经理，上不着天，下不落地，为什么去找您的麻烦，说白了，我也是打工的，您老高抬贵手，放我一马吧。"说着，盛光琦痛哭流涕起来。

"好了，别跟我在这里演戏了。"恐怖抓住盛光琦的头发，转头看了眼郑雨鑫，话题一转，问道，"我这妹子呢，怎么被你抓这里来的？"

盛光琦闻言一愣，看着郑雨鑫，又看看恐怖，急忙说道："没有的事啊，我们是自由恋爱……"

"你跟我说自由恋爱，自由个屁，信不信我剁死你！"恐怖一边骂，一边把刀高高举起。

"不信你问她，我可真没逼她啊。"盛光琦急迫地看着郑雨鑫，希望她能帮自己解释。

郑雨鑫却依旧躲在角落里，保持沉默。

"小鑫，你说，盛光琦是不是有你什么把柄，你放心，我今天帮你做主。"恐怖回过头对郑雨鑫说道。

"没有，他没逼我，他给我钱，是我自己愿意的。"郑雨鑫的声音很小，但每个字都很清晰。

恐怖无言以对，他设想的无数种可能性被郑雨鑫一句话击碎。

愣了半晌，恐怖放下刀，摸了一把脸，说道："小鑫，你收拾收拾，我带你去见你妈。"

郑雨鑫犹豫了片刻，两只手不停地在身前搓揉，最终还是进了房间去拿东西。

"梁彪，我带这姑娘走，剩下的事情你们自己解决，跟我可没关系了。"

"你放心。"梁彪点点头。

恐怖走到柜子边，伸手从里面取出一个便携运动相机，那是他刚才放进去的。

"盛经理，今天这事我可全程录像了，你要是敢日后再来找我麻烦，出卖客户和尿裤子的视频可就要被我传到网上去了。"恐怖关掉录像，按下播放键，故意放了一段视频给盛光琦看。

盛光琦哑巴吃黄连，有苦说不出，只能一个劲点头，说道："不敢，不敢。"

恐怖不再理会盛光琦，带着收拾好东西的郑雨鑫出了门，虽然他还有许多疑问没有解开，但是此行有了意想不到的收获。他带着郑雨鑫上了一辆出租车，然后便急不可耐地打电话给孙婧涵。

"菁菁，郑雨鑫找到了。"

"找到了？怎么找到的？她在哪儿？"孙婧涵有些不敢相信，这才仅仅过了几个小时，所以不由自主地问了一连串问题。

"说来话长，我现在和她在出租车上，我们去福新村路口碰头。"恐怖看了看身边的郑雨鑫，这孩子一直不怎么说话，看起来满怀心事。不过他可管不了这么多，教育孩子的事情，还是让高树梅来干吧。

现在的孩子跟他那会儿不一样，面对的诱惑太多，父母又不在身边，难免行差踏错。他回忆了一下高树梅的住所，估计那地方挤不下她们母女俩，而郑雨鑫再回学校也不知道是什么时候了。她们眼下唯一的办法只能是先回老家，再做打算。

不一会儿，出租车就把他们送到了福新村路口，恐怖二人下了车，两个人站在路口等孙婧涵。

恐怖白天来过一次，但并没有记住路，更何况现在已是深夜，他更是不分南北。

"我们等谁？"一直沉默的郑雨鑫突然开口问道。

"我女朋友，街道的干部，这些天来可都是她一直帮着照顾你妈。"

"哦。"郑雨鑫并没有应有的谢意和歉意。

恐怖看她如此冷漠的表情，不免有些恼火。这丫头实在太不懂事，厌学和爱慕虚荣暂且不说，再怎么样也应该给父母报个平安。正是因为她一声不响的"失踪"，才让她的父亲面临刑事诉讼，而母亲则因此病倒在床。

"你这个样子，我要说你两句……"恐怖实在忍不住，想要教育教育郑雨鑫，可却被对方打断。

"恐怖哥，你看是不是你女朋友来了？"郑雨鑫指着恐怖身后说道。

恐怖转过身，却没看到一个人影。

"哪有人……"恐怖话还没说完，突然感觉后脖颈一麻，跟着一股电流传来，他便浑身战栗，晕倒在地。

孙婧涵骑着自己的电动车匆忙赶到福新村路口，却没看到恐怖的人影，她立刻给恐怖打电话。

这时，不远处传来手机铃声，孙婧涵循声望去，只见地上躺着一个人，她急忙两步并做一步跑上前，拿手机一照，看到地上的人正是恐怖。

"孔泽，孔泽，你怎么了？"孙婧涵抱起恐怖，轻轻拍打他的脸颊。

恐怖没有回应，孙婧涵急忙确认了呼吸、心跳都在，她舒了口气。

孙婧涵放下恐怖，从电动车的尾箱拿出一瓶矿泉水，然后把这一瓶水全浇到了恐怖头上。

恐怖仿佛从睡梦中惊醒，睁眼看到孙婧涵，猛然从地上坐了起来。

"你怎么躺在这里，郑雨鑫呢？"孙婧涵问道。

恐怖摸了摸后脑勺，他感觉全身发麻，明白过来刚才郑雨鑫骗自己转身，然后趁自己不备在身后电击了自己。

"我靠，郑雨鑫这个臭丫头，用电击棒把我电晕了。"

"怎么可能，你会不会弄错了？"孙婧涵想不通郑雨鑫为什么要这么做。

"错不了！"恐怖气得发抖，他没想到自己栽在了一个小女孩手上，"别让我抓住她，我非把她吊起来打，帮高大姐好好教育教育孩子！"

"到底怎么一回事啊？我都被你弄蒙了，你到底在哪里找到郑雨鑫的，她怎么不和父母联系？"孙婧涵一头雾水。

恐怖挠了挠头，一时间不知道该从何说起，他不想孙婧涵知道自己去惹祸的事情，犹豫了一下只说是通过朋友找到了郑雨鑫的住所。

"她从学校跑出来，住在一个豪华公寓里做人情妇，我好不容易才把她带出来，没想到她死性不改，电晕我跑了。"恐怖觉得郑雨鑫应该是不愿意回学校，或者是害怕被父母责骂，所以才这么做。

"不……不能吧。"孙婧涵听到郑雨鑫失踪后给人做情妇，一时间有些接受不了，"照片看起来不像这样的人。"

"我有录像。"恐怖从口袋里摸出便携运动相机，调出视频，刚好是郑雨鑫说话那一段。

孙婧涵看到录像，亲耳听到郑雨鑫所说的话，这才彻底信了。

"你因为郑雨鑫跟人打架了？"孙婧涵看到视频里有人被绳子绑住，跪在地上。

"没事，一点小冲突。"恐怖连忙收起运动相机，生怕孙婧涵要求看全部视频。

"郑雨鑫有了下落，知道她人没事，这是好消息，高大姐可以安心了。"孙婧涵心里想着怎么和高树梅说郑雨鑫的事情，如果高大姐知道女儿的现状，恐怕会很伤心。

"你说郑雨鑫会不会跑回……男朋友那里？"孙婧涵也不知道该如何称呼包养郑雨鑫的这个男人。

"不可能。"恐怖相信郑雨鑫绝不可能再回去，一是自己已经知道了那间公寓的位置，二是盛光琦会怀疑郑雨鑫和自己的关系。

"那她一个小姑娘能去哪里？"

"你放心，就冲她电我这一棒，我也肯定把她找出来！"恐怖咬牙说道。

"先别折腾，你看你这样子，休息一段时间再说吧。郑雨鑫没有危险，早晚会回家。"孙婧涵扶起恐怖，"我送你回去。"

"你送我？"恐怖顿时把所有不快都抛诸脑后。

"你别瞎想，这事我有责任，送你也是应该的。"孙婧涵板着脸说道。

"跟你能有啥关系，是我自己大意了……"

"别废话了，走不走？"

"走，怎么不走，这一天可把我累死了。"恐怖这倒是没有半点夸张。

孙婧涵骑着车，恐怖坐在后面，他一双手有些无处安放，犹豫半天，还是轻轻扶住了孙婧涵的肩膀。

"菁菁，那晚真的是误会，我喝醉了，我和那女的什么也没做，我也不知道自己怎么就躺那儿了……"恐怖话还没说完，孙婧涵就一个急刹。

"你再说那件事，立马下车。"孙婧涵怒火中烧。

"好，不说，不说。"恐怖只能闭嘴，可他心里却觉得这件事不说清楚，他们就难以复合。

秋风袭人，夜凉如水，电动车就像是黑暗中的一颗流星，划过天边。

恐怖睡得正沉，突然一阵手机铃声把他吵醒。他看看床头的闹钟，才早上6点不到，谁这么早给他打电话？他骂了几句，用枕头捂住耳朵，又翻身去睡，可手机还是一直响个不停。他不得不往床头柜方向摸索了一会儿，终于摸到了手机，瞟了一眼屏幕，看到是马尚的来电，他才不情不愿地接了电话。

"老马……"

"恐怖，有空吗？来我这儿一趟，我有重要的事情找你商量。"

"一大早的，电话里不能说吗？"

"电话里没法说，我一夜没睡，想来想去，只能找你商量这事。"

恐怖无奈之下只能答应，他到达马尚家的时候，天才蒙蒙亮。他看到眼圈黑肿的马尚，相信对方真是一夜没睡。

马尚不等恐怖问东问西，就把他拉进屋子，然后锁好门，一副神秘兮兮的样子。

"我给你看样东西。"马尚用手抹把脸，然后走到冰箱门前，拉开门，从里面取出一个盒子。

他把盒子放在桌子上，又把目光投向恐怖，指着盒子说道："你看看。"

恐怖不以为然，走到桌子前，心不在焉地打开盒盖，看了一眼。

"我……你……"恐怖看到盒子里的断指后，连退几步，差点摔倒，"我是吓唬人，你他妈是真切啊！这是谁的手指头？"

"不是我切的。"马尚急忙上前关上盖子，他都不敢正眼去看里面的手指头。

恐怖盯着马尚，一字一句说道："但凡换个人在这里，立马打电话报警，信不？"

"我知道，所以我才找你，你别急，我把事情经过说给你听。"马尚把他怎么找到童希洛，然后顺着线索去到黄喆喻公寓，在房东处拿到快递随后发现了这盒手指头的经过，事无巨细全都告诉了恐怖。

恐怖听完后，半晌说不出话来，这些事可谓骇人听闻。

"这么说，你怀疑你老婆孩子是被人害死的？"

马尚握紧了拳头，点点头。

"可你留着手指头干什么用呢？"

"我想把事情查清楚后再做打算。"马尚说着拿起桌子上的密封盒。

"也是，看起来这些人非富即贵，肯定不好对付。"恐怖明白马尚担忧的事情，"接下来你打算怎么办？"

"我听童希洛说那三个人里有一个叫杜冠亭的，是安远集团董事长的儿子……"

"我靠，太巧了吧。"恐怖拿出手机，他昨晚已经把运动相机里录制的视频拷进了手机里，"我给你看个视频，说出来你都不信，昨晚我和梁彪一起去绑了盛光琦。"

"你和梁彪？"马尚大吃一惊。

"你先看视频，看完我再跟你说。"恐怖开始在手机里播放视频。

马尚看完视频后的反应丝毫不亚于恐怖看到断指，视频里透露的信息已经足够让他了解大部分事情经过，也明白了恐怖为何会和梁彪走到一起。

"杜冠亭……盛光琦也说是他要杀我，你说哪会这么凑巧，你老婆孩子的车祸，船坞里的秘密，三番两次想要杀我的人……这些事联系到一起，我有理由怀疑，你跳河自杀那天看到谋杀案绝非偶然！"

"不是偶然？"马尚只感觉自己头皮发麻，如果不是偶然，那么就是有人故意在那里布局，可理由？为什么要这么做？有什么目的？

"不是偶然，那是什么？"马尚抬着头，看着恐怖，问道。

"我也不知道，只是怀疑，那些侦探电影里不是常有这种桥段吗？总而言之啊，这里面必有惊天秘密！"恐怖来了兴致，满嘴跑火车，语不惊人死不休。

"不管怎么样，我们先找到杜冠亭。"马尚抛去脑子里各种不着边际、没有证据的胡思乱想，目前他们掌握的线索中，杜冠亭是最清晰明确的。

"干这个小王八羔子！"恐怖一拳砸在桌子上。

"对了，视频里那个叫郑雨鑫的女孩是怎么一回事？"马尚在视频里看到郑雨鑫，听到他们之间的对话，不免有些好奇地问道。

"别提了，真晦气！"恐怖虽然说不提，但还是把郑雨鑫的事原原本本说了出来。

"这女孩也算有勇有谋，准备好了电击棒，看好机会，一击得手。"马尚由衷赞叹。

"我是大意了……现在的小姑娘真是翻天了，高中还没毕业呢，就什么事都敢干！"恐怖看在高大姐的面子上，忍住了没骂脏话。

"这女孩虽然没帮着盛光琦，但是却对你下黑手，实在让人有些想不通。"

"有什么想不通的，怕被她父母骂呗，躲得过一时，躲不过一世，早晚要让她受点教训！"恐怖把拳头捏得"咯咯"作响。

马尚觉得恐怖说的话不无道理，他现在也没心思多管闲事，脑子里全是如何找杜冠亭。

一个不想活的马尚和一个不怕死的恐怖，两个人算是正式联手，决心一起寻找真相。

第七章

地头蛇

王浩和刘毅找到了那两个从泰豪酒店营销部离职的员工，从他们的嘴里总算问到了郭洁被停职的原因。据他们所说，在今年3月19日的一场答谢酒会上，有客户与郭洁发生了冲突，客户因此投诉郭洁。至于究竟发生了什么冲突，两位离职员工均表示只听到一些传闻，好像是当晚客户对酒店员工进行骚扰，郭洁因为这事和对方发生了冲突，至于其中详情他们也不清楚。

王浩顺着这条线索继续调查，找来酒会上多名服务人员和参会者进行询问，了解事情经过。据说当晚酒店里有一名叫作黄喆喻的女性员工进入8号包厢向客户赠送礼品，但长时间没有出来，郭洁便去找她。郭洁来到包厢门口听到黄喆喻的呼救声，于是硬闯进包厢，看见对方衣衫不整，神情呆滞。郭洁原本想要报警，但黄喆喻当即否认自己遭到猥亵，只说自己喝多了酒，摔了一跤。

王浩为进一步查清真相，向酒店方面索要当晚8号包厢中的客户信息，但酒店方面以保护客户隐私为由，拒绝向王浩提供信息。

总而言之，酒店方面对王浩的调查虽然表面上客客气气，但实质上却并不配合，甚至有意隐瞒一些关键信息。酒会事件发生在3月19日，可酒店方面对郭洁的停职处罚却发生在7月12日，隔了四个月客人才去投诉吗？

另外，作为当事人之一的黄喆喻在第二天就辞职了，至此下落不明，如果什么事情都没有发生，她又何必这么做，究竟在害怕什么呢？

警方想要了解事情的真相，就必须找到黄喆喻。

"王队，酒店这帮家伙一直在打官腔，我们不找到当事人，怎么可能还原真相！"刘毅一肚子火。

"酒店怕惹麻烦，有意袒护客人，包厢里的人怕是有些来头。而且目前已知的两个当事人里郭洁死了，黄喆喻又下落不明，什么都是他们说了算。现在我们只能想办法找到黄喆喻，你去调取她的通信记录和银行流水等信息，看看她最近半年去了哪里，经常和谁联系……"

二人回到局里，还没走近大楼，就被身后跑来的张安琪给喊住了。

"王队，你怎么关机了？"张安琪跑得气喘吁吁，开口就问道。

"关机？"王浩拿出手机一看，黑屏了，"没电了……"

张安琪喘了口气，说道："三组有重大发现，陈哥正找你呢。"

"走，让老陈去会议室。"王浩一听有线索，整个人立刻精神起来。

三组负责调查朱珊的线索，他们走访了她的亲朋好友、领导同事，同时调了她的通信记录、银行流水和她工作地点、居住地点附近的道路监控，在做了大量细致而又烦琐的工作后，调查组终于有了重大发现。

三组组长陈明嘉是个老刑警，经验丰富，所以王浩让他当组长，负责对受害者朱珊进行调查。陈明嘉来到会议室，没有什么客套话，直接拿出三张照片，递给王浩。

"王队，这是监控画面截图，地点分别在三溪路工商银行门口、三溪路公交车站和百花路公交车站，时间是9月7号。根据该银行网点的记录，朱珊那天在银行取了六万七千元的现金。"

王浩拿起照片，第一张照片里，朱珊提着一个灰色的帆布包，可以看到背景里的银行，在她身后不远处有一个戴着黑色鸭舌帽和蓝色口罩的男人。第二张照片在三溪路公交车站，朱珊双手抱着帆布包等车，在她右边的广告牌后面，再次看到那个鸭舌帽男人。第三张照片里，朱珊从公交车上下来，鸭舌帽男人也从另一个车门下车。从这三张照片不难看出，鸭舌帽男人在尾随朱珊。

"视频拷贝下来没有？"王浩问道。

"我发到你邮箱了。"

王浩急忙打开电脑，看了视频后，确认这个鸭舌帽男人是在跟踪朱珊。

"摄像头有没有拍到这个男人的正脸？全是戴帽蒙脸的画面吗？"

"目前没发现，这人反侦查意识很强，甚至连眼睛都被鸭舌帽帽檐挡住，完全看不到面部特征。"陈明嘉摇摇头，继续补充说道，"朱珊和这个鸭舌帽男人在百花路公交车站下车后，就失去了踪影，我们调了周边所有的监控录像，但没有任何发现。目前我们正在百花路公交车站周边排查，看能不能找到有用的线索，弄清楚朱珊后来去了哪里。"

王浩点点头，思考了一会儿，然后敲敲桌子，说道："这个犯罪嫌疑人如果是为钱来的，又没有跟着朱珊进银行，那么很有可能他提前就知道朱珊要取钱，不排除是熟人作案，你们在这方面下点功夫，看看她身边的人里有没有缺钱的。"

"好，我马上去安排。"陈明嘉做事利索，说着就出了会议室。

王浩给手机充上电，然后回到办公室里又仔细地看了几遍老陈发过来的视频，突然视频里一个细节引起了他的注意——鸭舌帽男人戴着手套。

这双手套看着有些奇特，材质和颜色都与皮肤相近，如果不是鸭舌帽男人下车的时候，伸手扶了一下车门，露出手腕上的褶皱，以监控视频的画质还真个容易被发现。

王浩立刻给陈明嘉打了一个电话，告诉他这件事，犯罪嫌疑人的手很可能有伤残，又或者是有什么异样的地方，所以才需要这种手套来掩饰。

陈明嘉一听，立刻想起一个人来。

"王队，丽都足疗店里有个男服务员叫胡少明，他的双手有烧伤后留下的疤痕。"

"抓人！"

兵贵神速，为了避免打草惊蛇，王浩等人没有开警车，而是便装，开了两辆没有标识的普通车辆。

车刚在路边停好，他们就看见胡少明从店里走出来，他并没有穿制服，看起来刚下班。

王浩他们下车，从左右两边靠过去，准备控制住胡少明。可哪知道胡少明一眼就看到了他们，先是一愣，随后似乎认出了曾经问过他话的陈明嘉，脚步立刻向后退了几步，然后拔腿就跑。

王浩他们早有准备，六个人合围上去，绝不给他逃跑的机会。

胡少明还没跑出十米远，就被王浩摁倒在地。

与此同时，另一队警员已经到了胡少明所住的出租屋内进行搜查，他们在那里发现了视频中出现的手套。

王浩把胡少明带回公安局后展开讯问，根据目前掌握的线索，这个人有重大作案嫌疑。

讯问室里，胡少明戴着手铐坐在一张铁椅子上，灯打在他的身上，让他自然而然成为房间里的焦点。王浩、陈明嘉和张安琪走进讯问室，坐到办公桌后面，看着胡少明。

"9月7号，下午4点11分，你在银行门口尾随朱珊至三溪路公交车站，随后一同乘坐608路公交车在百花路公交车站下车，这之后朱珊就失踪了。"王浩说到这里，两眼直视胡少明，一字一句地问道，"这之后你们去了哪里？你对朱珊做了什么？"

胡少明神情僵硬，他努力想要保持镇定，可不停抖动的手出卖了他。

"不是我，我没有尾随她……"

"不是你？"王浩从证物袋里取出一双手套，摆在胡少明面前，"这是你的吧？"

胡少明搓搓手，揉揉鼻子，故作镇定地说道："手套怎么了，能证明什么，你们别想冤枉我。"

"挺嘴硬啊。"王浩看他这个样子，反而笑了，"你以为戴个帽子和口罩，就没人认得出你了？我们锁定了你是犯罪嫌疑人，要找到你的行动轨迹太容易了，监控视频画面中的帽子是你9月3号在网上买的。9

月7号下午2点33分，你从出租屋出发，骑了一辆共享单车，3点10分来到朱珊家楼下，尾随她去了银行。胡少明，我再给你一次机会，朱珊是不是你杀的？"

王浩说着一拍桌子，严声质问，吓得胡少明身体一哆嗦。

"我没杀人，我没杀人……"胡少明戴着手铐，没法摆手，只能一个劲摇头。

"没杀人你刚才跑什么，心虚了吧！"陈明嘉呵斥道。

"我只是拿了钱，真没杀人！"胡少明挣扎着想要站起来辩解。

"别乱动！"王浩拍了拍桌子，"你老老实实把9月7号的事情经过说清楚。"

胡少明用衣服袖子擦了擦额头的汗，咽了咽口水，终于承认自己就是那日在银行门口尾随朱珊的人。

胡少明说自己9月6日晚上和朱珊排的同一个班，他在楼道里抽烟的时候，无意中听到朱珊打电话。她在电话里似乎在安慰某个人，让对方不要担心，她明天就去银行取钱。

胡少明不知道朱珊在和谁打电话，但听到"钱"字立刻起了歪心思。他在网上赌博输了不少钱，借了网贷却还不上，正发愁。第二天，他早早去了朱珊家楼下蹲守，跟着她去了银行，准备伺机抢走这笔钱。

可惜一路上他都没找到下手的机会，直到朱珊在百花路公交车站下了车。

胡少明不敢跟得太近，怕朱珊会认出自己，所以保持着大约十来米的距离。他原以为朱珊会先回家，可没想到却来了这里。如果她直接把钱给了别人，那么自己想拿到这笔钱就基本不可能了。

胡少明心里有些着急，他原本只是想偷走这笔钱，但现在看来必须上去硬抢了。他见朱珊从公交车上下来后，径直走进一条正在翻新的道路。路面被挖得坑坑洼洼，而且只要有大风一吹，立刻沙尘漫天。别说走路的人，就连开车的人大多也不愿意往里面开，可朱珊却捂住鼻子和嘴，一头钻了进去。

胡少明环顾四周，道路上原来的监控因为修路都倒在地上，路上除了朱珊，就是自己，此时不下手，更待何时？他顿时恶向胆边生，加快脚步，打算出其不意从朱珊身后抢走帆布包。可就在他离朱珊还有七八米的时候，身后飞驰出一辆黑色越野车。

越野车扬起漫天沙尘，胡少明不得不闭上眼睛，屏住呼吸。即使如此，他的嘴里和眼睛里也还是进了沙子。他一边搓揉眼睛，一边吐口水，好不容易缓过劲来，却发现朱珊不见了。

煮熟的鸭子飞了，他气得直跺脚，可就在这时，他突然看到朱珊背着的帆布包落在了地上。他急忙跑上前，提起帆布包，打开一看，里面整整齐齐摆着成捆的钞票。

胡少明又惊又喜，他左顾右盼，确认附近没有人，急忙捂好帆布包，逃进路边的巷子里。

"你看到那辆越野车上的人把朱珊带走了吗？"王浩需要确认一些细节，所以打断了胡少明的回忆。

"那倒没有，我被沙子迷了眼，但当时路上除了那辆车再没有其他人和车，肯定是越野车上的人把她抓走了。"胡少明十分肯定地说道。

"什么样的越野车，车牌号码还记得吗？"王浩追问。

"我只看到是黑色的，底盘挺高的，其他就没看清了。"胡少明摇摇头。

"小张，过会你找一些常见的越野车图片给他看看，能找出车型最好。"王浩低声吩咐身边的张安琪。

"拿到帆布包以后呢，你又做了什么，去了哪里？"陈明嘉问道。

"我有点害怕，不知道对方带走朱珊是因为什么。本来是想报警的，但是……还是起了贪念……我一没偷，二没抢，那钱真是捡来的，朱珊后来究竟怎么了，我也……"

"别说这些废话，我们问什么你答什么！"王浩打断了想为自己辩解的胡少明。

"是，是，后来我把帽子、口罩和外套都丢进附近的垃圾桶，然后从小巷子出了北湖路，带着钱回了家。"胡少明说起钱，连忙又补充道，"钱我都用来还赌债了，只剩下一点点，我肯定补齐了退给你们。"

"你说的这些话我们都会去查证，希望你能好好配合我们后续的工作，将功补过。要知道，如果你早些报警，或许朱珊就不会遇害。"王浩语重心长地说道。

胡少明无言以对，只是低着头。

王浩、陈明嘉和张安琪从讯问室里出来，陈明嘉问王浩信不信胡少明所说。

"王队，胡少明的话能信吗？"

"胡少明是凶手的可能性不大，朱珊的死亡时间是15号，如果他是凶手，就要让朱珊消失八九天，他没这个能力，也没这个必要。你继续带着三组排查北湖路周边的监控录像，看看能不能找到那辆越野车。"

"小张，你去查一下胡少明7号到15号的行踪，有什么线索，随时向我汇报。"王浩又吩咐张安琪道。

张安琪点点头，说道："王队，朱珊哪里不走，偏偏往没监控的北湖路走，劫持她的人又恰好出现在那里，这看起来不像是偶然，我怀疑是凶手把她引到那里，然后伺机下手。"

王浩笑道："你说得对，有可能是找朱珊拿钱的人约她去那里，你从这个方向出发，再查查她的通信记录，之前三组没往这个方向想过。对了，记得问清楚胡少明听到朱珊打电话的具体时间。"

王浩安排完手头的工作，就去找刘毅碰头，继续追查黄喆喻的下落。这个看起来跟手头的两起谋杀案完全没有关系的女人，却好像是鞋子里的一颗小石子，让他浑身不自在。

马尚和恐怖两个人商讨如何找杜冠亭，恐怖主张霸王硬上弓，马尚却坚决反对。他们上次去找梁彪，差点连命都没了，恐怖的几个朋友现在还在家"疗养"。对付盛光琦那次如果没有熟悉内情的梁彪，恐怖不可能轻松得手。

杜冠亭作为安远集团的"太子爷"，先不说身边有没有保镖，单是他的行踪就不是一般人能得知的。马尚二人如果贸然找上门，不仅很难有收获，弄不好还会把自己送入险境。

"这也不行，那也不行，直接报警得了！"恐怖赌气说道。

"我们在这儿纸上谈兵没意义，兵书里说要知己知彼！"马尚给恐怖拿来一瓶冰镇汽水，"我找你来，就是想你帮我查查杜冠亭的底细。"

恐怖喝了一大口汽水，打了个气嗝，看着马尚说道："大佬，你以为说查就查啊，免费的上百度，真要有点料还是要花钱。"

"没问题。对了，说到钱，我正想告诉你，房子已经找到买家了，收了预付款，你们公司的钱我明天就转过去。"

"你动作倒是快。"

"都是中介代办，价格也比市价低……"马尚说着不由自主地看了看四周，这栋房子里有太多回忆，但他如今最怕的就是回忆。他当时欠了一屁股债，想卖房子还债，那天晚上就是为了这件事，跟郭洁大吵一架，气得她带着孩子离开，从此一家人阴阳两隔。如今房子终究还是卖了，人间的债还清了，可他到了下面，如何给老婆儿子一个交代？

"什么时候搬？"恐怖回头看了看冰箱。

马尚回过神来，说道："哦……没那么快，买家说给我半个月的时间。"

"有钱就好办事，放心，我也不会坑你，费用咱们一人一半。"恐怖搂住马尚的肩膀，拍了拍，算是安慰。

有钱好办事，这世界上总有一些人可以做到你做不了的事情。

第二天，马尚和恐怖就收到了杜冠亭的资料，虽然他们已经有了心理准备，想到这人不是善类，但是看完资料后，他们发现自己还是"肤浅"了。

杜冠亭今年18岁，他12岁时就被父母送去英国留学，三年前15岁的他就读于英国顶尖的私立高中，一路可谓是顺风顺水，妥妥的人生赢家。可是他却在两年半前，吸食大麻后驾驶一辆豪车在伦敦街头撞死了一位同校的男生。

伦敦警方当即逮捕了他，并以多项罪名起诉，法庭也要求了天价保释金。谁料杜家眼都没眨就付了保释金，随之杜冠亭就弃保潜逃回国。

中英没有引渡条例，英国警方也并没有申请跨国抓捕合作，所以他如今才能逍遥法外。

"哪有这么巧，大街上撞死自己同学，肯定是故意的，够狠！"恐怖拍桌而起，义愤填膺。

"他回国后去了文心高级中学，不过读了没多久就又退学了。如今没再上学，帮着父亲打理家族企业，其中就有魔笛酒吧。"马尚拿着资料，指着上面的文字，说了个大概。

"为什么退学？"恐怖在资料里没有找到相关信息。

"这上面没有，你再问问提供资料的人，会不会漏了。"马尚说。

"这兄弟是专业的，不会漏，只能是他查不到这方面的信息。"恐怖对自己找的人绝对有信心。

"那只有两种可能，一是他自己不想读书，主动退学，也就没什么好说的；二是他被学校退学，至于退学原因，有人帮他隐瞒了。"

"我们去学校查查？"恐怖提议道。

"怎么查？总不能抓个校领导或者学生来拷问吧，感觉行不通。"马尚摇摇头。

恐怖也就是随口一说，仔细一想确实不可能，他们这样莽莽撞撞跑去胡闹，恐怕又要被警察带走。

"你有没有亲戚朋友的孩子在文心高级中学读书？"恐怖问道。

马尚认真想了想，摇头说道："没有，你呢？"

恐怖也摇摇头，不过他很快就想起一件事，顿时浑身一震。

"郑雨鑫是文心高级中学的，和杜冠亭是一个年级。不如我们找她问问，或许她知道点什么。"

"她不是逃学了，能帮上忙吗？"

"不是，我仔细想想，这事也太巧合了。郑雨鑫和盛光琦在一起，而盛光琦又是杜冠亭的手下……说不准他们本来就认识……"恐怖心里忍不住为自己的推理能力叫好。

马尚想了想，觉得恐怖的猜测不无道理，可他还是觉得先找到黄喆喻更好，毕竟那五根断指还在自己的冰箱里放着呢，不弄清楚这件事，心里实在难安。

"我觉得我们还是先找黄喆喻……"

"找郑雨鑫，你信我。"

"这……好吧。"马尚妥协道。

盛光琦用手绢擦了擦额头的汗，他每次见杜冠亭都会害怕，并不是因为胆子小，而是来自本能的恐惧。

杜冠亭不是那种看起来凶神恶煞的人，他皮肤白皙，外表俊雅，说话温和。大部分情况下，他在公众场合都是彬彬有礼，一副受过良好教育的样子。可也正因为如此，盛光琦才会害怕，因为他知道杜冠亭在优雅英俊的外表之下有怎样一颗疯子般的心，知道杜冠亭有多冷血、残酷和无情。

盛光琦接到杜冠亭的通知来到望河楼，把车停在望河楼门口的空地，盛光琦没有立刻下车，而是对着车上的化妆镜整理了一下头发和衣服。他的脸上还有瘀青，这是前天晚上他被恐怖和梁彪殴打后留下的，他在伤口上抹了一些遮瑕霜，看起来似乎好了一些。

盛光琦深吸一口气，打开车门，在大门处被黑衣保镖搜身检查后，才被带进楼中。

盛光琦对这里并不陌生，说起来他几乎每个月都会来这里一次向杜冠亭汇报工作，只是这一次不知道为什么，他心里总觉得有些不安。

望河楼六层。

杜冠亭一如既往坐在一张黑色的皮质沙发上，身边站着他的贴身保镖。

"杜总，有什么是我能为你效劳的？"盛光琦脸上堆起笑容，低眉顺眼地说道。

"让你来，确实是有件事找你帮忙。"杜冠亭靠在沙发上，语气温和地说道。

"杜总您说，我一定赴汤蹈火，在所不辞！"盛光琦急忙表忠心。

"好，那就玩一局'逃出生天'吧。"杜冠亭轻飘飘地说道。

盛光琦闻言，脸色瞬间变得苍白，额头汗珠直冒，不过他还是挤出笑脸，说道："杜总，别说笑了，我哪儿行啊……"

"我觉得你行。"杜冠亭打断了他的话。

盛光琦看到杜冠亭冰冷的眼神，才知道他不是在说笑，脚下不由自主地退了一步，回身就想往外跑。但他刚跑几步，就被两个保镖抓住，死死摁在地上。

"杜总，你放过我，我可是一直对你忠心耿耿啊，求求你，放过我……"盛光琦鼻涕眼泪交织在脸上。

杜冠亭站起来，慢慢走到盛光琦面前，然后把脚踩在他的脸上，居高临下地说道："我最恨出卖我的人。"

"没有，我真没有啊，一定有什么误会，杜总，你听我解释……"盛光琦的话还没说完，一旁的黑衣保镖上前来给他的脖子上扎了一针，原本挣扎不止的盛光琦立刻安详地"睡"去。

恐怖对于找郑雨鑫这件事特别积极，他这辈子被人偷袭过不少次，但这一次无疑是最为屈辱的。这口恶气不除，以后他还有什么脸自称"恐怖"。

说起找人，作为收债人的恐怖，如果说自己是天安市第二，那便是在展现谦逊的美德。按照他的分析，郑雨鑫绝不会再回盛光琦的公寓，她也没法住酒店，高大姐已经报案，一旦她用身份证登记入住，警方会立刻找到她。唯一的可能是去朋友家住，那么问题来了，郑雨鑫在天安市除了同学，还有其他朋友吗？

恐怖在盛光琦公寓里录下的视频再次发挥了作用，虽然是无心之举，但这段视频里录下了一些与郑雨鑫有关的线索。他和马尚反复看过视频后发现，在房间角落的衣架上，挂着一个拳击手套。手套有轻微的破损，使用痕迹明显，除此之外，手套底部还印着"霍武拳馆"四个字。

"大小看起来像是女孩子用的。"马尚暂停了视频，把画面放大。

"臭丫头，不好好读书，练什么拳！"恐怖没好气地说道。

"也不一定是她用的拳套，我们去这个拳馆打听一下。"马尚抱着碰运气的态度说道。

恐怖很快在手机地图里搜索到"霍武拳馆"的地址，他们两个人乘坐出租车到了拳馆。

一般拳馆都会开在商场或者人流比较大的商业区，这家拳馆倒是有些与众不同，在一栋三层楼的旧宅里。这里已经没有住户，房间全部被拳馆租用。

整个拳馆的装修风格十分复古。一楼地面铺着木地板，中间有一个醒目的拳台，台上有两位拳手正在打练习赛，拳台四周有一些训练设施，几个小孩正跟着一位拳师打沙包，有模有样。

马尚环顾四周一圈后，看着身边的恐怖，轻轻咳了一声，然后低声提醒道："一会儿问话的时候，我们低调一点，别惹麻烦。"

"怕什么，花拳绣腿，我可是实战中走出来的。"恐怖举起自己拳头，毫不顾忌地大声说道。

马尚急得想去捂住他的嘴，可终究还是慢了一拍，恐怖的这番言论还是落入了拳馆内众人的耳朵里。

一个正在看场的拳师三步并两步走到马尚和恐怖面前，上下打量了他们一眼，问道："刚才谁说花拳绣腿？"

"没有，没有……"马尚忙摆手。

"我说的。"恐怖大大咧咧地说道。

拳师盯着恐怖，然后用手指着拳台说道："有没有胆子上去切磋一下？"

"好啊，我也想活动活动。"恐怖说着就往拳台走去。

马尚拉住他，劝道："你可别忘了脚伤，能行吗？"

"早好了，没事。"恐怖让马尚放心，又小声在他耳边说道："你趁机去拳馆里溜达一下。"

说完，恐怖跃上拳台。

马尚原以为恐怖是瞎胡闹，此时才明白他是故意哗众取宠，好给自己机会进拳馆内部搜索郑雨鑫的线索。毕竟他们不是警察，人家拳馆哪会轻易把学员信息告诉他们，只能用些手段。

恐怖上台后，拳馆里的人都围上来看热闹，众人还是头一次遇到有人敢上门踢馆。

拳师铁青着脸上了拳台，然后把一套护具丢给恐怖。

恐怖倒也不敢托大，戴上头套、拳套，摆开架势。

拳师一看对方像是受过训练的人，也不由得认真起来，收起了轻视的目光。

一位好事的小伙子跳上拳台，主动当起裁判。

哨声一响，拳师首先发难，抡起拳头向恐怖招呼过去。

恐怖避开一拳，挡住两拳，不过最后还是中了一拳，他晃了晃脑袋，耸耸肩，看起来并不碍事。他熟悉了对方的节奏后，开始断断续续反攻，摆拳、勾拳、直拳，拳拳生风，也颇有威势。

马尚见恐怖打拳有模有样，也就不再担心。此时所有人都围着拳台，机会难得，他观察片刻后，便径直溜进了拳馆的办公室。

拳馆里并没有什么值钱东西，也不会放现金，所以办公室门都是敞开的。

办公室里陈设简单，一张桌子、一把椅子和一个铁皮柜。马尚不费吹灰之力就在桌上发现了学员的登记档案。他猜测是拳馆刚刚收了新学员，登记了信息后工作人员随手把登记册放在了桌面上。

马尚翻查学员档案，果然在里面找到了郑雨鑫的报名信息，他立刻抽出这张信息表，折叠后塞进口袋。

恐怖还在拳台上激战，围观的人从一开始清一色地嘲笑变成有不少人开始为他加油了。

但拳师毕竟更加专业，无论是出拳的力道、速度、技巧和体力都占据绝对优势，不懂拳的人都看得出恐怖处于劣势。恐怖虽然一直被雨点般的拳头暴打，但他就是不服输，不断在角落移动，逮住机会就回击一拳。

马尚看恐怖虽然戴着头套，但鼻子还是出了血，如今东西已经拿到手，没必要继续打，急忙示意台上的恐怖，让他停止比赛。

恐怖却对马尚视而不见，继续在拳台上与对手周旋。

拳师见恐怖步伐开始凌乱，身体晃动，决定不再防守，全力进攻，于是一个健步上前，一记垂直拳挥出，直取恐怖的面门。

所有人都以为恐怖会中拳倒地，然而让人意想不到的事情发生了，恐怖摇晃的身体突然急速下移，躲过拳师的攻击。他躬下的身体犹如被挤压的弹簧，突然发力，右手一记勾拳打中拳师的下颌。

拳师虽然戴着头套，但是这一拳也令他头晕目眩，可恐怖没有给拳师喘息的机会，一套组合拳犹如泥石流一般砸向他。

拳师仰面倒地，裁判立刻把两人分开。

一旁看热闹的人全都愣住了，一时间所有目光都投向了台上的恐怖。

毕竟是一场公平的比赛，其他拳师虽然面有怒色，但也不好意思上台继续找恐怖的麻烦。

马尚再也按捺不住，一边上台鞠躬致歉，一边拉着恐怖就往外跑，生怕一言不合，拳馆的人一哄而上，把他们"就地正法"。

好在那些人并没有追出来，马尚拉着恐怖跑到街道转角，才停下来。

"恐怖哥，你用不用这么认真啊？"马尚一边喘气，一边哭笑不得地问道。

"打拳当然要认真了。"恐怖晃动双拳，还在回味刚才自己绝地反击的英姿。

"真服了你，看不出你打拳还挺有两下子啊。"

"我跟你讲，要不是生活所迫，我一定能成为世界自由搏击冠军！"

马尚看到恐怖的样子，三分好笑，七分敬佩。

"我在拳馆里找到了郑雨鑫的学员资料，你看看。"马尚言归正传，拿出自己找到的登记表。

"她在逃学前就来练拳了。"恐怖看到郑雨鑫报名的日期是在去年 11 月，算起来差不多学拳有十个月了。

"她父母不知道吗？"

"应该不知道。"恐怖摇摇头。

"上面有她教练的电话，我打过去问问？"马尚说着拿出手机。

"不能打。"恐怖按住马尚的手，以他的经验而言，找人千万不要打电话，"免得打草惊蛇，我们直接去。"

刘毅常被相熟的同事们叫作"地头蛇"，他不但是在本地土生土长，而且从小就会说话、喜欢交朋友，可以说天安市三教九流各行各业都有刘毅能说得上话的人。

他来刑侦大队好几年了，也算遇到过一些棘手的案子，可没有一件可以与现在的案子相提并论。虽然目前案情未明，又牵扯众多，但以他敏锐的触感，已经发现到一些不同寻常的地方。

一个很简单的事实摆在面前，能够让泰豪酒店大多数人都三缄其口的人，必然非富即贵，是酒店员工们得罪不起的人，要不然他们没必要对警方遮遮掩掩。他要通过正常程序去弄清楚包厢里的人究竟是谁，当然不是说不行，但恐怕需要花费很长的时间，耽误查案。想到这些，刘毅忍不住皱了皱眉头，他决定找私人关系，通过其他渠道找出8号包厢里的客人。

他给几个朋友打过电话后，就开始整理桌面上黄喆喻的资料，有些是刚收集上来的，有些是过去的档案。在如今这个年代，一个人不管是主动还是被动失踪，都不是一件容易的事情。可话虽如此，却也不是不可能。

黄喆喻作为一个涉案的关键人物，刑侦大队自然要找她，但是想要快速找到此人，还真有些难度。首先没有证据证明她是犯罪嫌疑人，所以无法发通缉令；其次案情未明，刑侦大队能动用的资源有限，不能调动全市警力搞大搜捕；最后，如果这人去往外地，还需要确认位置，然后让当地警方协查。总而言之，刑侦大队在寻找黄喆喻这件事上能使用的警力和资源都十分有限，如果没有更进一步的线索，不知何时才能找到此人。

刘毅只能先从各个渠道收集信息，例如黄喆喻的通信记录、消费记录、旅行记录等等，希望能从中有所发现，进而锁定她的下落。这是最节省人力和资源的做法，但结果也完全依赖信息的准确性和执行人的分析能力。

"小刘，怎么样？"王浩这时候过来找刘毅，希望他尽快追查到黄喆喻的下落。

刘毅放下手里的资料，站起来，向王浩汇报道："从8月13号开始，黄喆喻就没有了通信记录和消费记录，她应该就是那个时候失踪的，我联系了监控中心，发了黄喆喻的资料过去，让他们帮忙搜索监控系统有没有录下她的行迹。"

"又是8月13号？"王浩瞪大了眼睛。

"是的。"刘毅很肯定。

"马尚的老婆孩子出事也是13号，不可能是巧合！"王浩感觉郭洁发生意外和黄喆喻失踪之间有关联。

"难道那晚在包厢里黄喆喻真的被性侵了？如今她和郭洁是被杀人灭口？"刘毅推测道。

"我觉得没有那么简单。"王浩说着陷入深思，沉默片刻后才开口道，"我们去黄喆喻此前租住的公寓走访一下，看看房东和附近的邻居有没有什么线索。"

王浩和刘毅两个人首先找到黄喆喻公寓的房东，询问有关黄喆喻的事情。房东虽然不知道黄喆喻去了哪里，但是她倒是说了一件值得注意的事情。就在王浩他们来的两天前，有一个自称是黄喆喻亲戚的男人来找过自己，打听黄喆喻的下落，并从这里带走了一件属于黄喆喻的快递。

"大姐，那男人长什么样子？"王浩追问道。

"40岁左右吧，单眼皮，眉毛挺粗，穿着黑色夹克……"房东大姐一边说，一边比画。

王浩脑子里立刻想起一个人来，他拿出手机，点开一张照片，问道："是不是他？"

"对，就是他！"房东大姐看了一眼就毫不犹豫地说道。

"又是马尚！"一旁的刘毅脱口说道。

王浩收起手机，又问房东大姐快递里是什么东西，但是她也不知道，没拆开过，直接就给了马尚。

"这马尚应该是在查他妻子的事情，看来他是知道了一些情况。"王浩从房东大姐那里出来后，推测道。

"不听劝，尽给我们添乱！"刘毅生气地说道。

"也能理解。"王浩倒是没什么太多情绪，"马尚原来以为是自己害死了老婆孩子，现在发现另有隐情，恐怕不要命了也要查出真相。"

"我担心他查不到真相，反而弄巧成拙，害了自己。"

"他要是妨碍公务，或者有违法行为，我们就把他拘留起来，也好让他冷静冷静。"王浩也赞同刘毅的话，担忧马尚会把自己置于险境。

"我明白。"刘毅已经想好了马尚涉嫌妨碍公务的具体事由，无论如何也要把这个不断惹事的马尚先拘留起来。

王浩他们又继续走访了周围的邻居和商户，他们中虽然不少人都记得黄喆喻，但是没有人知道她去了哪里。

这是一个外面没有挂招牌的酒吧，如果不是会员，或者有熟人带着，恐怕连门都找不到。

酒吧里空荡荡的，没有一个客人，除了两个眼神警惕的吧台小哥。

马尚和恐怖径直走到吧台前，递给吧台小哥一张纸条。

吧台小哥看了一眼纸条，侧过身让他们走进吧台。

"手机。"吧台小哥拿出一个塑料袋，示意马尚和恐怖把手机放进去。

他收缴了马尚和恐怖的手机后，又对他们搜了身，确认没有其他隐患后，才按下吧台下面一个隐藏的按钮。

吧台后面的酒柜缓缓打开，露出一个通道，里面隐约传来喧哗的声音。马尚和恐怖快速步入通道，走了十几步后，推开一扇木门，光彩迷离的灯光顿时出现在他们眼前。

马尚和恐怖在乌烟瘴气、肮脏杂乱的过道中走过，两旁都站着文身大哥和刀疤壮汉。一阵阵叫骂和欢呼声此起彼伏，旁边一字排开的柜台前挤满了兑钱的赌客。

通过过道后里面是一个宽阔的大厅，正中一个简陋的拳台上溅满鲜血，散发着腥臭的味道。

一个被打倒的拳手正被两名壮汉从拳台上拖下去，那道长长的血痕就像毛笔在白纸上写字。

拳台四周站满了人，赌赢了的人，脸上喜笑颜开，挥舞着手中的彩票；赌输了的人垂头丧气，把手中的废纸扔在地上。

生存、暴力还有荷尔蒙，充斥着整个地下搏击场。

恐怖查到教郑雨鑫打拳的教练叫何金平，这人表面上在拳馆教拳，但实际上长年混迹于地下搏击场。何金平自己并不打黑拳，他更像是经纪人，招揽各种拳手到地下搏击场比赛。他本人参与赌博，且与地下搏击场的老板关系密切。恐怖收到消息，今天晚上何金平会带人在地下搏击场比赛，所以他才和马尚出现在这里。

恐怖看看手表，时间差不多了，下一场比赛就是何金平的人，何金平本人到时候也一定会出现。

正当他们四处打量的时候，场内激昂的音乐声再次响起，聚光灯下，一个虎背熊腰看起来宛如一座铁塔的男拳手在保安的护卫下，走进赛场。

擂台上的显示屏打出拳手的绰号、身高、体重和战绩信息，一来是介绍拳手，二来是方便观众下注。

赤龙，身高 190 厘米，体重 95 公斤，战绩十二胜一败，可谓相当傲人了。从场上的欢呼声来看，大多数人这场应该都会去买赤龙赢。

赤龙跳上擂台，举起一双铁拳，发出震耳欲聋的怒吼声，令人胆战心惊，赌客们不由得庆幸自己不用上擂台打拳。同时，人们也都纷纷猜测赤龙今天的对手是谁，这人恐怕会被打死在台上。

音乐声再次响起，另一侧的通道门被打开，薄雾在空气中弥漫，所有人都把目光投向了入口处，包括擂台上的赤龙。

地下拳赛和正式比赛不同，比赛双方不知道对手是谁，拳手在比赛前一刻才露面，宛如开盲盒。双方选手入场后，赌客们最多只有 5 到 10 分钟的下注时间，庄家不会给他们太多时间研究应该买哪位拳手。

就在众人好奇心达到顶点的时候，一个娇小的身影从入口闪现而出，一个女人，不，应该说是一个女孩，披着黑色拳袍，在保安的护卫下进场了。

赌客们一片惊呼，跟着就是长久的"嘘"声。

女孩并没有受到周围人的影响，她动作敏捷，身姿挺拔，手上紧紧地绑着拳带，眼神坚定，透露出无尽的斗志和对胜利的渴望。

"郑雨鑫！"马尚和恐怖两个人看清了女拳手的脸，不由得异口同声地惊道。他们做梦也想不到何金平会把郑雨鑫找来打黑拳，而且对手是如此强悍。

屏幕上此时也打出了郑雨鑫的信息。

绰号"闪电"，身高165厘米，体重50公斤，首战。

马尚和恐怖倒吸一口凉气，可是他们根本无法阻止比赛，这里可不是开在街边的正规拳馆。他们要是闹事，恐怕很难全身而退。

郑雨鑫跳上擂台，没有太夸张的动作，只是安静走到自己的角落，准备开始厮杀。这个时候何金平出现了，他来到郑雨鑫旁边耳语，似乎正在指导她战术。

十几个收赌注的马仔在人群中走动，催促赌客下注，搏斗即将开始。

如此悬殊的差距，赔率也相差巨大，但赌客们反而拿不定主意了。短暂的犹豫后，大多数赌客还是下注了"赤龙"，少数人反其道而行之买了"闪电"。

马尚和恐怖为了不引人注目，也各下了一份最低注，当然，他们都买郑雨鑫赢，即使是被她电晕过的恐怖，也不由得为她祈求好运。

裁判敲响了比赛开始的铃声，地下搏击场顿时安静下来。

闪电与赤龙互相怒目而视，没有任何赛前礼仪，他们都明白接下来是生死相搏。

地下搏击场的格斗没有任何规则，比赛直到一方倒下才会结束。

赤龙首先发起进攻，他并没有因为对方是女性而轻敌，攻中有守。只见他一招直拳，充满了力量和速度，直取郑雨鑫面门。

郑雨鑫并没有硬拼，正如所有人想象中那样，她利用灵活的步伐和敏捷的身体，闪躲开赤龙这一拳，并回踢一脚，攻向对方的下盘。

赤龙没有躲，硬接一脚，他想试试郑雨鑫的力道。

马尚的心提到了嗓子眼，他希望郑雨鑫一脚就把对方踢倒，可他始终是外行看热闹。而恐怖此时看到郑雨鑫的身手，心里算是明白了，自己被偷袭电晕真不算丢人。

只几秒钟，双方已经交手了一个来回，彼此都在试探，并未使出全力。

两个人在擂台上转圈，彼此观察。

片刻后，赤龙再次出击，这一次他连续出拳，继续试探对手的实力。

郑雨鑫看起来就像惊涛骇浪中飘荡的孤舟，随时都有倾覆的可能。不多一会儿，血腥的一幕不可避免地出现了，她的脸颊被赤龙的重拳击中，一道鲜红的血液喷溅而出，强烈的撞击让她整个人瞬间失去平衡。

赤龙兴奋地举起双手，他和台下的人一样，都以为比赛已经结束。

然而郑雨鑫却一个鲤鱼打挺，又站起来，她用手摸了摸嘴角的血迹，跟着闪身上前急攻。

马尚和恐怖想不通郑雨鑫为什么要打黑拳，就算想赚钱，但有许多比这轻松安全的方式，她之前就做过盛光琦的情妇。

"这事和盛光琦有关系吗？"恐怖在心里琢磨，想着等有时间要去再找盛光琦问个清楚。

马尚心软，看见郑雨鑫一个小姑娘被打得鼻青脸肿，满身血迹，想着怎么才能结束这场残酷的比赛，他不由得把目光投向她的教练何金平。

何金平神情从容，仿佛对郑雨鑫十分有信心，他双手抱胸，面带微笑，斜眼看着台上的战局。

"难道还有什么奇招没使出来？"马尚看着已经伤痕累累的郑雨鑫，实在想不出还有什么以弱胜强的方法。

"她在等……"恐怖突然说道。

"等什么？"马尚不明所以。

"一个决定胜负的机会，赤龙开始有些焦躁和疲惫了。"恐怖现在已经不担心郑雨鑫了，他也实在是佩服何金平，竟然把一个十八九岁的女孩训练得如此顽强、狡诈、有耐心。

赤龙并不是只有蛮力，他很清楚这场比赛没有规则和裁判，对手极有可能出阴招，所以绝不会轻视对方。可比赛时间越来越长，四周观众的嘲笑，以及对手摇摇欲坠的姿态，让他决定尽快结束比赛。

只见赤龙大吼一声，猛扑上前，不再给郑雨鑫游走躲避的空间，打算用双手锁死她。

郑雨鑫嘴角露出一个令人难以察觉的笑容，她不但没有闪避，反而顺势钻进赤龙的怀里。

赤龙一只手臂抱住郑雨鑫的身体，另一只手臂锁住她的脖子，就像是扭麻花一样，想把对手置于死地。可就在郑雨鑫被锁死之前，她一甩头，扎成一束的头发不知为何突然散开，一股刺鼻的气味钻进了赤龙的鼻子里。

如果赤龙继续保持谨慎，拉开与郑雨鑫的距离，那么郑雨鑫必败无疑。可他上去锁死郑雨鑫，想要速战速决，无疑就给了她绝好的机会近身，从而让她发动了暗藏在头发里的"秘密武器"。

赤龙想要屏住呼吸，可终究慢了一步，不过片刻工夫，他就感到头晕目眩，浑身再使不上半点力气。

郑雨鑫从赤龙的手里轻松挣脱出来，跟着就是对他一连串的暴击，不过这些也就是做做样子，就算她站着不动，赤龙也会随着药性倒下去。

场内一片寂静，拳台上方的屏幕回放着郑雨鑫利用藏在头发中的迷药迷晕赤龙的画面。

地下搏击场揭秘郑雨鑫获胜的原因，就是为了避免被赌客指责操控比赛。

这本就是没有规则的比赛，谁也没法指责郑雨鑫使诈，而且她在整个比赛过程中坚韧不屈、顽强拼杀的样子，大家有目共睹。

输钱的赌客除了骂两句倒霉，也只能认可比赛结果。

马尚和恐怖也不由得舒了口气，恐怖见比赛结束，往前探身，想挤过人群上前与郑雨鑫"相认"。

马尚把他拉回来，低头耳语道："这里不行，我们去外面等他们。"

恐怖虽然有些不情愿，但是也知道在这里发生冲突不好收场，去外面守株待兔无疑是更好的选择。

第八章

谋杀演出

郑雨鑫穿着一身蓝色的运动服，扎着马尾辫，脸上擦了一些药膏，眼角还贴着创可贴。何金平跟在她的身旁，两个人有说有笑。

他们穿过几条巷子，来到停车场，这里已经没有什么车，比赛已经结束，大部分赌客都离开了。

何金平开的是一辆黑色的丰田越野车，车龄看起来至少有七八年，停在角落里完全不起眼。

两个人一前一后上了车，何金平发动汽车，正准备离开，突然一辆面包车冲过来，朝着主驾驶的位置撞过去。

面包车车灯都没开，在黑暗中蛰伏已久，撞击的力度恰到好处。

何金平吓了一跳，但人并无大碍，回过神来后怒火中烧，破口大骂。但是他因为主驾驶位的车门打不开而无法下车，想要找面包车司机动粗也没办法。

越野车被面包车"钉"在墙角，除非面包车挪开，否则越野车里面的人很难出来。

马尚和恐怖从面包车上下来，走到越野车的车头，两个人手里拿着手电筒，探头看了看车里面坐着的人，确认他们没有撞错车。

"这不是小鑫吗？好巧啊。"恐怖故作惊讶地看着副驾驶位上的郑雨鑫。

郑雨鑫避开手电筒的光，才看到来人是恐怖，皱了皱眉头，不过她并没有理会对方的调侃，表情始终冷漠。

122

"快把车挪开！"何金平在车里指着恐怖和马尚，大声呵斥道。

"别急嘛，等保险公司过来拍照，过后才好理赔。"恐怖胡诌道。

"放屁……"何金平从车窗处伸出手，一拳打在面包车的车头上，车壳立刻凹下去一截，他能做拳击教练还是有两把刷子的。

"平哥，他们是来找我的，我来处理。"此时郑雨鑫终于开口，她又把目光投向恐怖，说道："我会回去看我爸妈的，你能不能别来烦我了！"

"高大姐有你这样的女儿也是倒八辈子霉，不过我来找你不是为这事，如果你老老实实回答我几个问题，我们之间的过节就算一笔勾销。"恐怖说着敲了敲越野车的前盖。

"有什么问题就赶快问。"郑雨鑫不耐烦地说道。

"你认识杜冠亭吗？"恐怖举起手电筒，此时郑雨鑫和何金平的面部表情在他面前一览无余。

"不认识。"郑雨鑫不假思索地回答，倒是旁边的何金平听到这个问题身体微微一抖。

恐怖什么样的老赖都见识过，郑雨鑫这种级别的谎话，他闭着眼睛都能听出来，让他有些吃惊的是何金平的反应。难道何金平也认识杜冠亭？他一个拳击教练怎么会认识这种富二代。

"我好像在哪里见过你……"一直保持沉默的马尚一直盯着郑雨鑫，在晃动的手电筒光中，他似乎想起了自己一直忽略的东西。

郑雨鑫撇丌脸，用手挡住手电筒的光。

"视频里你见过她啊！"恐怖看到马尚有些神经兮兮的样子，忍不住提醒道。

"我不是那个意思……你把手电筒挪开一点，不要那么亮……"马尚一边朝恐怖挥手，一边躬身换了角度往越野车里看去。

在背光的昏暗之中，郑雨鑫的上半身宛如剪影，那晃动的马尾辫宛如刺向马尚的匕首，令他胆战心惊，连退数步，险些摔倒在地。

"是你……是你……你不是被杀了吗？"马尚指着郑雨鑫，一边说，一边用手划了划自己的脖子。

"马哥，你没事吧？"恐怖摸不着头脑，扶住马尚，怕他脚一滑摔倒了。

"这两个疯子，我来收拾他们！"何金平再也忍不住，一拳打爆了前挡风玻璃，从那里钻了出来。

恐怖见状只能先放开马尚，上前与愤怒的何金平周旋。

郑雨鑫此时也从车头处钻了出来，看也不看恐怖二人，一头钻进了夜色之中。

"老马，你去追郑雨鑫，别让她跑了！"恐怖和何金平纠缠在一起，分身乏术，只能让马尚去追郑雨鑫。

可是马尚好像完全没听到恐怖的话，一副魂不守舍的样子。

"不是巧合，不是巧合……"马尚的脑海里不断浮现出自己在青龙河的河水中看到的女孩被杀的那一幕，经历过警方的数次问询以及他自己的反复回忆，那晚的经历已烙印在马尚的脑海，他相信那晚看到的女孩就是郑雨鑫。

难道真的是此前猜测的那样，自己并非出于巧合才看到那场"谋杀案"，是有人故意要他看到，把他牵扯进这件案子的？那恐怖是不是也跟对方是一伙的？要不然为什么他能那么巧救了自己？

马尚额头上冷汗直冒，目光不由得看向恐怖，他看到正在与何金平扭打的恐怖，摇了摇头，否定了自己对恐怖的怀疑。

"马尚，你搞什么鬼，快去追啊！"恐怖这个时候已经挨了何金平一拳，他抹了抹嘴角的血，大声呵斥马尚。

马尚终于回过神来，往郑雨鑫离开的方向追上去。

何金平想阻拦马尚，但恐怖又扑了上来，他不得不回身应付。

停车场附近是一片住宅区，巷子四通八达，却只有零星几盏路灯亮着。

马尚仿佛无头的苍蝇，在巷子中乱窜，希望能找到郑雨鑫。

道路宛如迷宫，就像他此时的想法，无论是身体还是思绪，他现在都找不到出口。

马尚在一个十字路口停了下来，他抹了抹额头的汗，大口喘着气。

突然左手边巷子传来脚步声，他转过头看，竟然是郑雨鑫。

他来不及多想，拔腿就追。

郑雨鑫似乎发现了马尚，加快了脚步转进一条小巷。

马尚跟着拐进去，却没在里面发现郑雨鑫的身影。他注意到昏暗的巷子里有扇门半掩着，上面挂着的铁链还在轻轻晃动。

"郑雨鑫，那天晚上在船坞的是不是你？"马尚一边问，一边小心翼翼地走到门口。

这里看起来像是一个单元入口，只是过道里黑漆漆一片，抬头看楼上也没有灯光，似乎并没有人住在这里。

马尚拉开门，把手电筒的光对准楼梯口，楼道里有了微弱的光。

有一个人影在楼梯口一晃而过，不过很快又消失在黑暗中。

"郑雨鑫，别跑！"马尚大喊一声，追上去。可他刚要上楼的时候，突然从背后飞出一根木棍，正中他的后脑。他没来得及反应，就被打晕在地。

"他怎么发现你的？"黑暗的过道中亮起微弱的光，一个女人一手拿着木棍，一手拿着开了手电筒功能的手机，出现在楼梯口。

"洛洛，你怎么在这里？"郑雨鑫从二楼走了下来。

"我得知盛光琦被带走了，担心你出事，却发现马尚找到了你，怎么回事？"打晕马尚的正是童希洛。

"我也不知道，可能跟那个叫恐怖的男人有关系……"郑雨鑫说着看了眼躺在地上的马尚。

"那个恐怖也不知道从哪里冒出来的，尽给我们添乱。"童希洛忍不住抱怨道。

"他是个好人。"郑雨鑫说道。

"不管他是好人还是坏人，我们已经走到这一步了，绝不能大意。"童希洛伸出手，拍了拍郑雨鑫的肩膀。

"我明白的，你放心。"郑雨鑫眼神坚定。

"马尚已经有所察觉，你要设法避开他。"童希洛放下手，叮嘱道。

"我们这样会不会有些残忍？要不还是直接告诉他真相吧。"郑雨鑫想起一些事和一个人，终究还是有些不忍心。

"怎么会，至少我们给了他继续活下去的理由……"童希洛也叹了口气，"无论我们是成功还是失败，他最后都会知道真相，但现在绝对不是合适的时机。"

"你说得对。"

"保重，我先走了。"童希洛丢下手里的木棍。

郑雨鑫点点头，目送童希洛离开，她又蹲下身子，查看了一下马尚的状况，确认他只是晕倒，并无大碍，这才放心离开。

恐怖对何金平没有兴趣，他的目标是抓住郑雨鑫，所以无心恋战。为了摆脱何金平的纠缠，他也只能用些地痞流氓的损招，找准机会，抓一把地上的沙子使出"天女散花"。

何金平起初见恐怖拳脚功夫颇有科班路数，以为他是那种堂堂正正出招、一拳一脚分个输赢的人，根本没想到他会使出阴招，等他把眼睛里的沙子清理干净，恐怖早就不见了。

他本想去追恐怖，可在这时却收到了郑雨鑫的短信，得知她没有被马尚纠缠，已经安全离开，也就不想再费劲了。

恐怖四下寻找马尚，打电话也无人接听，心里不由得一紧。他在巷子里转了大半个小时，一无所获，正着急的时候，终于看到马尚捂着后脑勺，颤颤巍巍出现在巷子里。

"老马，你怎么了？"恐怖急忙跑上前问道。

"没事，一没注意被人打晕了。"马尚神情有些沮丧，"又让郑雨鑫跑了。"

"这个疯丫头，电晕我一次，打晕你一次，下手真黑！"恐怖握紧拳头，骨头发出"咔咔"的声音。

马尚没出声，他感觉打晕他的应该不是郑雨鑫，可又想不出究竟是谁。

"你刚才在停车场是怎么了，魂不守舍，跟见了鬼一样？"恐怖想起来，不由得问道。

"你饿不饿？"马尚没有直接回答恐怖的问题，而是转移了话题。

"有点饿。"恐怖摸摸肚子。

"走，顺便去喝两杯，边吃边聊。"马尚拍了拍恐怖的肩膀，他需要时间冷静一下，整理自己的思绪。

马尚和恐怖找了一家大排档坐下来，这一番折腾，他们还真是又累又渴又饿。

两个人点了几个热炒，还要了几瓶冰镇啤酒。

马尚喝了好几杯酒后，才说出自己刚才失神的原因。

"你会不会认错，单凭一个马尾辫，靠谱吗？"恐怖有些难以置信。

"不会错！"马尚相信自己的眼睛和直觉。

恐怖还是半信半疑，这里面实在有太多说不通的地方。郑雨鑫这么做的目的是什么？她为什么要让马尚目睹一场虚假的谋杀？又或者她并非故意做戏而是真的死里逃生？郑雨鑫许多行为都让人难以理解，根本无法用常理解释。

而且，船坞的地下室确实有着不可告人的秘密，他和马尚差点死在里面。

"可惜今天让她跑了，不然一定能问个明白！"恐怖气呼呼地喝了口酒。

"以后再想找到她怕是难了。"马尚也给自己倒上一杯酒，愁眉苦脸地说道。

"那倒不一定，现在确认何金平跟她是一伙的，我是不相信郑雨鑫打黑拳单纯是为了钱，这里面可能有什么猫腻。"恐怖猜测道。

"不为钱那是为……"马尚话说到一半，突然看见王浩和刘毅两个人走了过来。

"王队，这么巧，你们也来吃东西吗？"马尚知道他们肯定是来找自己的，躲是躲不掉了，干脆笑着打招呼。

"找到你们可真不容易啊，你这一说，我肚子还真饿了。"王浩倒也不客气，大大方方坐下来，刘毅也跟着坐下，仿佛是马尚和恐怖的老朋友一样。

"打个电话，我马上去公安局报到，哪儿用王队您亲自跑一趟。老板，加菜！"马尚一脸热情。

"上班不能喝酒，随便吃点吧。小刘，你一会儿把单买了。"王浩吩咐道。

"那怎么好意思。"恐怖放下酒杯，假模假样地客气道。

"让你们买单，那我们可就违反工作纪律了。"王浩从筷筒里拿出两双筷子，递给刘毅一双。

"还是王队觉悟高。"恐怖伸出大拇指。

王浩夹了一块牛肉放嘴里，嚼了嚼，赞道："地道，不错，你们真会找地方。"

马尚和恐怖都没接话，等着王浩言归正传，也在心里盘算着怎么应付。

果然，王浩一边吃菜，一边漫不经心地问道："马尚，听说你在找黄喆喻，为了什么事啊？"

马尚其实心里已经猜到王浩是因为这事来找自己，他决定实话实说。"我怀疑我老婆孩子的车祸不是意外。"

王浩和刘毅虽然猜测过马尚的想法，但听他亲口说出来，心里还是不免一震。

马尚放下酒杯，继续说道："我打听到一些事，我老婆可能牵涉到一件性侵案里，而黄喆喻是其中的关键人物，所以我要找她问清楚这件事。"

王浩见他说出实话，倒也不好再劝说或是恐吓，人之常情，谁遇到这样的事情也难免想要找出真相。

"我们听房东说你从她那里拿走了一件黄喆喻的快递，是什么东西，你拆开了吗？"王浩问道。

马尚点点头，慢条斯理地说道："里面是一个密封盒子，盒子里是五根已经腐烂的手指。"

恐怖嘴里的一口酒喷了出来，他以为马尚会编个谎话搪塞过去，没想到他直接说了实情。

"这么大事，你怎么不早点说！"刘毅一边质问，一边站起来擦身上的酒水，刚才恐怖那口酒至少有一半喷到他身上了。

"我也是刚拆开看到，这么晚了，本来打算明早拿去公安局。"马尚还是说了句谎话。

"胡闹，东西在哪里，立刻带我们去拿。"王浩拍桌子，站了起来。

王浩和刘毅从马尚家里拿到五根腐烂的手指后，立刻就送到法医处做鉴定。这无疑是一个重大的线索，至少说明有人试图威胁或者恐吓黄喆喻。现在最重要的是要弄清楚这五根断指来自什么人，又是谁把它们寄给黄喆喻的？

法医鉴定需要时间，王浩虽然急于知道更多的信息，也只能耐心等待。

王浩对马尚一方面严厉警告，另一方面也耐心安抚，让他相信警方会把事情查个水落石出。马尚没怎么说话，只是不断点头，王浩也看不出他是真把自己的话听进去了，还是在敷衍。可王浩自己也没太多选择，总不能再把马尚拘留了，这种治标不治本的办法，毫无意义。

第二天，张安琪那边的调查有了新的进展，根据胡少明的回忆和指认，她推测带走朱珊的车是一款黑色丰田越野车。

有了这条线索后，张安琪立刻排查当天该时段附近街道的道路监控，确认了一辆嫌疑车辆，并找到了车主信息。她不敢耽误，立刻找王浩汇报情况。

车主何金平，男，31岁，未婚，职业是一名拳击教练，无犯罪记录。从道路监控看到的画面可知，当天朱珊被绑走的时间段，他驾驶一辆黑色丰田越野车在与北湖路相连的菱角路和台北路出现过。而且在这个时间段，只有这一辆符合特征的车辆出现在北湖路附近。如果胡少明说的是真话，那么何金平就是犯罪嫌疑人。

另一方面，张安琪也调查了朱珊的通信记录，除了亲朋好友和同事的号码，还有几个公用电话的来电号码，一时间无法确认拨打电话的人是谁，但极有可能就是犯罪嫌疑人。

王浩听完汇报，思考了片刻，吩咐道："找到何金平，把他带回局里来问话，还有他的那辆车，找到后立刻全面搜查，一个缝隙都不要放过！"

警方在何金平公寓楼下找到了他的车，但没找到他的人。

这辆黑色丰田越野车正是监控视频里出现的车，车牌号"天C50P7"，车辆主驾驶位车门处有撞击痕迹，车门凹陷，近期发生过事故。但警方没有查到相关报警和保险理赔记录。

这辆车的牌号和车主信息都一清二楚，要查车辆近几天的行迹并不困难，王浩联系交管部门协助，从他们那里拿到这辆车这段时间的行驶监控视频，从中有了意料之外的发现。

"这女孩像不像一个人？"查看视频的张安琪首先发现了端倪，她指着车上副驾驶位上的女孩说道。

"我也好像在哪里见过……"一旁的刘毅说着拿出手机，调出一张照片，然后仔细比对了一下，"这不就是郑雨鑫吗！"

王浩听到他们的话，感觉自己好像被人拍了一下脑袋，他记得郑雨鑫失踪的事情，她的母亲高树梅前几天还来公安局闹过，她怎么会出现在何金平的车上？

"刘毅，去把高树梅带过来指认一下，确认是不是她女儿。"

刘毅知道事情不简单，立刻快步而出，去找高树梅。

高树梅已经从孙婧涵那里得知了女儿的消息，知道她平安，病就好了一半，已经能下床简单地行走了。如今接到警官的电话，让她去认女儿，她更加确信孩子没事，心里的一块大石终于落下。

刘毅开车来接高树梅，路上并没多说什么，只是告诉她已经有了郑雨鑫的线索，让她去公安局配合调查。

高树梅来到刑侦大队办公室里，看到屏幕上的女儿，眼泪一下就流出来了。即使她还没说话，旁边的王浩也知道车上的人就是郑雨鑫无疑了。

"王队长，是我女儿，是我女儿，她现在在哪里？我想见她。"高树梅抓住王浩的手，激动地说道。

"高大姐，你别急，这是昨天的视频，你女儿应该没事，我们很快就会找到她。"王浩先安抚高树梅，然后话题一转，"开车的这个男人你认识吗？他好像跟你女儿的关系挺好。"

高树梅一直看着女儿，没注意旁边开车的男人，这时候她才去看旁边那个男人，想了好一会儿，摇了摇头。

"没见过，他是谁，我女儿怎么会和他在一起？"

王浩没有回答高树梅的问题，沉默了片刻，又问道："郑雨鑫有没有跟你提过她在学拳击，或者其他什么运动？"

高树梅想了想后，说道："没听她说过，她应该没钱去学这个吧？我和她爸常年在外打工，她有什么事都不爱和我们说，我们除了问她的考试成绩，也不知道该问啥……"

王浩叹口气，高树梅对女儿的事情基本是一问三不知，但他也没法责怪这位母亲。高树梅夫妻俩为了生计背井离乡多年，如果有条件，谁愿意抛下自己的孩子呢？他们供郑雨鑫读书已经是用尽全力，实在没有能力再去陪伴女儿，为她做其他的事情。

王浩又安慰了一番高树梅，让她回去等消息，警方找到她女儿会第一时间通知她。

高树梅走后，王浩冲了杯速溶咖啡，上了天台，他需要透口气。

郑雨鑫的加入，无疑让案件变得更加复杂和难以捉摸，很难只用巧合来解释。

天台上的寒风，手里的热咖啡，远处落下的太阳，灰色的城市……王浩深吸了一口气，周遭的一切仿佛变成了螺旋迷宫，而他不得不在其中找到出口。

恐怖被马尚的骚操作弄得目瞪口呆，如果不是他自己装傻充愣，差点又被带进局子里问话。但是他很难去埋怨马尚改变主意，毕竟那些手指头留着也没用，说不定警方能查出点什么，总比放在冰箱里强。

如今最让他上火的还是郑雨鑫，这丫头根本不是普通人，不但做了盛光琦的情妇，还打黑拳，她的目的究竟是什么？甚至连父母都不管不顾了。他觉得有必要再去找孙婧涵说说这件事，毕竟是她委托自己找郑雨鑫的，于情于理都有必要向她汇报最新情况。

想到要见孙婧涵，恐怖立刻感觉烦恼一扫而空，浑身充满力量，朋友们说他是"恋爱脑"，确实不冤枉他。

恐怖本想先打个电话，又想起那晚孙婧涵送他回家的一幕——两个人不约而同地沉默，他慢慢放下手机，决定明天一早直接去见她。

孙婧涵的生活和工作都很有规律，今天她刚从家里出来，就看到了蹲在马路对面的恐怖。

"你怎么在这里？"孙婧涵诧异地问道。

"还不是为了郑雨鑫。"恐怖摸摸光头，笑嘻嘻地站起来。

"找到她了？"孙婧涵以为恐怖已经找到人。

"差那么一点……"恐怖用手指比出一条缝，"关于郑雨鑫，我有重要的事情向你汇报。"

"有话就说。"孙婧涵说着看了看腕表。

"郑雨鑫不是一般人……"恐怖跟着就手舞足蹈，绘声绘色地讲述了郑雨鑫在地下搏击场的疯狂厮杀。

孙婧涵一个原本急着上班的人，听到这个故事也不由得忘了时间。

"这……打黑拳很赚钱吗？"孙婧涵想不出郑雨鑫为什么要干这种事。

"比普通工作肯定能多赚点，但是也不可能发家致富，为了钱解释不通，特别是郑雨鑫这样的女孩，她跟盛光琦在一起我能相信是为了钱，但是打黑拳不可能。"恐怖想了很久，郑雨鑫这么做一定另有目的。

"不为钱的话为什么要这么做？"孙婧涵百思不得其解，看着恐怖。

"我觉得她最有可能是为了复仇！"恐怖看到过郑雨鑫打拳时的眼神，充满了杀气，他的直觉告诉他郑雨鑫背后的动机是为了复仇。

"复仇？向谁复仇？为谁复仇？她一个18岁的小姑娘，父母健在，哪有你说的那么邪乎，你是小说看多了吧，多半是年轻人一时糊涂。"孙婧涵不敢苟同，她干脆化繁为简，觉得郑雨鑫就是贪玩。

如果换个人，恐怖肯定争辩到底，但是面对孙婧涵，他也只能傻笑，然后问道："我也是瞎猜，你看你什么时候有空？我们一起再去找找高大姐，有些事我还想再问问她。"

"早上街道有个会，我走不开，下午 4 点吧，我们在你被打晕的地方碰头……"

"不是被打晕的，电晕，被电晕的。"恐怖急忙纠正孙婧涵的口误。

他那认真的样子，终于把孙婧涵逗笑了。

恐怖把孙婧涵送上车，心情舒畅，感觉自己和孙婧涵还有戏，说不定能破镜重圆。他准备先回趟公司，可刚走几步，感觉后面有人，一回头，竟然是马尚。

马尚看起来很是憔悴，眼睛浮肿，头发像草垛，神色恍惚。

"老马，你怎么在这儿？"恐怖没想到马尚会出现在这里，上前招呼道。

"我……我跟着你从你家那边来的。恐怖，你和郑雨鑫他们是一伙的吗？"马尚上前抓住恐怖的手腕。

"你跟踪我？还有你这话什么意思？"恐怖被他问得一头雾水。

"不可能这么巧的，你救了我之后郑雨鑫就在船坞演了一场戏，如果你不救我，我就死了，就没有后面的事了……"马尚前言不搭后语，神经质一般地说道。

恐怖倒是听明白了，他由惊转怒，说道："我跟她一伙是骗你财还是骗你色了？"

马尚被问得无言以对，他想了一整晚，就是想不通郑雨鑫这么做有什么目的，实在令人费解。

"你以后有事别找我。"恐怖甩开马尚的手，转身要走。

马尚回过神来，上前拉住恐怖，连忙赔不是。

"恐怖，我实在是找不到方向了，究竟是谁害死了我的老婆孩子？为什么啊？为什么啊？"马尚一直压抑在心中的情绪终于在此刻爆发，就像是一个受了委屈的孩子，蹲在街边哭了起来。

恐怖吃软不吃硬，看到马尚这样子，也不忍心丢下他不管。恐怖自己也想过这件事，他确定自己救下马尚纯属巧合，郑雨鑫是如何掌控全局，并在船坞制造一起"谋杀"案，从而引起马尚注意的？她不可能算到自己会救人，换作他是马尚，也难免会怀疑救人的和演戏的是一伙的。

"马哥，这事我也是一头雾水，但真相总有水落石出的一天，如果你想给老婆和孩子讨个公道，可不能在这个时候倒下，坚强一点。"恐怖说着把马尚从地上拉起来，用力拍了拍他的肩膀。

马尚觉得自己从来就不是一个有担当的男人，以前整日里想着发财，却不务正业，经不起诱惑，败光了家产。他对老婆的爱似乎永远只停留在嘴上，没有真正关心过她的工作和生活。她遇到这么多事情，自己竟然完全不知情。

人是不是只有失去了才知道珍惜？他现在无论做什么也换不回老婆孩子了，他一度怀疑追求真相是否还有意义，甚至觉得自己继续活着也是多余的。

"还有意义吗？"马尚直愣愣地看着恐怖，这个问题更像是在问他自己。

"怎么没有意义，欠债还钱，杀人偿命！"恐怖脱口而出，他的脑子里没有那么多弯弯绕绕，只有简单朴素的道理。

"欠债还钱，杀人偿命……"马尚不由得一愣，如果恐怖说了大道理，他未必能听进去，但这简简单单八个字却击中了他。正所谓话糙理不糙，他现在最需要的就是一个自己能认可，并坚持下去的理由。

"别想那么多了，我先送你回去，好好睡一觉，恢复精神再说，调查的事情，我会继续盯着。"恐怖劝马尚回去休息，无论是身体还是精神他都需要时间调整。

马尚没有抗拒，任由恐怖把自己推上了出租车。

王浩终于等到五根断指的初步检验结果，那5根手指竟然来自5个完全不同的人。这一结果，化验室进行了再三确认。并且，五组DNA在警方数据库里也没找到匹配的人，无法确认这五个受害者的身份。

刑侦大队的人也算是见过世面的，但遇到这样的奇事也算头一遭。

快递盒上面有寄件人用马克笔写的收件人名字和电话，但快递盒和马克笔均是市面上最常见的，很难从这方面入手调查犯罪嫌疑人。

犯罪嫌疑人为什么把五个不同人的手指寄给黄喆喻，目的是什么？恐吓？这是最大的可能性，但五根不同人的手指又是什么意思呢？这五个人都跟黄喆喻有关吗？从房东和马尚所说的情况来看，黄喆喻根本没打开过这个快递，甚至很可能不知道有这么一个快递，因为在快递到之前，她就已经失踪了。

犯罪嫌疑人显然不知道黄喆喻离开了公寓，所以才会把快递盒丢在她家门口。难不成黄喆喻是害怕什么，自己躲起来了？如果是这样那就再好不过了，只要黄喆喻还活着，不难还原事情的真相。

王浩抽调队员去追查黄喆喻的下落，希望能有所进展。他现在手头实在太缺人了，刑侦大队十几个人几乎是连轴转，很多人甚至一个星期都没回过家。他找局里要人，可是局长要他克服困难，总之好话说尽，要人没有。其实就算局里给人，要上手现在的工作也需要时间，终究是远水解不了近渴。他除了合理调配人手，尽可能做有效率的调查，剩下的也只有靠加班了。

正当王浩准备去监控中心查找线索的时候，负责调查何金平背景的同事传来一个重要消息。何金平表面上是拳馆的教练，但他涉嫌参与地下搏击场的经营，组织赌博，从事非法交易，目前局里扫黑办正在调查那处地下搏击场，何金平正是犯罪嫌疑人之一。

王浩立刻联系扫黑办的主任周波，了解有关地下搏击场的事情。扫黑办已经监控了何金平一段时间，所以搜集到的信息更多。他们之所以还没有对何金平进行抓捕是担心打草惊蛇，毕竟何金平在这个案件里只是小角色。扫黑办的目标是抓捕地下搏击场的负责人和骨干分子。

周波和王浩是老相识了，他们的工作时常有交集，所以经常交换情报。两个人坐下来后，周波就把自己手头的案件信息全部分享出来了。

"据我们掌握的情报，这个地下搏击场已经运营一年多了，组织严密，一般人很难进去。我们接到举报后，就开始了调查，但目前为止还没掌握核心人员的信息，他们很谨慎，没有在搏击场内露过面，都是通过秘密渠道传递信息。"周波说起这个案子，也是紧皱眉头。

"有没有考虑先把搏击场扫了，抓一批人，再把后面的人找出来。"王浩提议道。

周波闻言苦笑，说道："几个月前我们刚扫荡了另一个地下搏击场，抓了不少人，还上了新闻……"

"你这么一说，我有印象了。"王浩想起有次开会，局长还提到过那次行动，"抓的人里面没一个知道幕后老板吗？"

"我们想了不少办法，但是他们没一个人知道幕后老板的真正身份，过了大概一个月，我们发现地下搏击场又在新的地方重新开起来了。"周波虽然说得简单，但是可想而知，他们做过大量工作，都没有找出幕后老板。

"查过资金流没有？顺着钱去找人！"王浩以前在经侦也干过几年，所以忍不住提议道。

"说到这个就更奇怪了。"周波说到这里，眉头皱得更深了，"幕后的老板只投钱，不拿钱，单方面通过代理人进行现金支出，开设地下搏击场，所有盈利由经营者瓜分。"

"还有这种好事？"王浩闻言一惊，所谓地下搏击场其实就是赌场，哪有赌场老板只出钱不赚钱的道理。

周波没有再解释，只是无奈地点点头，沉默了一会儿，才说道："我个人猜测这个幕后老板开地下搏击场纯属为了玩……"

"玩什么？"

"玩人。"

王浩瞪大了眼睛，一时间还很难接受周波的猜测。

"纯属个人瞎琢磨，或许有我们没查到的线索。"周波抓抓头发，笑了笑，然后从文件袋里取出几张纸，"这是我们调查到的有关何金平的资料，希望对你们的调查有帮助。"

王浩拿过资料仔细翻看，果然周波对何金平的调查时间更久，所以资料详细全面。

"这可帮了我的大忙，完事了请你吃饭。"王浩收起资料，许下一个不知道何时才能兑现的承诺。

第九章

追踪

恐怖把马尚送回家后，也没再去别的地方，直接回了家。马尚怀疑他这件事，起初他有些生气，但冷静下来后，他也觉得事情确实有些值得深思。首先他假设马尚的推测是正确的，那场在船坞的谋杀是郑雨鑫的演出。那就意味着郑雨鑫对于马尚的行踪、想法和自杀的计划都了如指掌，换而言之，她很早就开始监视马尚了。如果不是自己多事去救马尚，那么必然有另外一个人也会做同样的事情。自己这么一番误打误撞，恐怕也破坏了郑雨鑫原有的计划。

恐怖首先非常确定郑雨鑫还有同伙，只是他们这伙人做这些事的目的是什么？让人完全摸不到头脑。他们难道是想利用马尚？可马尚又有什么利用价值呢？一个死了老婆孩子、万念俱灰、一心求死的中年男人，无钱无权，走在街上都没人会多看一眼，利用他做什么？

恐怖想来想去，觉得只有一种可能，那就是这事和马尚的老婆有关系。

郑雨鑫和郭洁之间有联系？他如果能找到这个问题的答案，或许谜题就解开了。

"太费脑了，想这么多干什么，把郑雨鑫抓住就真相大白了！"恐怖长舒一口气，他终于把复杂的问题简化成他最熟悉的工作——找人。

恐怖这时候想起盛光琦，他吃了这么大个哑巴亏，几天过去了，也没见来找自己寻仇，一点不像江湖人的做派。郑雨鑫做过他的情人，他多少应该知道一些有关郑雨鑫的事情，说不定能从他那里得到一些线索。

恐怖睁开眼睛，摸摸光头，不免有些佩服自己的聪明才智。

恐怖打算先去魔笛酒吧碰碰运气。

现在是白天，酒吧大门紧闭。恐怖对此也并不意外，以他的经验，酒吧虽然还没开门，但有些员工已经在里面做准备工作。盛光琦是这里的经理，他应该比其他人更早到公司才对。

恐怖绕到后门的员工通道，果然看见有保安在门口值守。

"现在是非营业时间，不可以进去。"保安伸手拦住径直就想往里闯的恐怖。

"兄弟，我是盛总的朋友，你帮我转告一声，就说……"

"盛总不在这里了，听说去国外发财了，你打电话找他吧。"保安打断了恐怖的话，直截了当地说道。

"出国了？"恐怖闻言一头雾水，他边说边从口袋里掏出一包好烟，递给保安，他自己虽然不抽烟，但工作原因身上会带一包，时常能派上用处，不是谁都像马尚那样不懂礼貌，"大哥，不瞒您说，盛总前几天才答应帮我介绍工作，怎么转眼就走了啊？"

保安接过烟，脸上有了笑容。

"这我就真不知道了，你要找他本人问问了。"

"我想是不是有什么误会，出国也不会这么急吧？"恐怖帮保安把烟点上，继续套话。

保安抽了一口烟，顺口说道："新来的经理说的，十有八九不会错。兄弟，你要是想找工作，保安队还缺人，回头我可以帮你跟队长说说。"

"好，谢谢大哥。"恐怖又和保安聊了几句，但他问不出什么。他是绝对不相信盛光琦会突然出国的。但他去了哪里呢？难道是自己走后，梁彪对盛光琦下了毒手？一想到这里，他顿时冷汗直冒，如果真是这样，自己岂不是莫名其妙成了杀人犯的帮凶。

恐怖擦了擦额头的汗，深吸一口气，他要查清楚盛光琦的下落，不光是为了找郑雨鑫，也是为了自己。他想起自己曾在梁彪包里丢过一个跟踪器，不知道那东西还在不在，如果在，他可以通过定位找到梁彪的位置。他拿出手机，打开定位 App，输入跟踪器的编号，很快屏幕地图上就出现了闪光点。

闪光点一直在同一个位置闪烁，并没有移动，难道跟踪器被梁彪发现后遗弃了？又或者整个背包都被扔了？恐怖觉得自己瞎猜也没意义，怎么样也要亲自跑一趟，他看看时间，算了算来回一趟的用时，应该不会错过和孙婧涵约定的时间。

App 定位的位置是在天通小区住宅楼里，恐怖去过这地方追债，算得上熟门熟路。

天通小区是一个老小区了，自住的业主很少，大部分都是租户，可谓鱼龙混杂。梁彪刚从监狱出来，手头没什么钱，住在这里也合情合理。

恐怖跟着定位摸到小区 1 号楼 2 单元 7 楼，也幸好天通小区管理混乱，如果换作一个高档小区，他那鬼鬼祟祟的样子早就被保安给请出去了。

7 楼有 8 户人家，具体在哪一户，跟踪器没有那么精确的定位，恐怖只能先吼一嗓子了。他和梁彪也算是合作愉快，化敌为友，梁彪如果在家里，应该不会躲着自己。

"梁彪，梁彪，在吗，是我，恐怖……"恐怖沿着过道边走边喊。

"鬼叫什么呢，吵死人了！"一扇门打开，是个年轻的女人。

女人睡眼惺忪，看起来还没睡醒的样子。

恐怖见多识广，一看就知道这女人应该是上夜班的人，所以笑着致歉道："美女，不好意思，我有急事找梁彪，我只知道他住这层，忘了是几号房……"

"706，就在对面！"女人没好气地指了一下斜对面，然后"砰"一声关了门。

恐怖长舒一口气，转身来到 706 室门前，敲了敲门，里面没人回应。他等了片刻，又敲了敲，这一次手上加了点力道，可还是没人应。

梁彪好像不在家，不过也不奇怪，如果他真拿到了盛光琦承诺的那笔钱，肯定已经携款潜逃了，总不能等着盛光琦来报复。恐怖叹了口气，本想离开，可想起保安说的话，担心梁彪不光拿了钱，一气之下还动手杀了人。

想到这里，恐怖先是拉了拉门，听到门锁晃动的声音，判断里面并没有反锁。他拿出钱包，从里面抽出一张银行卡，然后把卡塞进门缝，上下滑动。

这开锁的方式虽然简单，但没有经验的人也不容易成功。恐怖有经验，所以只听"咔"一声，门被他打开了。

房间里一片狼藉，就像是被人抄过家，甚至地上还散落着血迹。

恐怖有种不祥的预感，犹豫自己现在究竟是该进去，还是立马关上门走人。

"怕个鸟啊！"恐怖的蛮劲又上来了，他走进房间，反手把门关上，躲开地上的杂物和血迹，朝里面走去。

房子并不大，五十平方米左右，一室一厅一厨一卫的方正布局。

恐怖很快将整间屋子扫视了一遍，他最担心的事情并没有发生，客厅里虽然有一些血迹，但房子里里外外都没有看到尸体。以他的经验来看，房子里曾经发生过激烈的打斗，这些血也许就是那时留下的。至少这里没有发生命案，不然他哪怕一千个不愿意，也必须报警。

恐怖在房间角落里看到了梁彪的背包，他捡起来查看，跟踪器就在里面，除此之外，背包里还有梁彪的钱包。他打开钱包，梁彪的身份证、银行卡全在里面。

"梁彪被盛光琦抓走了？"恐怖的第一反应觉得这是盛光琦的报复。可仔细一想，又觉得有蹊跷，梁彪也不笨，不可能让盛光琦这么快就找到他。关键是如果真是盛光琦做的，他肯定不会唯独放过自己，不然梁彪有什么事，自己就是最好的人证，他脱不了身。当然，更让人费解的事情是梁彪和盛光琦现在都失踪了。

恐怖收好梁彪的钱包和自己的跟踪器，在屋子里坐下来喘了口气。他打量四周，衣架断成了两截，桌子被掀翻了，玻璃水壶、杯子碎了一地。血迹几乎遍布客厅每个角落，甚至在墙上也沾了一些，最显眼的一处在靠近门口的位置。如果他没估计错，梁彪进门后就遭到埋伏袭击，来人丝毫没有留手。

梁彪也算是狠人，负伤下也奋力抵抗，但终究被制伏了。

恐怖站起来，走进卧室，这里倒没什么打斗的痕迹，但是显然被搜查过，来人似乎在找什么东西。厨房、卫生间这些地方也如出一辙，都被乱翻一通，就算有什么重要的线索应该也被拿走了。

"不是盛光琦……"恐怖一只手托着下巴，摇了摇光头。盛光琦一是要人，二是要钱，不应该去翻梁彪的东西才对。所以抓梁彪的可能另有其人。

恐怖没找到线索，正准备离开，就在这时他看到大门旁的墙面下方靠近地面的地方有一个不太标准的椭圆形血迹。那椭圆约莫一个拳头的大小，不像是拖拽或者打斗中留下的血迹，明显是被人用手指蘸血画上去的。想来画的人十分匆忙，所以线条凌乱，不成方圆。

恐怖觉得很有可能是梁彪在被带走前留下的线索，他伸出手，抚摸图案的位置，然后用手指关节敲了敲墙面。

"空的……"恐怖急忙去厨房找来一把锅铲，三下五除二把墙面敲开，里面掉出一把钥匙。

钥匙看起来普普通通，成年人半根小指头的大小，上面有个"A23"的标识，应该是某个地方的储物柜钥匙。

"这个梁彪藏了不少秘密啊！"恐怖把钥匙先揣进口袋，虽然一时间不知道这是哪里的钥匙，但他知道这把钥匙一定事关重大，说不定就是梁彪被抓的原因。

王浩综合了目前收集到的情报，推测出几个何金平可能的藏身地点，并派出侦查员摸底，期待能尽快找到人。正当他在等待各方面消息，再决定下一步行动的时候，刘毅"鬼鬼祟祟"来到他的办公室。

刘毅一进办公室就忙不迭地关门，甚至拉上了窗帘，生怕隔墙有耳。

"你搞什么鬼，这里是我办公室，至于吗？"王浩起身想把窗帘拉开，可伸出的手被刘毅按住了。

"队长，我有重要情报，非正常渠道……"刘毅神秘兮兮地说道。

王浩看见刘毅认真的样子，也就不再坚持，他知道刘毅是个"地头蛇"，门路不是一般地多。

"我查到那晚酒店包厢里的人是谁了……"刘毅压低了声音，"有安远集团董事长杜建国的儿子杜冠亭，文心教育集团理事长刘伟的儿子刘国才，还有……"

说到这里，刘毅欲言又止，把目光投向王浩。

"有什么话快说，别卖关子。"王浩催促道。

"还有市委秘书长赵长德的儿子赵嘉任。"刘毅的声音更小了。

"确定吗？"王浩眉头紧皱。

刘毅点点头。

王浩知道刘毅不会在这种事上乱说，如果他没有确切的证据，或者准确的信息来源，不可能指名道姓向他汇报。他往身后的椅子上靠了靠，这三个人背景都不简单，可以说他们的父亲在天安市都是响当当的大人物。这也难怪酒店不愿意透露他们的信息，避免沾惹麻烦。

"王队，这事要不要向邓局汇报一下？"刘毅虽然年轻，但确实是懂做人的，向上面请示，也就是把难题丢给上面，而且可以按照领导的指示来办，不容易得罪人。

王浩工作了这么多年，也懂这个道理，刘毅的建议无疑是最稳妥的方法。但如此一来，主动权恐怕就不在他这个刑侦大队队长手里了，他倒不是怀疑邓局，但是职级越高，需要权衡的利弊就越多。

"先不急向领导汇报，事情究竟如何还没调查清楚，我们先摸底。"王浩做出了自己的选择。

刘毅没想到队长会把麻烦揽上身，不由得担心他真能啃下这么硬的骨头吗？

王浩让刘毅继续去查案，自己在办公室里发了一会儿呆，然后打开电脑，开始查看杜冠亭、刘国才和赵嘉任的资料。

这三个人的档案干干净净，杜冠亭今年18岁，从文心高级中学退学后帮家里打理一些公司事务。刘国才今年20岁，英国伦敦商学院的学生，目前休学，人在国内。赵嘉任稍大，今年 23 岁，大学毕业后在街道工作。

杜冠亭他们三个怎么混到一起的？他们究竟是优秀青年，还是人渣？这些问题光从档案里可得不到答案，还需要逐一核实。他对三个人进行了更为细致的调查，这一查，让他大开眼界。杜冠亭竟然在英国涉嫌犯罪，因为没有引渡条约，这才在国内逍遥法外。

另一方面，杜冠亭和刘国才在英国就读的是同一所私立高中，两个人恐怕就是在那个时候认识的，如今回国自然继续玩在一起。至于赵嘉任的情况则大部分属实，一步步在国内读书考试，几乎每个阶段都就读于重点学校，高考成绩也不错。

综合这些信息，王浩觉得杜冠亭的嫌疑最大，但他没打算直接去找杜冠亭，而是决定先去找赵嘉任。王浩脱下警服，换了一身便装，然后叫上张安琪，一起前往航天街道找赵嘉任。

航天街道办公楼就在福新村对面，恐怖和孙婧涵分手之前，他常来这里接送她上下班。今天故地重返，不免有些唏嘘。他本来是去福新村等孙婧涵，可时间还早，他就提前给孙婧涵发了条消息，说自己来街道办公楼接她，孙婧涵却让他在后门等自己。

恐怖不喜欢这种偷偷摸摸的感觉，但他也能理解孙婧涵的顾虑，所以就到了后门，找了个僻静的位置默默等待。

过了大概十几分钟，孙婧涵出现在楼梯上。后门这里是一个开放式楼梯，恐怖一眼就看到了往下走的孙婧涵。他刚想走上前去，却看到一个男人从后面追上了孙婧涵。

男人约莫 20 岁，穿着白衬衣、黑裤子，头发三七分，抹了油一样的光鲜亮堂。

恐怖记得这个男人，他以前见过，名叫赵嘉任，虽然年轻，但已是孙婧涵的领导。他本以为他们有工作上的事情要沟通，可没想到这位领导却拉住了孙婧涵的手。

孙婧涵甩开对方的手，退了两步，面如寒霜。

恐怖长舒一口气。

"你又和那小子混在一起了？"赵嘉任望向不远处的恐怖。

"这不关你的事。"

听到这一句话，赵嘉任的眼里闪过一道晦暗不明的光。

"菁菁！"恐怖这时候三步并作一步地赶来。

孙婧涵看到恐怖，露出笑容，上去牵住他的手。

"你来了，我们走。"孙婧涵亲密地拉着恐怖就走，不愿意他和赵嘉任在这里发生冲突。

恐怖倒也听话，握着孙婧涵的手，心里分外甜蜜。不过他还是不忘回过头，给赵嘉任比了一个中指。

等二人离开了赵嘉任的视线，孙婧涵立刻放开了恐怖的手，收起原本的笑容，说道："你别误会，我只是不想让那个赵嘉任纠缠我。"

"明白，那个赵嘉任油头粉面，一看就不是个好东西！"恐怖摸了摸光头，尴尬地笑道。

孙婧涵皱皱眉头，岔开话题，说道："走吧，我们去办正事。"

两个人刚走几步，恐怖在街道办公楼正门就遇见了老熟人，他本想躲过去，但对方早就看到了他。

"孔泽，你怎么在这里？"来人正是王浩和张安琪。

"王队，我来这里找朋友吃饭，你们吃过没有，一起吧？"恐怖赔着笑脸问道。

王浩看了眼孙婧涵，认出她是社区的网格员。他来之前做过功课，航天街道有哪些工作人员他现在已经了如指掌。

"你是孙婧涵吧？"

孙婧涵一愣，没想到对方会认识自己，问道："王队，有什么事需要我帮忙的吗？"

"不用，你们去吧，我来这里找赵嘉任有点事。"王浩想不到孔泽和孙婧涵是朋友，这个世界可真是太小了。他对孔泽印象不错，这人虽然看起来不怎么样，做事也有些鲁莽，但为人挺讲义气，有正义感。

恐怖求之不得，拉着孙婧涵就要告辞。

"孔泽,马尚现在怎么样?"王浩想起什么,又叫住孔泽。

"马上?马尚啊……他没事,你放心,我已经批评教育过他了,他现在应该在家睡觉。"恐怖拍胸脯说道。

"看好他,别让他乱来。"王浩语重心长地再次警告道。

恐怖一边点头,一边加快脚步离开。

王浩看着孔泽和孙婧涵的背影,无奈地摇摇头,也不知道这番话他们能不能听得进去。

"王队,你觉得孔泽有嫌疑吗?怎么哪里都有他掺合。"张安琪皱着眉头说道。

"没破案前,这些人都有嫌疑。"王浩就事论事。

街道办公楼的一楼对外开放,里面是社区居民办理各种业务的场所,虽然已经快到下班的点儿了,但还是有不少人在咨询各种问题。

在这里驻点的社区民警认识王浩,看到他过来,连忙起身打招呼。王浩笑着回礼,委婉地向社区民警询问了一下赵嘉任的为人。民警对赵嘉任评价很高,不过大多是场面话,王浩也不当真,闲聊几句后,带着张安琪上了三楼,赵嘉任的办公室在这层。

他们刚上楼,就看见赵嘉任站在电梯口,专程等着他们,满脸笑容,像是平日里接待领导那样。

王浩实在算不上什么领导,而且两个人不在同一个系统,也没有利害关系。赵嘉任如此热情,反而让他感觉有些奇怪了。

"王队,有事打个电话过来,我去您那儿就行了,何必跑一趟。"赵嘉任快步上前,热情地握住王浩的手。

"赵书记客气了,我喜欢走动,不喜欢坐办公室。"王浩把自己的手抽出来。

"不知道是什么事,还劳烦您专门跑一趟?"

"不是什么大事,有些情况想找赵书记核实一下,方便的话,我们去办公室里谈吧。"

"当然,快请。"赵嘉任热情地把王浩带进办公室。

办公室不大，布局简洁，茶几上摆好了茶水和点心，显然早有准备。赵嘉任招呼他们入座，提起水壶，给他们倒上热茶。

王浩见惯了各种场面，倒也泰然自若，喝了口茶，才开口说道："赵书记，麻烦你回忆一下，今年的3月19号晚上，你在哪里？"

赵嘉任眼角微微抽动，身体向后靠了靠，双手抱在胸前。

"这都大半年前了……这可真是一时间记不起来了。"

"据我们所知，当晚你在泰豪酒店答谢酒会的8号包厢。"一旁的张安琪提醒道。

"你这么一说，我有点印象了，好像是的……"赵嘉任摸着下巴，仿佛回忆起来了，"有什么话两位不妨直说。"

"那晚有一位叫黄喆喻的女孩去你所在的包厢送礼品，你还有印象吗？"王浩问道。

"原来是为这件事。"赵嘉任脸上露出一个浅浅的笑容，"那晚确实发生了一个误会，黄小姐在包厢里不小心扭伤了脚，我朋友帮她检查了一下伤情，可能弄痛了她，她叫了几声，恰巧被门口的服务员听到了，以为发生了什么不好的事情，不过后来都解释清楚了……王队你们是不是有什么误会？"

"那倒不是，我们也问过酒店，这件事确实是误会，现在我们过来是因为黄喆喻失踪了，所以相关人员我们都需要调查一下。"王浩轻描淡写地说道。

"失踪？那可是大事，希望你们能早点找到她。"赵嘉任关心地说道。

"希望如此，那么我想继续问一下，当时帮黄喆喻查看扭伤的人是谁呢？"王浩继续追问道。

"这个……我记得是杜冠亭，那天包厢里除了我还有杜冠亭和刘国才，相信你们已经调查清楚了。"赵嘉任念名字的时候放慢了语速，并没有想要隐瞒，反而有几分得意。

王浩微微一笑，不以为意。张安琪却不由自主地皱了皱眉头，这种人自以为是的样子，实在是令人厌恶。

"那天的费用是谁买单呢？"王浩突然问道。

这个问题和黄喆喻失踪看起来八竿子打不到一块，但是对于赵嘉任这种身份的人而言却相当敏感，所以当他听到王浩的问题，不由得脸色一变。

　　"这个事情和黄喆喻的失踪有什么关系吗？"赵嘉任反问道。

　　"赵书记别误会，我们只是想全面了解当晚的情况，如果不方便说也没关系……"

　　"没什么不方便，当晚是我们三个好朋友聚会，我买的单。"赵嘉任没有了刚才温文尔雅的样子，脸上已有怒色。

　　王浩并没有在这个问题上继续纠缠，毕竟他不是纪委的人，赵嘉任有没有宴请他不关心，他只是借这个问题扰乱一下对方的思绪。

　　"那么当晚误会你们的酒店员工郭洁，你还记得吗？"王浩没有理会赵嘉任情绪的变化，而是继续按照自己的节奏盘问。

　　"嗯。"赵嘉任点点头，"你说的是那位有些冒失的大姐吧？"

　　"郭洁不久前在一场车祸中去世了。"王浩说这句话的时候，眼睛直视着赵嘉任。

　　"那真是太不幸了，想不到啊。"赵嘉任一脸的惊讶和惋惜。

　　王浩停了片刻，又问道："你们事后向酒店投诉过郭洁吗？"

　　赵嘉任有些不适应王浩这种跳跃式的询问方式，想了片刻，才回道："那倒不至于，只是误会需要解释清楚，可能酒店方面有些过于敏感吧。"

　　赵嘉任几乎把所有事推得一干二净，在其他两位当事人都不在的情况下，他的说辞并没有什么问题。

　　"赵书记，谢谢你的配合，如果你想起什么有关黄喆喻的事情，请随时联系我们。"王浩这次来只是试探，他的目的已经达到，再继续问下去无疑是浪费时间。

　　"王队别客气，说起来，邓局也算是我伯父，常给我提点教诲，配合你们工作也是应该的。"

　　王浩不喜欢赵嘉任，但人情世故还是懂的，既然他提到局长邓岚，自己也只能赔笑。

　　王浩和张安琪离开后都有种如释重负的感觉，不是因为恐惧，而是觉得恶心。赵嘉任看起来热情有礼，但浑身上下都透着一股虚伪。

"王队，你信赵嘉任的话吗？"张安琪问道。

"包厢里的事情他在撒谎。"王浩回头看了眼办公楼。

"我觉得也是，哪有脚扭伤让客人帮着检查的，简直胡编乱造。"

"找不到黄喆喻，他怎么说都行。"

"郭洁死了，黄喆喻失踪了，难道真拿他们没办法吗？"张安琪难掩心中的气愤。

"法网恢恢，疏而不漏，如果他们真做了什么违法犯罪的事情，早晚会露出马脚。"王浩这么说是在给下属打气，不找出证据，等着罪犯自己露出马脚，那无疑是天方夜谭。

从航天街道办公楼到高树梅住的位置，步行大约十几分钟，恐怖几次想开口问孙婧涵有关赵嘉任的事情，但终究还是保持了沉默。他想说些轻松有趣的话题，但又觉得有些不合时宜。正当他不知该如何讨孙婧涵欢心的时候，孙婧涵先开了口。

"你没做什么违法犯罪的事情吧？那个王队好像特别关注你。"

"你这就是偏见了，我最近又是救人、又是助人为乐，还三番两次协助警方办案，为此伤痕累累，天地可鉴……"

"好了好了，没一句靠谱的，我可是替你妈妈警告你，要是你敢在外面为非作歹，她非拿扫把打断你的腿！"

恐怖不傻，自然听得出孙婧涵对他的关心，心里美滋滋的，嘴上也顺从地说道："放心，我后背刻着'精忠报国'，前面刻着'正气凛然'……"

孙婧涵终于被逗笑了，一瞬间两个人仿佛又回到了以前在一起时的快乐时光。

他们不知不觉就走到了高树梅的住处，孙婧涵喊了一声"高大姐"，但屋子里没有回应。

孙婧涵上前敲了敲门，又喊了一声，可依旧没人答她。

"睡了吗？"恐怖一边说，一边推了推门。

门并没有锁，应声而开，屋子里空荡荡。

恐怖扫了一眼屋子，发现以前放在床边的箱子不见了，甚至高大姐晾晒在旁的衣服也都被收走了。

"高大姐这是走了啊。"

"怎么走得这么匆忙，我打个电话问问。"孙婧涵满腹疑问，拿出手机拨打高树梅的电话号码，可是对方却已经关机。

"别打了，她要是想让你知道，早就联系你了。"恐怖摆摆手说道。

"我担心她出事。"孙婧涵又拨了一次电话，依旧是关机。

"收拾得这么干净，不可能有意外，我看她多半是和女儿联系上了。"恐怖说着一屁股坐在床铺上。

"那样倒是好事，希望她们母女平安。"孙婧涵松了口气。

"没那么简单，如果是好事不会关机，关机就是为了不让人找到她。"恐怖可没有孙婧涵这么天真。

"高大姐不会那么糊涂吧，由着她女儿胡来吗？"孙婧涵虽然有疑问，但她心里也觉得恐怖的话有道理。

"胡不胡来不知道，但做母亲的要保护女儿，估计什么事都做得出来。"恐怖不以为意地说道。

"她一个小女孩能做什么，无非是厌学逃学，你不要总是危言耸听。"

"郑雨鑫到底想做什么我是真看不出来，她做的每一件事都不合乎常理。"恐怖站起来，一脸沮丧的表情，这也是一直困扰他的问题。

孙婧涵闻言也沉默了，她知道恐怖没有夸张，不过这些事情已经远远超过她的能力范围。

"已经这样了，我们也别操心了，真有不好的事情，还有警察呢。"孙婧涵有个优点，就是绝不为超出能力范围的事情烦心。

恐怖怕孙婧涵担心，没说出自己差点被人杀害的事情，他有仇必报，不找出真相誓不罢休。其实他现在也不是全然没线索，除了郑雨鑫，至少他知道杜冠亭曾经指使梁彪开车撞自己。

不过现在他什么证据都没有，只凭盛光琦的一句话就贸然找上杜冠亭，不但讨不回公道，还会让自己惹上更大的麻烦。另外，对于自己门外的动静和差点被花盆砸到的事情，梁彪和盛光琦均不承认，真的是巧合还是说有另外一伙人躲在暗处？他眉头紧锁，感觉自己陷入一团迷雾之中。

"你还发什么愣，高大姐不在，我们走吧。"孙婧涵拍了拍恐怖。

恐怖把孙婧涵送上出租车，分别时还是忍不住说道："赵嘉任一看就是斯文败类，你可要防着点他！"

孙婧涵皱皱眉头，但并没有反驳恐怖，只是点点头。

车缓缓驶离，恐怖有种追上去的冲动，但终究还是站在原地，踮起脚，向孙婧涵挥了挥手。出租车慢慢消失在视线里，他把手伸进口袋，摸到了从梁彪那里找来的钥匙，忍不住又拿出来研究了一番。

"你是一把能解开真相的钥匙吗？"恐怖把钥匙举到眼前，神叨叨地自言自语道。他必须先弄清楚钥匙是开什么锁的。

恐怖拦了一辆出租车，去找一位他十分熟悉的锁匠师傅。

匠心配锁的店面就在街边，门面不大，但是招牌醒目。这个时候店里没什么生意，店主老周正在手机上看美女直播，眼睛盯着屏幕，不时发出笑声。

门口响起几声咳嗽，老周闻声抬眼，只见一个光头在夕阳的余晖下闪闪发亮。他吓得立刻丢下手机，赶忙起来关门，可终究晚了一步，一只大皮鞋卡在了门缝。

"老周，这么早就打烊了，看来钱赚够了啊。"恐怖一只手推开门，另一只手摸了摸光头。

"恐怖大哥，再缓缓，店里生意不好……"老周的脸此时像个苦瓜。

"别误会，我不是来催债的，我是来找你帮忙的。"恐怖露出和蔼的笑容。

"恐怖哥，说笑了，我……我哪有资格帮您呢……"老周以为恐怖又想出什么新点子催债，浑身上下没有一处不戒备着对方。

恐怖大大咧咧坐下，说道："你现在可以关门了。"

"还是不关吧……"

"让你关就关！"

"关……关……"老周胆战心惊地关了门。

恐怖这才从口袋里掏出一把钥匙。

"恐怖哥，您看这点小事哪用亲自跑，我上门帮你弄就行了……"老周如释重负，伸手去拿钥匙。

恐怖把钥匙交给老周，说道："不是配钥匙，是帮我查清楚这把钥匙是开什么锁的。"

"开什么锁的？"老周拿着钥匙仔细观察了一番，又在手上摸了一会儿，"这种小钥匙多半用来开储物柜或者小箱子什么的。"

"跟我想的差不多，你能找出是哪种柜子，或者能找出在什么位置就更好。"

"这……这恐怕有点难……"老周眉头皱起来。

"你想想办法，如果能帮到我，我就帮你免息三个月。"

"当真？"

"我恐怖说话向来是一言九鼎！"

老周从柜台上拿起自己的手机，给钥匙拍了一张照，然后传到一个群里。

"你这是干什么？"恐怖不解地问道。

"这是我们的行业群，可以说天安市所有修锁配锁的人都在这里，我问问他们是不是见过这种钥匙，或许能找到锁具的位置。"

"真有你的，看来我没找错人。"恐怖瞬间就明白了老周的意思，高兴地搂住他的肩膀。

老周得到赞赏，顿时更来劲，手指在手机上飞快跳动，在群里又是发红包，又是圈各个锁界大佬。

一番努力，总算有了回应，一个网名叫作"炮弹"的锁匠说他见过这种钥匙。

"快问他在哪里？"一旁的恐怖催促道。

老周急忙在群里追问"炮弹"。

"康康健身……"恐怖看到屏幕上的文字，一字一字地读了出来。

第十章

残杀录像

马尚这一觉昏昏沉沉睡了十几个小时，醒来的时候发现外面的天已经黑了，他感觉浑身酸痛，但是精神好了不少。他慢慢从床上爬起来，缓步走到卫生间，看着镜子里的自己如今头发凌乱，胡子拉碴，就好像街边的乞丐。

他在柜子里摸出很久没用的剃须刀，刮了胡子，洗了一把脸，然后整理了头发。早上恐怖说的话没有错，他不能这么自暴自弃地倒下，他要查明真相告慰妻儿的在天之灵，而且自己哪怕死也不能做个糊涂鬼。

马尚舒展了一下身体，然后回到床边，找出手机，想联系一下恐怖，问问他今天有没有什么新发现。可他点开手机一看，一条未读信息瞬间让他血压升高。

我在康康健身发现

信息是恐怖发来的，标点符号都没打，话只说了一半，没头没尾的。

马尚连忙拨打恐怖的电话，可无人接听，只有忙音。他给恐怖回了条信息：你在哪里？看到消息联系我。

等了一会儿，恐怖还是没有回复。

马尚看看时间，现在已经半夜 11 点 37 分，恐怖的信息是三个小时前发过来的，此时一般的健身房应该已经关门了，但他还是打算去康康健身看看。他在手机的导航 App 里输入"康康健身",奇怪的是竟然没有结果。他又去了几个热门的社交点评软件,同样搜不到"康康健身"的信息。

"难道恐怖打错字了?"马尚抓了抓头发,他又搜索了带"康"字的健身房,这一下倒是出来十几个地址,到底哪一个是恐怖所说的地方呢?

现在一个一个去核实有些不现实,马尚只能假设恐怖没打错字,那么在公众平台上搜索不到只能有一个原因:这是一个不对外营业的场馆。

"那怎么才能查到位置?"马尚脑子飞速旋转,他突然想起一件事,以前单位里自建了一个内部图书馆,同样不对外营业,但是依旧要办理消防登记。这个"康康健身"有名有姓,就算不对外营业,但是说不定也需要办理消防登记呢?他觉得这是个可以试试的方向,立刻给消防部门的朋友打了个电话。

这个倒不是难事,有就有,没有就没有,如今电脑查询也就是两三分钟的事情。朋友很快就给了答复,确实有一个叫"康康健身"的机构,不过并不是不对外营业,而是一年前就结业注销了,所以在那些 App 上自然找不到,不过消防登记还有记录。

马尚拿到了地址,"康康健身"就在百悦大楼三楼,当他看到"百悦大楼"四个字的时候,起了一身鸡皮疙瘩。

百悦大楼一年前发生了一场火灾,死了好几个人,这事还上了新闻。据说大楼的负责人早就被抓了,大楼现在都还封着,恐怖怎么跑那里去了?马尚心里虽然满腹疑虑,但还是决定去实地一探究竟。

百悦大楼位于城乡接合部,临街而立,以前算是附近唯一有点样子的商场,所以吸引了不少人流。可是因为那场大火,如今这里已变得十分冷清,在这深夜里更是宛如坟场。

马尚目送出租车离开,四周变得昏暗,不过他早有准备,拿出手电筒,摸索着往大楼的方向走去。

大楼四周被蓝色的铁皮围挡围着,手电筒光也只能照到大楼的一部分，但仅仅从这一小块能看清的地方，就已经可以看出当年大火的惨烈。

马尚推了推铁皮围挡，围挡晃动起来发出"哗哗"的声音，可谓是防君子不防小人。这也难怪，毕竟大楼内部早已被清理过，除了残垣断壁和垃圾，再没剩下什么，谁会来这里呢？

马尚没费什么功夫就在围挡下面找到一个缺口，稍用点力就扯开一大片，足够一个人钻进去。他穿过围挡，举着手电筒，寻找大楼的出入口。

"恐怖，你在这里吗？恐怖……"马尚一边走，一边喊，但四周除了他自己的声音，再没有其他回应。

马尚感觉恐怖可能已经不在这里了，自己还要进去吗？正在他犹豫的时候，突然大楼里传来"哐哐"两声，好像是石头撞击的声音。

"恐怖，是你吗？"马尚一惊，朝着声音传来的方向喊道。

"哐哐"又是两声，但是没人说话。

马尚弄不清情况，可但凡有千分之一的可能，他也必须过去。他转了一圈，终于找到一处损毁的外墙。他躬身钻进楼里，立刻闻到一股潮湿发霉的味道，不由得咳了几声。

手电筒的光扫向四周，地面都是碎砖头、玻璃碴和乱七八糟的杂物，马尚走路不得不小心翼翼，可是即使如此，脚下还是会时不时踩到东西。

马尚不信鬼神，但是在这种诡异的氛围中，人本能地会对黑暗与未知事物产生恐惧情绪。他一边走，一边听着从楼上传来的"哐哐"声，越听越感觉头皮发麻，心里有种说不出的感觉。他的直觉告诉他应该离开这里，但是他又害怕这声音是恐怖求救。他摸索了一会儿，终于找到了中庭的手扶电梯。

电梯已经松松垮垮，看起来摇摇欲坠。

马尚用一只脚试了试，还算稳固，并没有看起来那么不堪一击。他压低身体，尽量轻手轻脚地走上电梯，来到二楼。

二楼的情况与一楼相差无几，但实际上却更危险，因为有些地板已经被砸穿，冷不丁就会有个窟窿出现在地面，如果不加留意，很容易踏空。

马尚此时能听到敲击声越来越清晰，仿佛就在自己头顶盘旋。

"恐怖，是你吗？"马尚又喊了一声，"是你的话，你就连续敲三下！"

"哐，哐，哐。"楼上敲了三下，停顿了一会儿后，又开始持续敲击。

"恐怖，真是你，我来了！"马尚再无怀疑，急忙又转到另一边，沿着手扶电梯上了三楼。

三楼几乎漆黑一片，如果没有手电筒，那就真是伸手不见五指。

马尚朝着敲击声的方向继续摸索前进，走了一会儿，看见一个挂在墙上的铭牌，上面刻着"康康健身"四个大字。他仔细听了一会儿，敲击声正是从这里传出来的。

"恐怖，你在里面吗？在的话就别敲了。"马尚对着康康健身里面喊道。

话音刚落，敲击声戛然而止。

马尚喘口气，走进康康健身。这里面空空荡荡，场地里的健身器材只剩下几个铁疙瘩和烂椅子，其他东西都被清空了。他转过一个拐角，看到墙边摆满了储物柜，这些柜子大部分都紧锁着，有少数几个挂着钥匙，开着柜门。他伸手摸摸柜门，一层灰，已经很久没人来过了，想来里面应该没什么东西，所以压根没人来取。

他扫了几眼储物柜，便把目光和手电筒都投向更深处。

"恐怖，你是在里面吗？再敲一下。"马尚举着手电筒，继续往里面走。

"哐哐"的敲击声再次响起，这一次声音格外清晰，马尚知道就在不远处了，他不由得加快了脚步。

手电筒晃动，当光束停下的那一刻，马尚终于找到了声音的来源。

一个小丑木偶，胸前挂着铜鼓，两只手握着小木槌，正不停地敲打。木偶仿佛发现了马尚的到来，原本侧着的身子竟然转过来，手里的木槌停下，两只黑红相间的眼睛盯着他，嘴角开合，诡异的笑声立刻从四面八方传来。

马尚吓得连退两步，手里的手电筒都掉在了地上。正当马尚惊魂未定时，突然身后一阵风袭来，一只强健的手臂从背后抱住了他，随即他的嘴巴鼻子也被捂住。他奋力挣扎，可对方实在太过强壮，没过多久马尚就感到头晕目眩，转眼便昏了过去。

王浩和张安琪又接连找了杜冠亭、刘国才问话，他们所说的话几乎和赵嘉任没差别，都可谓滴水不漏。这也在王浩的预料之中，没什么稀奇，他并不指望从这些对话的内容中找到线索，而且单方面的说法并不值得采信。他见过这三位当事人之后，已经对他们有了初步的印象。

在王浩看来，赵嘉任善于做表面文章，为人做作，虚情假意。杜冠亭和刘国才则有些让他意外，他们温文尔雅，博学多才，谈吐不凡，一看就知道受过良好的教育。如果不是做过深入调查，他很难相信杜冠亭是在国外犯下命案并潜逃回国的人。当然，办案不能先入为主，他们是什么人都好，最重要还是看证据。

刑侦大队现在所有的精力基本都放在了找人上，王浩急于知道，郑雨鑫、何金平和黄喆喻三个人究竟去了哪里？是生是死？他们隐藏了什么秘密？特别是找到黄喆喻，对于还原酒店包厢里发生的事情至关重要，这也牵扯到郭洁之死究竟是意外还是谋杀。

还有一件事也让王浩耿耿于怀，那就是保险调查员吴蔚然的死，这起命案到现在还没有头绪，会不会也与何金平有关系呢？目前还没有这方面的证据，王浩这么推测的理由是朱珊和吴蔚然的案子，行凶手法相同。如果何金平是杀死朱珊的凶手，那么他很可能也是杀害吴蔚然的凶手。

这几起恶性案件千头万绪，让人难以捉摸，王浩心急，但并不悲观，刑侦大队这么多人都在全力以赴，他相信随着不断深入的调查，真相总有大白的一天。

负责调查船坞的两位刑警此时也有了进展，来找王浩汇报工作。

船坞原来的老板叫方揆，主要做的是船舶修理的业务，不过后来生意不好，他就把船坞关了。三年前，一家名叫"达先贸易"的公司买下船坞和附近的地皮，但一直没有重建或者再开发。过了不到半年，达先贸易公司就被人注销了。根据工商部门的记录显示，达先贸易从成立以来几乎没有业务，也没有负债，名下财产只有船坞及周边这一块地。公司注销后，船坞被转给公司唯一的股东陈东明。警方找到陈东明了解情况，但陈东明一脸诧异，他根本不知道自己名下曾有这么一家公司，更不知道船坞的事情。

陈东明是建筑工人，大部分时间都在工地做工，他没有时间更没有能力买下船坞。很显然，他的名字和身份被人盗用，在毫不知情的情况下当了"背锅侠"。

"王队，船坞确实有很大问题，有人大费周章买下这里，因为害怕暴露身份还使用了伪造的资料，这太可疑了。"负责调查船坞的一位刑警说道。

王浩一直在听，他想了片刻，才开口道："有很多专门经营公司注册的代理公司，犯罪嫌疑人不可能自己出面去办，你们去查一查这些代理公司，是哪家帮达先贸易注册的，给我把背后的人找出来！"

两名刑警不敢耽误，立刻按照王浩的吩咐去展开侦查。

王浩布置完工作，一看已经晚上10点了，便泡了碗面填饱肚子。果然吃饱喝足后，他的思路清晰了许多，因此也想起一件重要的事必须亲自跑一趟。

"刘毅，你帮我在泰豪酒店订个包厢，我们去放松放松。"王浩一边喝茶，一边给刘毅打电话说。

刘毅一愣，不过马上就明白了王浩的意图。

"我们几个人过去？"

"五个人吧，大家都回去洗个澡换身衣服，半个小时后在酒店门口碰头。"王浩末了又加了一句话，"衣服穿社会一点，不要正儿八经的。"

刘毅知道王浩想暗中去查郭洁和黄喆喻的事情，所以特地把包厢订在了8号的旁边，也就是6号包厢。

王浩在进去前也告诉了队员们今晚来这里的目的，就是要找出3月19日也在这里上班的人。如果向酒店方施压来找这些人谈话，恐怕很难问到什么有价值的信息，闲聊就不一样了，他们不会有太大的戒备心，也不会字字斟酌。

五个大老爷们儿就像是刚刚喝过酒，嘻嘻哈哈，摇摇晃晃进了包厢。包厢里面跟外面的KTV装修风格差不多，只不过更加奢华。

经理忙前忙后，安排酒水、果盘和小吃，又叫来陪唱歌的姑娘。

姑娘们鱼贯而入，站成一排，花枝招展。

王浩装作喝醉了，笑嘻嘻站起来，就像是和蔼的大哥哥，挨个关心询问。

"你是哪里人啊？""来这里多久了？""生活习惯吗？"

姑娘们热情地回答，都希望客人能把自己留下来。

王浩一番"盘问"，把在这里工作超过一年的，并且能言善道的姑娘都留了下来。

包厢里的气氛在姑娘们的带动下，立刻变得活跃起来，一时间觥筹交错，欢歌笑语。

王浩他们五个人和几个女孩子混熟后，就开始按照原定计划套话。王浩此时化身干工程的"贾总"，气派颇大，坐在他身边的女孩约20岁，五官精致，能言善道，一直在努力逗他开心。

"美女，你说你在这里待了一年多了，我怎么以前没见过你？"王浩见女孩已经喝了不少酒，开始言归正传。

"贾总，您说笑了，您应该来得很少。"

"那怎么可能，我可是你们这儿的大客户，上半年酒店答谢会，我都被邀请来了。"王浩说话的口气确实像极包工头。

"那贾总以后可要多找我。"女孩立刻献媚敬酒。

王浩陪着喝了一杯，仿佛想起什么，说道："提起那次真是恼火，我当时也是坐这个包厢，玩到一半外面闹起来，真是不尽兴。"

"我们可真是差点缘分，那晚我就在对面的5号包厢。"女孩不以为意地说道。

"那你也看到了，8号包厢门口一直在闹，说是有个女孩被强奸了？"王浩故作神秘，凑到女孩耳边，压低声音问道。

"没有，都是那个谁，大惊小怪，8号包厢的客人那可不得了，要什么样的女人没有，还需要强奸？"女孩一边说，一边拿起桌上的水果放进嘴里。

"你是说郭洁吗，我认识啊，她人挺不错的，听说还被酒店开除了？"王浩把目光投向身边的女孩。

"不是她，是小童多事。"

"小童，哪个小童？"王浩急忙追问。

"童希洛，贾总也认识吗？"女孩又端起酒杯。

王浩此时却不再喝酒了，站起来，对女孩摆摆手。

"不喝了，买单。"

女孩一愣，也不知道自己哪句话说错了，得罪了贵客。

马尚醒来的时候，发现自己躺在一个阴暗潮湿的房间里，房顶有一盏灯，忽明忽暗。这里四面都是墙，没有窗户，有一扇铁门，看不到外面的情况。他慢慢支撑着手臂坐起来，揉了揉额头，药性似乎还没完全消退，令他无法完全集中注意力。

正当他恍恍惚惚的时候，突然看到地上还有一个人。

"恐怖！"马尚看清地上的人后，急忙上前查看。

恐怖有心跳和脉搏，只是晕倒了而已。

马尚掐了掐恐怖的人中，又拍了拍他的脸，喊道："恐怖，醒一醒，醒一醒。"

恐怖有了反应，仿佛从噩梦中惊醒，一下从地上弹起来，抓住马尚的衣领，举拳就打。

"别打，是我，马尚！"马尚一边喊，一边本能地用双手护住头。

恐怖的拳头停在半空，他大口喘气，看清了眼前的人是马尚，这才回到现实世界里。

"你怎么在这里？我们怎么在这里？"恐怖只记得自己在百悦大楼，

怎么突然间就到了这里。

"你失忆了？"马尚伸手在恐怖眼前晃了晃。

"上当了，我上当了。"恐怖终于想起来，打开柜子的一瞬间，有一股不明气体从里面喷出来，随后自己就晕倒了，"可你怎么也在这里？"

"你给我发的短信，我就去百悦大楼找你，结果被人偷袭，醒来就发现躺在这里了。"马尚一口气说出原委。

"我没给你发过短信……"恐怖摇摇头，他说着就去摸口袋，手机早已不在。

马尚在口袋里摸了摸，发现自己的手机也不见了。

"你是说有人设局抓我们……你是怎么到百悦大楼的？"马尚虽然不知道详情，但眼下也能猜到几分。

恐怖定了定神，把自己去找梁彪的经过告诉了马尚。

"难道是梁彪设的局？"

"他没必要这么干。"恐怖想了想，觉得这个可能性不大。

"那就只能是抓梁彪的人了。"马尚想来想去只有这两种可能，要么就是梁彪设局，要么就是抓走他的人设局。

"我想很快就会知道答案了，既然把我们带到这里，肯定有目的，不然就……"恐怖做了一个抹脖子的动作。

马尚想想也是，抓他们的人真要杀他们早就动手了，既然把他们关在这里，自然另有目的。

"看看有没有办法出去。"恐怖径直走到铁门前，用力推了推，铁门纹丝不动。

马尚上前捶了几下门，发出了"咚咚"的沉闷声音，这铁门厚重结实，靠蛮力肯定打不开。

恐怖环顾四周，除了铁门，再找不到任何出入口。

正当他们对于眼下的状况无计可施的时候，突然门外传来了脚步声。

"有人吗？放我们出去！"恐怖一边砸门，一边大声喊道。

脚步声在门外戛然而止，恐怖他们能感觉到和外面的人就隔着这一扇门而已。

外面的人没有说话，但是铁门下面约莫一个手掌高的活动门却被拉开了。

一个托盘被递进来，活动门跟着就"啪"的一声关上了。托盘上放着一部黑色的旧手机，除此之外别无他物。

门外的脚步声渐渐远去，来人也不理会恐怖和马尚的叫喊声，径直离开了。

恐怖和马尚两个人看着托盘上的手机，没有贸然拿起来，他们不清楚对方又在耍什么花样。

"不管了，看看再说。"恐怖犹豫了片刻，还是忍不住拿起手机。

手机里没有 SIM 卡，界面里除了一个骷髅头的图标，再没有其他任何 App。恐怖点下骷髅图标，手机闪了一下，开始播放一段令人不寒而栗的视频。

空旷潮湿的房间里，水珠"滴滴答答"从房顶不时落下，就像是春天的小雨，稀稀拉拉，却又连绵不绝。

女孩躺在房间的角落里，穿着一套蓝白相间的运动服，虽然不断有水滴落在她的身上，可她却仿佛浑然不觉。

直到房间里发出"咚咚"的切肉声，那是锋利的砍刀和坚硬的肉骨头碰撞在一起后发出的声音，震得地面都在颤抖。

女孩的身体抽搐了一下，仿佛从噩梦中惊醒。她脑袋里仿佛有无数响铃在"嗡嗡"作响，思绪乱作一团。不过当她睁开眼的一瞬间，脑子里的"铃声"便戛然而止，此时的她已经完全被恐惧填满。

"童希洛，这不是童希洛吗！"马尚从恐怖手里抢过手机，暂停画面，非常肯定视频里的女孩就是童希洛。

"童希洛是谁？"恐怖没想到马尚竟然认识视频里的女孩。

"我老婆的同事，就是她告诉的我郭洁和黄喆喻的事情。"马尚拿着手机的手不禁微微颤抖。

"先别急，我们把视频看完。"恐怖拍拍马尚的肩膀。

马尚点点头，继续播放手机里的视频。

昏黄的灯光下，一个打着赤膊、一身横肉的男人正背对着童希洛。那人手里举着一把黝黑的剁肉刀，刀身上滚落着一滴滴红色的血。

赤膊男戴着一张恶鬼面具，他面前有一个水泥砌成的巨大案台，台上隐约能看到红白相间的碎肉和支离破碎的骨头。

童希洛拼命用手捂住自己的嘴巴，生怕发出任何声响惊动了赤膊男。

好在赤膊男并没有发现身后的童希洛已经醒来，而是专注于剁肉，沉醉在刀骨相击的快感中，每一次手起刀落，便有血水四溅而起。

童希洛大气也不敢出一口，她狠狠掐了一下自己的大腿，疼痛能让她稍微保持镇静。

环顾四周，这里看起来像是一个地下室，没有窗户，有一扇铁门敞开着，不过门外漆黑一片。童希洛感觉有些绝望，她微微侧身，回头看了一眼赤膊男，那人似乎在剁一块硬骨头，刀被举得更高，身体的起伏更大，每一刀都剁在骨头的同一个位置上。

"咚……咚……咚……"

童希洛听着剁骨的声音，感觉赤膊男的每一刀都剁在自己心上，让她肝胆俱裂。

此时不跑，更待何时？女孩生出了求生的意念，勇气大增，她轻手轻脚地蹲起身子，慢慢绕过赤膊男的身后，爬到铁门旁边。

童希洛再次探头去看门后，可依旧看不清任何东西。迟疑片刻后，她深吸一口气，两脚用力一蹬，"砰"一声，就像猫一样钻进了铁门后的黑暗之中。

与此同时，赤膊男手中的剁肉刀停在了半空，背后的声音引起了他的注意，他缓缓转过身。

赤膊男面具的眼洞露出一双充满血丝的眼睛，他的目光投向女孩先前躺着的地方，然后又迅速扫到铁门。

铁门此时"砰"的一声被童希洛关上。

赤膊男提起刀，慢慢走到铁门前，两只猩红的眼睛盯着褐色的铁门，发出沉重的呼吸。

童希洛关上门后，四周异常黑暗，伸手不见五指，此刻的她像是一个盲人，她伸出手在黑暗中摸索向前，却不敢停下脚步。

"小宝贝，我们的游戏开始了。"赤膊男说着开始用刀疯狂地劈砍铁门，嘴里发出"嚯嚯"的声音，宛如恶魔的咆哮。

身后刀劈砍铁门的声音好像是催命的号角。正当童希洛不知所措的时候，突然被人从后面抱住，一只手捂住了她的嘴巴。

"我不会伤害你……"一个男人急促的声音从童希洛身后传来，"我跟你是一样的，被他们抓来这里，要从这里逃生，我们需要合作。"

说完，男人慢慢放了女孩。

黑暗中，童希洛看不见男人的样子，但对方如果要伤害她，她刚才就没命了。

"怎么才能逃出去？"童希洛伸出手，胡乱抓住了身旁这个男人，就像是在水里抓住了救生圈。

男人还想解释，可突然他们身后传来"哐"一声，之后四周的灯亮了起来，只见不远处的铁门已经打开。

那个戴着恶鬼面具、赤膊的"怪物"，手里举着剁肉刀向他们一步步走过来。

童希洛和男人互望了一眼，他们此时才看清对方的样子，男人鼻青脸肿，浑身脏兮兮的，女孩穿着运动服，看起来像个高中生。他们身处一个圆形的地下空间，就像是缩小版的罗马斗兽场。圆形大厅周围一共有五扇铁门，女人和男人应该是从其中两个不同的铁门里跑出来的。除此之外，地上还散落着一些武器，有木棍、砖头、匕首、砍刀……五花八门。

童希洛想去捡地上的武器防身，可却被男人拉住。

"别着急。"男人看着正走过来的"怪物"，离他们还有一段距离。

就在这个时候，又有三扇铁门打开了，一个戴着眼镜的中年女人，一个虎背熊腰的男人和一个戴帽子的男人跑了出来。他们好像正在被什么东西追赶，每个人脸上都是惊恐的神色，出来的第一时间都是反锁住门，生怕里面的东西会冲出来一般。

那戴眼镜的中年女人此时离赤膊男最近，她看对方手握剁肉刀，脸上戴着凶神恶煞的面具，本能地往其他人方向跑，可她终究还是慢了一步。

"怪物"从后面抓住了她的头发，剁肉刀狠狠捅进她的后背，穿过了胸膛，血喷洒而出，把四周染成一片红色。

其他四个人没想到"怪物"如此残暴，杀人就像是捏死蚂蚁。他们本能地一起后退，直到退无可退。

四个人在这种情况下，很自然地就产生了互相依靠的想法。

"不用怕，我们四个人跟他干！"虎背熊腰的男人喘着粗气，一边说，一边把目光扫向身边的人，寻求支持。

"只能这样，我们干掉他后再想办法，大家拿武器的时候小心有陷阱。"脸上有伤的男人表示赞同，也提醒其他人要注意安全，他对目前的状况感到惊恐，但是没有感到疑惑，似乎很清楚将会发生什么事情。

戴帽子的男人也点点头，说道："我们散开，包抄他，让他四面受敌！"

这无疑是个好主意。

"你行不行？"脸上有伤的男人转头问童希洛。

童希洛脸色苍白，身体抖个不停，不过还是咬着牙，点了点头。

四个人从地上小心翼翼捡起武器，然后把"怪物"合围起来。

"怪物"没有半点恐惧，反而兴奋得发出吼叫，仿佛这是他期待已久的时刻。

四个人看到他宛如野兽的样子，心里不由得多生出几分恐惧。但他们的求生本能告诉他们，生死存亡之际，只能奋力一搏。

虎背熊腰的男人大喊一声，算是为自己壮胆，他手里拿着一把砍刀，无论从刀的长度，还是厚重感，都远胜"怪物"手里的剁肉刀。他上前两步，挥舞砍刀，往"怪物"的肩膀砍过去。

"怪物"不闪不避，反而往前，冲进虎背熊腰男人的怀里。

这一撞力道奇大，虎背熊腰男人失去重心，跌倒在地。

其他三人这才回过神来，拿着手里的武器向"怪物"招呼，但他们都没有什么打斗的经验，更别说与人搏命。童希洛手里拿的木棍甚至一击之下，直接脱手。

"怪物"根本不理会他们三人的攻击，扑到倒地的男人身上，手上的剁肉刀一阵疯狂输出。

童希洛看到这一幕受不了，跪倒在地上，呕吐不止。

脸上有伤的男人心中惊骇，但他也知道这是对付"怪物"的机会，一旦"怪物"发完疯转身，下一个很可能就轮到自己了。

他扑到"怪物"身上，手里的水果刀往"怪物"的脖子、肩膀、后背，胡乱地一顿刺。

"怪物"受痛，反身甩开脸上有伤的男人，"怪物"身上鲜血淋漓，只是分不清究竟是别人的血，还是他自己的血。

"大家一起上啊！不然我们全得死！"脸上有伤的男人爬起来，大喊一声，握着水果刀又冲上去。

帽子男也知道生死在此一搏，举起手里的钢叉往"怪物"胸膛叉去。

"怪物"一手抓住钢叉，往自己身边一拉，另一只手挥刀就砍，眼见帽子男也要遭到毒手。好在此时，脸上有伤的男人赶到，抱住了"怪物"握刀的手。

那"怪物"虽然一人对两人，但丝毫不落下风，三个人纠缠在一起，势均力敌。

"小姑娘……你……快动手……"脸上有伤的男人此时用尽全力抱着"怪物"的手臂，另一边帽子男被勒住了脖子，虽然他拼命挣扎，但眼看坚持不了多久。一旦"怪物"勒死帽子男，或者挣脱了脸上有伤的男人，他们恐怕都要成刀下亡魂。

童希洛听到脸上有伤的男人的呼喊，从恐惧中惊醒过来，她看了看地上的两具尸体，又看了看"怪物"近乎癫狂的样子。她的手边有一块砖头大小的花岗岩石块，她拿起石块，颤抖着重新站起来。

童希洛一声不响，从迈着碎步到小跑起来，她冲到"怪物"面前，举起石块，拼尽全力砸向他的额头。

一下、两下、三下……不知道到底砸了多少下，"怪物"像坍塌的大山，轰然倒地。

童希洛生怕他还会站起来，没有停手，而是骑到他身上，继续猛力砸向头部，直到自己精疲力竭，再也举不起石块。

视频到这里戛然而止，黑色的屏幕闪现出"逃出生天"四个大字，然后彻底黑屏。

恐怖和马尚两个人早已额头冒汗，一句话都说不出来。这段视频清晰完整，还有明显的剪辑痕迹，不过都是固定镜头，看起来应该是藏在暗处的摄像头拍下来的画面。如果这是有人导演的恶作剧，那么剧中演员的演技个个都可以媲美影帝影后了。

"这……不能是真的吧？"恐怖抹了一把光头上冒出的汗珠。

"童希洛骗了我，她肯定知道郭洁为什么会出车祸！"马尚此时已经认定童希洛对他有所隐瞒。

"你最后一次见童希洛是什么时候？"

"就在几天前。"

"那说不定是她见过你之后才拍的这个视频……"

"她视频里的样子比我看到的要年轻一点，视频应该是以前的。"马尚肯定地说道。

"那抓我们来的会不会是童希洛？"恐怖猜测道，不过他很快又摇摇头，"从视频里的内容来看，她算是受害人之一，可惜视频只有一半，也不知道他们杀了'怪物'后怎么样了？"

马尚没说话，他又点开视频看了一遍，可没有发现什么新的线索，除了童希洛，其他人他都不认识。

"只能等了，不可能只是给我们看一段视频，对方肯定会再过来，让我们看看他究竟有什么目的。"恐怖拍了拍身旁的铁门。

马尚闻言放下手机，双手抱胸，望着铁门，一时间陷入沉思。

王浩带队回到局里，找到了童希洛的资料。童希洛今年 27 岁，原是泰豪酒店市场部的职员，后来辞职，目前处于待业状态。王浩担心夜长梦多，准备连夜把童希洛带回来问话。

警方赶到童希洛居住的公寓，却发现她已经不住在这里，手机也打不通。

王浩得到消息，气得拍桌子，难道童希洛也失踪了？他一边安排人追查童希洛的行踪，一边调查她近期的通信记录，很快就有了发现。就在几天前，马尚和童希洛通过电话，而且他们还在"漫心咖啡馆"见过面，两个人谈了有一个多小时。可惜咖啡馆的监控录像里只有画面，没有声音，不过即使如此，王浩也能猜测到他们的谈话内容应该和郭洁有关。

王浩想起马尚说过他从一些渠道了解到郭洁的死可能不是意外，而当时自己竟然没有追问他是从哪里得来的消息，实在是疏忽了。然而接下来的事情更让他窝火，马尚和孔泽两个人也失联。

王浩当然不相信这是巧合，也不相信马尚和孔泽会故意躲开警方，他们没有这个必要。他担心马尚他们遭遇了意外，必须尽快找到他们的下落。

马尚小区的监控拍到他昨天早上 9 点多回到家里就一直没再出来，直到昨晚 11 点 40 分才出门，那以后就没看到他再回小区。而最后见到孔泽的人是孙婧涵，他们大约是在昨天下午 6 点左右分别。

王浩找到孙婧涵问话，这才知道恐怖受她所托，在找失踪的郑雨鑫。郑雨鑫的母亲高树梅住在航天街道，作为网格员的孙婧涵出于同情请孔泽帮忙寻找郑雨鑫。昨天下午他们想去找高树梅谈话，看看有没有郑雨鑫的线索，可到了地方却发现高树梅已经搬走了。

"你们街道有几个网格员？"王浩沉默了一会儿，才开口问道。

"五个。"孙婧涵很快就回道。

"其他网格员听说过高树梅的事情吗？"

"我告诉过他们高树梅的事情……"孙婧涵不明白王浩为什么要问这些事情。

"是不是高树梅主动找到你，跟你说她的事情？"

"嗯……也不算吧，那天刚好我在办公室……"孙婧涵隐隐约约已经猜到王浩为什么会问这些问题了。

"谢谢你的配合，如果你有孔泽的消息，请立刻通知警方！"王浩已经得到了答案。

"王队，孔泽不会有事吧？"孙婧涵焦急地问。

"你别想这些，警方会尽快找到他们。"王浩对于这种问题只能说标准答案，他现在没有时间和精力去安抚孙婧涵。

虽然说无巧不成书，但是王浩不相信现实世界里会出现这么多连续不断的巧合。如果说孔泽救下马尚算是巧合，那么又与另一个涉案人郑雨鑫牵扯到一起，就不可能也是巧合了。

一种可能孔泽就是犯罪嫌疑人，但目前掌握的证据不足以支撑这种假设。另一种可能就是高树梅故意接近孙婧涵，然后让她去找孔泽。但是高树梅怎么会知道孔泽和孙婧涵的关系？会不会有人指使她这么做？而幕后的人又为什么要让孔泽去找郑雨鑫，目的何在？这些问题的答案可能就是通往真相的钥匙。

王浩一时间找不到高树梅和郑雨鑫，但是他能找到郑宝庆。如今郑宝庆被关押在天安市第二看守所，正在等候法院开庭。

第十一章

生死抉择

天安市第二看守所远离市中心，位置偏僻，四周高墙铁网，其实跟一般的监狱并没有太大的差别。这里除了看押像郑宝庆这样等待开庭的犯罪嫌疑人，还有一些受到治安处罚的违法人员。

郑宝庆才来这里不到一周的时间，前段时间他一直在医院，身体无碍后才被转到看守所。他沉默安静，不喊冤，也不闹，与他进来之前的表现大相径庭。

王浩、刘毅和张安琪三个人在会见室里看到郑宝庆都有些意外，在他们想象中，这个男人应该是满脸皱纹、皮肤黝黑、疲于生计的中年农民的样子，可眼前的人却戴着眼镜、身体瘦弱，更像是郁郁不得志的中年知识分子。

郑宝庆扶了扶眼镜，看着面前的三位警察，脸上的神情平静如水。

"郑宝庆，我们是天安市刑侦大队的，这位是王队，我们来这里是想了解一些关于你女儿郑雨鑫的事情，希望你能配合。"张安琪首先做了开场白。

郑宝庆等张安琪话音落了一会儿，才开口说道："想问什么就问吧。"

王浩有些出神，他看到郑宝庆现在的样子，感觉自己先前准备的问题似乎意义不大了。

会见室突然陷入一种奇异的沉默中。

"王队……"刘毅这时候小声提醒了一句。

王浩回过神来，开口说道："郑宝庆，明人不说暗话，你和高树梅两个人在演什么戏？她和郑雨鑫现在人又在哪里？"

"总算有个像样一点的警察来了。"郑宝庆没有否认，反而露出笑容，身体往后靠了靠。

"回答我的问题。"王浩身体前倾，目光锐利。

"王队长，你有孩子吗？"郑宝庆没有闪躲王浩的目光，反问了一句。

"有个女儿。"王浩回道。

"那你一定能够理解我了。"郑宝庆把眼镜摘下来，"孩子从出生到长大，我和小梅陪她的时间加起来恐怕不超过三个月，不是我们不想陪着她，而是我们光是活着就已经用尽了全力。"

"你们可以把孩子带在身边啊！"张安琪在一旁忍不住说道。

郑宝庆有些愕然地看着张安琪，问道："谁来照顾她？她能有地方上学吗？生病了有医保吗？小姑娘，你活在童话世界里吗？"

张安琪脸微微涨红，却无法反驳对方的话。

"不管是什么原因，你真爱孩子，就不能眼看着她走错路，好好配合警方，把事情说清楚，我们一定会帮你……"王浩试着把话题带回正轨。

郑宝庆不等王浩说完，就笑得流出眼泪来。

"郑宝庆，严肃点！"刘毅斥责道。

郑宝庆擦了擦眼角，收起笑容，并没有理会刘毅，而是用近乎嘲弄的眼神看着王浩，说道："王队，你口口声声说帮我们，我问你一个问题，如果你能答上来，那我郑宝庆就坦白从宽。"

王浩闻言皱皱眉头，不过还是说道："你想问什么？"

"我女儿郑雨鑫长什么样子，你知道吗？你们知道吗？"郑宝庆坐直了，一字一句地问道。

王浩听到这个问题，先是一愣，跟着浑身上下的汗毛都竖了起来。郑雨鑫在户籍资料上的照片是十二三岁时拍的，正所谓女大十八变，当时的照片对于现在已经没有太大的参考价值。他们用来确认现在郑雨鑫样貌的照片都来自高树梅，谁都没怀疑过这些照片的真伪。这时候王浩把目光投向了刘毅和张安琪，因为他们去过学校，查看过学校的监控录像，那里也是可以确认郑雨鑫外貌的地方。

刘毅和张安琪却摇了摇头，他们去找老师同学谈话，都没有确认过郑雨鑫的外貌，而且监控录像的分辨率很低，从影像上看郑雨鑫与高树梅提供的照片很相似。他们先入为主便没有拿照片出来进一步核实。但无论是什么理由，这确实是他们工作上的一个重大失误。

郑宝庆从王浩他们脸上的表情已经知道了答案，他不免有些落寞，自言自语般说道："所以，你们看，没有人真的关心我们这种人家的孩子……"

"胡扯，你知道我们花了多少精力去找郑雨鑫吗，王队为这事还挨了局长批……"张安琪争辩，但却被王浩挥手阻止。

"郑宝庆，我能想象你可能受过一些委屈和不公，但这都不能成为违法犯罪的理由，既然你主动说出现在这个'郑雨鑫'不是你女儿，那么我也希望你能说出事情的真相，你和高树梅做这些事，究竟有什么目的？"

"我要讨个公道，为我的女儿郑雨鑫讨个公道！"郑宝庆的双手重重捶在桌子上，说话的声音就像是低鸣的野兽。

王浩保持沉默，没有打断郑宝庆发泄情绪。话已经说到这个份儿上，他知道郑宝庆一直在等他们来，不管是什么原因，恐怕接下来还有更耸人听闻的事情。

"我给过你们机会了，很可惜，你们没能回答我的问题，现在就只能按照我的规则来玩一场游戏了。"郑宝庆再次露出笑容，抬头看了看会见室的挂钟，"你们来得正是时候，现在是 10 点 50 分，别急，还有 5 分钟。"

"你女儿究竟去了哪里，你不说出来，我们很难帮你。"王浩看出郑宝庆态度坚决，他必须知道事情的原委，才好"对症下药"。

"时间到了。"郑宝庆看到挂钟上的分针终于指到了数字"11"，"王队长，我掐指一算，你现在要走了。"

"你不把问题交代清楚，我们不会……"王浩的话还没说完，他的手机响了起来，拿起来一看，是局长邓岚打过来的。

王浩立刻拿起电话，走出了会见室。

"王浩，你在哪里？"邓岚第一句话就急问道。

"邓局，我在第二看守所办案。"

"立刻回局里，另外要你们队的人全部归队待命！"

"邓局，目前几起命案和失踪案正在紧要关头……"

"不要跟我废话，服从命令，20分钟后在局里召开紧急会议。"邓岚的口气不容置疑。

王浩放下电话，回到会见室，他满腹疑惑，可邓局又不愿意在电话里把事情说清楚，他只能收队回去。

刘毅和张安琪也是不明所以，不知道王浩怎么突然要急着回局里，这里的问话才刚刚开始。

"王队，我在这里等你们。"郑宝庆看着急匆匆离去的王浩三人，笑着说道。

公安局会议室内充斥着紧张的氛围，邓岚看到王浩他们进来，又看了看手表，终于开口讲话。

"人都差不多到齐了，小崔，放一下视频。"

会议室里的光线暗下来，投影幕布上出现了一段骇人的影像。

一间密室里，一张生锈的铁椅子上坐着一个人。这人头上套着黑布罩，看不见样子。他的手脚被铁丝束缚在椅子上，血迹斑斑。

镜头里，一个戴着纯白色面具、身穿白色长袍的人走过来，扯下被囚禁者头上的黑布罩。

会议室里不少人看到囚禁者的样貌，都不由得发出惊呼。

"赵嘉任！"王浩脱口叫出对方的名字。

邓岚回头看了一眼王浩，挥挥手，说道："大家把视频看完。"

赵嘉任被脱下头上的布套后，仿佛从睡梦中惊醒。他脸上顿时露出恐惧的神色，拼命挣扎，可越挣扎，手脚上的铁丝就勒得越紧，慢慢扎进肉里，让他不由得发出痛苦的呻吟。

"你知道我是谁吗，快放……"

白袍人摸出一把锋利的匕首，就好像割草一样，切断了赵嘉任左手的一根指头。

赵嘉任惨叫一声，疼晕过去。

白袍人拿着断指，走到镜头前面晃了晃，然后拿出一个盒子，把断指放了进去。跟着他走出了镜头，过了片刻，端来一盆冷水。

这盆水毫无意外地淋到了赵嘉任的头上，赵嘉任又醒了过来，他看着自己还在流血的断指处，发出哀号。

白袍人没有丝毫的同情，他抓住赵嘉任的头发，用力一扯。

赵嘉任哭了起来，嘴里嘟嘟囔囔说着些哀求的话语。

"郑雨鑫的书包在哪里？"白袍人终于开口说话，只是这声音明显经过变音处理，听不出男女。

"不知道……我不知道……"赵嘉任说话的时候感觉他已经神志不清。

"那好，我再切一根手指，你好好想想……"白袍人说着又拿出刀。

"应该在……应该在……在木屋里，在海林度假村的木屋里，跟我没关系，真的跟我没关系，求求你，放了我……"

白袍人点点头，手里的刀又是一划拉，切断了赵嘉任的第二根手指。

赵嘉任这次连喊的力气都没有了，直接疼得昏了过去。

白袍人拿着指头，对着镜头说道："麻烦刑侦大队的王浩队长，拿着郑雨鑫的书包，今晚 8 点一个人到船坞来，如果有其他人跟着，或者没找到书包，你们就等着给赵嘉任收尸吧。"

话音一落，白袍人关掉了摄影机。

公安局会议室里鸦雀无声，哪怕是身经百战的老刑警也都被录像中的画面所惊，大多数人都把目光投向了刑侦大队队长王浩。

王浩没想到凶徒让自己去取书包，此时面对同僚的目光，他也只能装作看不见，等着局长指示。

"录像是今天早上通过赵嘉任的手机发送给他父亲的，技术部门已经开始着手调查，但目前为止还没找到信号位置。"邓岚深吸一口气，"上头对这件案子非常重视，要求我们确保赵嘉任的安全，并用最快速度把凶徒缉拿归案。"

邓岚说完又把王浩叫到一边。

"王浩，绑匪指名要你去，你怎么看？"

"邓局，我正要跟您汇报。"王浩把刚刚在市第二看守所发生的事情和盘托出。

邓岚听完后，沉默不语，良久后才说道："赵嘉任被绑架一案恐怕和你目前调查的谋杀案和失踪案有关联，短短几天就发生这么多事情绝非巧合，显然也不是一两个人能做到的事情。不过眼下最重要的是救赵嘉任，你明白吧？"

"我明白。"王浩知道赵嘉任身份特殊，局长承担了巨大压力，这是无法避免的。

"你和搜查队立刻去海林度假村找郑雨鑫的书包，不管绑匪是什么目的，我们只能暂时满足他，以保障赵嘉任的生命安全为先。"邓岚眉头紧锁。

"那郑宝庆那边呢？或许他知道赵嘉任被带去了哪里。"

"我安排一个谈判专家过去，看看能不能撬开他的嘴。"邓岚握了握拳头。

"邓局，我们工作失误，忽视了郑雨鑫这件案子。"王浩直到刚才才确认了郑雨鑫真实的样貌。郑雨鑫和假郑雨鑫的外貌有七八分相似，但还是有区别，她们之间最明显的区别在于郑雨鑫的嘴角下有一颗芝麻大小的黑痣。围绕着郑雨鑫还有许多谜题，假郑雨鑫究竟是谁？她又为什么要假扮郑雨鑫？她和郑宝庆夫妇是什么关系？他需要更多的时间去调查。

"现在不是检讨的时候，事不宜迟，眼下最重要的是救出赵嘉任，有任何消息立刻向我汇报。"

王浩带着三十多人的搜查队来到海林度假村寻找郑雨鑫的书包，此时离绑匪约定的 8 点还有 8 个小时不到。

王浩知道绑匪大动干戈并非只是为了一个书包，背后极有可能牵扯其他事情，最有可能的就是与郑雨鑫失踪有关。难道真的是父母为了给女儿复仇？

虽然从郑宝庆的言语中透露出这样的信息，但是王浩依旧不敢轻易下结论。目前还有朱珊、吴蔚然被杀，马尚、孔泽失踪，这些人难道都和郑雨鑫的事情有关吗？这种可能性实在微乎其微，许多事情都无法解释，也很难自圆其说，警方还有更多的线索没有发现。

他知道警方现在大动干戈的处置方式正是绑匪所希望的，却无可奈何。警力有限，赵嘉任的身份决定了刑警大队不得不专注于他而暂停其他方向的调查。

想到这里，王浩不由得叹了口气，这些问题已经超出了他能掌控的范围，除了服从命令，别无选择。

海林度假村占地十七公顷，各类建筑房屋三十余处，内里精致奢华。不过度假村并不对外营业，法律上属于私人住所，持有人叫何乃麟。根据王浩掌握的资料，何乃麟是杜冠亭的父亲杜建国的专职司机，换言之，他极有可能是帮杜建国代持产业。当然，这些只是王浩的推测，并没有证据。

负责搜查学校的警员已经带回郑雨鑫遗留在宿舍的一件衣服，十几条警犬嗅过这件衣服后，像是离弦之箭飞了出去，在偌大的度假村里狂奔。过了十来分钟，七八条警犬不约而同来到一栋木屋外面，狂吠不止。

王浩先让驯犬员牵走了警犬，然后他带着经验丰富的搜查员们进入了木屋。

这栋木屋远离主建筑群，隐藏在一片密林之中。木屋有两层楼，方正结构，外面看起来平平无奇，不过里面却令人大为震惊。

木屋内的装饰是美式西部风格，客厅木地板上铺着羊毛地毯，地毯上摆放着狩猎的器具，比如铁夹、弓箭、钢叉、捕兽器之类，上面有些甚至沾着血迹。

"你们几个过来，把这些东西带回去化验。"王浩拿起其中一个沾血的箭头，闻了闻，又摸了摸，血迹陈旧，肉眼看不出是不是人血。其实具体的搜查工作不用他指挥，这些搜查人员经验丰富，他们不会放过每一个角落。

搜查人员很快就在二楼的角落里发现了一个书包，看来赵嘉任受到惊吓后并没有胆量撒谎。

王浩拿过书包先查看外观，这是一个常见的蓝色双肩背包，帆布材质，表面没有污渍和破损。他打开书包，里面整整齐齐摆放着课本和笔记本。

王浩坐下来，把书包放在木桌上，从里面抽出书本一一翻看。每本书封皮上都有郑雨鑫的名字和班级，里面有勾画的笔记，字体端秀，赏心悦目。他翻出一本数学错题本，上面记录着每天做试卷的错题，标记着日期、题目类型等等信息。

王浩翻到错题本最后一页，日期是 8 月 13 日，正是他们此前推测的郑雨鑫失踪的日子。这一页上写着一道数学几何题，但解题过程没写完。从错题本上的信息来看，郑雨鑫应该是这一天离开了学校来到这里，随后不知道发生了什么，在木屋里留下了书包。

王浩找到了郑雨鑫的书包，但是他想知道郑雨鑫的书包为什么会在这里。他们要救赵嘉任，必须先弄清楚绑架者的真实目的，书包显然不是。想到这里，他立刻让警员把度假村的负责人、工作人员全部都找来，一一询问，了解情况。可惜是整个度假村没有安装一个监控，这给警方的调查增添了不少困难。

王浩想要短时间查明真相，有着相当的难度，关键是领导不允许他在这里耽误时间。

"邓局，我觉得绑匪不是真的要拿书包，而是另有目的，我想先查明郑雨鑫的书包为什么会出现在这里。"王浩想留下来继续调查。

"时间紧迫，我会安排其他人继续在度假村调查，你带着书包立刻回局里，准备今晚的行动。"邓岚的计划是晚上在船坞布下天罗地网，只要犯罪嫌疑人出现就一定将对方抓获。

王浩带着书包回到局里的会议室，邓岚和各个行动小组的负责人正在这里等他。

一名技术员拿过王浩手里的书包，利索地在夹层里藏了一个追踪器。

警方打算在王浩到达指定地点后，封锁周边道路和青龙河沿岸，除此之外，王浩身上和书包里都安装有追踪器，可以即时定位。

王浩站在旁边，听着行动安排，却完全集中不了注意力。他盯着行动图上的船坞照片，脑子里想的只有一个问题，为什么会是船坞？就好像一局棋下了半天又重新回到了一开始，这里正是马尚看到谋杀案的地方。马尚和孔泽也险些在这里被大火烧死。如今的船坞已经变成了一片废墟，还有什么值得背后的绑匪关注的吗？

"邓局，我们要不要先安排人到船坞及周边地区搜查？"一名警官提议道。

"这一点我也考虑过，但是很可能会打草惊蛇，我们要让绑匪感到安全，他才会出现，除了加强对周边区域监控摄像的记录分析，不要有其他行动。"邓岚说着把目光投向发愣的王浩，"王浩，你这边还有什么问题吗？"

"没有问题，坚决完成任务！"王浩知道自己这时候再说什么也没用，只能执行命令，但他心里想的却和嘴上说的完全不一样，问题何止千万。绑匪指明地点，就必然知道警方会采取行动，不可能真让他自己一个人拿着书包去船坞。绑匪难道会束手就擒？还是他们另有计划？但邓岚的部署周全缜密，看起来毫无破绽。想到这些，王浩竟然有些期待今晚的会面，每往前走一步，就离真相更近一步。他抬手看看表，离约定时间还有两个小时。

另一边的恐怖二人不知道接下来还会有什么状况发生，就在他们逐渐急躁起来的时候，那台绑匪给他们看的手机突然自燃起来，发出"啪啪"的声音，跟着紧锁的铁门也"砰"的一声弹开了。

马尚和恐怖两个人互看了一眼，他们对于突然打开的门都心生疑惑。

四周突然变得异常安静，只有两个人缓慢沉重的呼吸声。

恐怖离门最近，他左手握紧拳头，右手拉开门。

"嘎吱"一声，门被完全打开，外面没有人，只有一条昏暗的走道，而在走道的尽头，还有一扇门。

"这位置怎么看起来像是刚才视频里的地方……"马尚刚才反反复复看了手机里的视频不下七八遍，印象深刻。

恐怖闻言，额头冒汗，那场面实在太过血腥，自己打个架，或者吓唬吓唬人还行，可别说杀人了，就是让他杀鸡手也抖。

不过他们现在也别无选择，只能走一步看一步。

马尚一马当先，走在前面，恐怖紧随其后。

走道尽头的门并没有锁，马尚伸手一推，门就开了。

正所谓怕什么来什么，门后是一个开阔的圆环形地下空间，就像是缩小版的罗马斗兽场。视频里，童希洛就是在这里活活砸死那个"怪物"的。

马尚看到场地的中间，有一个穿着好像宇航服的人被金属架束缚，在他四周还缠绕着电缆、塑料管，旁边有不知名的设备，像极了科幻电影里的场面。由于离得太远，光线又昏暗，他看不清"宇航服"里究竟是什么人，但如此奇异的场面足以让他呆立在原地。

"怎么了？"恐怖站在马尚身后，看不到前方的状况，不由得往前挤了挤，然后探出头。

"我去……"恐怖瞪大了眼睛。

马尚和恐怖在好奇心的驱使下，慢慢走到"太空人"身边，透过弧形的玻璃面罩，他们终于看清楚了里面的人。

"菁菁！"恐怖看清"太空人"的一瞬间，吓得脸色苍白，手足无措，"菁菁，你怎么会在这里？别担心，我马上救你。"

说着，恐怖就去拉扯"宇航服"，想要把孙婧涵从里面救出来。

"孔……不要……动……机关……"孙婧涵的声音从"宇航服"里传出来。

"你没事吧？怎么会这样？"恐怖立刻停下了莽撞的举动，此时他的脸色已经由白转红，满头大汗，双手抱着面罩，不知如何是好。

马尚听恐怖提起过他的女朋友，没想到她也被抓到了这里。

"手机……脚下……手机……"孙婧涵说话十分吃力，她的头也无法转动。

马尚和恐怖闻言立刻查看脚下的地面，发现臃肿的"宇航服"下夹着一部手机，与他们在囚室里收到的手机外观一模一样。

恐怖拿出手机，急忙开机，里面同样有一段视频。

视频里，一个戴着白色面具、穿着白色长袍的人站在被"宇航服"包裹的孙婧涵身旁。

"你们如果想要救她，就去青龙河的船坞，找王浩拿一个书包回来。晚上9点之前，我看到书包就会放人。你们可以从第三个门出去，那里会有你们需要的东西。如果你们报警、耍滑头，或者想要强行损坏装置，点火器会立刻启动，这女孩就会被活活烧死。当然，你们大可以赌一把。祝好运。"

白袍人说完就停止了录像，没有透露更多的信息。

这时手机突然自燃起来，恐怖不得不把它扔到地上，以免灼伤自己的手。与此同时，旁边一台机器发出"哔"的一声，液晶显示屏上开始倒计时。

"菁菁，你别怕，等我回来，我一定会救你出去！"恐怖上前抚摸着面罩，语气温柔而又坚定地安慰孙婧涵。

孙婧涵看着恐怖，眼睛里泛着泪光。

"恐怖，时间不多，我们走吧。"马尚拍了拍恐怖的肩膀。

恐怖万般不舍，可他在囚室里看过的视频足以证明这帮人是疯子，他绝不敢拿孙婧涵的生命冒险。

马尚和恐怖两个人跑到第三个门，推开门一看，里面同样是一条通道。他们来到通道尽头，这里有向上攀爬的扶梯，扶梯下有一张长桌，上面摆放着一个文件夹、一块电子手表和一个手电筒。

文件夹里只有一张纸，第一行写着与王浩见面的时间地点，下面还有行动指示，标示了船坞周围的地形，以及进入和离开船坞的路线。

"这事情太奇怪了，王队长拿的是什么包，他会去船坞吗？背后的人为什么要我们这么做？"马尚此时终于把心里的疑问说了出来。

"我管不了那么多，只要能把菁菁救出来，让我做什么都行。"恐怖收好那张纸。

马尚虽然满腹疑虑，但没有继续劝阻恐怖，保持了沉默。

"马哥，其实你不用去……"恐怖虽然不知道对方究竟玩什么花样，但是这一去必定危险重重。

"你这是说的什么话，如果不是为了救我，你也不会被牵扯进来，我怎么可能坐视不理！"马尚打断了恐怖的话，态度坚决地说道。

恐怖向马尚投以感激的目光，毕竟多一个人多一份胜算，他不再说什么，戴好手表，拿着手电筒，迅速爬上了扶梯。

马尚回头看了一眼，叹口气，跟着上了楼梯。

他们顺着楼梯爬了大约三四分钟，就看到头顶上有一块木板。

恐怖伸手推开木板，钻出来后，又进到一个隧道里。这里有昏暗的橘黄色矿灯，地面上有轨道，四周还有一些摇摇欲坠的木架，看起来像是用来稳固矿道，防止塌方的。

"这是矿井啊……"马尚也爬了出来，他们这才知道刚才所在的地方是一个废弃的矿井。

"我们顺着轨道往上走！"恐怖不敢耽误，他看了看手表，上面显示：19：01。

马尚和恐怖又走了十来分钟才来到矿道的洞口，不过这里被木板和铁丝封了起来。他们立刻从旁边找来石头，砸开木板，扯开铁丝，终于从里面出来。

冷风拂面，让他们不由得为之一振。

他们此时站在半山腰，山下就是青龙河，远处的城市灯火通明，一时间，两人竟有恍如隔世的感觉。

恐怖拿出手电筒，打量了一下四周，又把那张纸看了看，大致能确定自己现在的位置和船坞所在的方向。他们只要一路往山下冲去，应该能在晚上8点前赶到船坞，然后再用一个小时的时间回来救孙婧涵。

马尚和恐怖一路往山下狂奔，他们现在除了拼尽全力争分夺秒，再没有任何余力去思考其他事情。

王浩一个人开着车来到船坞时，离约定时间还有 10 分钟。他看了一眼放在副驾驶上的书包，又拿出配枪，检查了弹夹和保险情况。

"猎鹰，猎鹰，捕手已就位，测试定位，测试语音。"王浩摸了摸贴在胸口的设备，又稳固了一下藏在耳朵里的微型耳麦。

指挥部里，邓岚和局里的领导们看着大屏幕，掌控着全局。

"定位正常，语音正常，各部门就位，捕手可以开始行动。"联络员下达了指令。

王浩拿着书包下了车，朝着船坞的方向走过去。他还没走几步，就听到不远处树林里传来"哗啦啦"的声音，似乎有人在向自己所在的地方奔跑。

王浩警觉起来，举起手电筒，照向声音传来的方位。

"猎鹰，12 点钟方向的树林里似乎有人过来。"王浩小声说道。

"尽量稳住对方，以找到赵嘉任为第一目标。"

王浩举高了手电筒，他已经看到两个人影出现在路边。那两个人似乎也发现了船坞边的他，径直朝着他奔跑而来。片刻，那两人已跑到他的眼前。

"马尚、孔泽，怎么会是你们？"王浩大吃一惊。

"包，你的包呢？"恐怖盯着王浩手里的书包，"给我！"

"赵嘉任在哪里？"王浩盯着恐怖问道。

"我不知道，你把包给我，我要救人。"恐怖心急如焚，来不及解释，上前就要去抢王浩手里的书包。

王浩退后几步，避开恐怖，劝说道："我劝你们悬崖勒马，不要被人利用。"

"王队，我不知道你这边发生了什么事情，但是孙婧涵现在被人控制，随时有生命危险，我们需要拿这个书包去救人。"马尚此刻更加冷静，知道事情并不简单，于是立刻向王浩解释道。

"孙婧涵？"王浩的脑子飞速旋转，他不相信马尚和孔泽会是绑架赵嘉任的主谋，但他们是否受到利用和胁迫就不好说了。

"王队，我求你把书包给我，来不及了。"恐怖看了看手表，冲向王浩。

王浩需要时间思考，他必须先控制局面，不然马尚和孔泽两个人一拥而上，事情就不好办了。他迅速后退，掏枪，一气呵成。

"站住，不要乱来，否则开枪了。"王浩严厉警告，"我会核实情况，如果你们说的是真话，警方会帮你们救人。"

"猎鹰，请帮我联系航天街道的网格员孙婧涵，我要知道她的下落。"

"明白，正在联系……"片刻后，联络员就回话道，"联系不上孙婧涵，已经安排离她家最近的民警去查看，需要大概七分钟的时间回复。"

王浩已经相信了马尚他们所说的话，指挥部那里找人可不仅仅是打个电话，如果他们的技术手段都联系不上孙婧涵，那人十有八九是出事了。而且他知道孔泽和孙婧涵是情侣，如果孙婧涵真的有生命危险，那么孔泽此刻的情绪是符合情理的，他甚至面对枪口也没有半步退缩。

"孙婧涵在哪里？我跟你们一起去！"王浩决定跟着马尚他们去看看。

"就在山上的废矿井。"马尚指着身后，抢先说道。

"快走吧，凶手让我们在9点前赶回去，不然……"恐怖眼睛泛红，他知道不能再耽搁时间，如果不让王浩跟着去，继续争执，就来不及回到矿井。

"你们走前面，我跟着！"

可他们还没走几步路，王浩突然接到指挥部的通知。

"捕手，捕手，绑匪刚刚发来信息，更换了交易地点，现在立刻拿着书包赶往海林度假村。"联络员急促地说道。

"开什么玩笑，绑匪这不是摆明在耍我们吗？"王浩气愤地说道。

马尚和恐怖见王浩突然停下脚步，听到他说的话，感觉事情有了变化。

"王队，走啊！"恐怖急得跳脚。

"猎鹰，我怀疑孙婧涵被绑匪劫持，可能有生命危险，请求批准我前去解救。"王浩请示道。

指挥部里，邓岚拿过联络员的麦克风，下令道："王浩，立刻执行命令，绑匪要求你在9点前拿着书包赶到海林度假村，不然就撕票！孙婧涵那边，我已经安排特警过去……"

"邓局，绑匪是有意这么干的，我们绝不能被他们牵着鼻子走，如果现在我去海林度假村，赵嘉任未必救得出来，但孙婧涵肯定会死，请让我先去救孙婧涵。"王浩据理力争。

"王浩，我现在是让你执行命令，不是让你提意见！"邓岚怒火中烧，大声斥责。

王浩没有出声，他看看马尚和孔泽，又看看旁边的车，一时间难以抉择。

邓岚看着屏幕上的监视器，代表王浩的亮点始终一动不动，他深吸了一口气，语气稍稍缓和，说道："王浩，赵嘉任要是因为我们警方的处置不当出了意外，你和我可都担不起这个责任，现在绝不是意气用事的时候……"

"难道孙婧涵出了意外，我们就能担得起责任了吗？"王浩心里的想法脱口而出，他是说给邓岚听，也是说给自己听。

"王浩，你……"邓岚气得发抖，整个指挥中心，鸦雀无声，人人都听到了王浩所说的话。

王浩拿出通信器，扔在了地上。

"我们走。"王浩没有再犹豫，把手里的书包递给了恐怖，与他们并排而行，往山上的矿井跑去。

第十二章

矿井逃生

　　刘毅和张安琪被王浩暗自派去高树梅和郑宝庆的老家幸安村调查。王浩觉得要把事情弄清楚，就必须真正去了解郑宝庆一家究竟经历了什么。

　　幸安村位于山谷之中，进村的道路崎岖泥泞。村里大约有七八十户人家，如今这里已经看不到青壮年，他们都在外打工，只剩下老人和孩子。

　　村中田地荒废，民力凋敝。

　　郑宝庆家里现在只剩下一位老人，也就是郑宝庆的母亲秦云，她如今 81 岁，走路需要拐杖，看东西也已经不大清楚。

　　刘毅和张安琪来的时候，老人正在院子里洗米，准备煮一锅稀饭当晚餐。他们自称是户籍民警，过来做入户登记。老人也不懂什么叫入户登记，不过有客人来了，坚持要给他们倒水喝。他们担心老人摔跤，就自己主动倒了茶水，陪着老人坐了下来，聊起家常。

　　原来老人并不知道自己的孙女失踪了，甚至连儿子和媳妇去到天安市的事情也一无所知。

　　"鑫鑫可乖了，读书又好又孝顺。"老人提起郑雨鑫，笑得合不拢嘴，"我儿子、儿媳妇都在外地挣钱，我这个老东西也不中用了，全靠她自己努力。"

　　"秦奶奶，郑雨鑫最近有回来看您吗？"张安琪顺着老人的话问道。

　　"她在学校里读书，哪有时间回来……要等到春节吧……"老人眼神里流露出对孙女的想念。

"那郑宝庆和高树梅呢？"

"他们更忙，赚钱不容易，鑫鑫又马上要读大学了。"

"他们平常应该会给您打电话吧？"刘毅问道。

"说起这个，同志，你们能帮我看看这个手机吗？"老人从内衬口袋摸出一部手机，递了过去。

刘毅接过手机，试着开机，但是按电源键没反应。他又从包里拿出一个充电宝，插上充电线，依旧不显示任何信息。

"这手机坏了好几个月了，我都联系不上他们。"老人盯着手机，眉头紧锁。

"秦奶奶，手机我们带回城里帮您修，修好了给您送过来。"刘毅把手机收进包里。

"修手机……那要不少钱吧，我这里还有一些，不知道够不够……"老人从口袋里摸出一些零散的票子，看起来有几十块钱。

"不用，不用。"张安琪把钱塞回老人的口袋，"我们单位里有便民服务，免费的，不收钱。"

"真好，谢谢你们。"老人这才安心。

"秦奶奶，屋子里方便我们看一下吗？我们帮您检查一下水、电的安全。"刘毅想去看看郑雨鑫住的房间，或许里面会有线索。

得到秦奶奶的首肯后，他们走进了屋子。

家徒四壁——这是他们进去后的第一个感觉。堂屋里有张圆木桌、三张破旧的木椅子，还有一个摇摇晃晃的大柜子，墙上挂着一张有些褪色的全家福，除此之外，再无他物。

全家福上面印着拍照的时间，已经是十一年前了。照片里秦云坐在椅子上，她怀里抱着7岁的郑雨鑫，身后站在郑宝庆和高树梅。

堂屋左边第一间房是郑宝庆和高树梅的，里面有一张空床，床边堆满了纸箱子，纸箱里全是书。这些书年代久远，大多是十多年前出版的，而且因为存放条件不佳，许多书都被虫蛀了，还有一些受潮发霉了。

"这些书都是郑雨鑫的吗？"张安琪从纸箱子里抽出一本英文版的

《傲慢与偏见》。

"这些都是宝庆的,他以前爱看书,有点钱都用来买书了。鑫鑫像他,聪明,会读书。我们家宝庆可是考上过重点大学的,可惜那时候老头子生了一场大病,他为了给他爸赚钱治病就没上学,去打工了。"老人脸上的表情又是骄傲,又是遗憾。

"秦奶奶,您坐一下,我们自己看就好。"张安琪扶着老人在堂屋里坐下后,才来到旁边郑雨鑫的房间门口。

房间里整洁干净,有床、书桌、写字椅、漂亮的窗帘,还有一台液晶电视机,墙上贴着粉色花纹的墙纸。这一家人几乎把最好的东西全部留给了郑雨鑫。

刘毅走到书桌前,打开抽屉,里面有一些文具和书本,他随手翻了翻,没有什么特别的地方。张安琪在另一边检查书柜和衣柜,同样没有什么发现。

这时四处打量的刘毅看到床下面有一个大纸箱,他弯腰把箱子拖了出来。箱子上面满是灰尘,打开盖子,里面整整齐齐摆放着一些玩具、玩偶和卡片。

刘毅拿出一沓卡片查看,这些卡片大部分是明信片,还有一些是贺卡,卡片背面都写有文字。令他吃惊的是卡片都来自同一个人,是一个署名"慧姐"的女孩寄给郑雨鑫的,卡片几乎涵盖了郑雨鑫的每一个生日以及重要节日。

妹妹:

生日快乐!我选了一支派克钢笔送给你做生日礼物,希望你喜欢,中考加油!

爱你的慧姐

刘毅看着一张生日卡片上的文字,不由得问道:"郑雨鑫有姐姐吗?"

"没有,我查过户籍资料,会不会是表亲?"张安琪过来翻看卡片。

"先把这些卡片收起来,一会儿出去问问秦奶奶。"刘毅说着把卡片装进包里，他的直觉告诉他，这个"慧姐"是一条重要线索。

他们回到堂屋，向秦云询问"慧姐"的事情。

老人闻言叹口气，说道："那是鑫鑫的姐姐，她比鑫鑫大 4 岁，在 6 岁的时候送了人。"

"户籍上怎么没登记啊？"张安琪问道。

"她们是同父异母，慧慧是在村里由产婆接生的，也没去医院。她妈妈生了慧慧后，没多久就跑了，所以也没办户口。宝庆再婚后，才又有了鑫鑫。城里一个远房亲戚，无儿无女，家里条件好，也喜欢慧慧，为了孩子以后能过上好日子，宝庆就把女儿过继给他们了。"

"原来如此，秦奶奶，麻烦你告诉我们慧慧的全名，还有她继父继母的联系方式，我们核实后好做登记。"张安琪他们倒不是想要骗秦云，只是担心老人受不了刺激，所以才隐瞒郑雨鑫失踪，郑宝庆被抓的事情。

秦云虽然年纪大了，但是这些事倒也记得清楚，郑雨鑫同父异母的姐姐原本起名为郑嘉慧，不过送人后，改名陈静敏。

刘毅和张安琪又跟老人聊了一会儿，离开时留下一些现金，嘱咐老人好好照顾自己。他们出来时，夜幕降临，村里不时传来几声狗叫，几点灯火散落四周，更添萧索。

他们开着车往市里赶，也不知道现在队长救出赵嘉任没有。不过他们在半路就接到了同事的电话，得到一个令他们大跌眼镜的消息。

"王队拒绝执行命令，跟着马尚和孔泽跑了……局长大发雷霆，让特警去抓他们……"

刘毅听到这番话，半天没反应过来。张安琪同样目瞪口呆，不明白一向稳重老练的队长怎么会做出这样的事情。

恐怖粗中有细，从矿山上冲下来的时候已经记住了路线和方向，虽然是往上爬，但他们没有比下山的时候慢多少。三个人来到矿井口，里面透出昏黄的光，就像是野兽的血盆大口，等着吞噬猎物。

王浩知道自己抗命的后果，但他也知道自己必须做出选择。以他的推测，郑宝庆的怨念就是自己女儿的失踪案被警方忽视，所以绑架了赵嘉任和孙靖涵两个人，一个有权有势，一个无名之辈。警方如果一味妥协，想要保护赵嘉任的安危，忽视孙靖涵，可能适得其反。权衡再三，他决定先救孙靖涵。

恐怖看了看手表，现在是 8 点 40 分，他们总算按时赶到。但即使如此，他也只是喘了口气，立刻就义无反顾地进了矿井。

马尚紧随其后，他回头对王浩叮嘱了一句："王队，你小心一点。"

王浩取出手枪，跟了上去。他是第一次得知山上有矿井，看样子这里早已被废弃多年，所以这才被人遗忘。

一路上并无陷阱和阻碍，三个人顺利回到地下空间，可这里已经空空荡荡，哪里还有孙靖涵的影子。

恐怖跑到原来孙靖涵所在的位置，举起手中的书包，他此时额头大汗淋漓，青筋直冒，眼睛几乎喷出火来。

"你要的东西在这里，菁菁在哪里？快放了她！"

恐怖的喊声在圆形大厅里回荡，久久不息，但却没有任何人来回应他。

"确定是在这里吗？"王浩看着马尚问道。

马尚十分肯定地点点头。

王浩环顾四周，发现圆形大厅内，除了刚才他们进来的那扇门，还有好几扇门，也不知道通向哪里。

"我们去其他门里看看。"王浩上前拉住焦虑不安的恐怖。

"对，去其他地方找找……"恐怖如梦初醒，慌忙就往其中一个门跑去，可就在这个时候，他们头顶突然传来一声巨响，跟着地面晃动，顶上碎石纷飞。

王浩急忙去看他们进来的通道，那里此时已经被巨石压垮，无法再从原路返回。

"看来他们把矿井炸了。"马尚说道。

"这么一来，不可能有增援，全得靠我们自己了。"王浩身上的跟踪器还在，但是对方炸毁了矿井，特警一时半会肯定无法进来。

"不管那么多了，我要……"恐怖话音未落，圆形大厅里的一扇门被推开，一个人晃晃悠悠从里面跑了出来。

"菁菁！"恐怖看清来人正是孙婧涵，他立刻冲上去，一把抱住她，"你没事吧？"

"我没事，他们把我放了。"孙婧涵知道恐怖为她去而复返，内心感动，眼眶顿时湿润。

"没事就好，你放心，我一定带你出去。"恐怖把孙婧涵紧紧抱在怀里，一刻也不愿意再松开。

王浩和马尚走过来，看见孙婧涵没大碍，也都放下心来。

"小孙，你是怎么被抓到这里来的？还有你们，马尚、孔泽，这究竟是怎么一回事？"王浩一路上都没时间询问事情的详细经过，此时终于忍不住问道。

马尚先说了他和恐怖在百悦大楼的遭遇，以及被绑到这里之后看到的视频。

王浩虽说早有心理准备，但听完后不由得心惊肉跳，尤其是手机视频里的内容，他只是听马尚讲述，也能想象出那残暴可怕的场面。

"我认识视频里的女人，是我老婆的同事童希洛，就是她告诉我郭洁的车祸可能不是意外。"

"你是说视频里的女人是童希洛？泰豪酒店的童希洛？"王浩惊讶之下，向马尚再次确认。

"不错，就是她。"

王浩沉默了片刻，这些事太过诡异，只能等出去后再做调查。他把目光重新投向孙婧涵，再一次问道："你是怎么被抓到这里来的？"

孙靖涵见恐怖还抱着自己，脸上顿时绯红，轻轻推开他，这才说起自己的事情。

因为第二天有区领导来街道检查工作，孙靖涵在办公室里整理材料一直到晚上 10 点多。她走出街道办公楼，碰到了同样刚下班的赵嘉任。

"小孙，我开车送你回去吧。"赵嘉任热心地说道。

"不用了，赵主任，我自己走……"孙婧涵婉言谢绝。

"我顺便找你谈点工作上的事情，明天领导过来检查的重点正好是你负责的，马虎不得。"赵嘉任语重心长地说道。

孙婧涵看过文件，赵嘉任倒是没有夸张，所以自己今晚也是费尽了心思写材料。

"那麻烦赵主任了。"孙婧涵终究还是上了车。

"大家都是同事，这有什么好客气的。"赵嘉任顿时眉目舒展，他一边开车，一边和孙婧涵聊工作。

孙婧涵起初没太在意，可过了一会儿，发现赵嘉任的车驶离了主干道，开进了偏僻的小道。

"赵主任，这路不对吧……"孙婧涵打量四周，疑惑地说道。

赵嘉任没有说话，把车停在路边，关了车灯。

"小孙，我对你什么态度你不是不知道……"赵嘉任说着就去握孙婧涵的手。

"赵主任，有些事我已经跟你说得很清楚了，请你自重。"孙婧涵抽回手。

赵嘉任此时色急攻心，一把抱住孙婧涵。

孙婧涵大惊失色，她怎么也想不到赵嘉任如此大胆，她感觉恶心又愤怒，不由得拼命抵抗。

可谁料赵嘉任遇到反抗后更是兽性大发，一边压住孙婧涵，一边恶狠狠地说道："给脸不要脸，老子想要的女人从来跑不脱！"

赵嘉任说完，更是一把扯开孙婧涵的外套。

就在这个时候，汽车空调口喷出一股烟雾，跟着孙婧涵就失去了意识。

"等我醒过来的时候，就发现自己来到了这里。"孙婧涵想起来还是心有余悸。

"妈的，等我出去，一定把那个赵嘉任弄死！"恐怖听到这里，怒不可遏。

"以后能不能再见到他，怕是不好说。"王浩苦笑了两声，跟着简单讲述了一下赵嘉任被绑架的事情，以及自己对郑宝庆一家人动机的推测。"好了，不说这些，我们现在先找到出去的办法。"

"这几扇门里，一个是出去的通道，但是塌方了；一个是此前关押我们的囚室；还有一个是孙婧涵出来的门……"马尚说到这里，看着孙婧涵问道："你出来的地方有通道吗？"

孙婧涵摇了摇头，说道："里面只有一个空荡荡的囚室。"

"现在剩下两扇门，王队，走哪个？"马尚指了指最后两扇门。

"左跳财，右跳灾，我觉得应该选左边。"不等王浩说话，恐怖先发表了自己的看法。

"那就先从左边开始吧。"王浩当然不信恐怖的胡言乱语，但是对于他们而言，现在没有任何判断的依据，无论选哪一个看起来都没有区别，"我打头，马尚跟着，小孙排第三，孔泽压后。"

马尚他们表示赞同。

王浩推开左边那扇门，一条幽暗的坑道出现在他们面前。他一只手紧握着枪，另一只手举着手电筒，走进坑道。

马尚他们跟在后面，每个人都不知道前面会有什么等待着他们。

恐怖上前轻轻握住孙婧涵的手，他看到她的身体在微微颤抖。

"别怕，有我在。"

孙婧涵点点头，握紧了恐怖的手。

坑道四周全是岩石，看起来这里被凿开后，并没有像其他几个通道那样加工过，所以地面不平整，墙壁和头顶也都不断有水珠滴落。

"要花多少人力物力才能在矿井下面搞出这么个地方？"恐怖抹了一把滴在额头上的水珠，忍不住问道。

"这地方不像是最近才造出来的，石头表面很光滑，还有苔藓，应该至少有好几十年了。"马尚搞过工程，对开洞挖坑的事算是略知一二，"估计是这些人就地取材，找到这个地方后，做了一些基本改造，才有现在的模样。"

王浩没有说话，不过他心里认可马尚的推断。因为凭空挖出这么一个地方，不但需要大型的机械，还需要炸药，光是搬运石头和泥土都需要货车运送成百上千次。如此大的阵仗，就算这里位置偏僻，也不可能不引起相关部门的注意。

四个人走了大约四五十米，坑道逐渐开阔起来，三扇铁门出现在他们眼前，挡住了他们的去路。铁门看起来锈迹斑斑。

王浩用力推了推，铁门毫无反应，马尚和恐怖也上前帮忙，但即使合三人之力，铁门还是纹丝不动。

他们停下来喘口气，发现三扇门上各有一个凹陷的图案，因为颜色相近，如果不仔细看，还真不容易发现。

三人擦掉铁门表面的灰尘，才看清门上凹进去的图案分别是手型石头、剪刀和布。三个图案均比成年男人的手略大。

"这些图案是凹进去的，似乎可以把手放上去。"王浩面前的门上是手型"布"，他伸出手，放进凹陷的图案里，但什么也没发生。

"是不是要一起放进去？"马尚摸着门上的图案，猜测道。

"试试吧。"恐怖站到一扇门前。

三个人一起数"1、2、3"，他们同时把手放进了凹槽图案之中。

"咔咔咔"的响声从门内传来，三扇门竟然开始震动，跟着就向内缓缓滑开。

三扇门里都是一片漆黑，王浩用手电筒照了照，但那微弱的光线犹如泥牛入海。

"我们走哪扇门？"马尚先开口问道。

"石头。"恐怖握着拳头，他正好站在中间有"石头"手型的门前。

"我……我觉得不能走这里……"孙婧涵摇摇头。

"为什么？"恐怖不解地问道。

"这些图的顺序……左边剪刀，中间石头，右边布……"孙婧涵深吸一口气，看着三扇铁门，似乎更加确信了自己的想法，"这明显是石头剪刀布的游戏，石头管剪刀，布管石头，剪刀管布。从门上的排列来看，剪刀靠着石头，自然是石头赢，石头又靠着布，布又赢了石头。只有剪刀和布是隔开的，也就是说它们不用比。所以从图形排列来看，只有布这扇门是安全的。"

"我觉得她说的有道理！"恐怖是孙婧涵的坚定支持者。

马尚有些犹豫，不过还是点点头，他也并无把握，孙婧涵的话听起来有些道理。

三人把目光投向王浩，等他来决定。

王浩没有反对的理由，而且刚才"左跳财，右跳灾"这种方式都用了，更何况孙婧涵这样有理有据的推断。

四个人达成一致，他们走进了最右边的"布"门。

门后是一条比来时更窄的通道，刚好一肩宽，走路时需要微微侧身。道路向右螺旋上升，仿佛一条旋转楼梯。他们爬了一会儿，终于眼前一亮，有了光。

这是一个空旷的房间，墙角分别有四盏亮着黄光的灯，房间中央站着一个人。

昏黄的灯光下，这人穿着有些夸张的角斗士服装，只是他身上略显白皙的赘肉无法展示出斗士的勇猛气概，倒给人几分滑稽的感觉。

"角斗士"双手戴着金属手套，还握着一把斧头，仿佛蜡像一样，一动不动。

由于光线昏暗，王浩看不清"角斗士"的面貌，马尚和恐怖却很快联想到视频里看到的"怪物"，不由得头皮发麻。

"老马，不会……"恐怖话还没说完，"角斗士"发现有人来了，发出了尖锐的嘶吼，双手握着斧头朝他们走了过来。

王浩早有戒备，立刻举枪，大喊道："我是警察，立刻放下手中的武器！"

"角斗士"充耳不闻，脚下没有丝毫停止。

王浩往旁边打了一枪，马尚他们被枪声吓了一跳，但是"角斗士"依旧没有停下来，反而加快了速度。

眼看"角斗士"就要到跟前，王浩警告无效，按照程序，他现在可以再次开枪击毙凶徒，但此时他却看清了对方的脸。

"赵嘉任！"王浩没有扣动扳机，而此时赵嘉任已冲到身前，挥手就是一斧头。

王浩只好就地一滚，避开这一斧头。

赵嘉任并没有继续追赶王浩，而是去攻击他身后的马尚、恐怖和孙婧涵。他完全没有固定目标，发了疯似的见人就砍。

　　马尚他们三人手中没有武器，只能闪躲到一边，好在赵嘉任虽然疯狂，但是动作僵硬，没有章法。

　　"王队，开枪啊！这小子疯了！"恐怖紧紧护住孙婧涵，让她躲在自己身后。

　　王浩有些犹豫，毕竟赵嘉任身份不一般，如果开枪，就算是打腿，一旦大出血或者伤口感染，不能及时得到医治，那也会有生命危险。自己先抗命，然后又打死赵嘉任……想到这些，他只觉得头皮发麻，那时候就算邓局想保自己恐怕也保不住。

　　"先想办法制伏他。"王浩把枪收进枪套，打算徒手制服赵嘉任。

　　说来容易，但要做到却并不简单。

　　王浩因为工作原因，平日里经常训练，擒拿、格斗和散打都有所涉猎，无论是抓捕凶徒，还是制伏情绪失控的人，只要对方敢与他对线，他从未失手。

　　可是这一次，他那些技巧却都失灵了，因为赵嘉任根本不怕痛，他好像没有知觉。除此之外，赵嘉任也比常人的力气大了许多。

　　王浩几次想要空手夺白刃，却差点被赵嘉任的斧头劈中。

　　"王队，他好像嗑药了，你可小心。"恐怖见多识广，提醒道。

　　王浩也看出赵嘉任神志不清，行为怪异，也不知道是什么药物把他变成这样。

　　"你们别看戏了，帮把手。"王浩大汗淋漓，狼狈不堪，终于出言求助。

　　马尚和恐怖不是不想帮忙，实在是无处下手。赵嘉任手里的斧头就像是空中飞舞的蝴蝶，飘忽不定，要是一不小心被他劈到，非死即残。

　　"用手电筒照他眼睛！"孙婧涵此时好像发现了什么，立刻大声喊道。

　　王浩不明所以，但还是找准时机拿出手电筒，直射赵嘉任的眼睛。

　　赵嘉任被光一照，仿佛眼睛着了火，立刻用手去遮挡，这样一来，他就像是没了头的苍蝇。

机会难得，王浩大吼一声，绕到赵嘉任的背后，然后猛扑过去。这一扑力气极大，可赵嘉任居然只是晃了一晃。

赵嘉任头也不回，转身一斧横劈。

王浩离得太近，躲无可躲，只能往前一步，举起双拳，硬扛住对方的大臂。他只感觉一股蛮横的劲道袭来，身体重重摔了出去。

赵嘉任举着斧头向倒在地上的王浩冲去，王浩只能再次用手电筒的光晃对方的眼睛。

马尚和恐怖此时也扑上来，两人合力终于把赵嘉任扑倒在地。

王浩乘机爬起来，夺走赵嘉任手中的利斧。

赵嘉任被压倒在地，仍旧嘶吼不止，宛如困兽。

王浩拿出手铐，铐住赵嘉任，这才让他们四个人都喘了口气。

"他们这是喂了赵嘉任什么药，把他变成这样？"马尚看着还在地上挣扎的赵嘉任，心有余悸。

"管他什么药，这小子活该，我说王队，你一枪毙了他，也不冤枉他，何必费这个劲，差点把我们全搭进去！"恐怖一肚子气，忍不住埋怨。

王浩苦笑，一言不发，事情哪有孔泽想的那么简单。

"别说这些了，我们赶快带着他出去。"王浩不敢多做休息，想要把赵嘉任架起来，继续往外走。可他显然低估了赵嘉任的重量，他一个人根本做不到。

恐怖如今最恨赵嘉任，装作看不见。只有马尚老实巴交，看王浩艰难的样子，连忙去帮忙，他们两人合力，总算把赵嘉任拉了起来。

赵嘉任这时已经没有刚才那么狂躁，似乎药性减弱不少，只是他的意识还很模糊，嘴角不时流出口水，好像一个痴呆儿。王浩解开自己的皮带，当作绳索拖着他，总算能勉强走动。

这个空旷房间的里侧有一个洞，大小刚好够一个人爬行。他们几个在房间里搜寻一番，除了来时的路，就只有这个洞通往其他地方。

"我进去看看，如果没有危险，就给你们信号，你们再进来。"王浩把手里的皮带递给马尚，然后蹲下来，用手电筒照了照洞口，没看见什么异样。

"王队，你小心点。"马尚关切地说道。

王浩钻进洞里，爬行了约二三十米，就隐约听到有水流的声音。有水的地方必有进出口，只要顺着水流走，一定能找到出口。想到这里，他不由得加快了爬行的速度，可前面突然出现一个湿漉漉的滑坡，他来不及收住身子，整个人滑了下去，一头扎进污泥里。

好在泥巴湿软，除了让他有些狼狈不堪，人并没有受伤。他抓紧手电筒环顾四周，发现自己来到一个宽阔的洞穴里，一条溪流穿行其中，不知通往哪里。

"没问题，你们过来吧！"王浩扯开喉咙，对着自己爬出来的洞口叫道。

"好的，我们过来了。"不一会儿，马尚的声音从洞里传来。

马尚、恐怖和孙婧涵因为有王浩的提醒，下来的时候总算没有头朝地。赵嘉任就没那么舒服了，硬生生被推下来，摔了个狗啃泥，趴在地上不动弹了。

王浩生怕赵嘉任出事，赶忙扶起来检查。见对方呼吸正常，只是晕了过去，看来药性消退会导致昏迷。

王浩和马尚两个人只好抬着他走，颇为费力。

"孔泽，你帮帮他们。"孙婧涵看到王浩他们十分吃力的样子，说道。

恐怖虽然不愿意，但是孙婧涵的话他不敢不听，只好上前帮忙。三个人合力抬起赵嘉任，然后沿着溪流而下，继续寻找出口。

就在他们艰难行进的时候，洞穴深处传来几声闷响，众人脚底晃动，碎石如雨点般砸下。

恐怖丢下赵嘉任，伸手护住孙婧涵，生怕她被石头砸中。

王浩知道对方要炸毁这里，消灭证据。

"这里要塌方了，别管赵嘉任了，我们跑！"恐怖一边护着孙婧涵，一边大声喊道。

"你们先走，我来扛赵嘉任。"王浩一咬牙，双手拖着赵嘉任走，可没走几步，自己也摔倒在地。

"王队，我帮你。"马尚知道王浩不会撇下赵嘉任，如果放着他们不管，王浩怕是也要被活埋在这里。

恐怖一跺脚，对孙婧涵说道："你先走，我去帮把手。"

"我也来帮忙。"孙婧涵不由分说，上前抬起赵嘉任一条腿。

四个人抬着赵嘉任，一路狂奔，身边不时有石块落下，可谓凶险万分。不过很快他们就感到有风迎面吹来，这也就意味着前方有出口。

果不其然，他们来到洞穴口，这里被树枝蔓藤遮掩，溪流潺潺而出，落入青龙河。

王浩扒开树枝，举起手电筒往下看。峭壁之下是奔腾的青龙河水，这里恰是河道的转弯处，水流湍急，浪花四起。

"你们先跳！"眼看洞穴就要坍塌，不容多虑，王浩催促马尚他们跳入青龙河。

"你呢？"马尚问道。

"我抱着赵嘉任跳。"王浩语气坚决，他把那条牵着赵嘉任的皮带紧紧绑在自己的手臂上，然后抱住对方。

众人见他心意已决，也不再劝。

马尚没想到还要再跳一次河，自己不会游泳，这次跳下河，不知道还活不活得下来。

"没事，老马，我抓着你，到了河里，尽量放松，别乱动就行。"恐怖拍了拍马尚的肩膀。

马尚回头感激地看着恐怖，不过又有些担心地问道："那小孙怎么办？"

"放心，她比我水性好。"恐怖笑起来，看着孙婧涵，"我们先跳，你跟着，往有灯光的地方游。"

"小心一点……"孙婧涵话音未落，恐怖已经拉着马尚跳下了河。

这时候洞穴里又传来了爆炸声，大块的石块也开始掉落。

孙婧涵也不迟疑，深吸一口气，纵身跳进水里。

王浩看了一眼怀里的赵嘉任，心一横，抱着他坠入了青龙河。

第十三章

有内鬼

明亮的灯光穿透王浩眼皮的缝隙，就像针扎进肉里，刺得他眼睛生疼。他想睁开眼，却又使不上力，身体和脑子就像是脱了节的列车。他似乎还能感觉到胸腔里不断涌入的水，还有那铺天盖地的激流。

当他们坠入河中的一瞬间，赵嘉任就像是绑在他身上的石块，拖着他往下沉。他拼命蹬腿，努力浮上水面，可迎面而来的一个浪花，把他重新淹没。

如果他是一个人，可以顺水而下，等到水势平缓后再游上岸。可现在他拖着一个昏迷的人，用不了多长时间，就会耗尽体力。

王浩必须立刻做出选择，放弃赵嘉任求生，还是被对方拖入水底。就在他求生的意念占据上风之时，意外却发生了。

赵嘉任呛到水后，竟然醒了过来，他不由分说，一把抱住王浩，死不放手。

王浩在这种情况下，既无法解开手腕上的皮带，也无法挣脱赵嘉任，就像是坠落天际的流星，沉入河底。

"我还活着吗？"这个恍惚的念头从王浩的脑海里升起，他浑身打了个颤，纠缠在一起的上下眼皮终于打开。

白茫茫的一片，他什么也看不到。他慌忙用力眨了眨眼睛，白雾终于散去，他看到了医生、护士、刘毅、张安琪……还有局长邓岚。

"邓局……"王浩的声音有些虚弱，"我是怎么到这里的？"

邓岚看到王浩醒过来，悬着的心放了下来。

"孔泽和孙婧涵两个人把你捞了上来。"

"他们人呢？都还好吧？"

"放心，他们都在局里接受调查。"

"那……那赵嘉任呢？"

邓岚没有回答王浩的问题，先摆了摆手，对旁边的人说道："你们先出去，我和王队单独聊聊。"

"王队，我们待会儿再来看你。"张安琪关切地说道。

"邓局、王队，那我们先出去。"刘毅拉了下张安琪，两个人便跟着其他同事，还有医生、护士走出了房间。

原本拥挤的病房立刻冷清下来，这个时候邓岚才说道："赵嘉任活下来了，但是情况不太好，他被凶徒切掉了三根手指，还被注射了大量精神合成药物，大脑受到严重损伤。"

"想不到会这样。"王浩一时不免有些感慨，赵嘉任以后怕是个废人了。

"你刚醒过来，先恢复身体，不着急接触案子。我们已经从马尚、孔泽和孙婧涵那里了解了事情的经过。"

"邓局，我没事。"王浩说着就想坐起来，不过却被邓岚阻止。

"又想抗命？"

"邓局，当时的情况……"王浩想要解释，却被邓岚打断。

"好了，我知道，你不用解释，这次功过相抵，但是下不为例。"邓岚轻描淡写地把王浩抗命的事情一笔带过，"你好好休息，早点归队，人虽然救回来了，但是案子还没破，你这个刑侦大队队长的责任可不小。"

王浩听到"案子"两个字，立刻沉默了，究竟是什么人在幕后布局？他们的目的又是什么？别的姑且不说，这炸药可不是能随便拿到的东西，郑宝庆和高树梅两个人绝对没有这种能力。郑宝庆他们不可能是主谋，但是他们女儿失踪的事情却是千真万确，而赵嘉任显然和这件事有关联。

"邓局，赵嘉任有没有交代关于郑雨鑫失踪的事情，他怎么知道郑雨鑫的书包在哪里？他和郑雨鑫的失踪有没有关系？"王浩看着邓岚，急切地问道。

邓岚皱了皱眉头，避开王浩的目光，沉默了片刻，才说道："赵嘉任还在治疗中，等他好一些了，你再去了解情况。"

王浩无可奈何地点点头，这个"恶人"看来还得自己去做。

马尚、恐怖和孙婧涵除了一些擦伤之外，都无大碍。他们在警局做完笔录后，就被依次放走。三个人可谓死里逃生，而且一番折腾下来，都心力交瘁。虽然他们每个人心里都还满是疑惑和愤怒，但现在即使有枪指着他们头，也不能阻止他们吃饭睡觉。

马尚是最后一个被放走的人，从公安局出来的时候，已经第二天的中午。他回到家里，吃了碗面填饱肚子，倒头就在床上睡着了。

这一觉睡到半夜2点多，他才醒过来。

马尚起身洗了个澡，换了一身衣服，然后坐到书桌前，拿出纸笔，在纸上写下六个人名：吴蔚然、郑雨鑫、童希洛、赵嘉任、杜冠亭、刘国才。

马尚盯着这六个人名看了一会儿，在"吴蔚然"和"赵嘉任"上面划了两个叉，跟着又圈了"郑雨鑫"，最后在"杜冠亭"和"刘国才"上面画了个问号。

"童希洛……"马尚自言自语地说道，他手里的笔在"童希洛"下面画了两条横线，不由得又想起自己在囚室里看过的视频，忍不住浑身哆嗦了一下。

马尚突然想起什么，他从抽屉里拿出郭洁的手机，打开她的社交媒体账户，然后翻看里面的文字和图片，找到了一张令他毛骨悚然的照片。

这张照片他上次看手机的时候就有些印象，但不敢确定，如今查看后，证明自己没有记错。照片明显是拍摄的监控视频画面，画面里有五个人，他们错落地站在同一部下行电梯上，看起来并不是特意合影，只是恰好都出现在镜头里。他们正是那段血腥视频里的五个人，除了童希洛之外，其他四个人马尚都不认识。

马尚看着这张照片，额头冷汗直冒。郭洁为什么会拍这样一张监控视频的照片？童希洛他们五个人为什么又如此巧合地乘坐同一部电梯下来？

马尚用袖子擦擦额头的汗，用手指把照片放大，在手机屏幕上慢慢滑动，他看到电梯上方露出一个门店招牌，写着：逃出生天剧本杀文化馆。

照片上，电梯直通这家剧本杀文化馆，童希洛他们是从店里刚出来吗？马尚觉得有这种可能，他想去这家剧本杀文化馆打探一下，不过这要等到天亮了。

恐怖是被马尚的电话吵醒的，这时太阳耀目，洒在窗前床下。

马尚告诉了恐怖他的发现，并把照片发给了他。恐怖看到照片也吓出一身冷汗，他对视频里的内容同样记忆犹新，那五个人虽然他都不认识，但那5张面孔已经深深烙印在了他的脑海中。他们约定在剧本杀文化馆外碰头，一起去查个究竟。

"我不想你去。"孙婧涵搂住恐怖的脖子，"别再管这些事情了，我打算辞职，你不是一直想去旅行吗，我陪你去。"

经历过昨天的一系列事情，孙婧涵不再纠结过往的种种，和恐怖重归于好。

恐怖轻轻抱住孙婧涵，正色说道："我知道你担心我，可这些人明显是冲着我们来的，不查清楚事情的真相，不把他们抓住，我们恐怕永无宁日。"

"那……那也可以让警察去调查，你们把线索提供给王队不就行了吗？"孙婧涵依旧不放手。

"王队是个好警察，可他现在还在医院躺着，而且……"恐怖皱皱眉头，"这伙人似乎十分清楚警方的行动，我怀疑他们里面有内鬼。"

"可……"孙婧涵还想劝说，但她看见恐怖的眼神，知道他的性格绝不可能做"逃兵"，"那你们一定要注意安全，有什么不对劲的地方，立刻报警。"

"放心，我恐怖也不是吃素的。"恐怖吻了吻孙婧涵，依依不舍地出了门。

逃出生天位于一个商城的四楼，也是顶楼。这个商城占地面积并不大，一楼和二楼是小吃，三楼有电影院和游戏厅，四楼一整层都是逃出生天剧本杀文化馆。

这地方和照片上一模一样，马尚他们确认没有找错位置，于是假装玩家，走进了剧本杀馆。

接待大厅看起来有些空旷，一般也没人上午来这里玩。大厅的装修风格十分新潮，感觉就像是电影院售票处和酒吧吧台的混合体。墙上贴着热门剧本杀的海报，这些海报都十分恐怖。马尚二人从来没玩过剧本杀，所以对于这些热门本子也没什么概念，驻足看了一会儿，单纯只是好奇。

一位接待从里面走出来，是个青春靓丽的女孩子，她热情地上前招呼马尚和恐怖。

"两位帅哥好，我是这里的经理，你们可以叫我悦悦，我们这里是实景剧本杀，可以为你们提供沉浸式体验。不知道您二位想玩什么本子？"

"就这个吧，《不死之徒》。"恐怖指着墙上的海报说道。

"大哥真有眼光，这本子可好玩了，两位还有其他朋友一起来玩吗？这是一个四人本。"

"没有，就我们两个人。"

"那接受陪玩吗？我可以介绍两位聪明漂亮的陪玩。"悦悦看着恐怖，嘴角泛起迷人的笑容。

恐怖顿时感觉像是进了KTV，他自然知道陪玩肯定是另外收费的，自己又囊中羞涩，于是把目光投向马尚。

"没问题，我们也是头一次玩，想来体验体验。"马尚笑着应承下来。

"大哥放心，我们这里的陪玩都很专业，一定让你们玩得尽兴。"悦悦说着拿出一份价目表，递给马尚。

马尚看了看，心里咯噔了一下，两个人加上陪玩，一共要 1280 元。他本以为剧本杀都是小孩子玩的，看来纯属偏见了。

没过一会儿，两个年轻女孩就落座了。

"两位大哥，这是乐乐和琪琪，她们会带着你们玩。"接待介绍过两个女孩后，就把他们四个人领进一个类似会议室的房间里。

房间布置比较简单，有一张桌子，四把椅子，桌子上摆着不同角色的剧本，还有饮料和点心。

乐乐和琪琪十分活跃和善谈，滔滔不绝地向马尚他们讲述玩法。

马尚和恐怖虽然都是第一次来这种地方，但是很快就弄明白实景剧本杀是怎么一回事。简而言之，他们各自扮演一个角色，阅读剧本后进入密室场景，通过分析推理，找出谁是凶手。这有点像演戏，但每个人只有自己的剧本，并不了解对方的真正身份和目的。

这种游戏对于马尚和恐怖而言无疑是有些幼稚，但他们并非为玩游戏而来，所以都装出兴致很高的样子，借机和两位陪玩套近乎。

王浩跟局长邓岚单独沟通后，摸清了他的意图、难处和底线。不要说常年从事刑侦工作的警察，就是普通人经历了这一切也能猜到赵嘉任肯定和郑雨鑫的失踪有关系。郑雨鑫如今究竟是生是死？她的书包为什么会出现在海林度假村？赵嘉任是怎么知道的？而且他在视频里一直喊着事情跟他没关系，那么到底发生了什么事，又和谁有关系？所有这些问题，他必须让赵嘉任如实交代，才有可能尽快查出真相，抓捕犯罪嫌疑人。

赵嘉任的命是命，郑雨鑫的命也是命。

邓局是老刑侦，能不知道办案的关键在哪里吗？就说绑匪逼迫警方在赵嘉任和孙婧涵之间二选一这件事，邓局知道怎么做才是正确的选择，但他还是要按照绑匪明面上的要求行事。因为劫匪撕票是一回事，警方选错那就是另一回事了。

所以这个决定只能王浩自己来做，他要么躲进"乌龟壳"里，服从命令，要么就做出正确的选择，然后承担后果。

现在的情况也差不多，冲锋陷阵只能是他这个队长去做。邓局能够护他就一定会护着他，可如果事情办砸了，邓局护不住的时候，他就是"背锅侠"了。

王浩对此看得透彻，并没有怨言，这是在任何职场都无法回避的隐形规则。

他在休息过后联系了几个调查小组的组长，了解调查进展，跟着询问了刘毅和张安琪在郑雨鑫老家的收获。没想到郑雨鑫有个同父异母的姐姐陈静敏。

"我们找到了陈静敏的资料和她的养父母，目前可以肯定，就是她假扮的郑雨鑫！"

根据刘毅他们的调查，陈静敏今年22岁，职业散打运动员，一年前因为腿伤退役。后来，她在一家咖啡馆做咖啡师，但在今年8月29日离职，从那之后就再没有她的下落了。

"郑雨鑫是在8月13号失踪的，陈静敏29号离职，这中间一定发生了什么事情。"王浩放下资料，问道，"你们知道赵嘉任现在在哪里吗？"

"他也在这家医院，不过是VIP病房。"张安琪心直口快。

"我要去看看。"王浩扯下手背的针头，案情如火情，他要马上弄清楚郑雨鑫的状况，片刻不能等。

刘毅和张安琪劝也劝不住，拦又不敢拦，只能帮王浩找来一套合适的衣服换上。

VIP病房虽然和普通病房同在一栋住院部大楼，但是有单独的前台接待护士，王浩出示证件才从她那里拿到赵嘉任的病房号。

病房外面是一个家属休息区，这里有沙发、电视、茶水台，布置得舒适温馨。病人的房间在最里面，隔着一扇门。

王浩三人在这里遇到了赵嘉任的母亲庞丽云。

庞丽云穿着一件灰色的针织衫，下身套着长裙，坐在沙发上，不怒自威。她看着闯进来的王浩三人，冷冷地问道："王队长，你们这是干什么？"

王浩猜到这位贵妇人应该就是赵嘉任的母亲，但他故作不知，反问道："您是哪位？和赵嘉任什么关系？"

"我是他妈妈！"庞丽云面色一寒。

王浩一副恍然大悟的样子："我们为了抓捕绑架赵嘉任的犯罪嫌疑人，需要尽快给他录口供，还请您能谅解。"

"录口供？我儿子是受害者！我儿子现在变成这个样子，你们连绑匪都没抓到，还有脸来录口供！"庞丽云满腔怒火和悲愤，此时王浩他们的到来，无疑让她找到了发泄口。

王浩为了救赵嘉任差点把命都丢了，没想到庞丽云不但没有半点感激，反而指责警方无能。他虽然有几分怒气，但是为了大局着想，还是劝说道："您的心情我能理解，但是凶手还逍遥法外，难保他们不会再对赵嘉任下手……"

"他们敢……"庞丽云嘴上虽然还硬，但是心里却有了几分动摇。

"这伙人丧心病狂，不尽早把他们抓捕归案，一定还会再生事端。"王浩趁热打铁，不把这位夫人吓一吓，恐怕很难见到赵嘉任。

果然，此言一出，庞丽云的心理防线被彻底击垮，对她而言，最重要的就是儿子的安危。

"可……可医生说他需要多休息……"

"您大可放心，我就问几句话，不会超过十分钟。"王浩拍胸脯保证。

庞丽云沉默了片刻，终于还是被说服了。

"那好，就十分钟，我必须在旁边看着。"

"没问题。"王浩舒了口气，如果庞丽云坚持不退让，他一时半会儿还真进不去。

赵嘉任坐在病床上，手里拿着一本小说，看起来人挺精神，听到开门的声音，却是头也不抬一下，还是在专注地看书。

他捧着书的那只手剩下三根指头，而翻书的手有四根指头，断指处包着纱布，尤其显眼。除此之外，他的脸上还有些擦伤。

"嘉嘉，这位王警官想找你聊聊。"庞丽云轻声细语，商量的口吻像极了所有溺爱孩子的母亲。

赵嘉任放下书，抬起头，看着王浩他们。

王浩也看着赵嘉任，此时的他已不是洞穴里那个拿着斧头的恶魔。

"王队长，我也想和你单独聊聊。"赵嘉任说话的口气不像是受害者，也不像是病人，倒像是旁观者。

赵嘉任开口的第一句话确实让王浩有些意外，这已经是他们第三次见面。第一次是在街道办，第二次在矿井，这一次在病房。病房里的赵嘉任和前两次他看到的赵嘉任都不一样。但哪里不一样，他又说不上来。

王浩点点头，对刘毅和张安琪说道："你们先出去。"

刘毅和张安琪出去了，但是庞丽云没有离开，她担心儿子，自然想留下来。

赵嘉任这时盯着自己的母亲，目光凌厉，一言不发。

"那……那我也出去，有什么你就按铃，妈妈马上进来……"庞丽云一步一回头，不过终究还是出了病房。

门被关上，病房里瞬间安静下来。

"我想你是为郑雨鑫来的。"赵嘉任不等王浩询问，先开口说道。

按照赵嘉任往常的性子，怎么也应该说些模拟两可的官话来搪塞王浩，可现在他却一反常态，直接进入主题。莫非这几天的一番折腾，真让他"脱胎换骨"了？

"不错，你是怎么知道郑雨鑫的书包会在海林度假村的，她的失踪是不是和你有关系？"王浩也单刀直入，问出一个关键问题。

"王队，你为什么当警察？"赵嘉任没有回答王浩的问题，反问了一个完全不着边际的问题。

王浩心里"咯噔"一下，他就知道事情没这么简单，赵嘉任又想玩什么套路？

"赵主任，现在怕不是闲聊的时候。"

"我问的问题跟你想要知道的事情有关。"赵嘉任面带微笑地说道。

王浩看着他现在的表情，感觉他比在洞穴里的时候还疯。一个正常人在被绑架、被切断手指和被药物残害后，不会像他那样，躺在病床上面带笑容。

"没有为什么，就是机缘巧合吧。"王浩的回答并没有敷衍，他退伍转业后就被分配到公安系统，跟着去了警校学习，出来后就从事刑侦工作，一干就是十几年。

"当了这么久警察，会不会厌倦，想不想换个角色什么的？"

王浩不喜欢这些问题，但眼下为了让赵嘉任开口，也只好耐着性子继续，看看他究竟想说些什么。

"赵主任，不是每个人都能像您这样洒脱。"王浩语带讥讽地说道。

赵嘉任听到这句话，笑出了声。

王浩只感觉这笑声分外刺耳，忍不住质问道："赵主任，别玩花样了，你们究竟把郑雨鑫怎么了？"

"王队，你作为一个警察难道只会问问题吗？你自己不会去查吗？还是说查不到？"赵嘉任说话的语气就像是一个做了恶作剧的小孩。

"赵嘉任，你别以为我拿你没办法！"王浩很肯定赵嘉任是在要自己。

"想来硬的？哦，对了，比起当警察，你更喜欢做英雄！"赵嘉任把双手摊开在王浩面前，"要不是你自作主张，喜欢当英雄，我怎么会断三根指头。"

王浩闻言脑子里"嗡嗡"作响，这番话实在骇人听闻。

"你这是什么意思？"

"没什么意思，就是觉得好玩，刺激，真他妈刺激。"赵嘉任说着就按下了床边的呼叫铃。

庞丽云立刻推开门进来，刘毅和张安琪也紧随其后。

"妈，我累了，不舒服，让他们出去。"赵嘉任皱着眉头，躺倒在床上。

"出去，你们都给我出去！"庞丽云逐客道。

"王队……"刘毅和张安琪没挪腿，他们一进来就看见王浩在发呆。

王浩看看耍赖的赵嘉任，又看看气急败坏的庞丽云，他知道自己没拿到确凿的证据前，无法对他们来硬的，此时只能忍气吞声。但是赵嘉任刚才那番话饱含深意，他好像知道了什么，却不愿意说出来，难道他不想警方抓住凶徒吗？又或者他为了逃避郑雨鑫失踪一案，故意胡说八道？他又想起马尚找到的那五根断指，目前一直没有找到受害者，他们会与赵嘉任的遭遇有联系吗？

王浩感觉调查每前进一步，就会迎来一些新问题，而许多旧问题也并没有找到答案。他好像面对一团乱糟糟的线团，拉来扯去，缠在一起的死结却越来越多。他从未见过这样匪夷所思、离奇复杂的案件，不过这也激起了他的好胜心，决心一查到底。

王浩不打算在这里与庞丽云斗气，可他正准备带队离开病房，门外突然传来一阵急促的脚步声，跟着三个男人推门而入。

为首的穿着灰色夹克，戴着眼镜，身形微微有些发福，正是赵嘉任的父亲赵长德。他身后跟着两个穿黑色西装的年轻人，看起来像是他的下属，帮他拿着包和外套。

赵长德一进门就看见了王浩他们，脸色微微一变。

"你就是王队长吧？"

"赵秘书长，您好，我们是就赵嘉任被绑一案来做调查的。"王浩没想到赵长德会来，眼下只能实话实说。

"辛苦你们了，多亏警方处理得当，才救回我儿子，真是要感谢你们。"赵长德热情握住王浩的手。

"领导言重了，这是我们的职责所在。"王浩一语双关。

"嘉任，你知道什么务必要如实告知警方，这样才能尽早破案。"赵长德提高嗓门，对着病床上的儿子说道。

赵嘉任翻了个身，背对父亲，一言不发。

赵长德见状叹了口气，对王浩说道："这孩子受了大罪，恐怕需要一段时间才能恢复，还请同志们理解。"

王浩听到这话就知道赵长德决意要护犊子了，不过这也在他意料之中，否则局长也不会暗示他来踩雷。

马尚和恐怖一边耐着性子玩实景剧本杀，一边跟陪玩的妹子套话。讨好女孩子这方面，显然恐怖更有天赋，他在游戏结束前拿到了妹子的微信，打算找机会询问她是不是认识童希洛，又或者是任何一个在照片里出现的人。马尚在这方面就显得有些笨拙，不过他还是找机会拿出童希洛的照片给一旁的妹子看，但很快就得到了对方否定的答案。不过马尚觉得对方没认真看照片，甚至回答也是漫不经心。

整个游戏过程，最花时间的还是看剧本，真正在实景中"演戏"反倒很轻松。对于马尚他们而言，体验的感觉就是——终于结束了。当然，他们来这里的目的并不在此，而且他们本身也不是这类型游戏的目标客户。

悦悦在出口等着马尚和恐怖，一见到他们就递上饮料，询问游戏体验如何，服务态度值得夸赞。

马尚和恐怖自然没说实话，对于剧本杀和陪玩的两位女孩都极尽夸赞。

悦悦闻言，笑得合不拢嘴。她留下马尚和恐怖的联系方式，赠送了他们小礼品，并邀请他们下次来体验新剧本。

"麻烦问一下，洗手间在哪里？"马尚突然问道。

"前面尽头，左拐就是。"悦悦指着过道。

马尚给恐怖使个眼色，就往卫生间走去。

恐怖心领神会，立刻拉着三个女孩开始询问还有什么更好玩的剧本。

马尚虽然不会和女孩聊天，但是他对水、电和网络线路了如指掌，这也是他的老本行。他在玩剧本杀的时候观察了整个店面的电路布局，已经判断出总控的位置所在。他和恐怖来之前就有了计划，并没有天真地以为聊聊天就能聊出线索来。

马尚没有进卫生间，而是一转身，摸索着来到控制机房门口。

机房大门紧锁，外面是密码锁，没有密码根本进不去。他们刚才在密室里玩剧本杀的时候，房间里有机关、灯效、声效、烟雾等特效，这些肯定有人操控，而操作员多半是在这个机房里面。

马尚明白现在不是进去的好时机，只能晚上再来了。他拿出手机，拍了一张密码锁的照片，就回到卫生间。他在洗手台把手打湿，然后抹抹头发，这才出去与恐怖会合。

王浩从赵嘉任那里出来后，晚上单独约了局长邓岚吃饭。

路边摊，王浩点了个火锅，和邓岚坐在靠里面的僻静位置。

"邓局，我以雪碧代酒，敬您。"王浩给邓岚倒上饮料，然后端起自己的杯子。

"你小子啊，多休息一下不行吗？刚跟你谈完话，转身就去惹事了。"邓岚一边说，一边和王浩碰了碰杯。

"邓局，您又不是不知道，我哪里躺得住。"王浩把烫好的牛肉夹到邓岚的碗里。

"什么事情，说吧。"邓岚夹起牛肉，蘸了蘸辣椒，塞进嘴里。

"我怀疑局里有内鬼。"王浩看着邓岚，继续补充道，"这次救赵嘉任的行动，我们被对方拿捏得死死的，如果没有内部的人给他们通风报信，绝无可能。"

邓岚不置可否，"嗯"了一声，夹了块牛肚下锅："所以呢，你想怎么做？"

"当然是把内鬼找出来……"王浩说到这里，又给邓岚夹菜，"不过需要老师您和我配合配合，我们演出戏。"

邓岚喝了口饮料，说道："我啊，好比是一个管水塘的，这塘里有鱼，也有烂泥烂草，你要清理水塘，我没意见，但是可别伤了鱼。"

"这个我明白。"

"另外，万一内鬼是我呢？"邓岚看着王浩，冷不丁地问道。

"别吓我，如果是您，我这局必输无赢，只能赌您是站我这边的。"

"好啊，你小子还真算计过我。"邓岚掉转筷子假意敲打了一下王浩。

王浩没有躲开，嘴里连说"不敢不敢"。

邓岚已经表明了自己对这事的底线，所以把丑话说在了前头，看王浩早有准备，他才继续说道："你这是计划好了，那就说来听听吧。"

马尚和恐怖在商城临近关门的时间溜了进去，他们躲在一间杂物储藏室里，耐心等待清场关门。

储藏室里全是拖把、扫把、抹布、水桶、清洁剂之类的物品，难免有股异味，两个人捂着鼻子，苦不堪言。他们等了大概一个小时，确认负责清场的保安已经离开，外面的灯全部关闭后，这才从里面出来。

"我去总闸那边切断电路，你只要看到应急灯亮起来，就可以行动了。"马尚戴好帽子和手套，按照摸排好的线路，避开监控，小心翼翼前往总闸机房。

恐怖耐心等候，他们早已计划好潜入剧本杀文化馆的方案。首先由马尚切断电路和网络，让监控系统失效，然后他们再进入文化馆。商城值班人员恢复线路至少需要半个小时的时间，如果刚好还是技术不好的，那他们还会有更多时间。

五六分钟后，"啪"的一声，恐怖头顶监控摄像头的红灯随即熄灭，应急灯亮起。

恐怖直奔四楼，来到剧本杀文化馆门口。他拿出准备好的工具，费了点功夫，撬开了门锁。

马尚这时候也从配电房过来，他们一起拉开闸门，进了文化馆。

白天他们已经把这地方摸得一清二楚，轻车熟路，很快两个人就来到机房门口。他们将面对最后一个难关——密码锁。

马尚拍了张密码锁的照片，回去后立刻查阅相关资料，也请教了专业人士。结论就是如果没有正确的密码，他们想无损打开锁几乎不可能，唯一的方法是破坏锁具。

这是一个电子密码锁，有电的时候使用外接电源供电，断电后内部的电池会被激活，只要设法破坏里面的电池，或者阻断电源，就能轻松打开锁。

马尚拿出下午买到的针筒和针管，透过锁体缝隙，缓慢向内注射浓硫酸。

片刻后，锁内发出"噼噼啪啪"的声音，跟着冒出一股青烟。

恐怖立刻把弄湿的厚毛巾搭在锁体上，马尚拿出锤子，用力砸了两下，锁扣应声弹开。

"小心点，别被硫酸烧伤了。"马尚叮嘱道。

恐怖早就戴好了手套，此时也还是小心翼翼用毛巾盖紧锁体，然后用力一推，门终于开了。

机房内有三个硕大的机柜，除此之外，还有操纵台、监控屏、控制系统等设备。虽然此时外部电源已经被切断，但这里还有 UPS（不间断电源）供电，房间内各种设备都在正常运作。

"老马，这里的监控摄像头把我们录下来了。"恐怖对着摄像头挥挥手，做鬼脸。

"没事，一会儿抹掉就行了，等我找到监控的控制台……"机房里有六七个控制台，哪个是负责监控的，马尚一时间还摸不着头脑，开始挨个查看。

"在这里！"马尚终于找到了监控系统，难掩心中激动，立刻开始查看视频监控。

监控数据有三个月的存储量，看完需要不少时间，马尚打算先拷贝下来，回去再慢慢研究。他早有准备，拿出移动硬盘，接入系统，开始拷贝数据。

拷贝的进度条移动缓慢，一旁的恐怖有些着急。

"怎么这么慢，要多久？"

"数据量比较大，能拷贝多少算多少，电力恢复，我们就走。"

"那商场监控不是也恢复了，我们还能出得去吗？"

"别担心，就算电力恢复了，监控系统重新启动也需要十几分钟，时间上足够我们闪人。"马尚盯着监视器上的数据条。

"我可不想再去公安局了，这要是被抓住，可就有口难辩了。"恐怖说着走到门外，密切关注外面应急灯的情况，一旦灯熄灭，那么供电也就恢复正常了。

马尚一边等着拷贝数据完成，一边又开始在机房里搜寻有没有其他线索。他东摸摸，西按按，碰到一个开关，只听"咔嚓"一声，一面墙竟然缓缓向一侧移动开，出现了一扇暗门。

"恐怖，恐怖，来一下……"马尚瞪大了眼睛。

"拷好了吗……"恐怖从外面进来，还以为视频拷完了，不过他话还没说完，就顺着马尚惊异的目光看到了暗门。

马尚转头看着恐怖："要不进去看看？"

恐怖毫不犹豫地点点头，说道："来都来了，看了可能后悔一时，不看后悔一辈子！"

马尚和恐怖两个人把心一横，走到暗门前。

马尚扭动把手，门应声而开。

门后是一个房间，角落里面有一盏夜灯，透出橘红色的光。

房间并不大，里面几乎塞满了文件柜，看起来就像一个档案室。

文件柜上贴着英文字母和数字，柜子打开后是一层层抽屉，每个抽屉里都整齐摆放着文件夹。

马尚随手抽出一个文件夹，封面上写着：Z张乐群。打开后发现其中照片、名字、性别、年龄、住址等等常用信息一应俱全，甚至爱好、经常去的地方、家庭关系、同事、情人等等极其隐私的信息也十分翔实。

马尚和恐怖两个人看得直冒冷汗，虽然他们都不认识这个张乐群，但任何人有了这份资料，要怎么拿捏张乐群都易如反掌。

马尚翻到资料最后一页，一行红色的字触目惊心：GAME OVER。

"这是代表死了吗？"马尚感觉到自己手心在出汗。

"这里不会有我的吧？"恐怖脑子里闪出一个可怕的念头。

"封面上的Z表示'张'，你找找看标记了'K'的柜子。"

恐怖闻言立刻去找档案，竟然很快就找到了标记了他姓名的文件夹，打开一看，第一页就是自己还留着头发的照片。他翻到自己资料的最后一页，蓝色字体写着：IN GAME。

"这……这是怎么一回事？"恐怖就算见多识广，也没遇到过这种邪门的事，自己几次都差点丧命，敢情真的是背后有人把他当猴耍。

马尚来不及为恐怖惊叹，他急忙开始寻找自己和妻子郭洁的文件夹，仔细搜索后，发现并没有他们二人。

"没你的？不可能吧。"恐怖又确认了一次，还是没找到马尚的文件夹。

"看看有没有郑雨鑫和童希洛的……你找郑雨鑫，我找童希洛！"马尚说着就去字母 T 开头的柜子搜寻。

恐怖也急忙查看 Z 字母下的文件夹。

"找到了……"马尚举起童希洛的文件夹。

"我也找到了，郑雨鑫！"恐怖抽出一份文件夹。

正在这时，外面突然警铃声大作，大门开始关闭。

恐怖眼疾手快，冲上前，拿锤子顶住门。

"老马，快走！"

马尚有些不甘心，还想寻找其他人的档案，可此时房间内竟然窜出火苗，整个档案室瞬间就陷入火海。他只能夺门而出，回到机房。

数据拷贝还没传输完毕，但马尚已经没法继续等待，他匆忙拔下移动硬盘，和恐怖两个人逃出剧本杀馆。

他们刚一出门，就迎面碰上两名来查看状况的保安。两个人二话不说，转身就跑。

保安追了两步，但为了救火又折返回来，不控制火势，整栋大楼恐怕都要化为废墟。

马尚和恐怖逃出商城，一口气跑了两公里，直到完全看不到身后的商城，他们才停下脚步。

"东西拿着吗？"马尚手里紧握着童希洛的文件夹。

"在！"恐怖把文件从外套内衬里取出来。

"有了这些东西，说不定能把他们找出来。"马尚说着喘了口气，他先打开手里记录童希洛的文件夹。这一次他直接翻到最后一页，上面写着：ESCAPE。

"Escape？逃出？什么意思？"马尚没想到还有第三种情况。

"要么是说她从游戏里跑了出来，要么就是说她在这场游戏中赢了……"恐怖想起童希洛用石头击杀"怪物"的画面，不寒而栗。

"看看你手里那份。"马尚想知道郑雨鑫最后一页写着什么。

恐怖点点头，打开文件夹，也翻到最后一页，跳入眼前的是红色的字：GAME OVER。

"郑雨鑫死了？"马尚虽然已经从王浩那里知道郑雨鑫凶多吉少，但看到这个结果还是有些感慨。

"我们只要把童希洛找出来，就能搞清楚究竟是怎么一回事了。"恐怖气急败坏，"连我也敢玩，让我找到幕后凶手，非弄死他！"

"也是，找到她就能解开谜题。"马尚想不明白，他和郭洁都牵扯其中，却没有在那个档案室里找到任何资料，而且童希洛为什么要主动联系自己，这其中怕是还有许多隐情是他所不知道的。

马尚和恐怖仔细查看童希洛的资料，希望能在其中找到新的线索。资料涵盖的内容方方面面，他们在其中发现了一个重要信息，她有一个"男朋友"叫董兴炳。

根据资料记录，这个董兴炳44岁，是个有妇之夫，还有两个孩子，他长期在江北区的酒店与童希洛约会。资料里没有记录他们什么时候开始偷情，以及如今是否结束。

童希洛如此隐私的事情，就算是警方一时半会也未必能查到。

"恐怖，我们要不拿着这些文件去找王队？"马尚对于报警，心里有些迟疑，所以想征求恐怖的意见。

"我们能把事解释清楚吗？就算王队愿意相信我们，法官也不信啊。到时候那伙人诬陷我们烧了剧本杀馆，我们岂不是要把牢底坐穿。我们先把事情查清楚，让我把这个主谋打个半死再送去公安局。"恐怖一拳打在旁边的树上，金黄的树叶顿时"哗啦啦"落了一地。

马尚带着恐怖回到自己家里，他们需要好好整理一下现在收集到的信息，并计划下一步如何采取行动。

马尚把移动硬盘接入自己的电脑，开始查看视频录像。

恐怖也没闲着，剧本杀文化馆暗藏玄机，他要查查这家公司的背景，究竟谁是老板。可他不查不知道，一查吓一跳。

"老……老马……"恐怖看着手机，一副难以置信的表情。

"怎么了？"马尚专注地看着监控录像。

"你老婆叫郭洁吗？郭靖的郭，洁白的洁？"

"对啊。"马尚按下暂停，回过头来看恐怖，不知道他怎么会突然提起自己的老婆。

"郭洁曾经是'逃出生天文化有限公司'的股东，有百分之三十的股份。"恐怖拿着手机一字一句地读道。

"怎么可能？"马尚几乎是从椅子上弹起来。

恐怖把手机递给马尚，说道："网站上写着的，这是工商登记的信息，应该不会错。"

马尚拿过手机，看了好一会儿，核对了公司的名称、地址、股东信息，郭洁的名字赫然在列。不过郭洁在7月的时候就转让了自己的股份，接手的人叫彦永宁，除他之外，还有两位股东分别是蔡涛和黄桦。

这三个人马尚一个也不认识，他更不知道郭洁曾经和他们之间有什么生意合作。

恐怖一脸疑惑地看着马尚，问道："你一点都不知情吗？"

马尚一时语塞，神情落寞。他知道恐怖的怀疑合情合理，自己和郭洁都不在那个隐秘的资料库里，如今又看到郭洁是剧本杀馆的前股东，换作任何人都不免会怀疑。他现在伤心的不是自己被人怀疑，而是原来妻子对自己隐瞒了这么多事情。

"还有那张照片很可能也是郭洁拍的，她该不会就是……"恐怖本想说郭洁是幕后黑手，可是一想到她都被害死了，应该没这个可能，所以又把话吞了回去。再有就是密室是马尚发现的，如果他有嫌疑，绝不可能带着自己去偷资料。

"我不知道究竟发生了什么，但是我相信郭洁的为人，不可能做出这种事，一定另有隐情。"马尚终于咬牙说道。

"活见鬼，越来越离奇了，没事，至少我们也离真相越来越近了。"恐怖拍拍马尚的肩膀，"我去查查这几个股东什么来头。"

马尚感激恐怖对他的信任，现在查清真相不仅是为还郭洁一个清白，更是为所有受害者讨个公道。

恐怖着手调查三个股东的信息，却发现这三个人都有正式工作，属于那种天天需要打卡的职员，无论是从经历还是经济能力来看，都没有条件经营文化馆。他推断这三个人极有可能是为人代持股份，甚至自己都未必知道。幕后操纵的人做这种事情，肯定不会傻到用自己的名字，一定做好了准备，想从股东身份查到线索，基本不可能。他把结果告诉马尚，推测郭洁也有可能是这种情况，莫名其妙被人做了手脚，成了一家公司的代持股东。

马尚也有了发现，他从监控视频里看到了三个熟悉的人——杜冠亭、赵嘉任和刘国才。他虽然没见过杜冠亭和刘国才本人，但早就查过他们的资料，看过照片，知道他们长什么样子。视频里记录了大概最近六个月的信息，在这六个月里，他们三个人几乎每周都会去一次文化馆，可谓是剧本杀的忠实爱好者。

"我看这三个人就是幕后黑手！"恐怖直言不讳地说道，而且盛光琦也告诉过他，要杀他的人正是杜冠亭，"老子受够了，我直接去找杜冠亭，弄死他完事！"

"杜冠亭进出都有保镖跟着，哪有那么容易让你弄死他。先睡一会儿吧，明天一早我们去找董兴炳。"马尚抬头看了看挂钟，不知不觉已经凌晨3点多，他感觉现在自己脑子就像糨糊，完全没办法再集中注意力。

第十四章

欢迎来到"逃出生天"

王浩回到局里的第一天，邓岚就召开了全局大会，严厉批评了王浩的抗命行为，并对他进行了停职处理。

王浩诚恳接受处分，当众检讨，会后就回到办公室收拾物品，准备离开。

刑侦大队的队员们纷纷为他抱不平，虽然队长确实有抗命的行为，但是也豁出性命救出了赵嘉任，无论如何也算是将功补过。

"王队，你不能就这么走，我去找局长评理！"张安琪义愤填膺，说着转身就真要去局长办公室。

王浩一把拉住她，笑着说道："心意我领了，我可不想我们刑侦大队再'牺牲'一员虎将。"

"可是……"

"停职，又不是开除，我休息几天，等局长消了这口气，自然就要我回来了。"王浩安抚大家。

"在医院里，我感觉局长没打算追究这件事，怎么过了两天说翻脸就翻脸，这态度变化也太快了。"刘毅疑惑地说道。

"不杀鸡儆猴，你们这帮人还不翻了天。"王浩自嘲道，他拿起包，转开话题，"我不在，你们也别偷懒，服从指挥，尽早破案！"

队员们见事已至此，无法挽回，只能目送王浩离开刑侦大队办公室。

王浩走出公安局，才算喘了口气，他和邓岚演的这一出苦肉计，应该能骗过所有人吧。

正所谓"不识庐山真面目，只缘身在此山中"。

王浩如果不离开刑侦大队，他就永远处在旋涡的中心，所有人的目光全盯着他，他的一举一动都瞒不了身边的同事。如今他置身事外，反而有了更多活动的空间。

王浩怀疑局里有内鬼，虽然没有确凿的证据，但也并非异想天开。赵嘉任被绑架一案，由局长亲自指挥，动用了充足的警力，布下天罗地网，没有内部的人通风报信，犯罪嫌疑人不可能做到掌控全局，完美脱身。想到这里，他不由得苦笑，只能希望内鬼不是出自刑侦大队。

停职是整个计划的第一步，接下来就是要放下诱饵，等鱼上钩。

王浩打了一辆车去保险公司，这家公司正是吴蔚然生前就职的公司。关于吴蔚然的死，他现在有个最基本的判断，那就是必然与郭洁有关系。吴蔚然作为调查郭洁死因的保险调查员，恐怕是找到了郭洁车祸的真正原因，才招来杀身之祸。

凶手不惜灭口，那么吴蔚然发现的线索必然极其重要。吴蔚然现在死了，她究竟发现了什么，才会让凶手铤而走险？王浩不知道问题的答案，但他可以以此放出一个充满吸引力的诱饵。

王浩虽然被停职了，但邓岚并没有收缴他的证件，他还是警察，只是暂时不担任刑侦大队的队长。当然，这也是邓岚为了让他方便行事，故意留了一手。

王浩来到保险公司，大张旗鼓地约见了公司领导，然后从公司带走一部电脑。这台电脑是吴蔚然工位上的电脑，主要用来处理文档。警方以前来调查过，并没有找到什么有用的线索。

王浩抱着电脑回了公寓，接上电源，随便浏览了一下。他的电脑技术仅限于简单的办公，或者重装个系统，技术员都找不到的东西，他也不可能有新的发现。

下午5点左右，王浩随身带了一些侦查工具从家里出来，叫了一辆出租车去了长虹小区，这里是吴蔚然遇害的地方。

王浩虽然要抓内鬼，但是他也是真想查清吴蔚然被害一案，这两者之间并无冲突，如果能一并解决那是再好不过。吴蔚然遇害的地方十分蹊跷，警方调查多日，但目前并没有查明她为何来到一个即将拆毁的废弃小区。

王浩猜想有两种可能：一是为了见某人，二是为了寻某物。如果是见人，那么这个人可能是凶手，也可能是她的线人。如果是寻物，那吴蔚然是找到东西后才被袭击，还是在那之前就有人袭击她？而且什么人会把东西放在这种地方？这些问题都没有答案。

他已经来过好几次案发现场，不过单独过来还是第一次。以前他是来办案，也是履职，需要遵守一些既定的程序和要求，代表的是官方。现在他属于个人行为，毕竟名义上他已经被停职。

傍晚，秋风萧瑟，光线昏暗，王浩独自走在废墟间，周遭的气氛有几分诡异。吴蔚然倒下的地方还有警方的标记，四周能够收集的证物都已带走，这一块地相比其他地方显得格外空旷。他绕着走了两圈，脑海里闪现着吴蔚然尸体的画面，她被割破的喉咙，还有那满地的血。

王浩深吸一口气，冷风让他的头脑格外地清醒。

吴蔚然那天晚上同样是打车到这里，她对这里的地形熟悉，不一会儿就走进了这片废墟。她在等人，又或者是在这里寻找什么，可突然有人从背后袭击了她。

她最后的反抗是一声尖叫，跟着就被割破了喉咙。目击者闻声赶来，凶徒仓皇离开，甚至来不及给她补一刀。

陈挺是目击者，也是他拨打的急救电话，以及报警。警方事后把他带回去详细做过调查，甚至测谎，但都证实他并无嫌疑。

陈挺出来后，担心凶手报复，离开了长虹小区，回了老家。

王浩从案发现场一路走到陈挺原来暂居的破屋。屋内还残留着一些生活的痕迹，锅碗瓢盆，木板床，几张摇摇晃晃的椅子。窗户原来的玻璃已经支离破碎，上面贴着报纸，又封了一层塑料布，倒也能挡住一部分寒风。

王浩用手摇了摇身边的椅子，确认不会散架，坐了下来。走了这一路，他还真有点累。

此时太阳最后的余晖也消失殆尽。

王浩看见桌子上有一盏煤油灯，这玩意儿在现在也算是稀罕东西了，他拿出随身的打火机，试了试，煤油灯还能用，屋子里立刻明亮起来。

警方对这里搜查过，没有找到什么线索，只有陈挺一个人住在这里的痕迹。

王浩走过来也没有明确的目标，只是来到实地寻找一些破案的灵感，也想借此思索案件的疑难之处。正当他陷入沉思的时候，突然注意到门外有一双眼睛，正鬼鬼祟祟地向屋子里打探。

"什么人？"王浩大喝一声。

那人吓得转身就跑，过程中踢倒了一些瓶瓶罐罐，发出"叮叮当当"的声音。

王浩拿出手电筒，一脚踢开门，冲了出去。

那人在夜色中狂奔，在废墟间穿梭，灵活得就像是一只猴子。可惜他碰到的人是王浩，一个抓贼经验丰富的刑警。

王浩也庆幸自己出门带了手电筒，不然还真抓瞎了。

几个回合的追逐，王浩追着男人跑出了长虹小区，来到马路边。这里总算有了路灯，道路敞亮，他揪住机会，纵身一扑，跟着施展出一套擒拿技巧，死死锁住了对方。

"别杀我，别杀我，我什么都不知道……"那人背对王浩，仿佛受到极大的惊吓，声音中带着哭腔。

王浩给他戴上手铐，然后把他翻转过来，路灯下，他的脸一览无余。

男人大概 30 岁，头发凌乱，满脸污渍，身上的棉衣破破烂烂，脚上的鞋子都是一样一只。

"别叫了，我是警察。"王浩拿出证件。

"警……警察……"男人松了口气，呼吸慢慢变得匀称。

"你是什么人，怎么鬼鬼祟祟的，在这里干什么？老实交代，不要耍花样！"王浩居高临下，盯着男人问道。

男人不敢隐瞒，一五一十地说了自己的情况。他叫杨新华，也是在长虹小区借住的流浪汉，靠拾荒生活。他和陈挺算是同行，也是朋友。今晚他看见陈挺这边亮了灯，以为他回来了，就过来看看，没成想见到一个"不速之客"。

"就算不是陈挺，你跑什么跑，什么别杀你，你做了什么亏心事？"王浩把杨新华从地上拽了起来，连珠炮般地质问。

"没……没……我以为……以为……"杨新华说话结结巴巴，急得满头大汗。

"别着急，慢慢说。"王浩松开了手，让对方能够平静下来。

"我以为是那个杀人犯……来灭口的。"杨新华终于开口说道。

"杀人犯？什么杀人犯？"王浩忍不住又抓住了他的衣领。

杨新华举起手，不断重复着割喉的动作。

"你看到了凶手，你看到了杀害那个女孩的凶手，对不对？"王浩提高了嗓门，大声喊道。

杨新华环顾四周，然后又看看王浩，用力点了点头。

"你跟我走！"王浩拉着杨新华就走。

"去哪里？"

"到了就知道！"王浩回过头，看了一眼路边的监控摄像头。

王浩带着杨新华回到自己家里，锁好门，关好窗户，拉上了窗帘。

"王队，我演得怎么样？"杨新华一改邋遢猥琐的样子，突然挺直了腰，熟络地拍拍王浩的肩膀。

"老杨，辛苦了，这么远跑过来帮忙。"王浩连忙给杨新华泡上热茶，又拿出一些吃的。

杨新华也不客气，吃喝起来，废墟里游荡了一天，真是又饿又累。

"王队，你这一套'组合拳'真能把内鬼引出来吗？"杨新华还是心存怀疑。

"我也没有绝对的把握，但总要试试。"王浩找来一套干净衣服，放到杨新华旁边，"吃完你洗个澡，今晚就睡我这儿。"

"这帮人也是猖狂，连你也敢追踪。"杨新华愤愤不平地说道。

"将计就计，所以我让你跑到路边，特意在监控摄像头下抓住你。"王浩打开一罐咖啡，"这次换我出招了，有个成语叫什么来着……"

"蒋干盗书！"杨新华放下茶杯，非常肯定地说道。

王浩一大早就从家里出来，去了第二看守所见郑宝庆。郑宝庆和绑架赵嘉任这件事有关联，也是眼前知道内情最多的人。可是他宁死不招，警方多次安排谈判专家、心理专家和讯问人员去找他谈话，没问出半点线索。

郑宝庆坐在会见室里，眼神透着坚毅，神情也是满不在乎的样子，给人的感觉就像是一块花岗岩。

王浩推门进去，他们已经是第二次见面，彼此都省去了许多客套话。

"你的选择确实有些让人出乎意料。"郑宝庆看着王浩坐下来，先开口说了一句话。

王浩闻言，面上虽然不动声色，但内心却是翻江倒海。郑宝庆能说出这句话，说明他对外面的事情了如指掌。那么什么人能够把消息传进看守所？警方对绑架案高度保密，连媒体都不知道，显而易见只能是警方内部有人给郑宝庆通风报信。

"郑宝庆，我来这里，实在是有些事想不通，要不你帮帮我？"王浩故意装糊涂，放低姿态，希望能麻痹郑宝庆。

"很多你的同事都来过了，软的硬的都试了，你这次想来硬的还是软的？"郑宝庆说着笑了笑。

"别误会，我已经被停职了，所以今天一个人来，纯粹是个人原因，有些事不弄清楚真是晚上睡不着。"王浩摊摊手，完全放下了刑警的架子。

郑宝庆冷"哼"了一声，没有搭话。

王浩并不在意，他继续说道："你不愿意说，也没关系，那就听我说两句呗。"

郑宝庆对王浩的态度有些意外，不由得抬起头，把目光投向这个与众不同的刑警。

"我昨天去了吴蔚然的办公室，跟着又去了一趟她被杀的地方，也就是长虹小区。"王浩一边说，一边注意着郑宝庆的反应，"在那里我遇到一个流浪汉，他见了我就跟见了鬼一样，拔腿就跑。你猜怎么着？"

"你到底想说什么？"郑宝庆有些不耐烦地问道。

"我抓住了他，他说以为我是来灭口的凶手，所以才跑。真是天网恢恢疏而不漏，原来这流浪汉竟然看到了杀害吴蔚然的凶手。"王浩就像是说书人，语调起伏，绘声绘色，"这才让我明白，你们搞的事情才开始啊。接下来，你们打算怎么对付杜冠亭和刘国才？"

王浩这段话有些跳跃，他没法不跳跃，因为他根本不清楚细节。他只能推测这些事有关联，并且预测郑宝庆他们下一步的目标可能是杜冠亭和刘国才。因为海林度假村跟杜家有密不可分的联系，那么极有可能郑雨鑫的失踪与杜冠亭也有关，刘国才和他关系那么近，多半也少不了参与其中。

果然他这番话一出口，郑宝庆眼角跳动了几下，双手不自觉地握在了一起。

"听不懂你在说些什么？"郑宝庆说着敲了敲桌子，把目光投向旁边的看守，"管教，我肚子痛，要拉屎。"

王浩双手抱在胸前，往后靠了靠，并不阻止郑宝庆离开。

"我们还会再见面。"王浩看着转身离开的郑宝庆，补充了一句。

郑宝庆没有回头，铁门"砰"的一声关上，会见室里只剩下王浩一个人。

王浩长舒一口气，从郑宝庆的反应来看，他算是赌对了，"鱼饵"已经入水。他又给邓局打了一个电话，希望局长能帮他拿到看守所这段时间里来见过郑宝庆的访客名单。如果有人往看守所传递消息，只有两种途径，一种是通过访客，第二种就是通过看守所里的人。前者比较容易查，后者就很难下手了。不过即使有半点可能性，也要追查，这是他办案的原则。

王浩走出看守所，外面狂风大作，黄色的梧桐叶漫天飞舞，这个秋天远比往年萧瑟寒冷了许多。

董兴炳是一家企业的负责人，成熟稳重，妻子贤惠大方，有两个孩子。企业规模不大，算是家族企业，严格来说是属于女方的资产，最大股东是他的老丈人。

董兴炳每天先送两个孩子到学校，然后再到公司，不过通常情况下，他会在路过的早餐店吃早餐。

与其说是早餐店，这里更像是小吃一条街，粉、面、馄饨、包子、饺子、豆浆油条……应有尽有。

董兴炳今天要了碗牛肉面，配着油条，坐在角落里的一张桌子旁。他正吃得满头大汗的时候，突然两个大汉也坐到这张桌子旁。

董兴炳抬头看了一眼，两个男人里有一个还是光头，看起来凶神恶煞。他本以为店家的桌子坐满了，可旁边还有不少空桌子，这两个人却偏偏挤过来。

"董总，您也在这里吃面呢。"光头男人正是恐怖，他面带笑容地和董兴炳打招呼。

董兴炳想不起在哪里见过这个人，但他能叫出自己的姓，可能是哪个客户也说不定。他只能假装也认识对方，点头应承了一声。

"我吃完了，你们慢吃。"董兴炳碗里的面还有一半，但为了缓解尴尬，他还是打算先离开。

"别急嘛，董总，我们还没聊一会儿呢。"恐怖伸手拉住了董兴炳，把他重新按回座位。

董兴炳对于这个陌生人的举动有些反感，就算是客户，这也是极为失礼的行为。

"你们是什么人？"董兴炳这次不客气地质问道。

"我们是童希洛的朋友。"恐怖说着把手里拿着的肉包子咬了一口，肉香弥漫，恐怖吃得津津有味。

董兴炳原本抬起来的屁股又坐了回去，脸色微微有些难看，一言不发。

马尚和恐怖却已看到他额头有了汗珠。

"小洛这些日子失踪了，我们很担心她的安危，想来想去，唯一可能伤害她的人只有你。"马尚说话的声音不大，但字字清晰，这句话宛如铁锤砸在董兴炳的胸口。一来表明他们两个人与童希洛关系亲密，所以才会知道她的情事；二来指出童希洛的失踪与董兴炳有关联。

董兴炳闻言急忙摆手，说道："我怎么可能伤害小洛，那都是以前的事情了……"

"是不是你小子杀人灭口？"恐怖瞪着眼睛，先把一个天大的罪名扣在董兴炳的头上。

"我们也不希望把事情搞大，只要找到小洛，知道她是安全的，就好了。"马尚在一旁附和。

"我真的跟她分手了，好久没见过她了。"董兴炳态度诚恳。

"好吧，我们来找你也是做最后的尝试，看来只能报警了，希望警察能把事情弄清楚。"马尚叹口气，看了眼恐怖，两人起身，故作要离开的样子。

董兴炳擦擦额头的汗，想到这两个人如果真去报警，那他和童希洛的事情怕是就瞒不住老婆了。

"两位大哥，你们别急，或许我能帮你们找到小洛。"这一次董兴炳伸手把恐怖拉住了。

董兴炳没有绝对的把握，如今也只是死马当活马医，碰碰运气。他首先试着拨打了童希洛所有的电话号码，但都无法接通。原本他还有些怀疑童希洛失踪一事，现在已经信了八成。

"如果打电话能找到，我们还用找你？"恐怖拍桌子说道。

"你好好想想，如果她不想别人找到她，她会去哪里？或者除了我们这些和她比较亲近的人，她还有什么人可以依靠的？"马尚提醒道。

董兴炳托着腮帮子想了一会儿，开口说道："她老家和城里的公寓，你们都去找过了吗？"

"找过了，不在。"马尚他们虽然没去找，但从王浩的口气来推断，警方肯定去过这些地方了，而且一无所获。

"我记得她说有个哥哥在这边，会不会在她哥哥那儿？"董兴炳说道。

"她是独生女，哪儿来的哥哥？"恐怖记得资料上的信息，立刻反驳道。

"应该是表哥吧，我记得叫何金平，我这儿还有照片呢，等一下……"董兴炳说着拿出手机，翻看相册，找出一张照片，然后把手机递给恐怖。

马尚和恐怖看到照片大吃一惊，那个"表哥"不是别人，正是他们见过的拳击教练何金平。

"你确认这个人是她表哥？"马尚追问。

"她跟我说的，应该不会错吧。"

"这张照片哪儿来的？"恐怖问道。

"她和表哥一起开奶茶店，我也跟着投了点钱，那天奶茶店开业，我陪她一起去，照了这张照片。"董兴炳说着滑动屏幕，还有当天他和童希洛的合影。

"你胆子倒是不小啊，敢把照片放手机里。"恐怖讽刺道。

"这是隐藏文件夹，没有密码根本打不开。"马尚看见董兴炳的操作，一语道出真相。

董兴炳脸上有几分尴尬，不过还是说道："我是真的爱小洛，如果她失踪了，我比你们更担心。"

"你不是担心她，你是担心老婆知道了把你扫地出门。"恐怖最看不惯这种自己有老婆，还在外面乱搞的男人。

董兴炳涨红了脸，但是并没有反驳恐怖的话。

"哪里能够找到这个何金平？"马尚觉得找何金平的难度不亚于找童希洛，不过还是试探着问道。

董兴炳又沉默了片刻，说道："要不去奶茶店看看，那家店一直开着呢。"

马尚和恐怖从董兴炳这里拿到奶茶店的地址，虽然他们不抱太大希望，但有了线索还是要去调查。他们临走前又对董兴炳进行了一番恐吓，让他有了童希洛的消息或者线索就立刻联系他们。

奶茶店不大，但是位置不错，十字路口，人来人往。

马尚和恐怖径直走进店里，这个时候恰巧没什么人，只有一个女店员站在柜台后刷着手机。

马尚他们走上前，买了两杯奶茶。

"美女，你们老板在吗？"恐怖看着泡茶的女店员，询问道。

"有什么事吗？"女店员一边专注配茶，头也没抬地反问道。

"我看你们奶茶店挺不错的，想和你们老板谈谈业务合作的事情。"恐怖胡乱说道。

女店员闻言放下手里的工作，抬起头来，看了一眼恐怖，又看了一眼马尚。

"你们是不是马尚和恐怖？"女店员突如其来地问了一句话。

马尚和恐怖没想到这个女店员竟然知道他们，大为震惊。

"不错，我是马尚，他是恐怖。"马尚回道。

"老板说其中有个光头，应该不会错了，他让我给你们这个。"女店员一边说，一边打开抽屉，翻了一会儿，拿出一个信封。

恐怖接过信封，摇了摇，感觉里面有个小玩意儿。他撕开信封，掉出来一个小U盘。

"就这？他没说其他事情吗？我们能在哪里找到他？"恐怖拿着U盘，抛出一连串问题。

女店员摇摇头，说道："我一个打工的，哪里知道这么多，奶茶还要吗？"

"要，怎么不要，钱都给了。"恐怖收起U盘，拿过两杯奶茶。

马尚和恐怖回到家里，把U盘插入电脑，却提示需要密码。

"密码，什么密码？"恐怖把信封拿出来翻开，检查了每个角落，也没看到有什么密码。

"何金平行事谨慎，他应该是担心U盘落入其他人手里，所以设置了密码。"马尚猜测道。

"那小姑娘会不会知道密码？"恐怖想起那个女店员。

"应该不会。"马尚摇摇头，"既然是给我们的，那密码估计只有我们知道。"

"你越说我越糊涂了。"恐怖抓了抓头发。

马尚双手抱在胸前，沉默了片刻，说道："试试呗，你的生日？"

恐怖把自己的出生日期告诉了马尚，按照生日大小，马尚在密码框里输入了两个人的生日。

电脑屏幕一闪，弹出一个视频。

视频里的人正是何金平，他并没有遮挡面容，坐在一张书桌前，背后是白色墙壁，看不出是在什么地方。

"欢迎两位来到'逃出生天'，你们能够找到这里，证明了你们的实力，有资格进入终局之战！"何金平面带笑容，语气抑扬顿挫，跟在停车场的时候判若两人。

"我 ×！"恐怖听到这里恨不得一拳头砸向屏幕。

马尚面色冷峻，他盯着屏幕里的何金平，等着他继续往下说。

"你们的疑问，你们想要追寻的答案都在这场终极挑战之中。"何金平的表情变得兴奋起来，"华丽的舞台已经搭好，帷幕拉开，期待你们的精彩演出。"

这个时候，屏幕上闪现出一段乱码，跟着视频就消失了。马尚连忙查看，却发现 U 盘里空空荡荡，没有一个文件。

"搞什么鬼，说这些屁话，一点其他信息都没有，至少告诉我们去哪里玩啊？"恐怖捏着拳头，骨头发出"咔咔"的声音。

"不留信息，就是意味着他会来找我们。"马尚放下手里的鼠标，往后靠了靠，他不知道他们现在是守株待兔，还是坐以待毙。

就在两个人心里忐忑不安的时候，马尚的手机突然响了起来。

马尚拿起手机一看，是一个不认识的座机号码，他以为是诈骗电话，挂断了。可没过几秒，对方又打了过来。

"接吧，说不定是何金平。"恐怖提醒道。

马尚接通了电话。

"马尚，是我，王浩。"电话那头传来王浩的声音。

马尚以为他们干的"坏事"被发现了，连忙捂住听筒，跟恐怖说："王队打来的。"

"开免提，听他说什么。"恐怖小声说道。

"哦，王队……王队有事吗？"马尚调整了一下情绪，故作镇定地问道。

"马尚，你和谁在一起？"王浩问道。

"恐……孔泽。"马尚抬头看看恐怖，情况未明之前，他还是说了实话。

"好，你和孔泽来找我，我想你们帮我一个忙。"王浩说话的语调有些喘，好像生病了一样。

马尚和恐怖闻言，安心下来，看来并不是他们夜闯剧本杀馆的事情。

"没问题，去哪里找你？"马尚问道。

"我帮你救孔泽的地方，不要告诉任何人，也不要联系警方。"王浩说完这句话，就挂断了电话。

"喂喂，什么地方……"马尚不明白王浩说话为什么遮遮掩掩，还特别提到不要联系警方，"王队这是搞什么鬼？"

"不是搞鬼，看来警方里有内鬼！"恐怖分析道。

马尚打了一个冷战，王浩这个电话确实有些不同寻常。

两个小时前。

王浩没想到鱼这么快就会上钩，他从看守所开车回家的路上，就遭遇了一场"意外"。

一辆大货车从岔路上来，挡在王浩车的前面。

这条路勉强够两辆小轿车并行，而大货车此时占了大半个路面，王浩想要超车都不可能。

很快，后面又出现一辆大货车，两辆大货车把王浩的车夹在中间。

王浩此时已经反应过来，正想方设法摆脱两辆大货车，可前车却突然急刹，而后车开始加速。他没有想到对方会直接下死手，要他的命。

生死一瞬间。王浩解开安全带，打开车门直接跳车，不敢有片刻犹豫。

只听"轰"一声，后面大货车撞上轿车，在两辆大货车的挤压下，轿车缩成了一团。

王浩额头冷汗直冒，刚才自己的动作如果稍有迟疑，现在已经见阎王了。可是还没等他喘口气，两辆大货车上就跳下来十几个蒙面人，手里拿着砍刀向他奔来。

王浩本能地去摸腰间的枪套，可是那里空空如也，他被停职，自然不能领取配枪。三十六计走为上策，好在路边是一片密林，他爬起来后，立刻往树林里冲去。

蒙面人训练有素，见他往林子里跑，立刻散开，三人一组，以扇形队伍包抄。

王浩一见对方这阵仗，不像是普通匪徒，明显受过专业训练。他必须在包围圈合拢之前逃出去，不然凶多吉少。

这是一场赛跑，好在王浩擅长跑步，尤其是在决定生死的时候。

如果是在平原，或者开阔地带，王浩就算跑得再快，也逃不过十几个人的合围。但现在有密林的掩护，对方确定他的方向需要时间，也就让他有了逃脱的可能。

他一路穿越密林，终于来到另一条行车道，这里不时有车辆经过，那些蒙面人有所顾忌，没有再追出来。

王浩死里逃生，却也不敢久留，搭了辆顺风车回到市里。他没有回家，也没有回局里报案。这一次凶徒要置他于死地，说明他们已经相信他掌握了杀死吴蔚然凶手的线索。在局里的内鬼没有找出来之前，他无法相信任何同事，甚至包括局长邓岚。

王浩关掉自己的手机，丢掉 SIM 卡，然后找了一个公用电话，打给了马尚。他现在能够信任的人，也只有与他同生共死过的马尚和孔泽。

马尚和恐怖很快就明白王浩所暗示的位置是魔笛酒吧，之前王浩在接到马尚的报案后带队赶来这里，救了恐怖和他的一帮朋友。

魔笛酒吧地处市中心，周围此时车水马龙，人流如织。

这个时间酒吧还没开门，马尚和恐怖只好在旁边的咖啡店坐着等王浩的出现。两个人心里七上八下，也不知道发生了什么事情，让一个刑侦大队队长都要东躲西藏。

两个人没说话，只是埋头喝着咖啡，心里都想着刚才看到的何金平的视频和接到的王浩的电话。就在这个时候，服务生走过来，递给他们一张纸条。

"两位好，刚才有位先生给你们留了一张纸条。"服务生一边说，一边把纸条放在桌子上。

"人呢？"马尚拿起纸条，回头看收银台。

"那人放下纸条就走了。"服务生回答道。

马尚打开折叠的纸条，上面写着：泰吉甜品店见面。

马尚和恐怖来到泰吉甜品店，这里离魔笛酒吧足足有半个小时车程，他们在巷子里又走了七八分钟才找到店铺。

甜品店装潢简陋，店门口一个老头半躺在摇椅上打盹，店里一个客人也没看见。

"不会被人耍了吧？"恐怖环顾四周后说道。

"应该不是，要不我们坐下来……"马尚话还没说完，肩膀就被拍了拍。

马尚一回头，来人正是王浩。

王浩戴着帽子和口罩，只露出一双眼睛。

"这里不是说话的地方，跟我来。"

王浩之所以如此大费周章，是担心马尚他们的手机也被监听了，所以这才七拐八弯，看看他们是否被人跟踪。

三个人来到附近的一个小公园，在廊亭处找了个僻静位置坐下来。

"王队，这是出什么事了？"马尚此时急忙问道。

王浩取下口罩，他没有隐瞒，把事情经过娓娓道来，要让马尚他们帮自己，就得互相信任。

马尚和恐怖想到了警方内部有内鬼，但是没想到那帮人敢去杀王浩。

"王队，你找我们来，是想我们帮你抓内鬼吗？"马尚问道。

"不错，但是这件事有危险，你们没有责任，也没有帮我的义务，希望你们能考虑清楚，再做决定。"王浩实话实说，他现在连自己的安全都不敢保证，更别提马尚他们了。

"老马是不想活，我是不怕死，没什么好说的，冲你王队的面子，我们跟你干！"恐怖自己先表态，还顺嘴帮马尚做了决定。

"王队，实不相瞒，就算你不找我们帮忙，我们也要找出真相。"马尚语气坚决，他说到这里稍稍停顿了一下，看了眼恐怖。

"说吧，我们不能辜负王队对我们的信任。"恐怖知道马尚是想告诉王浩关于何金平的事情，眼下三个人一条船，共享得到的线索，无疑是最佳选择。

马尚一五一十把他们在剧本杀文化馆的发现告诉了王浩，还有就是何金平留给他们的那段录像。

这些消息无疑更具震撼性，甚至是耸人听闻，王浩听完后半天回不过神来，难道这一桩桩谋杀、绑架、性侵的背后竟然是一场游戏？究竟是谁策划出这些匪夷所思的事情？

"那些档案文件还在吗？"王浩神色严峻地问道。

"我们只抢出来两份，都带来了。"马尚从背包里拿出郑雨鑫和童希洛的档案，递给王浩。

王浩仔细看完后，彻底相信了马尚他们所说的事情。这些资料异常地详细，涉及大量当事人的隐私，必然是有人花了大量时间、金钱和精力才收集到的。

"这些人真是疯子！"王浩极少爆粗口，但此时再也忍不住了。

"王队，我看杜冠亭和刘国才就是幕后黑手！"恐怖说出自己一直以来的想法。

"如果是他们两个，事情倒是简单了。"王浩并不这么想，"赵嘉任是跟他们穿一条裤子的，按道理他们没理由去搞赵嘉任，而且郑宝庆更没理由去帮他们隐瞒。"

"你说的也是，那就奇了怪了，还能有谁？"恐怖摸了摸光头，想不出个所以然。

"抓住这个内鬼，就能解开更多谜题。"王浩面对千头万绪的线索，还是觉得当前应该集中精力，先找出内鬼。这不仅仅是寻找新线索，内鬼不除，警方所有的调查和行动无异于镜花水月。

王浩停顿片刻后，向马尚他们说出了自己抓内鬼的计划。

马尚和恐怖算是见过世面的人，听了王浩的计划也不由得目瞪口呆。

"这……这算是苦肉计吧？"恐怖琢磨了一下，脱口说道。

"辛苦你们了。"王浩没有否认。

第十五章

华丽的终局

邓岚刚刚参加完一个会议，出来后铁青着脸，一肚子火，现在只要有一滴油，就能让他立刻爆炸。不过他有火气，没怨气，最近市里接连发生的大案，警方的调查不仅毫无头绪，而且被犯罪嫌疑人耍得团团转。他明白破案急不来，但上面的压力有增无减，特别是赵嘉任被绑架后更甚。如今警方虽然把赵嘉任救回来了，可没抓住犯罪嫌疑人，这算是工作上的重大失误。

他坐上车，一言不发。司机是个明白人，看到局长这个样子，大气都不敢出，小心翼翼地开着车。

邓岚心里清楚，侦查工作和解救行动如此被动的原因，极有可能是王浩推测的那种情况——局里有内鬼。想到王浩，他试着用他们事先约定好的方式联系对方，可始终联系不上。昨天他把探访郑宝庆的名单发给王浩后，王浩就再没有联系他。按照原来的计划，王浩每天都会向他汇报进展，但如今他却好像失踪了一般。

邓岚有些犹豫，要不要安排人去把王浩找出来。不找，担心他的安危；找，又怕影响他的行动。思虑再三，他决定再等一天，如果王浩还不出现，他就要主动找人了。

正在他思索如何破解目前僵局的时候，办公室主任打来了电话。

"邓局长，有重要事情向您汇报，您这边方便吗？"

"你说。"

"马尚和孔泽挟持了王浩，在十几个直播平台直播，要求我们立刻释放郑宝庆，不然就'撕票'！"

"什么？"邓岚大惊，"立刻联系平台，切断所有的直播，删除网络视频！"

"……明白，特警队、刑侦大队、机动队和谈判专家都已赶赴现场。"

"他们在什么地方？"

"龙天大厦的天台。"

"在楼下设立指挥中心，我马上到。"邓岚挂了电话，眉头紧锁。

龙天大厦一共有25层，在天安市算是很高的建筑了。

此时警方在楼外拉起了警戒线，楼内的人员也正在疏散，谈判专家就位，正在等待上级指示。

邓岚来到指挥车内，初步了解了一下目前的情况。

马尚和恐怖将王浩挟持到了大楼天台，马尚二人手持利刃，情绪激动，王浩身上疑似绑有爆炸物。他们在一个小时前，通过电话、网络直播和视频发布等多种渠道向警方提出要求。警方现在已切断网络直播，并删除了网络上的相关视频和消息。

"狙击手呢？"邓岚问道。

"龙天大厦是这一带最高的建筑物，而且他们躲在天台水箱后面，附近没有适合狙击手的位置。"特警队队长答复道。

邓岚握紧拳头，下达了指令："先让谈判专家上去，安抚绑匪情绪，了解他们的需求，不违反原则的事情可以先答应他们。另外派几架无人机上去，给我切入画面，我要掌握实时状况。特警队实弹，做好强攻的准备。"

"是。"特警队长领命后，立刻走出了指挥车。

天台上，大风凛冽。

王浩被绑在一张折叠椅上，身上挂着几块包好的砖头，还像模像样地缠了几圈电线，一眼望去还真像是定时炸弹。

直播不到两分钟就被切断了，不过没关系，他们的目的只是惊动警方。马尚和恐怖两个人现在也不装了，坐在王浩旁边，靠着椅子休息。

"王队，事情闹大了，一会儿能收场吗？"恐怖通过手里的监视器屏幕，看到楼下的警车和警察越来越多，而且大多全副武装，荷枪实弹。

"放心，所有责任我会承担。"原本用来封嘴的胶布，此时挂在王浩嘴边，一说话胶布飘动，倒是有些喜剧效果。

"谈判专家已经上楼了，我看到还有无人机飞过来……"恐怖急忙站起来，把王浩嘴边的胶布重新贴好，顺手拿起刀，架在他脖子上，摆好架势。

"正戏准备开演了。"马尚也站起来，拍了拍屁股上灰尘。

谈判专家不一会儿就到了天台，他举着双手，表示自己没有武器。

"不要过来，我们不和你谈，我们要直接和邓局长对话！"马尚挥舞着手里的刀，大声喊道。

"别激动，你们放心，我完全可以代表局领导，有什么需求……"谈判专家话还没说完，立刻被马尚打断。

"少废话，你以为我们在说笑吗！"马尚挥挥手，后面的恐怖立刻用刀划破了藏在王浩衣领下的血包，红色的血浆立刻喷出来。

邓岚在指挥车上看到了这一幕，立刻下达了指令。

"让我跟他对话，接通马尚的手机。"

马尚的手机响了起来，他接通了电话。

"马尚，我是天安市公安局局长邓岚。"

"邓局长，您吃过饭了吗？"

邓岚听到这句话，心中一震，这是他和王浩约定的暗语，他瞬间就明白这场绑架是演戏，但这和王浩之前说的计划完全不一样。

"少说废话，你们想干什么，立刻放了王浩，绑架恐吓警务人员是重罪，我劝你们迷途知返。"邓岚清了清嗓子，语气严肃地警告道。

"我既然这么做了，就不会考虑后果，我要知道我老婆和孩子是被谁害死的，我要见郑宝庆。"马尚语气坚决。

邓岚看过马尚的资料，知道他目前的情况，不过他老婆孩子的死能和郑宝庆扯上什么关系呢？难道这是王浩编出来的故事，想要引内鬼现身？他稍稍沉吟片刻，才又说道："见郑宝庆不难，你放了王浩，我安排你去看守所。"

马尚冷笑，说道："不用那么麻烦了，你让人把郑宝庆带到这里来，自然会真相大白。"

"把郑宝庆带到这里来？"邓岚加重了语气，他即使知道这是王浩安排的戏码，但这种要求未免太过分了。郑宝庆是在押的犯罪嫌疑人，严格来说，警方已经向检方移交，等待开庭。即使他是局长，要把郑宝庆从看守所带出来，也颇为费神。

"我的耐心是有限的。"马尚又是一挥手，恐怖在后面又是一刀，插在王浩裤子里藏着的血包上，血又喷出来。王浩扭动身体，显出歇斯底里的痛苦。

"王队，这次事了了，你去横店吧，我在那儿有熟人，感觉你能火。"恐怖在王浩耳边调侃。

王浩嘴巴贴着胶布，不能说话，只能装作听不见，继续表演。

邓岚此时必须做出艰难的选择，当然他并不是担心王浩的安危，而是在思考把郑宝庆带出来所需要承担的风险。他看了看监控器上"痛苦不堪"的王浩，又看看指挥车里其他同事紧张不安的表情。现在如果拒绝，无疑王浩布置的抓内鬼行动就前功尽弃，再想把内鬼抓住就很难了。可是如果同意，一旦出状况，他就必须承担极大的责任。

"王浩，你究竟在搞什么鬼！"邓岚心里忍不住地骂。

"好，我答应你们，马上安排人把郑宝庆带来。"邓岚终于做出选择，他选择相信王浩，赌一把。

指挥车里所有人都被邓岚的决定惊呆了，他们没想到局长不过三言两语就答应了绑匪的请求，这实在不符合警方处理这类事件的程序和原则。

郑宝庆没想到突然有警察来带他出去，无论是管教还是警察，都没有告诉他要去哪里。他满腹疑惑地上了警车，被带到了龙天大厦楼下。他透过车窗，看到大厦外面拉起了警戒线，四周全是警车和警察，气氛十分紧张。

"邓局,人已经带到了。"负责押送的特警用无线电向邓岚汇报。

"王浩,你最好能把内鬼给我找出来,不然看我怎么收拾你。"邓岚在心里发誓。

"邓局,人已带到,请指示。"特警以为信号不好,摸了摸耳朵上的对讲机。

邓岚回过神来,说道:"把郑宝庆带上天台,注意保护他的安全。"

两名特警,一左一右押着郑宝庆上了电梯。

郑宝庆从始至终一言不发,神情冷漠得就像是木偶,任由摆布。

可谁都没想到就在他们快要到达顶楼的时候电梯突然断电,在剧烈抖动后停止了运作。

特警们立刻打开随身手电筒,查看四周状况。

"指挥中心,指挥中心,电梯故障,我们被困住了……"一名特警一边联系指挥中心,一边按下电梯的紧急呼救按钮。但是指挥中心没有回复,而电梯呼救也无法接通。

正当他们设法脱困的时候,电梯顶上突然冒出烟雾,瞬间就在整个电梯厢内弥漫开来。

与此同时,邓岚的指挥车上也出现了状况。车内的监视器画面突然断掉,语音通信受到干扰,特警身上佩戴的定位器也全部失效,指挥中心顿时成了瞎子和聋子。

"邓局,我们的系统被黑了。"一旁的技术员急得满头大汗。

"需要多长时间恢复?"邓岚问道。

"大概 15 分钟。"技术员心里也没底。

"除了技术人员,其他人下车,去现场指挥。"邓岚心里喜忧参半,喜的是真把内鬼引出来了,忧的是不知道这一次能否抓住内鬼。不过好在王浩事前已经跟他做好了预案,虽然计划有些改变,但只要内鬼出手,就可以实施他们的抓捕计划。

邓岚来到现场,指派特警队从消防通道上楼增援,并让特警队队长现场指挥,原则只有一个,确保所有人的安全。他自己则开车返回市局，要亲手抓捕内鬼。

"宋科长，你那边情况如何？"邓岚用保密手机，接通了省厅技术处网络科科长宋卫平的电话。

"邓局，您放心，我在系统内植入了反向追踪，对方入侵的 IP 和设备已经被标记，实时定位已经启动。"宋卫平和王浩算是老朋友，这次在王浩的拜托和邓岚的许可下，他暗中在天安市的警务系统内植入了一个程序，专门监控未获授权的非法接入。

邓岚这次为了防止走漏风声，干脆一不做二不休，所有抓内鬼的行动人员全部是从公安厅秘密借调的外地警力。而此时，宋卫平传来的定位信息显示入侵的 IP 正在天安市公安局内。邓岚对这一点其实毫不意外，内部系统与外部互联网隔绝，内鬼从局里入侵系统是最简单有效的方式。

邓岚看着宋卫平发来的实时定位，黑客现在所在的位置正是刑侦大队办公室。

"封锁刑侦大队办公室，包括整个三楼，不准任何人进出，所有警务人员必须原地待命！"邓岚对负责这次"清鬼"行动的异地特警下达了命令，"我倒要看看，究竟谁是内鬼！"

邓岚用力踩下油门，发动机咆哮，车飞驰而出。

马尚他们在天台上等着，他们其实也不知道会等来什么，四周除了呼啸的风声，再听不到其他声音。

时间一分一秒地过去，此时已经是下午 5 点，夕阳染红了城市的天际线。

恐怖没事做，于是假模假样地为王浩的大腿包扎了一下，血浆染红了白纱布，看起来更加逼真。

王浩觉得恐怖这是脱裤子放屁，但是他也没法儿说话，只能闭着眼睛，一副痛苦的神情，任由他在那儿瞎折腾。

他们等了大概一个小时，按照推算，郑宝庆应该已经被送到了，但迟迟不见人上来。正当他们有些焦急的时候，原本轮番起降监视他们的无人机却像是断了线的风筝，一阵东摇西摆之后，居然坠机了。

"你们用的这无人机还不如我家里的……"恐怖本想调侃几句，身边的王浩撞了他两下。他心领神会，立刻撕开王浩嘴上的胶布。

王浩张嘴深吸一大口气，神情略显激动，说道："来了，对方出手了！"

"谁来了，内鬼？"马尚一直关注着天台大门的动静，这时候听到王浩的话，立刻转身跑回来。

"不用演戏了，先把我的绳子解开，我们下去看看。"王浩急切地说道。

恐怖连忙用刀割断了王浩身上的绳子。

王浩起身扯掉血袋和纱布，顿时觉得轻松了许多。三人正想着离开天台，天台门却突然"砰"的一声被打开了。

"郑宝庆！"王浩高声喊出来人的名字。

马尚和恐怖都是第一次看见郑宝庆，只是听王浩简单介绍过，这人看起来确实像个知识分子。

"王队，我们又见面了。"郑宝庆面带笑容，完全没有刚才被带出来的时候那一脸迷惑的神情，"这两位想必就是马尚和恐怖了。"

"你认识我们？"恐怖看着郑宝庆，想不出自己在哪里见过他。

郑宝庆笑了笑，没有回答恐怖的问题，而是盯着王浩问道："王队，你把我带来这里是什么意思？"

"说实话，没什么意思，就是为了让你的同伙着急上火。"王浩没卖关子，直接说明自己的用意，"看起来，他们真的着急了。"

郑宝庆脸色微微一变，不过片刻后，他还是露出淡淡的笑容，说道："王队长，你总能给我们带来惊喜，不过你就算赢了这一局，也无济于事，终究晚了一步。"

郑宝庆说完就自顾自地走到天台边缘，扶着栏杆，眺望城市远方那橘红色的天际线。

"押送你的特警呢？警方不可能让你一个人上来。"王浩看了看通向天台的楼梯，没发现后面有任何人。

"他们都睡了。"郑宝庆没有回头，只是随口说道。

正当众人不解其意的时候，大楼突然发生剧烈的震动，火光和烟雾弥漫，爆炸声不绝于耳。

"终局之战来了！"郑宝庆说着慢慢转过身。

马尚和恐怖听到郑宝庆这句话，立刻想起来何金平在录像里也提到了这个词。

"你和何金平是一伙的吗？"恐怖握紧拳头，不管三七二十一，冲上去一把抓住郑宝庆。

郑宝庆那小身板被恐怖拎在手里，就像被抓的小鸡一般。可他毫无惧色，根本不理会恐怖的怒火，反而把脸转向马尚。

"这是郭老师最精彩的剧本，你就算是想要死，也要完成这华丽的终局！"

马尚听到这番话浑身汗毛都竖了起来，王浩和恐怖的目光也都投向了他。他很快从震惊转成愤怒，冲上前，抓住了郑宝庆的手腕。

"你说的郭老师是郭洁吗？"马尚一字一句地问道。

恐怖松开手，郑宝庆的脚回到了地上。

"不错，就是你的老婆，郭洁！"郑宝庆掷地有声。

"胡说八道，不要污蔑我老婆，不然我绝不放过你！"马尚抓住了郑宝庆的衣领。

"郭老师的大恩大德，我这辈子也报不了了，又怎么会污蔑她。"郑宝庆神色黯然，叹了口气，看着马尚继续说道，"你不是一直在查谁害死了郭老师和孩子吗？我现在可以告诉你，杀害她的凶手会在游戏中出现。"

"别说废话，究竟是谁害死他们？"马尚把郑宝庆抓得更紧，撕心裂肺地追问道。

"你要当面去问他们，然后为郭老师报仇！"郑宝庆把马尚抓着他的手扯开。

"你们搞出这么多事，就是为了给郭洁复仇？"王浩有些难以置信地问道。

"那倒不全是，我们要让那些高高在上的人明白，什么叫作匹夫之怒！"郑宝庆的脸被霞光笼罩，眼睛里闪耀着熊熊的火光。

"大火也好，爆炸也好，这些手段拖延不了多少时间，很快特警们就会蜂拥而来，而且现在我们三对一，你就别想再玩什么花样了。"王浩挥挥手，马尚和恐怖立刻把郑宝庆围起来，封死了他所有逃窜的路。

"我看你们误会了，我可从来没有想跑，虽然我们中了你的计，但是这来回一个多小时的时间也足够我们重新布置。这场大火和爆炸只是一个游戏开始的信号罢了。"郑宝庆笑着把目光投向大厦楼下，不远处更多的警车、救护车和消防车正呼啸而来。

"你不要以为你们能把警方耍得团团转，警局里的内鬼这次一定跑不了。"王浩不相信郑宝庆一伙人能完全掌握自己的计划，无论他们有什么阴谋，只要抓住了内鬼，就能把他们一网打尽。

"你们三个人的能力远远超出了我们的预料，确实给我们增添了不少麻烦，甚至差点毁了我们的布局。但为了赢这一局，我们都做好了牺牲的准备，无论是要牺牲自由，还是生命。"郑宝庆一脸严肃地说道。

王浩站在秋风瑟瑟的天台楼顶，额头也不由得冒出汗来。

"你把我们困在这里没有意义，一会儿消防队和防暴队过来，很快就能清除炸药和大火，就算特警暂时上不来，我们三个人也能制伏你。"王浩稳住心神，打算先抓住郑宝庆。

"你们都是聪明人，怎么还不明白，游戏的主会场可不是这里，主角也不是我。我们为你们留好了去游戏场的路。"郑宝庆说着指了指天台一侧的通风口。

恐怖连忙跑到通风口，掀开盖子，下面竟然有个滑道，看起来可以通向楼下。

"你说的游戏场在哪里？"马尚急于弄清楚妻子郭洁的身上究竟发生了什么，就算是这游戏要了他的命，他也必须去。

"国际会议中心。"郑宝庆一字一句地说道。

"国际会议中心？"王浩闻言浑身一震，"那里正在举办天安市文化会演！"

"今晚天安市不少有头有脸的人物都会出席，留给你们的时间不多了。"郑宝庆毫不遮掩地说道。

王浩明白了，原来他们使的是调虎离山之计。现在市内大部分的公安特警、消防人员和救护车都来了龙天大厦，意味着国际会议中心那边一旦出事，将没有足够的力量及时平息事态。他急忙拿出手机想要通知邓岚，可发现这里不知何时起没有了信号，根本无法拨打电话。

"我先告诉你们，你们必须把手机放在这里，而且如果你们出去后提前通知警方或其他帮手，又或者没有按时进入会场，那么会场里的炸药将会爆炸，所有会场里的人都难以幸免。"郑宝庆说着伸出手，拿过王浩的手机，看了一下时间，"现在是下午5点40分，你们要在7点30分前进入会场。"

王浩、马尚和恐怖三人闻言面面相觑。

"你们只用了一个小时就在警察眼皮子底下布置了这么多东西，你的同伙究竟有多少人？"

"你们可以选择留下来继续跟我们纠缠。"郑宝庆收起笑容，表情变得认真起来，"不过错过这次机会，真相和那么多生命就会一起被掩埋。对了，我们特地邀请了胡舒曼和王智欣还有那个孙婧涵到场观看这次的文艺会……"

郑宝庆话还没说完，王浩挥手就是一拳打中他的脸颊。

"你们要是敢伤害我老婆和女儿，我不会放过你们！"王浩眼睛充血，心里就像是被插了一刀。

"不可能，菁菁怎么会去那里？"恐怖一边质疑，一边激动地上去踹了一脚郑宝庆。

郑宝庆躺在地上，嘴角渗血，但还是一副死猪不怕开水烫的样子，笑着说道："祝你们好运。"

夕阳的最后一丝余晖消融在天空，夜幕降临。

天安市公安局大楼的三楼是刑侦大队的办公室所在，如今办公室内剑拔弩张，荷枪实弹的特警封锁了整层楼，并要求所有在刑侦大队办公室内的人不准离开。

如今暂时代理刑侦大队队长的陈明嘉是一名老刑警，没想到刚上任两天，就遇到这种事情。对于这些突然闯进来的陌生面孔，他一时间有些不明所以，但是对方丝毫不留情面的态度，实在让他忍受不了。

"你们哪个单位的，领导呢？这里是刑侦大队，你们以为这是什么地方！谁敢拦着我？"陈明嘉一边说，一边就要往外走。

两位特警立刻上前阻拦，刑侦大队其他队员上来帮手，双方冲突一触即发。

"陈队，别让我们为难。"特警队负责人这时从外面走进来，"我是省厅直属特警队负责人冯玉恒，根据领导指示，我们由邓岚局长全权指挥，他一会儿就到，请大家少安毋躁。"

"邓局让你们这么干的？"陈明嘉有些难以置信，不过他还是吩咐刑侦大队的人退后几步，"我立刻联系局长，看看是怎么一回事。"

陈明嘉拿出手机想要给局长邓岚打电话，可冯玉恒却说道："邓局指示，刑侦大队任何人不可以与外界联系，网络和通信信号已经全部切断。"

陈明嘉拿起手机一看，果然没有信号，电脑也上不了网。他此时已经隐约知道发生了什么事情，冯玉恒绝不可能乱说，谜底只能等邓局来揭晓了。

"所有人回到自己的位置，等邓局过来。"陈明嘉说着就放下手机。

十来分钟后，邓岚走进了刑侦大队的办公室。

"邓局……"陈明嘉一脸委屈和疑惑，可他还没开口，邓岚就一抬手，示意他不用再说。

邓岚环顾四周，锐利的眼神扫过每一个刑侦大队队员。片刻后，他迈步向前。

办公室里一片寂静，只有他的脚步声，仿佛沉重的钉锤，一下下捶打着现场每个人的心。

"啪"一声，邓岚收住脚步，他最终停在了张安琪的面前。

"为什么这么做？"邓岚看着张安琪，严声问道。

"邓局，是不是有什么误会……"一旁的刘毅上前一步，想要为张安琪解释，可他话还没说完，张安琪却用手拦住了他。

"我要讨个公道。"张安琪冷冰冰的一句话，相当于承认了所有事情。

"什么公道？你是个警察！"邓岚一拳锤在桌子上，愤怒之极。

"正因为如此，我才更确定我的公道要怎么样拿回来！"张安琪没有畏惧邓岚的愤怒，直视对方。

"我不管你有什么委屈，你现在立刻交代所有事情，念在同事一场，我算你自首，也会帮你向法官求情。"邓岚语气稍稍放缓，希望张安琪能配合，这样也能尽快解开谜团，抓捕犯罪嫌疑人。

"大可不必。"张安琪拿出自己的证件，摆在桌子上，拒绝做出任何说明。

邓岚看到张安琪的态度，不再抱有幻想，内鬼既然已经抓住了，总算扳回一局，深挖下去一定能查出真相。

"带走。"邓岚一挥手，上来两个特警，其中一个给张安琪戴上手铐。

刑侦大队里其他人此时已经大致明白了，但是谁都想不到内鬼会是张安琪，难怪他们忙前忙后，一点有用的线索都查不到。他们此时可谓心情复杂，一方面对于张安琪的背叛感到愤怒，另一方面又难免同情，但更多是疑问，她为什么要这么做？

刘毅看着即将被带走的张安琪，心里五味杂陈，他们一起工作的时间最多，平日里无话不谈，既是同事也是朋友。他虽然不知道张安琪具体做了什么，但是从邓局和她的对话来看，她无疑就是内鬼。

"安琪，这究竟是怎么一回事？"刘毅忍不住上前拉住张安琪，想问个明白。

邓岚也希望刘毅能问出点什么，没有阻止他。

张安琪看着刘毅，眼睛里闪过一丝愧疚，沉默片刻后，说道："对不起，现在我还不能说，但真相终究会大白。"

邓岚将张安琪带走做进一步的讯问和调查，她的随身物品、办公电脑和手机等私人物品也被一并收缴。

而此时，龙天大厦附近的通信也终于恢复，现场负责的特警队长给邓岚打来了电话。

"邓局，我们抓捕了七名涉嫌放置炸药和纵火的犯罪嫌疑人，另外在天台上发现了郑宝庆，他有点轻伤，应该是被人打过，但是王队、马尚和孔泽都不在了，我们正在搜索他们的去向。"

邓岚听完汇报，一个头两个大，他们三个人演完戏去哪里了？难道又有变故？

"你就在现场给我讯问郑宝庆和那七个人，有什么线索立刻打给我！"邓岚隐约觉得事情有些不对劲，但又找不到线索，也联系不上王浩他们。现在他只能寄希望于自己能从张安琪嘴里问出点什么。

天安市文化会演在国际会议中心的大礼堂举办，会演将以文艺表演的形式，展示天安市的文化底蕴和城市风貌。天安市的部分领导，文化界、教育界、企事业单位代表以及受邀的市民等等，共计三百多人齐聚一堂。

炫目的舞台上，主持人开场介绍到场的领导和嘉宾，赵长德随后作为代表上台致辞，宣布演出开始。

王浩、马尚和恐怖三人赶到国际会议中心门外，因为没有邀请函，被安保人员拦在外面。正当他们寻思该如何进去的时候，一个小男孩拿着一个大信封走了过来。

小男孩大约八九岁，盯着王浩他们三个人看了一会儿，然后把目光落在恐怖身上。

"光头叔叔，有个阿姨让我把这个交给你。"小男孩伸出手，把大信封递到恐怖面前。

"哪个阿姨？"恐怖接过信封，四处打量，并没有看到小男孩身后有什么阿姨，只有几个小孩在对面广场踢球。

"我不认识，她给我一百块，留下信封，让我交给一个光头叔叔。"小男孩有些不耐烦，急着去找小伙伴玩，说完转身就跑了。

恐怖打开信封，里面有三张文化会演邀请函。

"我们快进去。"王浩担心妻女，但又不敢给她们打电话，如今心急如焚。

三个人拿着邀请函，顺利进入礼堂。

舞台上的歌舞正表演到精彩之处，没有人注意到他们三个刚刚进来的人。他们很快就看到杜冠亭、刘国才和赵嘉任三个人坐在前两排嘉宾席上。

恐怖想起盛光琦的话，要杀他的人是杜冠亭，不由得怒火中烧，忍不住想要冲上前问个清楚。可他刚迈出第一步，就被王浩拉住。

"别冲动，你这么上去还没近身就会被安保摁在地上。"王浩劝说道。

"可我们就这么干等着吗？"恐怖忍不住抱怨道。

"先找人。"王浩也着急，可他明白当下绝不能轻举妄动，就算是邓岚的电话，他都不敢接。如果这里真有炸弹，犯罪嫌疑人因为他们没有"听话"而突然引爆，不说炸弹本身的威力，就是逃跑的人们互相踩踏，都会造成巨大伤亡。

恐怖一听这话，恢复了理智，他必须先确认孙婧涵究竟在不在这里。

礼堂内观众席四周的灯都是关着的，王浩他们只能借助忽明忽暗的舞台光来找人，可离他们稍远一点的人，就基本看不清面孔了。

最让王浩难受的是明知道这里有危险，但又不能发出警告，通知所有人离开。如何才能保障这么多人的安全？所谓"逃出生天"的游戏，对方没有任何提示，如何开始，又如何结束？

正当他疑虑重重的时候，悬吊在舞台上的射灯突然炸裂，火星四射，舞台后方的幕布瞬间被点燃。

几个安保人员拿着灭火器迅速冲上了舞台。但火势并未马上被控制，礼堂内泛起一阵骚动，这时，一个疑似现场负责人的人拿起话筒，大声喊道："大家坐好，不要慌张，避免踩踏……"

负责人的话音未落，坐在头两排的各部门领导就在几个安保人员的护送下开始往礼堂外走，打头的正是赵长德。他的身后跟着一溜人，其中包括杜建国、杜冠亭、刘国才、赵嘉任等。

礼堂里的顶灯已经全部打开。恐怖刚才就觉得那个讲话的负责人声音耳熟，这时灯亮起，他往前走了几步，发现这人竟然是失踪已久的盛光琦。

"盛光琦！"恐怖大喊了一声。

盛光琦装作没听见，一把戴上帽子，混入人群之中。

恐怖想要去追，却被人一把拉住。

"孔泽，你怎么在这儿？我打你电话为什么不接？"孙婧涵看到恐怖，立刻过来抓住他的手，质问他不接电话。

"菁菁，你真在这儿？"恐怖反手拉住孙婧涵，"先不说这些，赶快离开这里，有危险。"

孙婧涵看恐怖神情紧张，不像是开玩笑，一时间也担心起来。

另一边，王浩也看到了妻子和女儿。

"你带女儿过来，怎么不给我打电话？"王浩抱住女儿，忍不住责怪妻子胡舒曼。

"是你同事给我的邀请函，说是让我们给你一个惊喜。我也没想到会起火……"

"哪个同事？"

"是一个年轻的女孩子……我忘了问她名字……"

"这里有危险，你们赶快走！"王浩放下孩子，让胡舒曼她们赶快离开。

"要走也一起走啊！"胡舒曼一手牵住孩子，一手拉住王浩。

王浩抱了抱妻子，又亲了亲孩子，说道："我是警察，不能就这么走。"

胡舒曼闻言，眼睛湿润，舞台上的火已被扑灭，但丈夫却说不能走，看着他的眼神，她知道火灾背后一定另有隐情，而且很可能十分危险。

"你一定要小心。"胡舒曼的声音微微颤抖。

王浩点点头，推着妻子和孩子往礼堂后面的消防门走去。

这时恐怖也拉着孙婧涵挤过来，指着胡舒曼和孩子，招呼道："你跟她们一起走，我陪王队留下来。"

孙婧涵知道恐怖的想法，劝也没用，只能叮嘱他多加小心。

两个女人带着一个孩子，快速跑进了消防通道。

"我刚才看到盛光琦了，是他安排人把前两排的领导带走的。"恐怖此时想起这件事，立刻说道。

"有问题，我们跟上去看看！"王浩环顾四周，却发现马尚不见了踪影，"马尚呢？"

"他刚才还在啊，去哪儿了？"恐怖也没注意，他刚刚一门心思都在孙婧涵身上。

"他会不会跟着那帮领导走了……"王浩猜测道。

10分钟前。

马尚知道舞台上的火绝非偶然，又看到王浩和恐怖都在照顾爱人，不忍打搅。他孑然一身，无所畏惧。盛光琦忽悠着前排领导往左前方的侧门走去，他便也跟了上去。可他刚进门就感觉不对劲，门内空气混浊，像是一个封闭空间。前面的人拿着手机当手电筒，光线晃动下，四周竟然空无一物。

马尚心中诧异，暗想这哪里是消防通道。他正迟疑要不要退出去，可身后的门却被人从外面锁上了。

领导们此刻也发现不对劲，大喊大叫起来，拼命推门，却无济于事。

马尚早有心理准备，倒没那么惊讶。这看来只是"前菜"，他等着看接下来还会发生什么事情。他想起郑宝庆的话，这一切都是按照妻子的剧本推进的，虽然这说法让他难以接受，但是内心竟也有了几分期待。

"怎么回事？保安！"赵长德此时勃然大怒，可是刚才还在左右的保安却不知何时没了踪影，"小莫，打电话给邓岚局长，让他马上安排人过来。"

"这里……这里手机没有信号……"小莫是赵长德的下属，此时他拿着手机无计可施。

"真的，没信号，这可怎么办？"

"开门！"

"不用慌，一会儿肯定有人来……"

密闭空间里乱作一团，几个人好像是树林里聒噪的鸟，叽叽喳喳叫个不停。

就在这时，响起一阵刺耳的鸣笛声，接着他们头顶的探照灯突然亮起。

所有人都瞠目结舌，他们发现自己正在一个看起来好像集装箱的封闭空间里。

马尚站在角落里，他清点了一下人数，除了他，这里还有七个人。他认识其中五个人——赵长德、赵嘉任、杜建国、杜冠亭和刘国才。

"集装箱"左右两边的顶上各有一个高音喇叭，此时突然发出"嗡嗡"的噪声，跟着一个略显生硬的声音传了出来。

"欢迎大家来到游戏'逃出生天'，我是指引者！"

所有人听到这句话，首先是有些发蒙，甚至怀疑自己听错了。

赵长德更是脸色铁青，今晚的事情可谓让他颜面尽失，在他看来这无疑是一场恶作剧，事后一定要对这次活动的负责人严厉追责。

"你知不知道这里都是什么人，立刻把门打开，不然就让你……"小莫想在领导面前表现一番，可他话还没说完，墙壁里就射出一颗钢钉，扎进了他的脸颊。

小莫惨叫一声，用手捂住脸，但血就像冒泡的泉水，"噗噗"往外流。他坐倒在地上，哀号阵阵，令在场的所有人都心惊肉跳。

原本还趾高气扬的赵长德此时也一脸苍白，双手抱头，蹲在地上，浑身发抖，生怕下一颗钉子会打在他的身上。

马尚并没有太在意受伤的小莫，他一直盯着赵嘉任、杜冠亭和刘国才三个人。这三人的反应有些出乎马尚意料——他们的脸上没有半点恐惧的神色，冷静得令人发怵。

"请你们按照我的引导，进入游戏通道，不然就会被'追魂钉'钉死，祝你们好运。"指引者的声音一结束，灯光又暗了下来。

只听"砰"一声，"集装箱"一侧弹开一扇门，后面出现了一条通道。通道很窄，勉强够一个人通过，里面黑乎乎的，也不知道通向哪里。

"我走前面，大家跟着，小心一点。"杜冠亭挺身而出。

"小亭，你不要莽撞……"杜建国担心儿子安危，出言阻止，可杜冠亭已经走进了通道，他也只能快步跟了上去。

赵长德向赵嘉任挥手，想让儿子跟着自己一起走，可赵嘉任装作看不见，把头撇到一边。赵长德只好一个人向前走。

其他人这时也纷纷跟上，没有人愿意打头阵，也没有人愿意最后一个走，走在中间无疑更加安全。一直在地上哀号的小莫颤颤巍巍爬起来，也跟了上去。

马尚走在最后，当他刚刚踏进通道，身后的门"砰"的一声重新关上。

第十六章

游戏开始

　　王浩和恐怖想要去前面找马尚，可没走几步，就听到后面一阵骚动，那些刚刚走进消防通道的人如潮水般退了回来。

　　王浩他们很快就看到了胡舒曼抱着孩子和孙婧涵也在回来的人群中。

　　"怎么了？"王浩急忙上前，抱过孩子问道。

　　"出去的通道被封死了。"胡舒曼此刻也知道事情有些不同寻常，语气比刚才紧张了不少。

　　大礼堂有六个通道，前面两个，中间两个，后面两个。有些观众开始去其他通道尝试，甚至用礼堂内的消防栓砸门，可毫无用处。如今礼堂内手机和网络都没有信号，这里就像是一个与世隔绝的孤岛，有些胆小的人此时已经哭了起来。

　　唯一值得庆幸的事情是通风、照明系统还在正常运转，火已经被扑灭，看起来并没有什么迫在眉睫的危险。

　　王浩对这群匪徒胆大包天、毫无顾忌的做法感到非常震惊。要知道国际会议中心是一个综合建筑体，礼堂只是其中一部分，围绕着礼堂还有大大小小的展览馆、会议室、活动场等等。他们要把这样一个平日里严格管理的地方掌握到这种程度，并非一件容易的事情，显然是经过精心策划的。无论如何，这样的大"工程"可不是郑宝庆他们几个人能够完成的事情，需要大量的人力、物力、财力，甚至是权力。国际会议中心内部的工作人员必然有人是他们的同党，而且这人的职务不低，可惜他现在被困在这里无法展开进一步的调查。他不相信郑宝庆会是主谋，至于何金平、童希洛、郑嘉慧和高树梅那些人也没有这样的能力。如果主谋是赵嘉任、杜冠亭和刘国才三个人，那么勉强说得通，毕竟他们是有实力搞出这么大手笔的人。

他看了看时间，现在是晚上 8 点 10 分，这场演出原计划是在 9 点 30 分结束，最迟到那个时候，外面的人一定会发现不对劲而报警。可如果礼堂里真有炸弹，警方即使包围了这里，也会投鼠忌器。如何破局？难道真的要玩那个"逃出生天"的游戏？

正当王浩心绪纷乱之时，礼堂内的音响发出刺耳的轰鸣，顿时让嘈杂的人群闭上了嘴，捂住了耳朵。

"恭喜各位成为游戏'逃出生天'的观众，我是游戏的'指引者'，你们将有幸亲眼见证史上最震撼人心的游戏！为了保障游戏的顺利进行，请大家回到原来的位置坐好。"一个冷酷的男性声音从喇叭里传来。

"我们不看，让我们出去……"一个彪形大汉挥舞着拳头，对着发出声音的喇叭大声喊道，可他话音未落，不知从哪里射出一颗钢钉，正中他的拳头，穿骨而过。

彪形大汉一声哀号，痛苦地蹲在地上，血溅了旁边人一身。

礼堂里不少人被眼前这一幕吓得大声尖叫。

"倒计时 60 秒，没有回座位的人，将被'追魂钉'穿骨！"指引者警告道。

礼堂里的人看着那满地的血，哪里还敢质疑，纷纷回到自己一开始的座位。就连受伤的彪形大汉也跟跄着爬起来，向自己的座位走去。

恐惧是维持秩序最有效的手段。

60 秒倒计时一结束，原本混乱嘈杂的礼堂变得鸦雀无声。

王浩和恐怖护着爱人和孩子回到位置，他们自己却不知道去哪里坐。虽然前两排空出了不少座位，但是那个男声说的是"回到原来的位置坐好"，那里并不是他们的座位。害怕乱坐座位会招致惩罚，两人一时也只能站着。

除了王浩和恐怖之外，礼堂里还有五个人站着，都是老熟人，分别是盛光琦、何金平、童希洛、郑嘉慧和高树梅。这五个原本失踪的人一下子全部出现在礼堂之中。

王浩心中有无数个疑问，但是他知道这五个人的出现绝非偶然，真相似乎近在眼前。

"恭喜七位，你们是被选中的游戏参与者，请在30秒内到舞台右手边的通道前集合。"指引者的声音再次响起。

王浩和恐怖早有心理准备，其他五个人看起来也对这个安排心知肚明，并没有惊讶的神情。

"孔泽，我跟你一起去！"孙婧涵压低声音说道。

"相信我，我不会有事的，你在这儿等我。"恐怖压住孙婧涵的肩膀，不让她站起来，他怎么忍心让她去冒险。

七个人在众多观众的目光下，来到了指定位置。

恐怖不管三七二十一，挤到郑嘉慧身边，怒气冲冲地说道："臭丫头，我们的账怎么算？"

"算账？你报恩还差不多，不是我，你死好几次了。"郑嘉慧很认真地说道。

"我信你个鬼！"恐怖捏了捏拳头。

"一会儿你就知道了。"郑嘉慧一扭头，懒得再跟恐怖废话。

恐怖本还想找其他人聊聊，但是这时"砰"的一声，原本看起来像是墙壁的地方，弹开一扇门，一条通道出现在众人眼前。

"请游戏参与者入场，'逃出生天'即将开始。"

王浩回头看了一眼妻子和女儿，她们关切的眼神一刻也没有离开过自己。他故作轻松，露出一个微笑，比了一个"耶"的胜利手势。

随着七位游戏参与者走进通道，门再次被关上。

礼堂里的灯光渐渐暗下来，白色的幕布缓缓展开，光影流转，一场绝无仅有的"演出"即将上演。

邓岚安排经验丰富的警员和专家对龙天大厦抓到的郑宝庆等人进行突击讯问，除了郑宝庆不配合以外，其他七个人倒是老实交代了。

这七个人互相之间并不认识，他们都是社会闲散人员，而且都有犯罪前科。根据他们的口供，雇主是通过网络单线联系他们，给他们分别安排了任务，支付了定金。更让警方惊讶的事情是这七个人都称得上是专业人士，他们分别是爆破安全工程师、电梯维保人员、原龙天大厦安保、化工技师、电工、格斗专家和机械工程师。他们因为坐过牢，没有公司愿意雇用他们，生活困难。

他们对于雇用他们的人的身份一无所知，只是拿钱办事，讨个生活。

每次行动之前，他们都会根据"老板"的指示进行操作，每次都会顺利逃脱。可是这一次事发突然，他们接到任务后匆忙赶到现场，"老板"也没安排后续的撤退方案，结果就是几个人被赶来的特警一网打尽。

王浩这招"引蛇出洞"，让幕后"老板"措手不及，这才不得不紧急应对，也就让他们七个人成为"弃子"。

邓岚初步推断，这个"老板"多半有张安琪一份，只有她能黑进指挥系统，了解警方的安排和布局，从而引导这些人来去自如。

"张安琪啊张安琪，你为什么要做这种事？"邓岚恨铁不成钢，他找来张安琪的档案查看。

张安琪，25岁，毕业于北华大学计算机网络专业，以应届生身份参加了公务员考试，进入天安市公安局，实习期过后，主动申请进了刑侦大队。她父母都是老师，家庭背景一干二净，从小到大在学校也是模范生，光看简历很难相信她会做出如此极端的事情。唯一引起邓岚注意的是，在她大三那年，父母遭遇了一场车祸，双双遇难。

"难道是这场车祸有什么蹊跷？"邓岚立刻让人找来当年那场车祸的资料。

2020年4月21号晚上9点30分左右，张安琪的父亲张宁骑了一辆电动车，带着妻子邹静，从亲戚家赴宴后回家途中，与一辆黑色轿车相撞，夫妻两人当场身亡。交警事故报告最后定性为意外交通事故，因为张宁驾驶的电动车事后检测有违规改造行为，同时还有逆行、违规载人、没有佩戴安全头盔等原因，负事故主要责任。司机免于刑事起诉，保险公司做了赔偿。

表面看起来这起交通事故没什么特别的地方，但是邓岚看到黑色轿车的车牌后，惊出一身冷汗。

"天C00010……"邓岚一字一字地读出了车牌号，这个车牌他是知道的，事故中的轿车并非私家车，而是天安市市委的车。

邓岚放下了手中的资料文档，他不用调查也知道这起事故恐怕不像档案里说的那么简单。他不由自主地叹了口气，因为他不光知道这车是市委的，还知道这车就是市委秘书长赵长德的专用车。

邓岚起身走到窗边，打开窗户，想要透口气。车祸发生在四年前，那时候他还在警校里当老师，要让张安琪开口，恐怕必须从这个案子上着手。他要查这个案子不难，档案上的办案民警和审批领导的签名都在，只要找来问话，晓以利害，必然可以问清楚。可是翻旧案，尤其是涉及领导干部，那顾虑就多了。

他看着窗外的万家灯火、车水马龙，突然想起几天前王浩请他吃火锅时的情景。

邓岚眼前仿佛又出现了王浩那爽朗的笑容，不由得浑身一颤。他转身走回办公桌，拿起电话。

"立刻派人去找交通大队一支队的队长杨勇，还有民警曹欣、孟学文，把他们分别带到谈话室，我要亲自问话！"邓岚的目光落在案件档案签名的位置，上面正是杨勇、曹欣、孟学文三人的签字。

马尚跟着众人穿过通道，来到一个圆形大厅内，这里光线昏暗，正中间有一张大圆桌，圆桌台面上安放着十五个绿色按钮，每个按钮之间都有一定的距离，在按钮上方有一个嵌入桌面的液晶屏幕，亮着白光。

"请参赛者选择自己的位置。"指引者的声音再次传来。

八个人陆续选择了圆桌上一个位置。

就在这时，旁边的一扇门打开，大厅里又陆续走进七个人，正是王浩他们。

这七人也在引导下选好了自己的位置，王浩和恐怖选了两个相邻的位置，他们离马尚也很近，只隔着一个杜冠亭。

恐怖看到杜冠亭，眼睛里都喷出火来。

"是不是你要杀我？"恐怖直截了当地问道。

杜冠亭看了眼恐怖，不紧不慢地反问道："你是谁？"

"我就是恐怖，恐怖的恐，恐怖的怖！"

"嗯，听说过你，谁告诉你我要杀你，盛光琦吗？"杜冠亭把目光投向对面的盛光琦，可盛光琦低着头，似乎并没有听见别人提到了他。

"谁告诉我的不重要，究竟是不是你？"恐怖继续追问，他太想知道这些事的幕后黑手是谁了。

"剧本杀里，拿到凶手牌的那个人一定会颠倒黑白，制造假象，如果你带着偏见入局，最后一定会输！"杜冠亭没有直接回答恐怖的问题，反而讲起了似是而非的道理。

"你这么说是不承认了？"

"我只是劝你不要轻易相信别人说的话。"

"少废话……"恐怖觉得杜冠亭是故弄玄虚，刚想发火，却被指引者的话打断。

"接下来，我将为大家介绍游戏规则。你们会被随机分成三组，每组五人进入不同的密室，同时你们将被分配到不同的道具。逃出者生，被困者死！"

话音一落，圆桌上的按钮和显示器开始闪光，就像是博彩场里的大转盘。

大约五六秒后，每个玩家的屏幕上都显示出了分组结果。

王浩、马尚和恐怖三个人刚好被分进三个不同的组。第一组是王浩、赵长德、赵嘉任、小莫和何金平；第二组是马尚、杜冠亭、童希洛、文化局钱副局长和高树梅；第三组是恐怖、杜建国、刘国才、郑嘉慧和盛光琦。

每个人面前的按钮缩了进去，下面凹槽里摆放着各自的道具。

王浩看到凹槽里的东西愣了，那是一把枪。他第一反应是玩具枪，但当他的手触碰到枪把的一刻，那冰凉的触感却告诉他这是货真价实的枪。他弹出弹夹，检查了一下，里面压满了十五颗子弹。

"有请第一组的玩家拿好道具，进入密室。"喇叭里传来声音，圆桌左侧的一扇门打开。

王浩、赵长德、赵嘉任、小莫和何金平五个人拿着各自的道具，离开了圆桌，在门口聚到一起。

"王队长，有你在我就放心了。"赵长德这句话是真情实意，他紧紧握住王浩的手，"警方的人什么时候能来救我们？"

"赵秘书长，目前外面的人应该还不知道我们受困了。"王浩如实作答，其实就算现在警方已经知道这边发生的事情，短时间内也无可奈何，毕竟在礼堂里，有一百多号人质。

赵长德脸色微微一变，他问道："难道我们真要玩什么游戏？"

"眼下我们还是按照他们说的做，您放心，我会竭尽全力保护……"此时喇叭里传来倒计时的声音，打断了王浩的话。他虽然有不少问题想问其他人，但此时只能先进入密室，其他事再从长计议。

王浩走过来的路上都在仔细观察，他发现这些突然冒出来的密室，不过是在原有空间里重新拼搭的，有点像乐高积木。这些东西虽然设计精妙，但终究是时间仓促，留下不少破绽，万不得已的时候他准备强行破坏，只要保证众人安全，自己大不了鱼死网破。

王浩领头，带着其他四个人走在通道里。他手里握着枪，这多少能给他一点安全感。不过他也不明白策划者为什么给他枪，这实在是一个危险而大胆的举动。说起来，这一组其他四个人的道具都有些莫名其妙。赵长德的道具是一把小刀，赵嘉任的道具是一根香蕉，小莫的道具是一把螺丝起子，而何金平拿到的是一把铲子。这些东西有什么用处？五个人都是一头雾水。

通道里虽然难辨方向，但王浩还是能够判断他们不过是在一个有限的位置里绕圈圈。这七拐八弯的通道容易让人产生错觉，他不由得想起曾经带着女儿在公园里走"八卦阵"迷宫，看起来与此相差无几。

五个人兜兜转转终于来到一个长方形的房间里。房间四周是白色的背景墙，墙上装着密密麻麻的"眼睛"，看起来让人不寒而栗。地板上有一个正方形的凹槽，深约半米，边长大约三四米，槽内有十块形状不一，好似"华容道"的砖块。在凹槽正下方中间的位置，还有一个金色区域，上面刻有两个大字：生门。

王浩凑近一看，有五块砖上是他们五个人各自的名字，剩下五块砖上都写着一个"死"字。

刻着"王浩"和"何金平"名字的三角形砖块大小一致，刚好拼接成一个小正方形。赵长德和莫聪则是两个大小不一样的长方形砖头，一长一短拼接成L形。赵嘉任是一个小正方形，靠在凹槽边缘处。这些砖头下方则是另外五块刻着"死"字的砖头，它们分别是三块三角形砖头、一块正方形砖头和一块长方形砖头。

王浩趴在凹槽边仔细观察，发现砖头下面有固定的轨道，砖头只能沿着轨道移动。其他人也是围着凹槽打量，却都不明白这些设置是什么意思。

正当五个人一头雾水之时，来时的通道已被封闭，房间内再次响起指引者的声音。

"你们必须在15分钟的时间里，依次把刻有名字的砖头移动到'生门'，没有抵达'生门'的地砖，对应名字上的人必须被你们处死，否则所有人一起陪葬。"

话音一落，房间里弹出一个计时器，开始倒计时。

"处死"这两个字无疑有着巨大的威慑力，他们都是聪明人，这十几分钟里发生的事情，已经足以说明幕后凶徒早有预谋，手段毒辣。而小莫血淋淋的脸无疑也是在警告他们，指引者的话绝非虚言。

五个人里，小莫看起来是最惊恐的，这也情有可原，毕竟目前只有他切实受到了伤害。他急忙挪动砖块，想要把刻有自己名字的砖移动到"生门"。

砖块的挪动方法与"华容道"如出一辙，都需要通过移位来实现，只要找出规律，并不是难事。这种游戏最忌讳的就是胡乱移动，否则就像是乱扯打结的线团，要找出线头越发困难。

小莫现在是"病急乱投医"，他推来转去，想把自己那块地砖挪出来，却不得其法。这些地砖除了有固定的移动方向，似乎还会互相牵扯，推动其中一块，另一块就会回弹。

"小莫，别乱来，看清楚再动手。"赵长德见过大场面，此时还算冷静，他上前阻止小莫胡乱"搬砖"。

小莫脸上钻心地痛，此时早已没了往日对赵长德的恭敬，一把推开对方。

"你真以为自己什么都懂？呸！没我这个秘书，你连演讲稿都写不明白！"小莫在生死关头，把平日里积累的情绪一股脑发泄出来。

赵长德脸上一阵白，一阵青。

"莫聪，现在不是闹情绪的时候，你这么乱来是没用的。"王浩这时候也出来劝阻。

小莫发泄完情绪，也有些后悔，毕竟得罪了赵长德，出去后他可没有好果子吃。他捂着脸，停了下来，说道："那你们说怎么弄？"

王浩刚才也在看，以前他也玩过"华容道"的游戏，当然这个图形更复杂，15分钟里移出一两个有可能，但要把五块砖都弄出来恐怕不容易。

倒计时已经过去了一分钟，他们还没有移出任何一块地砖。

一直保持沉默的赵嘉任此时突然开口说道："无论怎么移动，只能移出四块地砖。"

"为什么？"赵长德看着儿子问道。

"这个游戏实质上就是一个数学问题，一时半会儿说不明白，不过道理很简单，必须有一块地砖卡住回弹的位置，否则其他地砖都出不去。"赵嘉任一边说，一边用手指了指那五块"死"字地砖。

王浩摸不准赵嘉任是信口开河，还是真的懂。

"嘉任，既然你知道方法，那你来移动砖块。"赵长德对儿子还是颇为信任，他这个儿子在数学上极有天赋，如果不是他坚持让孩子考公，那么他现在可能就去搞研究了。

赵嘉任对父亲的态度却是冷漠之极，其他人也不难看出他们不像父子，更似仇人。

"我们凭什么相信你？"何金平提出质疑。

"不如让我先试试，不行你再来。"赵嘉任语气平和，态度谦虚。

何金平闻言无话可说，毕竟自己也没有任何头绪。

"别想着用我的砖块来卡住回弹的位置。"小莫却生怕他们父子报复自己，赵嘉任会用他的地砖来卡位，所以急着表态。

"如果真能先移出来四块地砖，那么你可以用我的地砖来卡住回弹位置。"王浩知道自己没有能力把四块地砖都移到"生门"的位置，当机立断，让赵嘉任先移动其他地砖。

"你不怕死？"赵嘉任把手里的香蕉剥开皮，咬了一口，吃得津津有味。

"怎么可能不怕，不过眼下这是唯一的选择。"王浩坦然说道。

"王队，我佩服你。"赵嘉任两口吃完香蕉，把香蕉皮扔到一边，然后就下场开始"玩游戏"。

正如他所说，每次移动地砖之前，他都需要用王浩的地砖挡住"死"字地砖的回弹，时间一分一秒过去，赵嘉任就像是高明的棋手，时而沉思，时而动手，终于在倒计时还有两分钟的时候，把四个人的地砖全部移到了"生门"，只剩下王浩的地砖还被卡住，无法挪动。

王浩站在旁边观察，正如赵嘉任所说，如果没有另一块地砖来卡住其中一块"死"字地砖，让它无法回弹。那么无论如何移动其他地砖，自己那块地砖始终没法到达"生门"。

"嘉任，你再帮王队想想办法。"赵长德表示自己对王浩的关心。

赵嘉任沉默不语，只是把目光投向了王浩，看着他手里黑亮的手枪。一会儿，如果他们还是无法移除王浩的地砖，那么是大家一起死，还是合力杀了王浩自保？

礼堂的巨幕上，实时播放着三个密室里发生的一切，所有坐在椅子上的观众无不瞠目结舌，不知道这究竟是真是假。

"妈妈，爸爸会不会有事？"王智欣的眼睛湿红，抱着妈妈胡舒曼。

胡舒曼紧紧搂住女儿，虽然她的心也一直揪着，但还是安慰女儿道："没事的，爸爸一定有办法。"

而一旁的孙靖涵，并没有听见她们母女的对话，她的目光和注意力一直没有离开过恐怖。大银幕最右边的画面直播着第三组进入密室后的情况，恐怖他们此时也遇上了麻烦。

恐怖、杜建国、刘国才、郑嘉慧和盛光琦五个人一组，他们在第一组和第二组进入密室后，也随即进入了第三个密室。

密室的四面墙上都有一个碗口大的出水孔，此时正在同时往房间内灌水，不过片刻工夫，水已经漫到了他们的脚踝。

房间中间位置悬挂着五个透明的塑料球，每个球里有一粒骰子，人无法直接触碰到骰子。根据游戏规则，他们五个人需要各自选择一个骰子，然后通过摇晃塑料球把骰子摇成红色的"一点"朝上。当五个人的骰子都变成"一点"，水就会停止灌入。五个人只能摇自己选择的骰子，不允许摇动其他人的骰子。

这个游戏听起来很简单，但是做起来却不容易，骰子使用的是特制的弹性材料，轻轻摇动，就会像乒乓球一样不停跳动，光是等它停下来就要好一会儿。当他们发现不是"一点"的时候，只能又重新摇过。最紧迫的是时间，按照现在水流灌入的速度，乐观估计十来分钟水就会灌满整个房间。

此时，恐怖的脑子里"万马奔腾"，他这段时间已经泡了好几次水，难道这就是传说中的"水逆"？不过眼下他还是要保持冷静，先解决眼前的骰子，再找盛光琦和郑嘉慧好好聊聊。想到这里，他不由得把目光落在他们两个人身上。盛光琦和郑嘉慧似乎并没有受到上次事情的影响，两个人甚至还互相鼓励对方。

恐怖看在眼里，忍不住暗自骂街。

"你快点摇啊！"杜建国最先把自己的骰子摇成了"一点"，忍不住催促身边的恐怖。

"急个屁！"恐怖白了一眼杜建国，不过他还是动手摇了一下，骰子开始乱跳，最终却落在了"三点"。

这游戏完全没有规律和技巧，就是拼运气，而且一个人的运气好还不够，必须五个人都撞好运。

水在恐怖一次次的尝试中继续上涨，很快就到了腰部的位置，他的情绪此时也从无所谓转变成不安。

五个人里，此时只有杜建国和盛光琦两个人的骰子侥幸摇成了"一点"，但他们也开心不起来，只要一个人不成功，其他人都要陪葬。

杜建国不甘心坐以待毙，他脱去衣服，尝试去堵水孔，可根本无济于事，堵住一个水孔，墙壁其他位置又冒出一个水孔。

当水漫到恐怖胸口的时候，他终于摇到了"一点"，随后刘国才也摇到了"一点"，只剩下郑嘉慧没有成功。

郑嘉慧是女孩子，个子本来就比其他四个男人矮，水此刻已经淹到了她的鼻孔，她不得不蹬腿在水里扑腾。

所有人都明白，如果郑嘉慧再摇不出"一点"，用不了一分钟，水就会漫过她的头顶。其他四个人都只能干着急，因为游戏规则不允许其他人帮她摇骰子。

恐怖眼看着郑嘉慧快不行了，他立刻游了过去，对盛光琦说道："你把她托起来。"

"可是……"盛光琦有些犹豫。

"可是个屁，游戏规则只说不能帮她摇骰子，又没说不能抱她！"恐怖骂道。

盛光琦一想也是，于是从身后把郑嘉慧抱起，让她不用再踩水。不过这也不是长久之计，再过一会儿，水就会漫过所有人的头顶，留给他们的时间已经不多。

五个人都只能寄希望于郑嘉慧能一把成功。

郑嘉慧喘了口气，从水里伸出手，再次握住了塑料球。她盯着球里的骰子，手轻轻一摇，随着球的晃动，骰子开始在里面弹跳。

"你们两个究竟是演的哪一出戏？千方百计来参加这个游戏，命都不要了，是不是为了郑雨鑫，你们想找杜冠亭报仇？"恐怖没有去看球里滚动的骰子，而是看着郑嘉慧问道。

没想到这时候一直看起来有些绝望的郑嘉慧回望向恐怖，突然咧嘴一笑。

恐怖看着她的笑容，就像是看恐怖片。

"什么样的游戏能比真实的世界更残酷？"郑嘉慧没有回答恐怖的问题，只是满脸不屑地反问道。

恐怖就算是泡在冰冷的水里，也能感觉到郑嘉慧滚烫的怨念。

"我和你一样，来这里就是为了一个真相！"郑嘉慧说完这句话，骰子再次落定——"六点"。

恐怖虽然不明白郑嘉慧的话，但是他也没心思继续追问，眼下先保命再说。水势以惊人的速度继续上涨，灌满整个房间也就是两三分钟的事情。

杜建国脸色惨白，慌乱地拍打双手，溅起阵阵水花。他大声喊道："救救我，我……我不会游泳……"

这种情况下要救人可不容易，根本无处使力。如果是掉进河里，那么救援者只需要把落水的人拉到岸边就行，可在这里必须一直托着对方，就算是水性不错的恐怖也不敢贸然伸手。

杜建国虽然还没有溺水，但是恐惧已经让他方寸大乱，没人来拉他，他就去拉人。首当其冲被他一把拽住的就是刚刚浮出水面的盛光琦。

盛光琦出水面换气，却突然被人从背后拽住，他本能地想要挣脱，所以松开了郑嘉慧。

杜建国抓住了盛光琦就像是抱住了救生圈，哪里肯放手，这么一闹腾，他们两个人都沉入了水底。

这时候一直没有说话的刘国才拍了一下恐怖的肩膀，提醒道："用你的道具。"

恐怖一愣，想起自己拿到的道具是一副手铐。对付不懂水性的落水者，首先要做的就是控制住对方。他心领神会，潜入水里，与盛光琦一起把杜建国的双手反铐起来。

杜建国呛了几口水，双手无法使用后他只能努力踮脚扬脖子，只有这样才能将头露出水面呼吸。

"我是安远集团的董事长，你们把水停下来，多少钱我都给你们……现在我就能安排……五千万，不，一个亿，快放了我……"杜建国觉得没有什么是钱解决不了的问题，如果有，那就是钱不够多。可这一次，没有人理会他，而且继续上涨的水让他不得不闭上嘴。

此时所有人都明白，只剩最后一次机会。

"让我来吧。"恐怖见盛光琦气喘吁吁，鼻涕眼泪一起流，刚才他也呛了口水，再潜下去不免有些吃力。

盛光琦点点头，他确实有些体力透支。

"我不管你们是复仇还是玩游戏，我可不想淹死在这里。"恐怖把目光转向郑嘉慧，"我这人没别的，运气一直还不错，借点给你，你这次一定要成功。"

说完，恐怖猛地扎进水里，他抱紧郑嘉慧的双腿，憋住一口气，把她高高举起。

郑嘉慧稳稳浮出水面，这一次她居高临下，双手捧着塑料球，深吸一口气，闭上眼睛，轻轻摇了三下。

骰子宛如耀眼的舞者，开始在球体中翩翩起舞，吸引着所有人的目光。

而就在所有人的目光都看向骰子的时候，没有人留意到杜建国因体力不支渐渐沉入水中的身影。

邓岚分别和杨勇、曹欣、孟学文三个人谈了话，他们一开始坚决否认在处理这起交通事故之中有渎职行为。不过邓岚还是看出他们意志并不坚定，眼神游移，于是施加压力，晓以利害后，三个人开始动摇，最终道出了实情。他们愿意开口，也是因为当时他们只是服从命令，而且在这件事上并没有拿任何好处。

邓岚根据杨勇等人所交代的情况，再加上合理的推断，大致还原了真相。

那天晚上，赵长德参加了一场私人聚会，没让司机开车，而是自己驾车前往。当天他应该喝了一些酒，宴会结束后又自己驾车返程。回来的路上，他开车驶入一条单行道，因为是逆行，随后和一辆电动车相撞，造成电动车上的两人当场死亡。

　　杨勇他们接到市委秘书处办公室主任的电话，于是到现场处理交通事故。他们到场后，只看到赵长德的司机，司机说是他开的车。不过他们事后查看过监控录像，得知开车的人是赵长德。他们删除了录像，重新整理了现场，并出具了与事实截然相反的责任报告。

　　整个事件处理过程中，赵长德并没有出面，甚至一个电话也没有给杨勇他们打过，全部是当时的办公室主任从中协调。

　　当年那位办公室主任如今已经异地升迁，杨勇他们也没胆子保留证据，口说无凭，这件事想要翻案并不容易。

　　邓岚猜测张安琪很可能是因为这件事，所以才做了内鬼，而目的自然是为了报复赵长德。如果他的推测没错，赵长德极有可能是这伙人的目标之一。想到这里，他立刻就拿出手机联系赵长德，可电话却无法接通。他又找到市委办公室的人，才知道赵长德今晚在国际会议中心参加一场文艺会演。

　　邓岚立刻命令在国际会议中心附近的巡警进入会场，可传来的消息却是会场内的门全部被反锁，甚至内部与外部的网络联系也全部中断，警员无法与里面的人取得联系。

　　邓岚闻讯只感觉头皮发麻，国际会议中心里有包括赵长德在内的多名领导干部，还有很多普通群众，万一有个什么闪失，后果不堪设想。

　　一时间，天安市几乎所有的警车都涌向国际会议中心。

第十七章

借刀杀人

马尚、杜冠亭、童希洛、钱副局长和高树梅五个人作为第二组，进入了中间的暗道。马尚对于暗道里面有什么根本不关心，他只想知道童希洛究竟为什么撒谎，还有杜冠亭他们到底有没有性侵黄喆喻，而自己老婆的死到底和整件事有什么关系？如今能够回答这些问题的人都在他眼前，他哪里还能沉得住气。

"童希洛，我老婆的事情，现在必须给我一个交代！"马尚进入暗道后，一把抓住童希洛的手臂，生怕她跑了。

童希洛神情自若，她早就料到马尚会来询问，反倒是惊讶他居然忍了这么久才开口。

"我骗你的，根本没有性侵那回事，郭姐的事情另有隐情。"童希洛轻飘飘地说道。

"我们三个人可算沉冤得雪了。"杜冠亭在一旁笑着调侃道。

"是不是他威胁你，没事，有我在，你说实话，我绝不会让他伤害你！"马尚猜测童希洛是受到了杜冠亭等人的威胁才会这么说。

童希洛叹口气，用怜悯的眼神看着马尚，说道："我骗你只是为了救你一命，一来你为了查清真相，不会再自杀；二来你把杜冠亭他们当凶手，再怎么折腾，看在郭姐的面子上，他们也不会伤害你。"

马尚心里的疑惑实在太多，问题一个接着一个，事情的发展远远超出了他的想象，甚至他一直以为是幕后黑手的杜冠亭三人，在童希洛嘴里也变成了可以信赖的对象。

可"指引者"没打算让他们在这里悠闲"讨论"，暗道墙壁里突然流出汽油，跟着火花一闪，一条火龙从他们后面窜出。

五个人只能夺命狂奔，跑慢几步的马尚和高树梅，火星都飞到了他们身上，两个人试图用手拍灭衣服上的火星，手上立刻被烫出几个水疱。

他们迅速冲进一个密室中，身后的门"砰"一声关上，外面的大火似乎也瞬间熄灭，一丝烟雾都没有蔓延进来。

五个人稍微喘了口气，不过他们并没有得到真正喘息的机会，当看清密室里的场景后，众人惊起一身鸡皮疙瘩。

房间里有一个凹陷的大坑，坑里爬满了五颜六色的毒蛇，看上去花花绿绿一片，令人作呕。

"指引者"介绍了游戏规则，他们必须在 20 分钟内，从坑里找到打开密室的机关。

正当众人不知道该如何着手的时候，一条红色斑纹的眼镜蛇被突然闯进的人所吸引，顺着坑道的斜坡滑了过来。众人急忙后退，直到退无可退。

眼镜蛇抬起半个身子，三角状的蛇头轻盈摆动，嘴里不时吐出红色的芯子，宛如伺机而动的杀手。

"不要动！"杜冠亭张开手臂，拦住想要冲出去的马尚，"我把它引到右边，你趁机用砖头拍死它。"

马尚拿到的道具是一块红色砖头，他本以为这是一个玩笑，没想到还真能用上，不过更让他诧异的是杜冠亭会挺身而出。

杜冠亭盯着眼镜蛇，侧向缓慢移动身体。眼镜蛇果然被他所吸引，随之移动。

马尚眼疾手快，从旁边一跃而上，手中砖头砸在眼镜蛇七寸处。

砖头落地碎成两半，眼镜蛇在地上扭动了几下便不再动弹。虽然马尚打死了蛇，但五个人一点也高兴不起来，因为在坑里，这种蛇至少还有十条。

五个人面面相觑，谁也不敢冲下坑里寻找机关。可如果不去找，时间一到，他们恐怕都在劫难逃。

"你们告诉我真相，我下去找机关！"马尚见状，知道眼下是逼他们说出真相最好的机会，他看着童希洛，提出了自己的要求。

"有什么就赶快说，不然大家都没命了。"钱副局长不明所以，忍不住催促道。

"好吧，事情已经到了这个地步，我就不瞒你了，但是我所知道的也有限，或许并不能帮你解开所有谜题。"童希洛迟疑片刻，终于还是开了口。

马尚屏息以待，这段时间他夜不能寐，费尽心思追查真相，如今是他最接近真相的时刻，这让他的身体不由自主地微微颤抖。

"郭姐有一份兼职的工作——剧本杀编剧，没想到这份工作竟给她带来了意想不到的麻烦……"童希洛没有卖关子，尽可能用简短的话语讲述了她所知道的一切。

郭洁一直爱好写作，可她的小说总是被出版社退稿。后来她使用了笔名"逃生者"，把自己的小说发表在网络上，但也没有太多的点击量和读者。正因为这样，她从未向别人透露自己在写作的事情，小心翼翼维护着自己的秘密，哪怕是她身边最亲近的人。

大概一年多前，她被几个同事拉去玩剧本杀，她也是在那里遇见了童希洛。两个人在同一家酒店工作，本来就认识，不过并不熟悉。在玩剧本杀的过程中，两个人配合默契，顺利抓到了"凶手"。

郭洁自此对剧本杀产生了浓厚的兴趣，她觉得在这个游戏中可以扮演自己在现实生活中全然不可能成为的角色。不过在她深入了解这个行业后，就发现如今市面上的剧本大多缺乏新意，情节别扭，人物死板。

她忍不住自己写了一个剧本杀故事，刚开始只是找来平常一起玩的游戏搭子们测试，可没想到他们都十分喜欢。过了一段时间，她写的剧本杀开始在小圈子里流传，口碑爆棚，风靡一时。许多玩家都十分好奇"逃生者"究竟是什么人？竟然能够写出如此离奇曲折、充满莎士比亚悲剧色彩的剧本，简直就是剧本杀界的艺术品。

那之后许多剧本杀馆工作室找到郭洁，向她定制剧本。剧本杀的玩家相对而言还是属于小众群体，所以一个剧本也就能卖几千块。虽然收入不多，但这给了郭洁极大的鼓励——自己的作品终于得到了别人的认可。

　　可没过多久，奇怪的事情发生了。郭洁发现自己在剧本里写的故事，竟然在现实中上演了。童希洛就是受害者之一，不过因为她提前玩过郭洁的剧本，知道活命的方法，这才逃过一劫。她逃生之后，立刻找到郭洁，告诉她发生在自己身上的事情。郭洁起初并不相信，不过她们找到了更多的受害者，佐证了童希洛所说的事情绝非虚构。

　　"郭洁出事那天，她似乎找到了什么线索，约我见面。可是碰巧你们大吵一架，她决定先带着孩子回娘家，没想到……"童希洛说到这里，看到马尚面露痛苦的神色，便没有再继续说下去。

　　马尚回忆起郭洁一有空闲，就在书房的电脑上敲敲打打，他一直以为她是在加班，原来是在写剧本杀。

　　"这么大的事情怎么郭洁从没跟我说过？"马尚半信半疑。

　　"郭洁出事前那一年里，你没怎么关心过她吧？"童希洛当即反问道。

　　马尚一时语塞，那时候他欠了一屁股债，每天都活在极度的焦虑之中，无论是对妻子还是孩子，都没有耐心，脾气也格外暴躁。

　　"你们为什么不报警？"

　　"报警？"童希洛闻言不由得苦笑，"我怎么跟警察说？说我被人绑架到一个我不知道的地方，然后为了活命，我杀了人……你说警察能信吗？"

　　马尚再次无言以对，他自己遇到过类似的事情，如果不是王浩在现场，恐怕说出来也没人信。他也看过童希洛那段视频，她说的这些话倒不像是胡诌。可毕竟这女人骗过自己，她的一面之词实在让人难以信服。

　　"杜冠亭他们三个又和郭洁有什么关系？"马尚只能继续追问道。

　　"他们也是游戏的受害者。"童希洛简单干脆地说道。

　　一旁的杜冠亭没有否认，只是童希洛的话似乎勾起了他不愉快的回忆，所以他的眼角在不经意间抽动了两下。

"我说我们能不能出去了再聊，只有5分钟了……"钱副局长听不懂他们在说什么，一心只想着赶快出去。

"那么郑雨鑫他们一家也是吗？"马尚不理会钱副局长，而是看着一直沉默不语地高树梅问道。

"郑雨鑫在游戏中失踪了……"杜冠亭主动说道。

"我要找到我女儿。"高树梅眼睛里闪着泪光。

"我知道你还有很多问题，但只要我们赢了这个游戏，主谋就会现身，这也正是我们来这里的原因。"童希洛语速飞快地说道。

"你们为什么确定游戏结束，主谋就会现身？"马尚不解地问道。

"因为这是郭洁最后的剧本，这个剧本杀的结局无人知晓，即使是编剧本人。我们是参与者，也是执行者，幕后真凶同样如此。最后的结局取决于我们每一个玩家的选择，可以说是一个近乎完美的开放式游戏！"童希洛说到这里，眼睛竟然泛着光，像极了刚才在大楼天台上的郑宝庆。

"你们真是疯子。"马尚完全无法理解他们的"趣味"。

"就是因为你这样的正常人太多，这个世界才如此无趣吧。"童希洛讽刺道。

钱副局长没心思听他们"胡说八道"，他看着倒计时，急得额头直冒汗。他不甘心站在这里等死，忍不住往大坑的方向走了两步，打算自己去找机关，可就在这时又有一条毒蛇游出坑外，吓得他急忙退回来。

马尚这时看了眼倒计时，还有不到4分钟。

"把你外套借我一下。"马尚伸出手，看着杜冠亭说道。

杜冠亭一愣，不过还是脱下自己的大衣，递给了马尚。

马尚把羊绒大衣系在腰间，看起来就好似女孩的长裙。准备妥当后，他一咬牙，双手缩进袖筒，然后双臂抱胸，跟着就跳进坑里。

坑里的毒蛇面对突如其来的闯入者，立刻围了上来，不过马尚早有准备，一条条蛇挂在他的"长裙"上，就像是飘动的彩色丝带。

其他人看到这样的画面，都为马尚捏了一把汗。

这大坑里倒是再没有其他陷阱，机关就在坑底中央，被一群蛇压在身下。马尚踢开毒蛇，几乎就在倒计时的最后一刻，双拳猛力撞击机关。

"咔嚓"一声，机关处冒出烟雾，跟着密室对面的墙上出现了一扇门。

钱副局长一看有了出路，急忙冲上前，想要逃出这令他头皮发麻的地方。

"不要着急……"杜冠亭伸手想去拉住钱副局长，可终究慢了一步。

钱副局长以为只要自己跑得足够快，那些蛇就对他无可奈何。可一条不起眼的小青蛇从角落里窜出，缠上他的脚踝。

钱副局长受到惊吓，猛力跺脚甩腿，想要甩脱青蛇，可无济于事。其他人看到四周还有毒蛇游走，也不敢上前帮忙。

情急之下，钱副局长也顾不上害怕了，用手去扯脚上的青蛇。哪知道这青蛇快如闪电，回头一口就咬住了钱副局长的手背。

钱副局长惨叫一声，手背之上顿时出现两个血洞，触目惊心。他只感觉阵阵刺痛从伤口传来，顿时双腿发软，瘫倒在地上。

原本在坑里的毒蛇发现了新的猎物，纷纷从坑里爬出，涌向钱副局长。

"你们快下来！"马尚此时在坑里大声喊道。

杜冠亭他们三人这时才发现坑里没什么蛇了，可以从下面走。他们不敢耽搁，生怕那些毒蛇会去而复返，急忙跳进坑中。

此时坑中弥漫着黄烟，有一股刺鼻的硫黄味道，这也是蛇群爬出坑中的原因。

"那个钱局长呢？"马尚在坑里不知道钱副局长出了事，见少了一个人，不由得开口问道。

"他急着出去，被蛇咬了。"杜冠亭叹了口气，说道。

马尚他们从另一边爬上坑道，回头一看，钱副局长周身被蛇群缠绕，面部溃烂发黑，早已没了气息。

马尚看着钱副局长的尸体，一股寒气从心中升起，自己刚才如果稍有不慎，恐怕也会落得如此下场。眼看几条毒蛇又向他们滑来，马尚知道这里不宜久留，只能先逃出去再说。

他们推开门，穿过一条狭窄的通道后，一个圆形的密室出现在眼前。这地方对于马尚而言并不陌生，看起来像极了在矿洞里的"斗兽场"，不过岩石变成了复合板。密室中央挤着一群东倒西歪的人，个个狼狈不堪，正是另外两组成员。

马尚在人群中看到了恐怖和王浩，他们坐在一块儿，安然无恙。只是恐怖浑身湿透，衣服还滴着水，而王浩满身血迹，不知道他们那两组究竟遭遇了什么。

"你们没事吧？"马尚急忙上前关心地问道。

王浩和恐怖看到马尚他们过来，立刻站起身来。

"我们没事，你呢？"王浩一边问，一边打量。

"我没事，不过钱局长遇害了。"

"王八蛋，这些人真是丧心病狂！"恐怖咬牙切齿地骂道，"莫聪和杜建国也都被杀了。"

"你们那边发生什么了？"马尚追问道。

"莫聪想杀我，却没想到那把道具枪有问题。"王浩先讲了自己这边发生的事情。

标有王浩名字的地砖眼看无法移出，其他人想要求生，按照游戏规则，必须杀死王浩。

"王队，记住我们的身份，随时准备为了保障人民群众的利益，牺牲自己。"最先向王浩发难的是赵长德。

王浩明白赵长德所说的话是正确的，但听到耳朵里，还是像吃了苍蝇般恶心。他自认为不算是英雄，生死关头也会害怕退缩，自我了断这种事是干不出来的。如果不是自己手里有把手枪，这些人恐怕早就扑上来了。

"我观察过这里，他们是临时搭建的舞台，只要我们合力，可以破坏机关。"王浩说出自己的想法。

"破坏机关，你有多大把握？"赵长德问道。

"至少七成！"王浩心里其实也没谱，只能虚张声势地说道。

赵长德没说话，只是把目光转向其他人，他虽然不相信王浩的话，但也无可奈何，毕竟对方有枪。

"时间不多了，怎么破坏？赶快动手吧！"何金平这时候站出来支持王浩，也算是没有选择的选择。

"他们在匆忙安装房间机关的时候并没有做到严丝合缝，这些缝隙在房间里至少有三四处，我们撬开地板，也许就能找到线路。"王浩说着蹲了下来。

时间紧迫，王浩一边说，一边从何金平手里拿过铲子插进缝隙里，使劲撬动，地板果然开始松动。

"我来帮你。"莫聪主动上前，弯腰去帮王浩撬地板。

王浩向他投以感激的眼神，其他人此时都还有些怀疑，站在一旁静观其变。然而他万万没有想到，就在他全神贯注努力撬开地板的一瞬间，身旁的莫聪一把从他腰间抢走了手枪。

"莫聪，你想干什么？"王浩想上前拿回枪。

"别过来，你一个人的命可以救四个人，这点觉悟都没有，当什么警察！"莫聪情绪激动，倒退了几步，握着枪的手在发抖。

"你信我，这下面一定有电源能够把门打开，我们所有人都能安全出去。"王浩面对黑洞洞的枪口，激起了求生的本能。

"王队，我们都看到了，你为大家做出了牺牲，如果有个什么万一，我出去后会帮你申请一等功。"赵长德这番话无异于在催促莫聪开枪。

计时器显示时间还剩 2 分钟，所有人的目光都注视着莫聪，包括在礼堂里的观众。

"砰"一声，枪响。

"爸爸……"

"王浩……"

王浩的女儿尖叫着从椅子上站起来，胡舒曼的眼泪则夺眶而出。

然而接下来发生的事情出乎所有人的意料，王浩毫发无伤，莫聪却倒在了血泊中。

这把枪并没有射出子弹，而是爆炸了。莫聪的手被当场炸烂，枪上的一根钢管射进他的额头，莫聪当场死亡。

见此情景，王浩四人目瞪口呆，无不心有余悸。

这个时候反应最快的是赵嘉任，他立刻上前移动地砖，几乎在倒计时的最后一秒钟完成了莫聪与王浩地砖的替换。

马尚虽然没有亲眼见到当时的场面，但也能感受到王浩他们在密室里惊心动魄的博弈，难度远超自己刚刚的经历。

恐怖还来不及说杜建国的死因，那边杜冠亭已经从刘国才口里知道了父亲的死讯，发出一声哀号，悲痛之情溢于言表。

杜建国从小对杜冠亭要求严格，杜冠亭12岁的时候就被送出国，父子俩一年也就只能见上几面。他惹祸逃回国后，父子关系更加紧张，二人时常吵架。但即使如此，血脉相连，杜冠亭得知自己的父亲在水中溺死也不由得悲痛欲绝。

恐怖一直怀疑杜冠亭是幕后主使，但他确知杜建国死在了密室里，而且杜冠亭现在伤心的样子也不像是装出来的，难道杜冠亭也是受害者？他们父子间的关系如何，外人无从知晓，但是杜建国可以说是杜冠亭权力和经济的来源，单从这一点来说，杜冠亭确实没有理由杀死自己的父亲。如果杜建国不是凶手，那么撒谎的就是盛光琦。

想到这里，恐怖冲上去，一把抓住盛光琦的肩膀，把他推倒在地，然后骑在身下，举起拳头喊道："你说杜冠亭要杀我，可他不认，现在你们都在，必须给我说个明白，不然老子现在就弄死你！"

"是我让他去试探你，因为那时候我怀疑你是'指引者'！"杜冠亭抹了抹眼角的泪水，语气冷酷地说道。

恐怖放开盛光琦，转而盯着杜冠亭，愤怒地问道："这话是什么意思？"

"马尚跳河那晚，你恰巧出现，打乱了我们的计划，让我们误以为你是指引者，没想到你真是见义勇为。"杜冠亭语气中带着埋怨。

"你所说的计划是什么？"马尚忍不住插嘴问道。

杜冠亭把目光转向马尚，事已至此，他也无须隐瞒。

"这一切都是刚才喇叭里自称'指引者'的人安排布置的，就是他把郭洁虚构的剧本杀变成了血淋淋的修罗场，今天出现在这里的大多是游戏的受害者及其家属。原本我们以为只要从游戏中逃出来就结束了，可根本没有。想要游戏结束，只有一个可能——死亡。要么是我们死，要么是'指引者'死！"

"小杜，你放心，只要赵伯伯出去，一定要督促警方把这帮坏人一网打尽。"赵长德说着端起领导派头，把头转向王浩，语气严厉地斥责道："我出去问问邓岚，他这个公安局局长是怎么当的？天安市还有没有法纪，怎能让凶徒如此横行无阻？这都多长时间了，为什么警方还没人来救我们？"

赵长德的愤怒显而易见，如今死了三个人，时间也过去了大半个小时，但警方竟然还毫无作为。

如果是平常，王浩少不了一番解释，但现在时间紧迫，还不知道"指引者"接下来会干什么，他必须尽可能掌握更多的信息。

"郑宝庆是一早就知道赵嘉任会被绑架的，而且从他所说的话来看，他似乎就是这些事情的布局者之一，关于这一点，你怎么解释？"王浩盯着杜冠亭问道。

不等杜冠亭开口，赵嘉任站出来，说道："每个游戏参与者，不管是被动的，还是自愿的，必须执行'指引者'的安排，不然他要么杀了参与者，要么就一样样夺走参与者身边最珍爱的事物。就比如我要装作对孙婧涵有好感，还要试图强奸她一样。反抗，哪怕是自杀都是徒劳的。想要结束这一切必须在游戏里战胜'指引者'，才能得到最后的解脱。"

"嘉任，这些事你怎么不早点告诉我！"赵长德又惊又怒，他生怕儿子掺合进这些事中，影响到自己的仕途，埋怨他不早点告诉自己实情。

"连你们几个都能控制，这个'指引者'究竟有多大能耐？"马尚问道。

"他卑鄙无耻，拿捏人性的弱点，无所不用其极！"杜冠亭说到这里，不知勾起了什么回忆，顿时脸色苍白，额头滑下汗珠。

"人性的弱点？"王浩自言自语，眉头紧锁。

"还有……"恐怖正想继续追问，可此时密室里响起了刺耳的高音喇叭声。

众人忍不住捂住耳朵，噪声过后，"指引者"的声音再次从喇叭中传来。

"你们已经各自经历了智慧、勇气和运气的考验，接下来就是命运的审判！"

"我不玩了，让我出去，是杜冠亭逼我来的！"盛光琦突然情绪失控，跑到密室中央大声嘶喊，"'指引者'，你别忘了，是我一直把杜冠亭他们的情报传递给你，没有我帮你，你不可能做成这些事！"

盛光琦就像是无头苍蝇，不停环顾四周，希望"指引者"能够回应他。

"盛光琦，你疯了吗？究竟是怎么一回事？"郑嘉慧上前想要阻止盛光琦冒失的举动。

盛光琦却一把推开她，继续大声喊道："你们都被骗了，都被骗了，我知道他是谁，让我走，不然……"

盛光琦话音未落，脚下突然喷出一团烈火，瞬间把他整个人点燃。他痛苦地倒在地上，不断翻滚。

事情发生得太过突然，所有人都被这惨烈的一幕惊呆。

王浩最先反应过来，急忙脱下外套，冲上去灭火。恐怖和马尚看到后，也都上前帮忙。

三个人用衣服扑打火焰，可刚才和火焰一起喷出的还有焦油，没有专门的灭火工具，想要灭火几乎没有可能。

不一会儿，盛光琦就躺在地上一动不动。

焦油燃尽之后，火终于被王浩他们扑灭，空气中弥漫着刺鼻的味道。

众人再一次见识了"指引者"的凶残，他们也明白了眼下的处境，可谓"人为刀俎，我为鱼肉"。

"命运审判开始，游戏规则……""指引者"开始介绍游戏玩法，毫不在意盛光琦刚才所说的话。

邓岚知道这是他从警以来遇到的最大挑战，整个会议中心的人生死不明，而且这些凶徒是什么人，目的是什么，他们一概不知。如果警方不尽快控制事态，解救人质，明天全国各大平台的新闻头条可能就是天安市了。一旦事情发展到那个地步，造成的影响可就无法挽回了。

如此重大的案情，他立刻向上面做了汇报。

与此同时，他也拿到了国际会议中心的建筑图纸，并找来如今所有能联系上的会议中心管理人员，逐一询问谈话。

凶徒能够隔绝国际会议中心与外部的联系，必然提前做过大量准备工作，甚至勾结收买了内部员工，才有可能完成这样的大动作。

特警已经包围了国际会议中心，同时准备好了爆破工具，只要邓岚一声令下，他们就强行攻入。

邓岚在没有绝对把握之前，不敢轻易下令强攻，市里面也做出了明确指示，保障人质安全是首要任务。在他身边也有许多经验丰富的专家和警官，他们也都提出了一些解决方案，等待着邓岚做出抉择。

正在邓岚筹谋着下一步应该如何采取行动的时候，一个自称"指引者"的人通过广场上的高音喇叭警告警方不要轻举妄动，会议中心内埋有大量炸药，如果强攻，他将马上引爆炸药。

虽然凶徒公然威胁警方，但是邓岚却并不生气，有回应比没回应要好，至少目前知道了对方有哪些"筹码"。他让谈判专家继续设法与"指引者"周旋，另一方面安排爆破专家展开侦测，确认会议中心内是否真的有炸药。

警方通过对会议中心建筑图的分析，找到一条可以进入内部的排水通道，一名特警携带装备，先行进入侦查。

邓岚需要更多时间收集情报，才能做出决策。他想起王浩如今就在会议中心内，心里不由得嘟囔着："王浩，你给老子争口气啊！"

"命运审判"的游戏规则十分简单，剩下的十一个人当中，有一个人是"指引者"，在30分钟里找出"指引者"，并杀死对方，游戏就会结束，所有人都会得救。

众人听完游戏规则，顿时面面相觑。

王浩此时更加确定了自己的想法，"指引者"只是一个代号，并非指一个人，而是一伙人。这也理所当然，如此规模庞大的布局设计，绝非一个人能够做到的。

"命运审判"这个游戏的凶险和阴毒之处就在于扰乱人心，除了"指引者"之外的那十个人将互相猜忌，一旦到最后关头还无法确定谁是"指引者"，那么极有可能爆发一场大屠杀。有人为了保命，很可能采取"宁可杀错不可放过"的策略。

或者还有一种可能，这十一个人中根本没有真正的"指引者"，对方只是想让他们自相残杀罢了。

众人很快都想明白了这个道理，不由自主按照远近亲疏的关系站成了三堆。

马尚、恐怖和王浩聚在了一起，杜冠亭、赵嘉任、刘国才和赵长德站到一块，何金平、童希洛、高树梅和郑嘉慧合在一处，瞬间场内形成了三股派别。

"王队长，这几个孩子我是了解的，绝不可能参与这种事。"赵长德看着王浩说道，他先把自己这边的人都排除在外。

王浩保持沉默，他心里正想着怎么破局。如果这些人里真有"指引者"，自然要找出来，但是找出来之后怎么办才是最头痛的。他必须设法控制住局面，避免一场互相残杀的惨剧发生。

"赵秘书长自然不会是'指引者'，但你真能担保另外三个人吗？"何金平此时站出来提出质疑，他指了指四周，又继续说道："能在国际会议中心布置这些东西，没钱没权怎么可能？"

"你故意挑拨，我看你才是'指引者'！"不等赵长德开口，刘国才就不甘示弱地回击道。

"做贼心虚!"

"你才是!"

"这么吵下去不会有结果,大家冷静一下。"王浩眼看场面要失控,这也是他最担心的状况。

所有人都暂时安静下来。

"赵秘书长,您肯定不会参与这种事情,大家对于这一点毋庸置疑。"王浩稍作沉默后,又继续说道。

他这句话无人反对,就算最讨厌赵长德的人也不会相信他会参与这种事情。

赵长德闻言点点头。

"但是……"王浩提高了声音,"杜冠亭、刘国才和赵嘉任三个人还不能完全排除嫌疑,当然,其他人也是一样。眼下我们不要自乱阵脚,先找出'指引者',再设法破局。"

王浩的话合情合理,其他人都纷纷赞成,赵长德也不好再反对。

"杜冠亭,刚才盛光琦临死前说是你逼他参加游戏的,这件事你怎么解释?"王浩首先开始问杜冠亭,所有人的目光一时间全部都聚焦在杜冠亭身上。

"不错,他是被我逼来的,不过你们刚才也听到了,他一直在背着我帮'指引者'传递消息。"杜冠亭冷漠地说道。

"恐怕你要把事情的前因后果说清楚才行。"王浩知道现在是危中有机,或许能就此找到真相。

杜冠亭欲言又止,他看了看密室中央的倒计时,又看了看赵嘉任和刘国才,见他们并没有反对的意思,终于开口说出了一段不愿回忆的往事。

第十八章

谁是"指引者"

两年半前，杜冠亭在国外闯下大祸，回国后听从父亲的安排，去了文心高级中学做插班生。杜建国想让儿子吃点苦头，受些磨炼，收敛心性，另外也算是对他闯祸的惩罚。文心高级中学采取军事化管理，每天早上 5 点起床，到半夜 11 点熄灯才能休息。

杜冠亭懒散惯了，根本没办法适应这种节奏，自然是经常违反校规，每日在宿舍里睡到日上三竿，也没正经去上过几节课。校长碍于杜建国的面子，只能对杜冠亭的"离经叛道"睁只眼闭只眼，让老师们尽量哄着他。

杜冠亭和郑雨鑫同在高一（3）班。郑雨鑫和别的同学不一样，她并不怕这个空降的富家子，而且对他还充满了好奇。

"你是从国外回来的？"郑雨鑫主动坐到杜冠亭旁边，操场上的同学们都在跑圈，他们两个人坐在光线昏暗的台阶上。

杜冠亭面对郑雨鑫的主动搭讪，有些吃惊，他来到学校一周了，这还是第一次有同学主动找他聊天，谈论学习之外的事情。

"嗯。"杜冠亭含糊地应了一声。

"你为什么来这里？你跟我们完全不一样……"郑雨鑫停顿片刻，又解释道，"我的意思是你不是需要走高考这座独木桥的人。"

"这是我爸对我的惩罚。"杜冠亭随口说道。

"惩罚？"郑雨鑫瞪着眼睛，看着杜冠亭，"你知道我们这些人要进入文心高级中学需要付出多少努力吗？"

杜冠亭看着郑雨鑫，冷漠地回了两个字："是吗？"

"当然！"郑雨鑫加重了语气。

"总之，如果你觉得我碍眼，那么请放心，我不会在这里待太久。"杜冠亭站起来，打算结束这场莫名其妙的对话。

"我没觉得你碍眼……"郑雨鑫看着杜冠亭的背影喊了一声。

杜冠亭停下脚步，回头又看了一眼郑雨鑫。

"我只是对你有些好奇，而且挺羡慕你。"郑雨鑫说完，就跑进了"大部队"，汇入跑操的人流之中。

杜冠亭自此算是记住了郑雨鑫。

原本带着三分轻视的杜冠亭，在一来二去的接触中，竟也真和郑雨鑫成了朋友。

郑雨鑫学习没有其他同学那么拼命，甚至可以说常常偷懒，不完成老师布置的功课，但她每次考试的成绩都名列前茅。杜冠亭说她智商过人，属于读书有天赋的人。她听后只是笑，然后说道："那也没用，再有天赋，不听老师的话，还是会被教训。"

"校董的儿子是我兄弟，别说老师，就算是换个校长也就是一句话的事情。"杜冠亭语气自然，就像是在说一件稀疏平常的小事。

郑雨鑫抬头看了看杜冠亭，不置可否。

可事情却正如杜冠亭所说，在他的庇护下，郑雨鑫果然获得了其他同学不曾有的特权，甚至一贯喜欢找她麻烦的生活老师也态度好转。

杜冠亭经常带着郑雨鑫跑出学校玩，赵嘉任和刘国才都认识了这个聪明漂亮的女孩。

四个年轻人一见如故，郑雨鑫身世背景虽然与他们三人有巨大的差距，但用杜冠亭的话来说，她有一种与众不同的魅力，并非单单只是漂亮而已。

然而就在他们相识大半年后，一件意想不到的事情，彻底改变了四个人的命运。

有一天他们四个人去玩了一场剧本杀，游戏并不复杂，故事也非常简单，没多大意思，他们纯粹是出于好奇才玩了一次。

四个人玩完出来后，杜冠亭他们三个都抱怨这种游戏太可笑了，简直是在浪费时间。郑雨鑫却颇有感触地说道："那是因为你们不投入，总觉得是演戏，所以才觉得可笑。假设有一个真实的环境，游戏参与者并不知道自己要面对的是什么，所有的反应都是真实的情感，那一定会非常精彩！"

　　"你是说真人秀吗？"杜冠亭来了兴趣，问了一句。

　　"也不全是。真人秀依旧还是在'秀'，不够真实。"郑雨鑫摇摇头，又补充道，"没有固定的剧本，只有事件，参与者的反应决定故事的走向，一定会很有趣。"

　　"要不我们试试？"杜冠亭明白了郑雨鑫的意思，如果是普通人肯定当作笑话听听，但他们不同，他们真有能力去实现这种事情。

　　"好啊，不打自招，果然是你们几个王八蛋搞事，终于认了！"恐怖听到这里，忍不住骂道。

　　"你先别急，让我把话说完。"杜冠亭皱皱眉头。

　　"尽量快点，说重点！"王浩看看计时器。

　　"我们一拍即合，雨鑫负责去找有趣的剧本，我们三个人去物色合适的游戏玩家……"

　　杜冠亭、赵嘉任和刘国才三个人利用他人代持股份的方式，开了一家叫作"逃出生天"的剧本杀馆。他们打算利用这个剧本杀馆做掩护，一来可以收集玩家的信息，挑选适合参加游戏的人；二来可以收集有趣的剧本，改编后用于现实之中。

　　杜冠亭他们那时只是觉得好玩，并没有想太多，更没想到这会是噩梦的开始。

　　郑雨鑫找来一个主题是替换人生的故事，他们后来才知道，这个剧本的创作者就是郭洁。他们非常喜欢郭洁写的剧本，为了笼络人才，还分给郭洁百分之十"逃出生天"的股份，让她安心创作。

　　杜冠亭他们三个人找游戏玩家的原则是要特点鲜明，让这些不同的游戏角色之间产生"化学反应"，剧情才会更精彩。

他们怀着紧张又兴奋的心情挑选了三男两女作为第一次游戏的玩家，分别是一名小企业老板、一名律师、一名流浪汉、一名服务员和一名记者。

五个人完全不知道自己被选中成为一场游戏的玩家，都以为发生在自己身上的事情是意外。

整个游戏过程中，他们所有的反应都是最真实的。虽然"剧情"是他们精心安排的，但选择权却在玩家自己手里，他们的选择导向了最后的结局。

杜冠亭他们第一次成为游戏的操作者，在其中感受到巨大的快感，那是其他任何游戏都无法带给他们的新鲜和刺激。

当然，他们为了不惹麻烦，四个人一致同意遵守两个基本底线：一是所有的剧情设计都要做到有惊无险；二是如果发生危及游戏玩家生命安全或者事态失控的情况，就立刻终止游戏。

那之后他们又策划了数个游戏，每一次都很顺利。可万万没想到，有一天他们成了别人的"猎物"。

那天，杜冠亭四人相约来到海林度假村，他们到度假村的时候是晚上8点，大部分的员工已经下班。

四个人神情并不像往常讨论游戏时那样兴奋，看起来甚至有些沉闷。

"有什么新游戏可以玩吗？"赵嘉任问道。

"我拿到郭洁老师的新剧本了，带来给你们看。"郑雨鑫说着从书包里拿出打印好的剧本，分发给杜冠亭三人。

"郭姐不是说不给我们写剧本了吗？"刘国才接过剧本，随口问道。

"这是她以前写的。"郑雨鑫解释道。

"有人用郭姐的剧本害人，我们必须停止游戏，先把那帮人找出来。"杜冠亭放下剧本，他这次叫他们过来，实际上是为了商量这件事。

"我也这么觉得，郭姐怀疑是我们干的，三番两次试探我们，这个黑锅我们可不能背。"刘国才表示赞同。

"我们顶多算是恶作剧，那帮人可是要人命！"赵嘉任有些不安地说道。

"你们有线索吗？"郑雨鑫问道。

"暂时没有，不过天安市就这么大，我们要钱有钱，要人有人，不信查不到。"杜冠亭信心十足。

"好，我也去找朋友帮帮忙，抓凶手可比游戏好玩！"赵嘉任也来劲了。

"我们从哪里开始？"刘国才已经开始思考具体的调查方向。

"当然是接触过郭洁剧本的人……"杜冠亭正想说出自己的计划，门外却突然传来了一声狼叫，那摄人心魄的长啸突然出现在寂静的夜里，令众人一惊。

"有狼？"赵嘉任兴奋地站起来，探着头往窗户外看。

"不可能！"杜冠亭断然否定，他经常来这里玩，从没听说这附近有狼。

"这声音听起来不远啊，有没有狼我们出去看看不就知道了吗？"郑雨鑫一脸好奇，她一边说，一边顺手拿起屋子里的手电筒。

一个女孩子都这么说了，其他男孩自然没有反对的理由。

"拿上武器，不怕一万就怕万一，亭子，这弩能用吗？"刘国才取下墙上挂着的弩。

"平常都是装饰用的，不过应该能……"杜冠亭的话还没说完，刘国才突然扣动扳机，弩上的铁箭射出，"砰"一声，牢牢钉入墙壁。

"幸亏你没对准。"箭从赵嘉任的身边擦过，他抹了抹额头的汗，此刻酒已经醒了一半。

海林度假村后面就是一片森林，远处连着山峦，有了这样的天然屏障，整个度假村并没有安装铁丝网和围墙，狼叫声就是从林子里传来的。

杜冠亭他们四个人手持手电筒，几乎是并排前行，每个人都带着七分好奇和三分紧张。

可当他们进入树林后，狼叫声却戛然而止。

"是不是跑了？"赵嘉任举着手电筒，四处张望。

"狼崽子，滚出来，给小爷练练手！"刘国才手中握着弩，弩箭的箭尖对着森林。

"别闹了，我们回去吧。"杜冠亭感觉有些不对劲，度假村晚上有两个保安值班，可这么大的狼叫声，却没见他们出来查看。

"亭子，你不会是怕了吧？"刘国才嘲笑道。

"我只是觉得无聊……"杜冠亭想要辩解几句，突然他看到一个黑影从不远处的树林闪过，倒真像是某种野兽。

其他人也都注意到树林有"东西"，手电筒不约而同照向同一个地方，可树林茂密，根本看不到深处。

"什么人装神弄鬼，我开枪了！"刘国才有些紧张，他端着手中的弩虚张声势，但并没有得到任何回应。

一阵大风吹来，整个森林仿佛都在颤抖，发出"沙沙"的声音。

"在那里！"郑雨鑫突然叫了一声，她手里的手电筒指向一团灌木丛。

刘国才眼疾手快，对准灌木丛，扣动扳机，射出利箭。

灌木丛里发出一声动物的哀号，跟着就是枝叶晃动，不过片刻后一切又归于平静。

"射中了吗？"赵嘉任看着刘国才问道。

"应该吧。"刘国才看着灌木丛，也没十足把握。

"去看看不就知道了。"郑雨鑫握着手电筒就往灌木丛的方向走去，不过杜冠亭上去一把拉住了她。

"别过去。"

"你担心我？"郑雨鑫仰起脸，俏皮地眨了眨眼睛。

黑夜里，没有人能看见杜冠亭红了脸。

"我们这里三个男人，怎么能让你一个女孩直面危险。"刘国才又给弩上了一支箭，走到了前面，赵嘉任紧随其后。

"我们一起。"杜冠亭说着快步追上去。

郑雨鑫看着他们三个人的背影，稍微停顿了一下，也跟了上去。

四个人扒开灌木，眼前的场景让他们后背发凉。手电筒光像是探照灯，打在眼前的小丑木偶身上分外诡异。

小丑木偶刷着彩色的油漆，眼睛还在一眨一眨地动，头上插着弩箭，样子令人不寒而栗。

刘国才弯腰捡起木偶，顺手就去拔弩箭。

"呲"一声，几乎在弩箭被拔出的同一时间，木偶眼睛里喷出大量烟雾，四个人瞬间就失去了意识。

"后来呢？"王浩见杜冠亭讲到这里又停下来，立刻追问道。

杜冠亭、赵嘉任和刘国才三个人此时的脸色都是一片惨白，那之后的事情一定让他们不堪回首。

"后来……郑雨鑫就失踪了，而我们当时为了活命，做了一些不光彩的事情，还被录了像……"杜冠亭不愿意说出具体经历了什么事情，只是又解释道，"'指引者'利用这些视频威胁我们继续玩'游戏'，我们也试图反抗过，但都以失败告终。"

马尚和恐怖看到过童希洛杀人的视频，他们把这件事告诉了王浩。王浩按此推断，也就明白杜冠亭三人在担心什么。

"这件事发生在什么时候？"王浩需要确认准确的时间。

"今年 8 月 13 号。"

"又是那天……"王浩嘴里嘀咕着。

"嘉任，杜冠亭说的是真的吗？发生这种事，你为什么不早跟我讲？"赵长德这时候忍不住对儿子斥责道。

"你关心过我吗？你只关心你屁股下面的位置！"赵嘉任举起自己残缺的手，眼睛里充满愤怒。

"你……你怎么跟我说话的，孽子，都是你妈把你宠坏了！"赵长德一巴掌就呼了过去。

赵嘉任没有躲闪，"啪"一声后，他的左脸留下了猩红的指印。

"当时绑架我的人给你打过电话，我就在旁边听着。他给过你一个选择，只要你自首，他们就会放了我，可你做了什么？"赵嘉任双眼瞪着自己的父亲，一字一句地问道。

"一派胡言！"赵长德恼羞成怒，想再动手，却被王浩抓住了手腕。

"赵秘书长，现在不是教育儿子的时候。"

"哼！"赵长德瞪了王浩一眼，甩开他的手，但也没再去打赵嘉任。

王浩没有继续找杜冠亭追问，有些事对方不愿意讲，再问下去只是耽误时间，他转而把目光投向高树梅，说道："高大姐，想不到我们再见面会是在这个地方，有些事我看需要你来解释一下。"

高树梅今天穿了一套运动装，相比以前的样子利落了很多。

"王队，你有什么问题就问吧。"高树梅干脆地说道。

"我相信你、郑宝庆和郑嘉慧做这一切的目的都是为了找到郑雨鑫，可你们不觉得这一切已经超过了找人的范畴了吗？你们为什么会选择加入这个游戏？甚至不惜帮'指引者'做局？"

"你以为我们整个过程都在演戏吗？我们又不是没试过报警，可是有用吗？就算是你，当时不也是为了息事宁人才接访我的吗？"高树梅没有正面回答，反而是带着怨气一连串地反问。

"'指引者'究竟是用了什么办法让你们如此听话？"王浩提出的这个问题是弄清楚高树梅他们行为逻辑的关键，这是让他最为迷惑不解的地方。

"还能用什么威胁？当然是我们女儿的命！"高树梅捂着胸口说道。

王浩闻言一惊，如果是这样，那么也就意味着郑雨鑫还活着。他连忙追问道："你是说郑雨鑫还活着？"

"她还活着，可是已经撑不了多久了……"高树梅泪眼婆娑地说道。

"你们为什么这么确定？"王浩看过马尚和孔泽从"逃出生天"剧本杀文化馆里带回来的文件，也听他们说过郑雨鑫的文件中已经显示GAME OVER 了。不过话又说回来，他们也只是推测 GAME OVER 是玩家死亡的意思，真实意思究竟是什么，并没有得到证实。还有一种可能，就是这些文件本身就是为了掩饰真相而伪造的。

"因为我见过鑫鑫，还和她说了话……"高树梅擦了擦眼泪。

"在什么地方，说了些什么？"王浩急忙追问。

"手机视频通话，她说只要我们听'指引者'的安排，她就能活命。"

王浩觉得高树梅这番话不像是凭空编造的，这也的确解释了他们一家人为何对"指引者"言听计从。

"你们又是怎么认识郭洁的呢？"王浩对这件事感到困惑，郭洁车祸身亡和郑雨鑫失踪发生在同一天，郑宝庆夫妇怎么会认识这个与他们毫不相干的人。

"我们不认识郭洁，只是鑫鑫说郭洁老师为了救她牺牲了自己。"

"什么，你是说郭洁救了郑雨鑫，这究竟是怎么一回事？"马尚冲了过来，激动地问道。

"具体情况鑫鑫在视频里也没说，只要把她救出来，就知道真相了。"

"那你找上孙婧涵是因为知道她认识我？这些都是'指引者'安排的？"恐怖也跟着问道。

高树梅点点头，解释道："我们收到一份剧本，我们需要做什么，去哪里，见什么人，讲什么话，上面写得一清二楚。"

"我们也收到了一样种类的剧本。"杜冠亭肯定了高树梅的说法。

"何金平，你呢？"王浩出其不意地把目光投向何金平。

"我？"何金平一愣。

"不错，你又是怎么被'指引者'威胁的？"警方的调查结果指向何金平是带走朱珊的主要嫌疑人，所以一直在找他，现在正好可以解开朱珊之死的谜题。

"我是被'指引者'害得最惨的人！"何金平说着脱下外套和里衣，只见他胸口靠近心脏的位置有一个狰狞的伤疤，看起来触目惊心，"这一刀如果再偏个几毫米，我今天就不可能站在这里说话了。我在此前的一场游戏中幸存后，一边找'指引者'，一边联络受害人，只有把幕后操纵游戏的人千刀万剐，才能解我心头之恨！"

王浩对他的激情倾诉并不感兴趣，只是继续问道："我们查到是你在9月7号那天带走了朱珊，你跟她有什么关系，是不是你杀了她？"

"我和朱珊是恋人关系。朱珊是之前游戏的受害者之一，她不想再继续受'指引者'的摆布，我想帮她逃走，没想到最后她还是惨遭毒手。"何金平说到这里，不由得握紧拳头，眼睛里仿佛要喷出火来。

王浩一时间也很难分辨他所说的是真是假，只能继续说道："简单地说说经过。"

"'指引者'给出的指令越来越离谱，让朱珊不堪重负，那晚她给我打电话……"何金平一只手捂住额头，陷入痛苦的回忆。

朱珊下了决心，无论如何也要离开天安市，让何金平帮她想想办法。

何金平联系了一艘走私船，让她去国外躲避一段时间，想着就算"指引者"再怎么厉害，总不能追到国外去吧，两个人都觉得这无疑是一个万全之策。

那天朱珊去银行取出了自己的全部存款，打算一走了之。两人约定在北湖路碰头，因为那边修路，附近监控全部停用，这让他们有安全感。

何金平十分谨慎，一路悄悄跟着朱珊，暗中观察，却发现有个男人在跟踪她。他担心这个男人是"指引者"安排的人，发消息劝朱珊取消当天的计划。

"不行，我一刻也忍不了了，必须走，今天不走可能就再没有走的机会了！"朱珊态度坚决。

何金平见朱珊心意已决，只能冒险一搏。他一脚油门，故意在路面扬起尘土，然后把朱珊拽上了车。

"我的钱……"朱珊上车后，发现自己的包掉了。

"算了，身外物，我给你准备了一笔钱，你放心。"何金平开着车，没有减速，一路飞驰。

码头上停着一艘小铁壳船，在夕阳的映照下，闪出金色的光芒。

"到了那边，给我电话，记得用公用电话。"何金平把一个包塞进朱珊手里，"这里有些钱。"

"你跟我一起走吧！"朱珊抱住了何金平。

何金平轻轻抚摸着朱珊的秀发，温柔地说道："你先去，我一定要把'指引者'找出来，等到事情结束了，我就去接你回来。"

朱珊还想劝说，却又不知道该怎么开口，两人默默地凝视着对方。

"第二天船老板告诉我，船失联了，人和货都下落不明。一定是'指引者'搞鬼！"何金平说到这里眼眶逐渐湿润……

"王队，时间已经过半了，你这么由着他们讲故事，怎么可能找出'指引者'。"赵长德看着倒计时，有些耐不住性子催促道。

王浩当然明白赵长德的意思，可如果真用强硬手段，那么恐怕正中"指引者"下怀，这里瞬间就会变成修罗场。

"赵秘书长少安毋躁，我自有分寸。"王浩看也没看赵长德，他如今脑子转得飞快，寻找这些人话里的漏洞和不能自圆其说的地方，毕竟，编造的故事总会留下破绽。

王队被停职、张安琪被拘捕这两件事让刑侦大队上下的士气低沉，无论是现在的代理队长，还是队员都无所适从，大家都小心翼翼，本着宁可不做也不做错的原则处事。刘毅看在眼里，急在心里。

国际会议中心被歹徒整个劫持，这可不是小事，而且要做到这一点并不容易。这帮人处心积虑，必然做了大量前期准备工作。刘毅立刻着手调查，与时间赛跑。国际会议中心的内部装修工作是在三个月前开始的，直到三天前工程才全部结束。

天安市是小城市，有能力承接这种项目的工程队，一只手就能数出来。刘毅顺藤摸瓜，打了几个电话，找到了本地一个包工头。

"我也不知道老板是谁，这个你要去问国际会议中心的领导，我只是负责部分施工，前前后后总共有七八个小分队在里面……不过……"

"不过什么？"

"不过投标的图纸和实际施工的图纸完全不一样，说句老实话，这种项目一般怎么省钱怎么来，可这老板绝了，实际成本肯定远远超过投标的金额……怎么说呢？他要在会馆里建的玩意儿就像是游乐项目。"包工头说到这里摸摸头，"刘警官，国际会议中心未来是要改成游乐场吗？"

"你发现了问题，怎么不向上头反映？"

"刘警官，你开玩笑吧，我这么干以后还能在这个行业里混吗？"

包工头苦笑。

"施工图纸还有吗？"

"本来不准我们留的，不过我还是偷偷备份了。"包工头抬起头来，咧嘴一笑。

"很好，你拿上图纸，跟我走一趟。"刘毅抓住包工头的肩膀。

"去哪儿？"

"国际会议中心！"

包工头这辈子除了在电影里，就没见过这么大的场面，他被带入一辆全黑色的大巴车，正是天安市公安局移动指挥中心。

刘毅先向代理队长陈明嘉做了汇报，陈明嘉也觉得兹事体大，有必要立刻请示局长。

邓岚正在调查这方面的事情，但没想到刑侦大队那边这么短的时间就找到了线索，于是让陈明嘉他们立刻带包工头来指挥中心。

包工头一看这么多警察，而且大部分是领导，虽然不知道发生了什么事情，但也不敢有所隐瞒和保留，一下子知无不言，言无不尽。

邓岚此前派特警通过排水通道潜入，特警无功而返，原因正是国际会议中心内部构造已经发生了巨大变化，原有的建筑图纸失去了参考意义。

"这位同志，假设国际会议中心所有正常通道全部封闭，要想神不知鬼不觉地进入里面，你有没有办法？"邓岚一边看着包工头拿来的施工图，一边询问道。

"这个……"包工头思考了片刻，说道："国际会议中心地处洼地处，所以这次改造增加了新的排水管道……嗯，就是这里。"

包工头指着图纸上的一条管道，继续解释道："这些管道接通的地方本来大部分都是建筑外围的排水沟，但这次改造增加了一条通往内部花园的，因为以前那边一到大雨天就会积水……"

"所以从这里可以进入一楼的花园？"邓岚急忙打断包工头的话，确认道。

"应该是可以，我离场前管道已经通了。"包工头肯定地点点头。

"特警队，立刻安排人进入。"邓岚果断下令，时间不等人。

"邓局，我想跟特警队一起进去。"刘毅主动请缨。

邓岚看了看刘毅，拍拍他的肩膀，说道："务必把所有人都安全带出来。"

"是。"刘毅立正，敬礼。

"我有个问题，梁彪去哪里了？"恐怖这时候趁着其他人短暂的沉默，忍不住问道。他因为追查梁彪的下落，才被抓进矿井里。如果这也是"指引者"安排的，那么这里或许有人知道梁彪的事情。

可除了马尚和王浩，其他人似乎对梁彪都很陌生。

"郑嘉慧，你见过梁彪啊，就是和我一起去盛光琦公寓的那个男人……"

"那次见面以后，我也没再见过他了。"郑嘉慧冷漠地回答道。

恐怖又把目光投向杜冠亭，问道："梁彪是魔笛酒吧的保安，你应该认识吧？"

"不认识。"杜冠亭回答得十分干脆。

"那是谁把我和马尚抓进矿井里，还给我看了童希洛杀人的视频？"恐怖只能换个方式又问道。

"听你这么一说，这个梁彪很可能就是'指引者'之一，能给你看视频的人，只可能是'指引者'。"杜冠亭猜测道。

恐怖仔细一想，杜冠亭说的并非没有道理，梁彪的所作所为不合常理，可惜盛光琦死了，他对梁彪更熟悉，自己应该早点问他才是。

"童希洛，黄喆喻的事情究竟真相如何？你们知道她现在在哪里吗？"王浩把目光转向童希洛，开始继续盘问。

马尚盯着童希洛，等着她的回答，因为这件事与郭洁也密切相关。

"我怀疑杜冠亭他们三个人是'指引者'，就和郭洁、黄喆喻去找他们对质……"童希洛开始叙述那晚的经过。

郭洁一开始不敢相信童希洛所说的事情，因为这实在太过疯狂，哪怕这些是她创造出来的场景。但剧本毕竟只是剧本，谁会在真实的世界里做这样疯狂的事呢？而现在，童希洛告诉她，杜冠亭、赵嘉任和刘国才是幕后凶手，更令她一时间难以接受。一直以来，她内心是感激这三个年轻人的，他们让她能够发挥自己所长，可以说是她的伯乐也不为过。他们家庭条件优越，有教养、有学识，看起来不是那种纨绔子弟。他们可能会有些心高气傲，但不像是会杀人取乐的残暴之徒。

"小洛，我不是不相信你，可是你没有任何证据，口说无凭。"郭洁自己没有被拖入过游戏之中，对这件事的全部了解都来源于几个参与过游戏的幸存者，而且他们都拿不出任何证据证明自己曾经历过的事情，更别说指证其他人了。

"我要是有证据，早就报警了！"童希洛此时的心态有些急躁，"这次不一样，黄喆喻你认识的，她也被人设计了，同样是你的剧本内容，但她没有入套，还发现有人在背后搞鬼，就是杜冠亭他们三个。"

"也有人被害了？"郭洁紧张地问道。

"那倒没有，没人受伤……或许是因为被黄喆喻发现了……"童希洛推测道。

童希洛随后带着郭洁去和黄喆喻碰面，这一次黄喆喻确实拿出了证据，证明自己被杜冠亭他们几个人设计捉弄——

黄喆喻不久前抽中一次免费旅行，前往天使湾海岛度假，没想到在岛上度假村里遭遇一桩稀奇事。另外两个游客的一条宠物狗离奇腹泻，自己成了嫌疑人。几番周折后，才找到给狗投毒的犯人。

郭洁一听黄喆喻所讲的经过，明白这是自己不久前刚写的《度假村谜案》剧本，只是受害者从一对夫妻的儿子变成了宠物狗，其他剧情都惊人相似。

"你怎么能肯定是杜冠亭他们在背后搞鬼呢？"郭洁问道。

"本来这也算不上什么事，我只当是自己倒霉，好好的一次旅行全给毁了，差点还被人冤枉赔钱。可我离开度假村那天，在房间收拾东西不小心打碎了床头的花瓶，发现花瓶里竟然有个窃听器，给我吓了一跳。我按照网上教的办法，又用手机检查整个房间，在房间里还发现了几个隐藏的监控摄像头……"

根据黄喆喻的讲述，她当即就找来度假村经理质问、投诉，经理的态度倒是挺好，立刻给她道歉、赔偿，并承诺会给她一个交代。黄喆喻当时没往别处想，只是担心自己的隐私有没有被不法分子录像。回到家以后，她越想越感觉不对劲，而且再联系度假村的负责人也联系不上了。她点进度假村的官网，却发现这家度假村竟然在几个月前就已经结束营业。

　　黄喆喻这时候开始怀疑这一系列的事并不寻常，但她无可奈何，毕竟到目前为止，她没有任何实际的损失。她也只能把这件事当作"奇遇"，回来后，与朋友、闺密、同事分享自己的遭遇。

　　童希洛从同事那里听说这件事后，大吃一惊，立刻找黄喆喻核实，听完详细的经过后，她更加确定这就是郭洁剧本里的内容。只是过程中没有人受伤，更像是一个恶作剧。童希洛她们顺着抽奖活动举办公司和度假村的出资人这条线索，没费什么力气就查到了杜冠亭、赵嘉任和刘国才三个人。杜冠亭他们在遮掩身份这件事上并没有下太大功夫，也许在他们看来这不过是"玩笑"，即使被发现了，也无伤大雅。

　　如今人证、物证齐全，童希洛她们决定去找杜冠亭三个人问清楚。

　　泰豪酒店恰巧在那段时间有一个答谢酒会，杜冠亭他们接到邀请，如约而至。黄喆喻以送礼品的机会进入他们的包厢，假装扭伤脚。随后，郭洁和童希洛也借故闯了进去。

　　在证据面前，杜冠亭他们承认安排了黄喆喻玩实景游戏的事情，但坚决否认与童希洛所经历的那些残暴事件有关。

　　"那时候我不相信杜冠亭他们是无辜的，直到他们也遭遇了意外。"童希洛说到这里看了看杜冠亭他们，脸上流露出一丝同情。

　　"苦肉计，没听说过吗？"恐怖不屑地说道。

　　"我相信没有人会用那样的苦肉计……"童希洛却摇了摇头。

　　"就算他们没有参与到'血腥游戏'当中来，但所作所为和'指引者'并没有本质区别，都是以玩弄人取乐，只是他们更窝囊，更胆小。"恐怖愤愤不平地说道。

杜冠亭他们显然被恐怖所说的话伤到自尊，脸有怒色，却又无从反驳。

"王队，你已经问过了大部分人，我也有问题想问问你们三个人。"杜冠亭不想和恐怖纠缠，转移了话题。

"你有什么想问的就说吧。"王浩没有拒绝，他倒想听听杜冠亭要问些什么。

"王队，为什么只有你一个人，没有看到你的其他同事，警方办案不都要求最少两人同行的吗？"

"我来这里是为了救老婆和孩子，她们现在也困在会议中心。"没有人会拿自己的亲人冒险，王浩这么说已经足够说明自己跟"指引者"没有关系。

"这么多人困在这里，警方的人怎么还不来？"赵长德抱怨道。

"一来这里通信被切断无法向外传递消息，二来因为人质，警方肯定不敢草率行动，但我相信他们已经知道这里的情况，很快就会来。"

"很快？很快来收尸吗？"赵长德脱口而出。

"马尚，我问你，郭洁的事情，你一点都不知情吗？"杜冠亭皱皱眉头，他认为赵长德这个时候抱怨警方没来解救毫无意义，于是立刻转移话题，又把问题抛向马尚。

这个问题对于马尚就像是灵魂拷问，作为枕边人，自己竟然对妻子这一年多所做的事情毫不知情，无论怎么解释，谁会相信？他回忆那段时间里生活的细节，那些点点滴滴，确实有那么一些蛛丝马迹，只要自己多关心妻子一点，或许就能帮她分忧解难，不至于走到今天这一步。他只恨自己被金钱遮住了眼睛，自私自利，把自己困在了黑暗中，根本看不见身边的人。

马尚一言不发，他确实不知道能说什么。

"我们这些人里面，最不可能的就是马尚，他现在是活着没意思，死了不瞑目！"恐怖口无遮拦，虽然说得难听，但句句在理。

"那么恐怖你呢？"杜冠亭趁势问道。

"你怀疑我什么就直说，少给我玩套路。"恐怖一挥手，瞪着眼睛说道。

"你做这些事图什么？"在杜冠亭看来，任何人做任何事都有目的，他看不懂恐怖这种完全不利己的行为。

这问题看似简单，说起来却又不简单，恐怖也是愣了一下。

"老子开心！"恐怖用他一贯简单粗暴的方式回答了这个问题，跟着又反问道，"我和马尚在'逃出生天'馆内发现一个密室，里面有许多人的档案，这些事你又怎么解释？"

"密室？档案？没有这样的地方……"杜冠亭说着去看赵嘉任和刘国才，他们也摇摇头，表示不知情。

"密室就在控制机房，可惜我们发现后，那里随即起火，但我们还是带出来了两份文件，这件事你们无法否认。"马尚补充道。

"密室我没看见，但是那两份文件我看过，不是普通人能收集到的个人信息。"王浩也从侧面证实马尚和恐怖并没有胡说八道。

杜冠亭沉吟了片刻，说道："坦率地讲，'逃出生天'虽然是我们三个投资的，但是具体的运营管理我们并没有深度参与。那场大火后，实际的管理者方子悦就消失了，我们还以为她是怕担责，看来她和'指引者'脱不了干系。"

"你又把事情推得一干二净，说的跟所有坏事都是'指引者'干的一样。"恐怖讽刺道。

杜冠亭面有不悦，但也没继续和恐怖争论，只是看了眼计时器，然后对王浩说道："王队，还有 5 分钟，以你的经验，我们当中谁是指引者？"

"指引者……"王浩说着再次把目光扫过众人。

第十九章

扭曲的恨意

所有人的目光都集中在王浩的身上，等着他的推断，究竟谁是"指引者"？

"郑嘉慧，现在回头还来得及。"王浩猝不及防地走到郑嘉慧身边，一把按住她的肩膀。

郑嘉慧神色一变，想要挣脱出来，却被王浩死死拽住，难以脱身。

"你不要冤枉人！"

"冤枉人？只有你是这个案子里的交叉点，为什么是你？除了你是'指引者'之外，再没有更合理的解释！"王浩神情严肃，手上一使劲，把郑嘉慧拉近几分，"郑雨鑫、盛光琦、梁彪、何金平、郑宝庆、高树梅、孔泽，这些人都跟你有交会，你就像是缝衣针，在其中穿针引线。"

"因为这种理由就说我是'指引者'，未免也太荒唐了。"郑嘉慧反驳道。

"王队，你可不能因为我们好欺负，就这么冤枉我女……冤枉小慧……"高树梅想把郑嘉慧叫女儿，可终究没说出口。她们之间并没有太多感情，在郑雨鑫出事之前，她们甚至都没见过几面。

王浩不为所动，继续说道："盛光琦本来要说出谁是'指引者'，可是你上前一番拉扯，故意打断了他，还把他顺便带到喷火点，这些动作能瞒过我的眼睛吗？"

这番话一出，其他人也回过神来，回想盛光琦死前那一幕，郑嘉慧确实有嫌疑。

"不是我！"郑嘉慧咬牙说道。

"我不知道你和其他'指引者'之间如何联系，但是你最好现在放了我们，不然过一会儿，我也保不住你！"王浩恐吓道。

倒计时现在还有2分钟不到，虽然大多数人对于郑嘉慧是不是"指引者"心存疑虑，但人在生命受到威胁的时候做出什么行为都不奇怪。

"王队，这事我们都可以做证，就算真的杀了她也是属于自卫，对吧？时间不多了，我们这么多人的性命可就在你手上了！"赵长德的话就是递出去的刀。

王浩当然不想被赵长德利用，但是眼下必须给郑嘉慧施加压力，找出破局之道。

"郑嘉慧，你的同伙根本就不在乎你的性命，你又何必再继续维护对方，让我们出去救人，我保证你的安全。"

"杀了我，你们就赢了这个游戏，所有人才能平安。"郑嘉慧突然脸色一变，露出一副超然的神态。

这句话一说出口，现场所有人再没有半点疑虑，王浩找出了真正的"指引者"。

"郑嘉慧，朱珊出逃的事情是你泄露的？"何金平回想往事，那段时间郑嘉慧一直就在他们身边。

"不遵守游戏规则的人都要死！"郑嘉慧干脆地回答道。

"我杀了你！"何金平怒火冲天，他累积在心里的仇恨，此时终于找到了报仇的对象。

王浩没想到郑嘉慧不但没服软，还试图激化矛盾，显然根本没把她自己的生死看在眼里。王浩向众人看去，此时除了马尚、恐怖和高树梅，其他人都红了眼，个个咬牙切齿，蠢蠢欲动。

王浩立刻挡住何金平，呵斥道："何金平，你不要冲动，等我把话问清楚！"

"有什么好问的，她都承认了！"何金平怒吼道。

"小慧，这究竟是怎么一回事？小鑫在哪里？"高树梅从震惊中缓过神来，她看着被王浩护在身后的郑嘉慧，急切地问道。

郑嘉慧避开高树梅的目光，沉默不语。

"没时间了，王浩，你让开，他们的恩怨让他们自己解决。"赵长德的语气中带着不容置疑的威严，对他而言，让何金平杀死郑嘉慧，然后结束这场该死的闹剧是代价最小的做法。

王浩也知道时间紧迫，如果不按照游戏规则杀死郑嘉慧，后面会发生什么事情他也没有把握。但是要让他置身事外，看着郑嘉慧被愤怒的何金平杀死，他也绝对做不到。他一边挡住何金平，一边回头对郑嘉慧说："你真不要命了吗？"

"你为什么要救我？"郑嘉慧反问道。

王浩想也没想就说道："我的女儿现在被你们控制在会议中心里，她正看着这里发生的一切，这就是我必须救你的原因。"

倒计时一分钟。

杜冠亭、赵嘉任、刘国才和童希洛等人再也按捺不住了，一起围上来，要杀死郑嘉慧。

王浩知道自己双拳难敌四掌，更别说五个人的围攻了。就在他一边呵斥，一边带着郑嘉慧往后退的时候，恐怖站了出来，帮王浩挡住众人，顿时让他压力大减。

马尚站着没动，心里有些犹豫，郑嘉慧自称是"指引者"，那她极有可能是杀害妻子和儿子的凶手，自己万万没有理由上前去帮她。可是……可是如果郑嘉慧死在这里，那真相会不会随着她的死亡也被掩埋？想到这里，他浑身一颤，终究还是上前站在了王浩和恐怖身边。

"你们疯了吗？我们这么多人给她一个人陪葬？"杜冠亭说着就和恐怖推搡起来，赵嘉任对上了马尚，刘国才则一把抱住王浩。

何金平此时终于有了机会，他挥拳猛击郑嘉慧。

郑嘉慧并非待宰的羔羊，她动作敏捷地避开来拳，还反踢了何金平一脚。

这时候恐怖几人才想起来，这个看似弱不禁风的女孩可是击败过"赤龙"的拳手。

何金平当然是最清楚郑嘉慧实力的人，但此时他不仅是为爱人报仇，更是自己性命攸关之际，他一咬牙扑了上去。同时童希洛也从侧面偷袭，想要抓住郑嘉慧的头发。

郑嘉慧以一敌二，她动作简单，但全是搏命的格斗技，何金平和童希洛虽然凶狠，一时间也拿她无可奈何。

对于他们而言，时间就是生命。

何金平硬挨了郑嘉慧一拳，拳头正中他的腹部，但他忍痛不后退，反而一把抱住对方。童希洛被打得鼻青脸肿，这时也忍痛冲上来，抱住郑嘉慧的双脚。

这种死缠烂打虽然难看，但确实奏效。

就在他们各自抵死纠缠的时候，大多数人都没有注意到赵长德。此时他仿佛幽灵一般，悄无声息地来到了郑嘉慧旁边。他从口袋里摸出一把小刀，这正是他拿到的道具。

随着倒计时进入到读秒阶段，赵长德手中的刀迅猛而凶狠地刺向郑嘉慧。

郑嘉慧眼看着刀刺向自己，可她被何金平和童希洛两个人死死抱住，根本避无可避。她无奈地闭上眼睛，等待着利刃刺进胸膛。

倒计时归零的铃声响起，每个人都不由自主地停了下来，密室里静得可怕。

郑嘉慧睁开眼睛，她看到满地的血，却没感觉到身上疼痛。一个高大的身影挡在她的身前——是王浩。

王浩在最后一刻摆脱了刘国才，奋力扑到郑嘉慧身前。

赵长德哪里能想到王浩会突然冒出来，想收也收不住，一刀扎进了王浩的身体。

血喷涌而出，溅在赵长德身上，他急忙松了手。

"不关我事，你自己撞上来的，意外，纯属意外……"赵长德连退几步。

"王队，你没事吧？"马尚和恐怖急忙过来扶住王浩，查看他的伤口。

赵长德是冲着郑嘉慧的心脏去刺，好在王浩个子高，这一刀插进了他的腹部。虽然不是要害，但是如果放任不管，失血过多也会危及生命。

众人此时一来震惊王浩帮郑嘉慧挡刀，二来发现倒计时结束后，似乎什么也没发生。

"算我输了，没想到真的会有人牺牲自己。"郑嘉慧上前两步，看着此时躺倒在地，手捂伤口，痛苦万分的王浩说道。

"打开密室，王队需要立刻送医！"恐怖大声对郑嘉慧呵斥道。

郑嘉慧正想说话，突然密室一侧发出"砰"的一声巨响，墙壁爆裂开，七八个特警持枪闯入，领头的正是刘毅。

"你们来了就好了。"赵长德看到特警，眉头立刻舒展开来，"快带我出去！"

刘毅没理会赵长德，他一眼就看到受伤的王浩，急忙跑上前。

"王队，我立刻送你去医院。"

"我还挺得住，礼堂里的人救出来没有？"

"你放心，已经都疏散了。"

"那就好……"王浩心里最后一块石头落地，终于闭上眼睛，大口喘息，不再强撑。

警方在这场危机中，一共拘捕了二十二人，其中参与游戏的十五人中，除了死亡的四人，以及负伤的王浩和市委秘书长赵长德没有被拘捕以外，马尚等九人均被带回了市局。此外被拘捕的还有十三名负责封锁会议中心的嫌疑人。

特警进入会议中心后，并没有遭到抵抗，这十三名嫌疑人自称是被雇用，只是收钱办事。警方调查了这些嫌疑人的身份背景，他们全是欠下巨额贷款，走投无路的失信人。另外，警方并没有在会议中心找到炸药，看来犯罪嫌疑人只是恐吓。

国际会议中心的紧急事件暂时告一段落，但警方的调查才刚刚开始。

美华建筑公司是本次国际会议中心改造项目的中标方，警方通过调查发现该公司是通过贿赂会议中心管理层，拿下的工程。

这家公司注册时间不满一年，就是个皮包公司，法人是个刚毕业的大学生，一个月五千块就给公司挂了名。实际负责公司运营并提供资金支持的人是丹尼斯，一名英籍华人。不过他在国际会议中心绑架事件开始的前一天，已乘坐国际航班离境。

一个英国人为什么不远千里来这里"搞事"？警方带着疑问立刻对丹尼斯的背景进行调查，很快就发现了端倪。丹尼斯的独子阿尔文是杜冠亭在英国留学时的同学，两年半前，杜冠亭开车撞死了阿尔文，随后弃保潜逃回国。

丹尼斯报复杜冠亭可以说得通，但是为何如此大费周章，又牵连许多无辜的人？更重要的是他有机会要杜冠亭的命，为什么最后放过了他？遗憾的是丹尼斯已经跑了，要找出这些问题的答案，只能从这些被抓捕的嫌疑人中寻找答案。

郑嘉慧已经承认自己就是"指引者"，对于她的讯问最为重要。

这次讯问由刑侦大队代理队长陈明嘉、刘毅和一名女警三个人负责，局长邓岚督战，他倒要看看"指引者"是怎么弄出这么一场惊天大案出来的。

郑嘉慧表现出少有的平静，看起来就像是胸有成竹的考生坐在考场上，等待着答卷。

陈明嘉也是老刑警了，一看郑嘉慧的样子，就知道遇到硬茬了。

"姓名、年龄、籍贯？"陈明嘉按照标准流程开始了问话。

"陈静敏，22岁，天安市人。"郑嘉慧说的是自己过继后的名字，也可以说是法律意义上的身份。在随后的讯问中她十分配合，没有抵赖，没有躲藏，没有狡辩。甚至有些陈明嘉他们没问到的问题，她还做了一些补充，说出了自己的动机和所作所为。

郑嘉慧恨她的亲生父亲，恨继母，恨那个同父异母的妹妹。正是因为妹妹的到来，郑宝庆才把她给了别人。她离开家的时候已经有记忆、有感情了，别说是一个人，就是狗也会叫两声。她哭过、闹过、求过，可是父亲还是狠心把她送了人，还告诉她，这是为了她好，因为家里养不活两个闺女。

养父母工作也忙，没太多时间照顾她，而且经常把她当出气筒，她的童年岁月可谓不堪回首。

12岁那年，她被养父母送入体校学习散打。这是个苦运动，很少有父母愿意送女孩去学散打，所以学校没收他们学费，还包了吃住。郑嘉慧倒是挺喜欢散打，在这里她可以把自己的愤怒用正当的方式发泄出来。16岁的时候，她就取得了不错的成绩，拿了不少奖杯，也开始有收入。

郑嘉慧以为自己可以淡忘往日的种种，可梦里时常还是会出现田边的老木屋，村里清澈的池塘，老槐树下荡起的秋千……以及郑宝庆把她抱在怀里时的笑脸。

"没有我，他们就幸福了吗？"郑嘉慧想要找到这个问题的答案，所以她决定"回到"那个家看看。

父亲和继母不在，只有年迈的奶奶和年幼的妹妹守在破败不堪的旧屋。她当年离开时，妹妹刚出生不久，现在已经是一个中学生。妹妹的衣服干干净净，与家里的环境格格不入。

妹妹知道有她这么一个姐姐倒是挺开心，围着她叽叽喳喳说个不停。那之后，她隔一段时间就会给妹妹写一封信，两个人就像亲姐妹那样互相倾诉生活点滴。

时光飞逝，一转眼好几年过去了。妹妹考上了重点高中，而她却因为伤病的原因，结束了运动员生涯。在她看来，这是命运又一次不公正的裁决，心中的怨气尤胜往日。不久后，她收到妹妹的来信，知道了一件令她灵魂都为之动荡的事情。妹妹和她的三个朋友在玩一个可以操控别人人生，玩弄他人命运的游戏。

她开始向妹妹打探、询问关于这个游戏的一切。了解过后，她有些失望，妹妹他们四人的游戏不以生死为赌注，何以称为"命运"？她决定打造一个真正的命运轮盘，一个绝对公平的游戏，无论贫穷还是富有，无论身份高贵还是低贱，只要同为人，在这个她所打造的世界里，就要直面生死。

不过她要完成这样的布局，除了有好剧本，还需要经济上的支持，而这笔钱并非小数目，什么样的人有这样的财力？她从妹妹那里知道了杜冠亭在国外闯了祸，弃保潜逃的事情。这件事或许有利用的价值，于是她去调查杜冠亭在英国究竟做了什么，这一查就让她找到了合作者，也找到了利用仇恨来操控他人的方法。

杜冠亭开车撞死的人叫阿尔文，而阿尔文的父亲丹尼斯是一个富商。她给丹尼斯写了一封邮件，透露了杜冠亭的下落和详情，并附上照片，信中还为他拟定了一个复仇计划。

丹尼斯很快回复了她，同意了她的提议，因为这个复仇计划实在太诱人。没有一个父亲可以拒绝让害死自己儿子的人生不如死，永坠无间地狱的诱惑。

郑嘉慧有了资金支持，还需要帮手。她首先需要找到一些能够为了钱什么事情都敢做的人。贪财好色的盛光琦无疑是一个合适的人选，他是杜冠亭身边的人，帮他打理魔笛酒吧，人脉广，三教九流都有接触。她很快就用美色和金钱俘虏了盛光琦，也让他给自己找来了更多要钱不要命的人。

有钱有人，这场她期待已久的大剧，终于可以拉开序幕。

"郭洁、马尚的儿子马小悦、吴蔚然，他们的死与你有关系吗？"陈明嘉进一步问道。

"马小悦的死是意外，至于郭洁和吴蔚然……"郑嘉慧说到这里停顿了片刻，"杀她们是迫不得已。"

"好一个迫不得已！"刘毅一拍桌子，"三个无辜的人，其中还有一个是孩子，你简直丧心病狂！"

"要做大事，牺牲不可避免。"郑嘉慧不以为意地说道。

"那你说说，究竟是什么迫不得已的原因要杀她们？"陈明嘉一边说，一边暗自拍了拍刘毅，让他控制情绪。

"郭洁查到了我就是'指引者'，所以我必须灭口。至于吴蔚然，也算她厉害，她找到了郭洁并非死于意外的证据，自然也不能让她活着。"

"说说具体细节。"陈明嘉循循善诱，尽可能让郑嘉慧多说话，作为老同志，他明白讯问过程中不能带情绪，查清真相更为重要。

"使用郭洁的剧本杀用于真实的游戏是郑雨鑫他们给我的灵感，郭洁的剧本杀写得很好，我此后一直假扮剧本杀馆的老板向她订购剧本。本来我跟她相安无事，可她偏偏要去查，而且还越来越接近真相。我只好找人假扮受害者，声称有证据证明'指引者'的身份，约她见面。只是没想到那晚她竟然带着孩子，后面的事情相信我不说你们也知道了。"

"那么吴蔚然呢？"

"说起来，这个保险调查员可比你们尽职。她查到货车司机一直以来有肝病，所以滴酒不沾。她也去调查了货车的保养记录，证实车在出事前一周刚做过检查，记录显示刹车系统正常，短时间内突然出现刹车失灵的概率很小。

"另外，最重要的一点是在货车司机出事后一个月，他需要肾移植的女儿顺利做了手术，而在这之前，因为没钱，他女儿的病拖了很久。吴蔚然因此怀疑有人买凶杀人……她都查到这里了，我自然也不能再留她活口，略施小计就把她骗到长虹小区，割了她的脖子。"说着，郑嘉慧比画了一下，那动作看起来竟是无比娴熟。

陈明嘉又追问了凶器、作案时间等等细节，郑嘉慧都一一回答，均准确无误。这些细节除了凶手知道，第三者很难编排出来。

"马尚呢？你为什么大费周章，非要选他来参与这个游戏？"刘毅不解地问道。

"我能喝口水吗？"郑嘉慧舔了舔嘴唇。

陈明嘉点点头，一旁的女警递给郑嘉慧一瓶矿泉水。

郑嘉慧喝了两口水，这才继续说道："郭洁生前最后一个剧本是《逃出生天》，讲述了一个以牺牲为主题的故事，根据玩家的选择，会有两种截然不同的结局，一种是所有人都只为自己，那么最后的结局就是玩家全灭；第二种则是有人愿意自我牺牲，从而拯救其他人。我曾经和她打赌，这个游戏如果在真实的世界里，结局只会有一种，就是玩家全灭，因为在生与死的选择里，没有人会牺牲自己去拯救别人。郭洁死了，作为她的丈夫，马尚理应继承这个赌约。而且剧本里有一个人物刚好和马尚的遭遇不谋而合，我觉得这就是天注定。"

"孔泽呢？"刘毅继续问道。

"他完全是个意外，不过他的表现十分优秀，为整个游戏增添了不少光彩。"郑嘉慧面露笑容。

刘毅觉得眼前这个女人简直就是个恶魔，完全无法理喻，竟然把活生生的人当作游戏道具，操控他们的命运，玩弄他们的情感，随意夺走他们的生命。

"你到底用什么方法让杜冠亭、赵嘉任和刘国才他们三个人对你言听计从，甚至命都不要了，还要继续进行游戏？"陈明嘉拿出纸巾，擦了擦额头的汗，他感觉是不是讯问室里的暖气开得太大了。

"他们没说吗？"郑嘉慧冷笑着反问道。

"没有。"陈明嘉对于这一点也觉得奇怪，杜冠亭他们三个人怎么都不肯说他们在第一次被绑架后究竟发生了什么事，以及"指引者"用什么来威胁他们。

"抱歉，这一点我也不能说，我答应过他们只要参加游戏，就帮他们保守秘密，但是……"郑嘉慧说到这里故意停顿了一下，"但是丹尼斯会不会泄露视频，我就不敢保证了，建议你们最近可以关注一下境外的视频网络平台。"

陈明嘉皱了皱眉头，目前为止，这是郑嘉慧唯一没有配合回答的问题，不过毕竟是第一次讯问，还有许多信息需要进一步核实，不能操之过急。

"黄喆喻现在在哪里？寄给她五根断指又是什么意思？"

"她参加的并不是我的游戏，我并没有动她，她只是出事后害怕躲起来罢了。至于那几根手指，是之前参与游戏的失败者的，我知道你们迟早会查到她那里，混淆视听用的。"

"绑架并割断赵嘉任三根手指的人是谁？"

"是梁彪，他为了钱听从我的指令，事成之后我不再需要他，按照约定我给了他一笔钱，他现在在哪里我也不知道。"

"你妹妹郑雨鑫呢？她在哪里？"

郑嘉慧的脸上终于出现了不安的神情，说道："死了，她在游戏里输了。"

"她可是你亲妹妹，你还有半点人性吗？"刘毅质问道。

"这是一个绝对公平的游戏，无论是谁，都不会享有特权，我自己输了，也接受死亡的结局。"郑嘉慧抬起头说道。

"郑雨鑫的尸体在哪里？"陈明嘉冷不丁地问道。

"烧了，骨灰撒进了青龙河。"郑嘉慧脱口而出。

陈明嘉和刘毅闻言不禁面面相觑，郑嘉慧的口供实在是骇人听闻。

王浩没被刀刺中要害，算是从死神的镰刀下逃过一劫。他在医院躺了三天，就急不可耐地找来刘毅，询问郑嘉慧是否说出了真相。

刘毅向他转述了郑嘉慧的口供，大部分疑问看起来似乎都得到了圆满解答，她承认了犯罪事实，口供也是无懈可击，动机、细节、经过一应俱全。

王浩听完后，沉默良久才缓缓说道："郑嘉慧这是想把所有罪责都扛在自己身上。"

"我们也这么考虑过，可到目前为止，还没有发现新的嫌疑人，她所供述的部分物证、人证都已查实，如果未来没有新发现，可能会以此结案了。"说到这里，刘毅走到王浩身边，弯下腰，压低了声音，继续说道，"王队，据我所知，局里面对的压力比较大，各方面都希望能尽快结案。"

王浩自然明白刘毅的意思，案件影响恶劣，又涉及一些领导干部。如今警方抓捕了二十多个人，而且主犯认罪，人证物证齐全，虽然这里面大部分嫌疑人是被雇用或者被胁迫的，但足以向社会各个层面做个交代。

"盛光琦在临死前曾经向隐藏在暗处的'指引者'喊话，那人绝非是郑嘉慧，而且我肯定他是不知道郑嘉慧也是'指引者'的。在这件事上郑嘉慧撒了谎，笼络盛光琦的另有其人，而这个人恐怕就是郑嘉慧在保护的人，又或者说这个人才是真正的主谋。"王浩就事论事，说出自己的推测。

"莫非主谋是郑宝庆，郑嘉慧想保护她爸爸？"

"郑宝庆愤世嫉俗，性格偏激，可就算他有做这种事的想法，也没这个能力。而且他一直在外地打工，最近一段时间才来到天安市，时间上不吻合。"王浩摇摇头，很快就否定了刘毅的猜想。

"高树梅看起来也不像啊……"

"究竟是谁，还需要调查，不能草率得出结论。"王浩说着双手用力撑起半个身体，想要坐起来。

"王队，你慢点。"刘毅赶忙扶着王浩，然后帮他摇起病床。

"没事，皮外伤而已。"王浩坐起来后，说话的气息顺畅了许多，"你们要安排郑嘉慧做一次全面体检，然后再去散打队核实一下她退役的原因。"

"王队，你放心，体检已经做过了，这两天应该就会有结果。至于散打队，我一会儿就去。"

"丹尼斯人虽然跑了，但是他的钱怎么入境的，又用去了哪里，这是非常重要的线索，你们要去银行查个水落石出。"

"还是王队细心，这个事我回去跟领导汇报，抓紧调查。"刘毅心里清楚，要查银行，而且是跨国的资金流动，没有领导去协调那等待的时间可就长了。

"对了，张安琪说什么了吗？"王浩跟邓岚通过电话，已经知道刑侦大队里的内鬼就是张安琪，也大概知道了事情原委。

刘毅想起张安琪，叹口气，说道："她还是不愿意开口。"

"我找时间去见见她。"

"王队别心急，你等伤势好一点再说吧，嫂子刚才看我进来，眼睛都冒火了。"刘毅说着忍不住看看门口，胡舒曼此时守在门外，担心王浩不顾自己的伤势，急着跑出医院查案。

王浩苦笑，他知道妻子担心自己，尤其是亲眼看到自己被刺伤后。

"马尚和孔泽怎么样？这次多亏他们，才能抓住'指引者'，救下人质。"王浩关心地问道。

"王队放心，他们只受了一些皮外伤，已经确认他们不涉案，明天办完手续就能……"

"小刘，医生交代你王哥还是要多休息，不然伤口容易发炎。"这时候胡舒曼实在忍不住，推门进来，下了逐客令。

"舒曼……"

"王队，嫂子说得在理，你就别操心了，办案的事情交给我们。"

"就你逞能，公安局没你就要关门啊？"胡舒曼看着王浩骂，但那声音却往刘毅的方向飘。

刘毅此时哪还敢留下来掺合，客套两句就迅速逃离了病房。他出来后，不由得叹了口气，觉得王队此时躺在医院未必不是一件好事。现在代管刑侦大队的陈队，甚至邓局的日子怕是都不好过，案子怎么处理远比查案过程更复杂。

散打队在体育馆训练，馆内全是拳脚击打沙袋发出的"砰砰"声，其间还夹杂着几声呼喝，一般人进来，少不了被这种气氛所震撼。

刘毅环顾场馆，看到一位四十来岁、体态偏胖的中年男人正在指导一位拳手，这人看起来正是散打队的杨教练。

刘毅左挪右闪地走过去，正所谓拳脚无眼，万一被打中了，不知道能不能算工伤。

"杨教练，您好，我是市刑侦大队的刘毅。"刘毅扯开嗓门，拿出证件，表明了身份。

杨教练打量了一眼刘毅，又看了看证件，放下手头的工作。

"我来这里是想向你了解一下陈静敏的情况。"

"哦，你是说慧慧，她已经退役了，出什么事情了吗？"

"陈静敏是因为什么原因退役的？"刘毅来就是为了搞清楚这个问题。

杨教练闻言叹口气，说道："斗殴。"

"斗殴？"

"散打是一项严肃的体育运动，我们严禁队员在外斗殴，这也是队里的红线，无论是谁，只要触碰红线就会被开除。"杨教练认真地说道。

"关于她斗殴这件事能否具体说说。"

"慧慧打了一帮大概十五六岁的小孩，小孩家长报了警，民警就找到我们这里来调查。我就去找她谈话，她说这帮孩子欺负她妹妹，她就去教训一下他们。当时我们单位也出面协调了，毕竟这帮孩子也有不对的地方，最后赔点钱了事。不过慧慧动手虽然情有可原，但毕竟属于事后报复，性质恶劣，队里就让她自主退役了。"杨教练回忆道。

"杨教练，你还记得她妹妹叫什么吗？"

"这……"杨教练努力回想，"好像是叫雨什么……雨欣？"

"郑雨鑫，对吧？"刘毅心里已经确信这个妹妹就是郑雨鑫。

"对，郑雨鑫！"杨教练确认道。

刘毅知道这条线索极为重要，一个为了给妹妹出头不惜葬送自己运动员生涯的姐姐，绝不可能做出让妹妹死在游戏里这种事情。那么郑嘉慧至少在这件事上撒了谎！

"为什么撒谎？"想到这个问题，刘毅浑身的汗毛都竖了起来，他的脑子里冒出一个非常大胆的想法——郑雨鑫就是另一个指引者！

第二十章

谢幕

马尚在公安局里待了四天，做了不下七八次的笔录，一次次不厌其烦地从他跳河那天说起，一直讲到王浩在国际会议中心受伤倒地为止。他每多回忆一次，多讲述一遍，真就还能发现一些被遗忘的细节。至于这些细节对于警方破案是不是有帮助，他无从得知。

现在的他其实有些恍惚、迷茫，不知道自己还能做些什么？郑嘉慧承认自己就是"指引者"，可就她一个人吗，她还有同伙吗？她究竟为何要杀郭洁？有好多问题他想当面质问郑嘉慧。

他想起郭洁手机里的那张照片，现在想来只是她调查过程中翻拍的监控视频画面。

"你现在先不要想这些，案子查清楚了，我们会移交检察院，等到开庭，作为受害者家属，你也可以申请旁听。"警方对于马尚的要求是这么回复的。

"那要等到什么时候？"马尚心里嘀咕着，但即使问出口，恐怕也没人会回答他。

马尚回到家没多长时间就接到房子的买家打来催促他交房的电话，当时对方给了马尚半个月的时间，但是这半个月自己几乎天天都在外面跑，根本没时间收拾房子。按照合约，三天后就是交房的日子，他再三向对方保证一定按时把房子清空对方才挂了电话。

马尚打起精神开始收拾东西，以前的相册、儿子最爱的玩具、老婆的围裙……一些他以前天天见到却从未在意的东西，此时都令他难以割舍。

马尚从客厅开始，慢慢整理这些"琐碎"的物品，有些拿起来看了看，又放回原处，有些小心翼翼收进打包箱里，打算带走。

他来到卧室，在梳妆台前坐下。

这是一张原木雕花的梳妆台，红色的木纹显得高雅复古，是他和郭洁结婚那会儿一起挑选的家具。

结婚这么多年，他几乎没有留意过这里，对于这上面的东西竟然感觉有些陌生。这是一套两居室的小房子，没有独立的书房，所以梳妆台也是郭洁的书桌。如今回想往日，每每深夜之时，郭洁常常伏案于此，对着一台笔记本电脑敲敲打打。

"老婆，你明天还上班，早点睡吧。"

"你先睡，我这儿还有些文档要处理。"

大多数情况下，这段对话结束后，马尚要么倒头大睡，要么就去做自己的事情了，他从没去看过郭洁究竟在处理什么文档。这时候他突然想起来一件事，郭洁的笔记本电脑去哪里了？

说起来，郭洁出事后，他好像就没看到过她的笔记本电脑。难道车祸那天她带出去了？可警方送回来的遗物里，他没看到有笔记本电脑。

"去哪里了？"马尚抓着头发，想从回忆里找出蛛丝马迹。

他想起那台电脑有在线定位功能，有一次他们出去旅游，郭洁把电脑落在一家饭店，就是通过这个功能找回来的。

马尚拿出手机，登录上电脑厂商的官网，找到在线定位功能。他试着输入郭洁的账户和密码，深吸一口气，按下登录。

屏幕一闪，一张地图缓缓加载出来，地图之上，蓝点闪烁，正是笔记本电脑所在位置。

马尚盯着手机屏幕愣了一会儿，笔记本电脑闪烁的位置在一片崇山峻岭之中。

"怎么可能？"马尚把手机地图反复放大缩小，这地方远离天安市，前不着村后不着店，笔记本电脑是怎么去到那里的？不过既然能够定位到笔记本电脑的位置，说明电脑还在正常使用中，而且还连接了网络。

马尚有了线索，自然不能放过，再远也要去看一眼，说不定拿走老婆电脑的人就是凶手之一。他习惯性地去打恐怖的电话，可拨号界面刚一出来，他又挂断了。

"不能再麻烦他了。"马尚想起从公安局出来的时候，他看见恐怖和孙婧涵紧紧抱在一起的画面，让人备感温馨甜蜜。

马尚将房子收拾妥当后，租了一辆车，把要带走的东西全都放上了车。他暂时还没想好等事情结束后，自己去哪里，又要做些什么，此时一个流动的家对他来说再合适不过。何况要去那荒山寻找笔记本电脑，没有一辆车也不方便。

他开了两个多小时的车才来到笔记本电脑所在的山区，不过接下来的路没法开车，只能徒步进去了。

马尚又拿出手机，确认了一下方位，他刚准备下车，突然想到是不是应该带上件防身的工具。他在车上翻了翻，找到一根用来给千斤顶加压的钢管，长短合适，拿着也算称手。他一手拿着手机，一手握着钢管，朝着蓝色光标闪烁的方向走去。

木屋建在半山坡，下面是郁郁葱葱的树林，上面是茂密的植被，整个建筑完美融合在周遭的环境之中。如果人不走到近处，很难发现木屋。

山坡另一边朝阳处，搭建了太阳能面板和天线，还有水管把山上的泉水引流到蓄水池，水、电在这里完全实现了自给自足。

马尚站在山坡下，抬头仰望木屋，又看了看手机，确认笔记本电脑所在的位置就是这里。他收好手机，把钢管握紧，然后弯下腰，轻手轻脚从山坡一侧爬上去，希望能神不知鬼不觉地靠近木屋。

从山下前往木屋有一条修整过的小道，但是马尚担心那条路会有监控，所以他还是选择爬山。

山坡不算陡峭，有石头和树木的帮助爬起来倒也不算太费力。

马尚手脚并用，爬上半山坡，喘了口气，然后躲在一棵大树的后面，往木屋里打量。

木屋的门窗都关着，门外整洁并无杂草，看起来应该有人居住。他没打算喊两嗓子，又或者敲门拜访，而是在确认四周没有摄像头后，弯腰快速来到木屋右侧的窗台下。

窗户是木框，木框内镶嵌着磨砂玻璃。

马尚透过玻璃往里看，却看不分明，于是他伸出一根手指去轻轻推了推窗子，没想到"嘎吱"一声，窗户竟然被推开了。他愣了一下，弄出这么大声响，他以为自己肯定被发现了，可僵立片刻，却没看到有人出来。

木屋内部布置简洁，里面也是木桌木椅，看起来就像寻常人家的客厅。长方形的木桌上摆着一台笔记本电脑，马尚一眼就认出是郭洁的那台，因为背面有一个孙悟空的卡通贴纸，那是他们儿子贴上去的。

恍惚间，马尚仿佛看见妻子在埋头工作，儿子在旁边打闹，一家人其乐融融的样子。他用手抹了抹眼角的泪水，深吸一口气，翻窗而入。

电脑屏幕亮着，停留在登录界面，用户图标依旧还是郭洁搞怪的大头照。马尚伸出手，温柔地摸了摸图标。他没有心思再理会屋子里有没有人，缓缓坐下来，在电脑上输入了用户名和密码，顺利进入系统。

马尚在电脑里找到了一个"剧本杀"的文件夹，里面有七十二篇剧本。他查看文档日期，老婆出事前写的最后一个剧本的文档名叫《逃出生天》。他打开文档，越读越心惊，他们遇到的那些离奇事件都在剧本里写着。

"他们说的话是真的。"马尚看完剧本不由得自言自语，"可这结局……"

"以你开头，自然也要你来结束。"一个女孩的声音从马尚背后传来。

马尚惊恐回头，看到一个扎着马尾、面容青涩的女孩子。他慢慢站起来，盯着对方看了一会儿后，终于确认了对方的身份。

"你是……郑雨鑫……"马尚在调查过程中查过郑雨鑫的资料，所以知道她的样貌。

"马叔叔，我们终于见面了。"郑雨鑫承认了自己的身份。

"所以……其实你是在这里等我？"马尚额头冒出冷汗。

"你早晚会发现郭洁的电脑不见了，账号密码我都没有修改过，希望你来的时候，我自然会让电脑连上网。"郑雨鑫说着向前走了几步。

"电脑怎么会在你这里，是不是你害了我的老婆孩子？"马尚操起身旁的钢管，对郑雨鑫怒目而视。

郑雨鑫笑了起来，根本无视马尚手中的钢管，反问道："害死他们的不是你吗？"

"你胡说什么！"马尚用钢管指着郑雨鑫。

"你为什么跳河自杀？"郑雨鑫一句话就戳中了马尚的心窝子，"你可别说你是因为爱他们，因为自责和愧疚哦！剧本你也看过了，要逃出生天的不是剧里的玩家，而是郭洁自己。在郭洁的包里，除了这台电脑，还有打印好的两份离婚协议书。"

郑雨鑫说着从口袋里掏出几张有些褶皱的 A4 纸，上面有郭洁的亲笔签名。

马尚手中的钢管掉落，他眼睛通红，视线模糊，如果不是手扶桌子，怕是要坐倒在地。

"看你的样子，这份协议书应该早就看过了。你一直拖着不肯离婚，让郭洁深陷痛苦之中，她把这份痛苦埋藏在文字里，创作出一部部充满了愤怒、残酷、欺骗和死亡的剧本杀。"

"这是我们夫妻之间的事情，与你无关！"马尚深吸一口气，努力控制着自己的情绪。

"夫妻？"郑雨鑫眼里满是轻蔑的目光，"你还没有我了解她。"

"你了解她？"

"对，我了解她，可是她无法理解我，死亡对她来说，未免不是一种解脱……"郑雨鑫的脑海里浮现出自己第一次见到郭洁的画面。

那是一个炎热的中午，在郭洁公司旁边的咖啡厅，郑雨鑫满怀期待地找上了门。

"您好，您是郭老师吗？"郑雨鑫看起来有些腼腆。

郭洁正在电脑上打字，突然看到一个年轻女孩站到面前，有些不明所以，睁大了眼睛。

"我读过您的剧本……剧本杀剧本，打听到您可能在这边上班，所以就来碰碰运气。"郑雨鑫努力解释着自己为何而来。

"写得不好，见笑了。"郭洁站起来，面带微笑地说道。

"不，不，写得太好了，剧本中的游戏令人耳目一新，对于人性的刻画更是入木三分！"郑雨鑫急忙说道。

郭洁面对郑雨鑫的褒奖，继续谦虚地说道："写着玩，你能喜欢就好，坐下来聊吧。"

"我和朋友开了一家剧本杀馆，想和郭老师您合作，定制剧本。"郑雨鑫坐下来，说出了自己的来意。

郭洁有些吃惊，不过她还是很高兴有人如此喜欢自己的作品。她们那一天聊了许久有关剧本、游戏、人性的事情，郭洁惊讶于这个年轻女孩远超年龄的成熟。

那之后郭洁又通过郑雨鑫认识了杜冠亭、赵嘉任和刘国才，她也开始为他们写剧本，由此打开了潘多拉的魔盒。

"疯子！你真是疯了！正常人说不出这种话，做不出这种事！"马尚怒道。

"我再怎么疯，也没这个世界疯！我有爸爸、妈妈、姐姐，但一家人却不能在一起生活，是什么把我变成了'孤儿'？我努力学习，希望能改变命运，可发现什么也改变不了。但是杜冠亭那些人不学无术，却想要什么就能得到什么，为什么？他们告诉我这是人各有命，天注定！可谁是'天'？只要我有权有钱，我也可以做这个'天'！"

马尚觉得郑雨鑫已经魔怔了，讲道理是讲不通了，干脆问道："你把我引到这里来，究竟有什么目的？"

"一出好戏总要有一个好结局。"郑雨鑫继续往前走，她用脚踢开地上的钢管，从口袋里拿出一把锋利的匕首，把它递给了马尚，"恭喜你取得了游戏最终的胜利，现在你可以亲手为郭洁和孩子报仇了，这算是奖品吧。"

"胜利？"马尚握着手中的匕首，感觉沉甸甸的，似乎有一股寒气从中渗入肌肤。

"不错，我原以为这个世界不会有人愿意为别人牺牲，但你、恐怖和王浩三个人，让我输得心服口服。作为'指引者'，我必须维持游戏的公平，输了就要认，动手吧。"郑雨鑫站在马尚的面前，闭上了眼睛，想起自己第一次看到剧本《逃出生天》的情景。

"郭姐，这个剧本也太牛了，只是玩家们看起来根本没有胜算啊？"

"并非没有，只是需要在几个关键的节点，有玩家愿意为其他人牺牲。"

"我不信有这样的人。"郑雨鑫摇摇头。

"游戏而已，不用这么认真，总会有聪明的人找到破解的方法。"

"当然，在游戏里玩家没有任何负担，可以做出超乎常理的选择，但是如果是真实世界里呢？关乎自己的生死，还会有人愿意牺牲吗？"

郭洁沉默了一会儿，放下剧本，说道："那确实不好说，但我希望会有这样的人……好了，这种事情怎么可能会发生在真实世界……"

马尚握着匕首的手止不住地颤抖，眼前这个女人就是杀害自己老婆和儿子的凶手，血债理应血偿。这段日子里，他脑海里曾无数次想象自己把凶手碎尸万段的场景。可此时，自己为什么会犹豫？

半个小时前。

恐怖躺在床上，沐浴着阳光，厨房里不时传来"叮叮当当"的声音，孙婧涵正手忙脚乱地在做着午餐。

他很久没享受如此美好的生活了，爱的人就在身边，烦心的事看起来也都解决了。他伸出手，仿佛托住了阳光，手心传来暖暖的温度，嘴角忍不住扬起笑容。

他坐起来，披上衣服，打算去厨房帮忙，可床头的手机突然响了起来，一个未知来电的视频电话。

恐怖拿起电话，好奇地接通了视频。

"马尚！"恐怖看着手机画面，大吃一惊。手机画面里，马尚身处一个木屋里，坐在桌子前看着电脑。

"马尚，你在哪里，听得到我说话吗？"恐怖站起来，大声喊道。可是马尚坐在电脑前神态依旧，根本听不见电话这头的声音。

"出什么事了？"孙婧涵听到声音，从厨房跑了出来。

"你看，这不是马尚吗？"恐怖把手机拿给孙婧涵。

"这是直播，报警吧。"孙婧涵看到视频画面上的时间显示，跟她那天在会议中心中看到的转播画面如出一辙，一瞬间反应过来这场"逃出生天"的游戏还没结束，紧张地抓住恐怖的手臂。

恐怖拿过孙婧涵的手机，拨打马尚的电话，但是无人接听。

"你报警，我得出去一趟。"

"去哪儿？"

"去找马尚。"恐怖看着视频里的马尚，坚定地说道。

王浩感觉自己身体已经没什么大碍，整天躺在医院里就像是囚犯，可他也不敢提出院的事情，毕竟医生和他的意见不一致，而且老婆胡舒曼恐怕也不会同意。

"舒曼，我没什么事了，你先回去，我担心女儿没我们两个在家，翻了天。"王浩一边吃着老婆帮他削的苹果，一边小心试探。

"有爸妈看着，你别操心。"胡舒曼用湿纸巾擦了擦手，坐到旁边的椅子上，看着王浩，认真地说道："我想了很久，有个事跟你商量一下。"

"有什么好商量的，老婆说了算！"王浩笑道。

胡舒曼没笑，一脸严肃地继续说道："你别再干刑警了，伤好之后就辞职回家，去我哥的公司，待遇绝不会比你现在差。"

王浩闻言差点被苹果噎住，连忙说道："我都这么大个人了，就别给咱哥添麻烦了，再说我也不是做生意的料……"

"这都几年了？我需要丈夫，女儿也需要爸爸啊……"胡舒曼说着眼眶就红了，泪水直往下掉。

王浩慌了手脚，连忙起身抓住胡舒曼的手，安抚道："老婆，别这样，我答应你，今年再调不回去，我就辞职，不干了……你别哭啊……"

这时候王浩床头的手机响了起来，是一个未知来电的视频电话。

"老婆，电话，我先接一下……不是单位打来的……"王浩顺手接通了电话，一眼就看到了视频里的马尚。

"马尚，是你吗？马尚……"王浩看见马尚坐在一张桌子前对着一台笔记本电脑，视频的视角是俯视，就像是监控画面。

马尚坐在电脑前轻点触摸板，一页页看着剧本。

王浩知道事情不妙，这是有人故意传来的画面。

"老婆，拿你手机来，我要打个电话。"

胡舒曼也看到了视频，又见王浩严肃的表情，不再哭闹，连忙把自己的手机递过去。

王浩立刻拨通了刘毅的电话。

"小刘，我这里收到一个视频电话，画面里是马尚……"

"王队，我们都收到了，技术部门正在追踪信号。"

刘毅那边的声音一片嘈杂，可想而知，他们收到视频直播的画面后肯定忙作一团，寻找来源。

王浩不想再添乱，挂了电话。他此时能做的事情有限，看着手机屏幕里的马尚，心不由自主地提到了嗓子眼。

"你为什么不动手，害怕了吗？以前没杀过人吧？"郑雨鑫睁开眼睛，催促道。

"我不会杀你的。"马尚放下刀，"你现在跟我去公安局自首。"

郑雨鑫笑而不语，又上前几步，竟然把马尚放下的手又重新抬起来。

马尚本能地抽回手，退后几步，与郑雨鑫保持距离。

"疯了吗？你真的不怕死？"在马尚看来，郑雨鑫再怎么癫狂，也必定爱惜自己的生命，毕竟她还如此年轻。

可接下来，郑雨鑫所说的话让所有人都瞠目结舌，更把马尚的理智和怜悯彻底摧毁。

"我知道郭洁当时和儿子在一起，你儿子的死不是意外，他不死，你怎么能安心陪我玩游戏……"

马尚青筋暴起，猛地冲上前，一刀插进郑雨鑫的肚子，跟着把刀拔出来，又插进去，一刀、两刀、三刀……

"畜生，畜生……"马尚咬牙切齿，嘴里只是不断重复着这两个字。

木屋二楼突然传来一声爆炸的响声，跟着火光四射，点燃了木屋。

郑雨鑫倒在了血泊中，一动不动。

马尚手里握着猩红的刀，仿佛雕像一般，看不见四周燃起的火焰。此时一粒火星飘落在他握着刀的手背上，他的身体颤抖，紧握着刀的手也松开了。他低头先看了一眼郑雨鑫，跟着又看了看桌子上的电脑，嘴里嘟囔了一句："结局不应该是这样的……我不能死在这里……"

马尚奋力撞击已经被火焰包围的门，冲出了木屋。他的衣服也被火点着，他在地上翻滚了好几圈，才算熄灭了火焰。等他再爬起来，回望木屋的时候，只能看到汹涌的火焰和翻滚的浓烟。

可还没等他站稳脚，山上的落石又滚滚而下，一时间宛如天崩地裂。

三个月后，法院做出判决，案件对于大多数人而言，算是尘埃落定。

陈静敏（原名郑嘉慧）作为主犯，被判处死刑，缓期一年执行。

在案件审理过程当中，网络上流传出一段视频，视频中杜冠亭三人在"指引者"的逼迫下，为了逃生选择了杀害三名无辜之人，三人面对铁证也终于承认了罪行。杜冠亭、赵嘉任和刘国才因故意杀人均被判处有期徒刑二十五年。

其他从犯根据情节轻重，也得到法律的相应制裁。

另一方面，纪委收到一份匿名举报材料，随后没过多久，赵长德就因滥用职权被双规，市委书记则被调离。

与此同时，局长邓岚被免职，平调到天安市警校做了副校长。

王浩调回了省城，但也没升职，还是继续做副队长。

一年后的秋天，在一个大好日子，恐怖和孙婧涵举办了婚礼，王浩也受邀前来贺喜。

婚礼上热闹非凡。恐怖红光满面，留了头发，西装革履，英俊潇洒，看起来再无半点匪气。

"恭喜恭喜，孔泽，你这留了头发，看起来真是不一样了。"王浩被邀请坐在主桌，他一手举着酒杯，一手伸出大拇指。

恐怖有些不好意思地摸了摸头发，说道："王队说笑了。怎么样，回到省城还习惯吗？"

"有什么不习惯的，都待了那么多年了。可惜折腾了这么一大圈，最后回去还是个副队长。"

"怎么能说是折腾，如果没有你，我和……我现在也不会站在这里了，更别说还能和菁菁结婚。"

虽然恐怖没把马尚的名字说出来，但是王浩依旧明白他想说什么，两个人一时之间有些沉默。

警方事后根据信号定位找到了直播中的地点，但是在现场并没有找到马尚的遗体，不过根据现场的情况来看，生还的机会很渺茫。

恐怖内心希望马尚仍然活着，只是换了个城市生活，放下过去发生的所有，开始新的人生。就如同他午夜梦回时告诉自己的一样，往日种种都已经过去，珍惜能握在手中的幸福才是真实。

王浩再次举起酒杯，向恐怖道了一声恭喜，两个人相视一笑，将杯中的酒一饮而尽。